城青林

讨酒的叫花子

著

希望在未来的很多年里，
五年、十年……
直到我们老了为止，
都还陪在彼此身边，依然绽放。

在这偌大尘世的茫茫人海中，
你是唯一的，无可替代的，一丝不苟的，
永远自由且坦然。
你是世界上一束……

——致涓涓的你

长江出版社
CHANGJIANG PRESS

图书在版编目（CIP）数据

南城青林 / 讨酒的叫花子著. -- 武汉 : 长江出版
社 , 2024. 11. -- ISBN 978-7-5492-9765-8

Ⅰ . I247.5

中国国家版本馆 CIP 数据核字第 2024ML4386 号

南城青林　讨酒的叫花子　著

NANCHENG QINGLIN

出　　版	长江出版社	
	（武汉解放大道 1863 号）	
选题策划	欣欣向爱	
市场发行	长江出版社发行部	
网　　址	http://www.cjpress.cn	
责任编辑	钟一丹	
特约编辑	茶宿宿	
封面设计	小　羊	
印　　刷	长沙鸿发印务实业有限公司	
版　　次	2024 年 11 月第 1 版	
印　　次	2024 年 11 月第 1 次印刷	
开　　本	710mm×1000mm　1/16	
印　　张	20.25	
字　　数	420 千字	
书　　号	ISBN 978-7-5492-9765-8	
定　　价	49.80 元	

电话：027-82926557（总编室）　027-82926806（市场营销部）

我发你，又发你，
全世界都发你。

——谢咏琳？

目录
CONTENTS

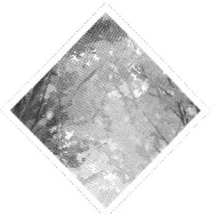

第1章

糟糕，是总监！

夏季六月，周六。

这天傍晚时分，阴沉沉的天边满是乌云，一场瓢泼大雨突袭而至，将整个南城笼罩在氤氲烟雨中，公路两旁的白榆树随风摆动，翠绿叶子上积累的尘土被急促的雨水冲刷得干干净净。

因为这场大雨，路上的行人很少，来往的车辆也少。

一公里外是繁华的商业区，林立的高楼层叠起伏，远处的街道纵横交叉，全都暴露在潮湿的风中。

九点多停雨后，这一片地区才从冷清转为热闹，人群熙攘。

商业区东边一条街是各色酒吧的聚集地，放纵狂欢的天堂。自天黑后这里就灯火辉煌、彻夜不熄，尤其是下半夜，年轻的男女贴面相拥，醉的、醒的都沉溺在迷离眩目的灯光下，肆意而又颓靡。

街尾的一个高级酒店套房内，醉醺醺的何青柔独自躺着，无力地陷在柔软舒适的被子里。

昏黄的灯光有放松舒缓的效果，周遭暗沉沉的。

何青柔今天本是陪朋友出来放松的，结果中途喝多了，被送到这里休息。

——是一位样貌漂亮的女人送她到这儿的。

对方也是酒吧的顾客，同样是和同伴一起去玩的。

今晚在酒吧，有许多人凑上来跟何青柔搭讪，想要认识她，都被她婉言拒绝了，因而闹了点儿不愉快。是那个女人好心地站出来，帮她解围的。

那个女人比何青柔高半个头，长相艳丽，五官立体，轮廓深邃，身材比例尤为优越，纤腰瘦背，一双白皙的长腿笔直漂亮。她穿着鸦青色深 V 长裙，打扮美艳却不俗气，既性感又不失优雅大方，还隐隐带着点儿禁欲冷淡的气质。

她站在人堆里十分显眼，很难不让人注意到。

女人主动装成何青柔的朋友，假意请她喝酒，以此打圆场。

何青柔也不忸怩，接过杯子就喝了，而后与之攀谈了一番。

她们远离了那些人，找了个人少的地方待着。

女人的年龄比何青柔小，看起来比较年轻，她出手相助的方式并不让人反感，相反，其实挺客气礼貌的，很会来事。这人在整个聊天过程中没说一句难听的话，从头到尾都很温柔，连替何青柔解围也是从容不迫，没有让大家难堪。

"不舒服的话，可以早点儿回去休息。"周围的声音十分嘈杂，她对何青柔轻声说。

何青柔点点头，应了一声："好。"

然而酒精作祟，她那时已经走不动路了，晕头转向的，脑子不清醒，稀里糊涂的压根儿找不到方向，没法儿自己回家。

后来女人只能再帮她一把，开车送她到了酒店，以免出事。

这一晚过得漫长，迟迟不结束。

何青柔睡得昏昏沉沉，一直没醒。那人送她进房间后，就走了。

倦意上头，何青柔眼皮子都睁不开，连人家离开了也没发觉。

第二天十一点多，何青柔悠悠转醒，从暖和的被窝里爬起来，顶着宿醉后的面容坐在床边醒神，恰好赶上服务生来送餐。

房间是那个女人订的，叫餐也是对方帮的忙。还挺细心的，没有丢下她在这里就不管了。

服务生摆好餐盘，周到地说道："您好，这是林小姐给您订的早餐，祝您用餐愉快。"

"谢谢。"何青柔微低着头，拂了拂垂落在额角的碎发。

"不用客气，有什么需要可以随时拨打前台的电话。我随时恭候您的吩咐。"服务生识趣地退出房间，并贴心地关上门。

酒店的退房时间是下午两点前，何青柔现在没什么胃口，打算先洗个澡再走。她脱了裙子，对着浴室的落地镜，拢了把头发，顺手绑了个低马尾。

何青柔的皮肤很白，身形曲线凹凸有致，细眉大眼，一张脸精致好看。她看向镜子里，发现嘴上有些上火，下意识摸了摸自己的脸，而后拧开水龙头掬一捧水，不讲究地洗了把脸。

她出了一会儿神，然后走进浴室。她洗完澡，吹干头发，习惯性地拿起手机翻了翻。

好友迟嘉仪十点多给她发了几条微信——

嘉仪："在哪儿？"

嘉仪："听朋友说，你昨晚喝醉了，还遇上了麻烦。"

嘉仪："怎么回事？"

嘉仪："现在回家没？看到回条消息。"

何青柔在屏幕上飞快地点了几下，赶紧回复："没，只是有人上来劝酒，没什么事。现在我还在酒店，晚点儿回家。陈茗行呢，你们咋样了？"

昨晚她们是一起去的酒吧。陈茗行是迟嘉仪的同学，昨天刚从上海转回南城，迟嘉仪趁有空就请了几个好友为陈茗行接风洗尘。

聊天界面显示"对方正在输入中"。

等了一会儿，嘉仪发来："也回去了。"

她紧接着又发来一条："我接她到我家过的夜，昨晚没事干，看了一晚上的《动物世界》纪录片。"

嘉仪："熬到三四点的时候，我感觉灵魂都要升华了，倒沙发上就睡着了，早上差点儿冷死我。"

嘉仪："七点多我起来做早饭，然后送陈茗行回家，才从她小区门口出来。"

嘉仪："大家都担心你，还以为你出了啥事，还是陈茗行说你跟一个认识的女的走了，我们才放心，不然都吓死了。"

何青柔挑挑眉，白皙的手指打字："回去再补觉，多睡一会儿。"

嘉仪："嗯，晚上请你吃饭，我俩单独聊聊。对了，昨晚那个女生是你朋友？"

何青柔打了几个字，又删掉，重新输入："不是，只是碰巧遇到了。"

嘉仪："还以为是你熟人。"

头有些疼，难受。何青柔不想再聊了，打算离开酒店："昨晚才认识，不熟。我也回去了，见面再说。"

嘉仪："行。"

放下手机，何青柔简单打理一番，将东西收好，准备回家。

拿包时发现包下压着一张纯白色的卡片，上面用钢笔写着"林奈"，后面是一串电话号码。字迹苍劲有力，白底黑字互相映衬，笔锋犀利大气。

卡片是那个漂亮女人留下的，可能是怕她夜里有事要找人，所以留条信息给她。

何青柔犹豫了一瞬，将卡片放回桌子上，没拿。毕竟萍水相逢，还是不打扰了。

酒店离何青柔住的地方比较远，坐公交车得绕大半个城区。夜里没休息够，酒喝多了，她有些乏累，出了酒店就打了出租车。

酒店到小区大约四十分钟的车程，小憩一觉的工夫她就到了。她付完车费，跟司机师傅道谢，慢慢往家里走。

这个小区处于老城区，两室一厅一厨一卫，月租两千五，还算能接受。何青柔是今年年初搬到这边的。

如今的南城寸土寸金，新城区发展飞速，房租贵得离谱，她这种普通的工薪阶层负担不起新城区越涨越高的租金，只能搬到次一些的地方住。通勤时间变长了，但也能节省一笔不小的开支。

老城区的楼房外表陈旧，可绿化和基础设施都还行，可以凑合。随处可见的冬青郁郁葱葱，一天没回来，又长了一层茂密的叶子，嫩叶夹杂在墨绿中显得生机勃勃。

何青柔住七栋一单元的八楼，801号。

这一层有六户人家，她家对面住着一对中年夫妻。她回去的时候正好碰见他们，大家相互客套地打招呼。

何青柔走到家门口，摸出钥匙准备开门，这时手机铃响了。

放假还被call，她看看来电显示，是公司那边打来的，皱了皱眉，下一秒还是接了。

手机里传来要哭不哭的声音："何姐，不好了，交上去的设计图出问题了……"

何青柔不是南城本地人，因为在这边读的大学，毕业后就留在了南城发展。她学的工科专业，现在供职于汽车制造公司，在全国最大的汽车私企——东宁汽车集团南城分公司工作。

工科专业女生难出头，她毕业后摸爬滚打了五六年，在年初终于有些起色——工资涨到了一万多，如果今年十月底的考核没问题，将有望升为设计部副经理。

这次的设计图主要由她负责，星期三就已经做好了交接工作。现在她听到实习生小吴的话，心里咯噔一下，沉声问道："怎么回事？"

小吴有些紧张，支支吾吾地告知原委："上次交上去的图纸本来都过了，已经送到车间了……但是今天上边检查，质……质检部那边发现数据还有问题……"

何青柔问："哪里有问题？"

小吴不大确定，迟疑地说："好像是螺栓孔不对。"

对于汽车部件而言，铸孔是非常精密的部件，一旦出错，要么产品报废，要么返工重铸，而且重铸的合格率很低。

何青柔眉头紧皱，下意识捏紧了手："大了还是小了？"

"小了，有15件需要重铸。"小吴回复道，"经理要明天才能赶回来，让我先联系你……"

何青柔松了口气。还好，不是大问题，可以解决。

小吴才来公司两个月，经验不足，不太会处理这种意外情况，一出事就跟天塌了一样。由于这次的图纸也经了实习生的手，这孩子怕担责，不免心慌，担心做错事被处罚，电话那头的小女生脸都憋红了，声音都有点儿变调了。

何青柔安抚对方道："没事，有哪里不对重改就好。你把图纸拿回设计部，不要急。"

小吴说："经理让你马上回公司解决。"

"行，等会儿到。"何青柔说话干脆利落，处理这种临时状况很有一套，想了想，又叮嘱，"你拿了图纸，再去找车间的江丰义江师傅，就说我要找他帮个忙。我三十分钟后到公司。"

小吴听了这才冷静些，忙不迭地应道："好……好的，谢谢何姐。"

"嗯，先挂了。"何青柔一边开门一边说，进屋把裙子换成正装，将前阵子买的特级龙井茶拿出来，并用普通的纸质购物袋装好，随即开车赶回公司。

东宁汽车集团位于老城区东边，开车很快就到了。

何青柔提着购物袋先去了车间的员工休息区，轻车熟路地将龙井茶放进江丰义的储物柜里。周天的公司清冷，大部分员工都放假了，加班人员基本在生产线上，休息区没有其他人。

何青柔放好东西，去二号车间找江丰义。

江丰义是前两年总公司专派的老师傅，为人和善，好说话。

零件返工重铸一般需要经验老到的师傅来做，特别是件数少的时候。平时设计部跟车间对接多，何青柔跟江丰义很熟，非常聊得来，所以这次才找他帮忙。

何青柔进车间时，江丰义已经在等着了。

不等何青柔开口，江丰义就说道："在返工了，下班前就能做完。"

"谢谢江师傅，麻烦您了。"何青柔笑着说。

"你们部门那丫头哭哭啼啼地来找我，我还以为有什么大事。"

"您多担待。"

江丰义摆手："我没什么，倒是你，好好想想出现这么离谱的数据差怎么向上面汇报，估计会有两三件废品。幸亏是孔做小了，还能改，要是大了，质检部那几个人还不得拿捏你。"

何青柔颔首："是，眼下只有把事情解决了再说。"

"这边我给你担着，杨经理那儿你好好说，别影响到考核。"

何青柔诚心道："谢谢您老，总是劳烦您。"

江丰义也厚道，左右看了看，低声提醒："自己小心点儿，别让那些不安分的捉住把柄。"

设计图得经过层层把关才能传到车间这边，如此明显的纰漏，开工之前不可能没人发现，究竟是什么原因造成如此问题很难查出来。

若上面真追究起这件事，相关部门和人员都脱不了干系，但何青柔身为主要负责人，肯定首当其冲，必定要被问责。

自知其中的利害关系和严重性，何青柔再次点头："我会注意。"

"行了，"江丰义说，"你先回去忙吧，这边完成了再通知你。"

"那我晚一点儿再过来。"

回到设计部，何青柔首先将图纸与原始文件作对比，接着查看了之前提交的文件数据。

果然，原始文件数据是正确的，但传到车间的图纸标示的偏差变小了。

她霎时冷脸，不清楚自己是得罪了哪位高人才招致如此针对。

正想着，杨经理打电话来问情况进展。何青柔定了定心神，按下接听键。

电话那头的杨顺成是出了名的火暴脾气，手机一接通他劈头盖脸就是一顿数落，骂得何青柔狗血淋头。

杨顺成这两年发展不错，最近上面有意调他回总公司，顶多是年底的事。眼下这关键时刻出趟差也不安稳，还遇上这种低级却要命的麻烦，他简直气得呕血。

这要是影响到升迁，杨顺成铁定把底下的人扒皮。

何青柔习以为常，只是静静听着，等他骂够了，才说道："很抱歉给您添麻烦了，这边我都处理好了，质检部我会亲自去一趟，您不用担心。"

"黄河发大水了我才担心！你们这一个个的，是眼睛瞎了还是眼睛不好使？开工之前不会去看一看？一放假就跟兔子见了鹰似的，跑得比谁都快！你说，现在谁负责？我回来还得给你擦屁股，真是欠了你的！"

"这次是我的失误，我会如实报告。"何青柔说，尽量不隔着电话惹怒上司，"平白无故给您带来这么多麻烦，真的很过意不去。"

听到这话，电话那头的人勉强消了点儿气，同时也是离得远没办法。眼下杨顺成还有别的事要办，只能强忍着怒火，憋了半晌才硬生生地挤出一句："明天回公司后，我不想听到有关这件事的消息。"

"是，您放心。"

那边啪的一下挂了电话。

何青柔按了按太阳穴，重新打印图纸，修改完毕再送到生产线师傅那里。质检部在生产车间后面，一般都有人在。因为江丰义提前打过招呼，那些人倒没有为难她。

等新一批产品质检合格了，何青柔才离开。

另一边，二号车间很快返工重铸完成，只多出两件废品，问题不大。

何青柔回设计部打报告，赶在六点前把报告交到了经理办公室。

能解决的事都不是大事，报告只是走个形式，说白了就是给杨顺成的免责书，职场弯弯绕绕多，吃点儿亏总比日后被人使绊子好。

"何姐。"小吴看到她喊道，怀里抱着一大摞资料。

何青柔看过去，问："还要加班？"

"不是不是，只是把部门上半年的资料整理了一下，放回资料室马上就可以走了。"

何青柔说："早点儿回家，这边比较偏僻，晚上不安全。"

"谢谢何姐，今天这事也有我的疏忽。"小吴低下头，慢吞吞地说，语气有些自责，"对不起啊，杨经理肯定又骂你了——"

"不关你的事，"何青柔打断她，"这本来就是我的责任，而且你第一时间联系了我。"

小吴摇了摇脑袋，面带羞愧："当时我去送的图纸，明明没问题，今天却变成这样……"

"好了，都解决了，别在公司里一直提这些就行，"何青柔回道，跟小姑娘掰扯不清，说得越多越会令她担心，便三言两语将人打发走，"快去资料室吧，马上就到五点了。"

"嗯嗯，"小吴点头如捣蒜，"那明天见。"

"明天见。"何青柔回道，前前后后忙活了半下午，她现在最想回家泡泡热水澡，然后躺着休息，什么都不想干，更不想继续加班。

待小吴走了，何青柔处理完剩下的收尾工作才离开。

何青柔走进电梯，按下去往一楼的电梯键，电梯门缓缓关上。挺赶巧。这时要乘电梯的不只她，还有另外一位。

电梯门还未彻底关闭，很快又受到感应打开，进来了一个人。

这人是同楼层出来的，方才何青柔走在楼道里都没注意到。

她下意识看过去，最先映入眼帘的是黑色的通勤直筒西装裤，接着是裸色尖头高跟鞋，白皙的脚背，以及标志性的大长腿。往上一看，干练清爽的收腰外套里面搭配休闲款白衬衫，领口处扣子是松开的，自带一股强势的气场。

继续向上看……何青柔心头一跳，愣了一下。没料到会在这里遇见她。

昨夜两人才分开，以为应该见不到了，结果竟然在公司碰到。视线一瞬间相接，两人都怔了怔。

何青柔脑子有点儿空，不确定这人到底是不是昨晚那位，还是只是和昨晚的女人长得比较像，鬼使神差地，她的第一反应不是打招呼确认，而是佯作镇定地移开目光。

林奈的表现有些冷淡，界限极其分明，第一眼就认出了她，但没多余的动作或话语，十分淡然地站在她前方左侧，似乎是记不得她了，又或是没兴趣套近乎。

电梯门合上。空间变得狭小逼仄，周遭气氛变得燥热沉闷。

林奈的背很直，线条匀称，一身西服的打扮使得她看起来一丝不苟，显得非常正经端庄，全然没了昨夜在酒吧时的放松，略微有点儿严肃。

真是奇特。

何青柔收回余光，目不斜视地注视前面。

四周的轿厢壁光滑，干净得可以反光，也倒映出她俩的身影。莫名其妙地，何青柔余光扫过那个姣好的身形，一眼发现林奈也在看她。

林奈轻笑一声，好看的唇角微扬，忽然意味深长地说："很有缘。"

没有可以聊的，何青柔生硬地"嗯"了一声，随即别扭地抬头盯着显示屏，只盼能快些到。

然而显示屏上数字变动极慢，5、4、3……

叮——

电梯停在二楼。电梯门再度自动打开，一个推货的员工站在门口。

推车上的货目测有半人高。员工从货物后面探出头，客气地对何青柔说："小姐，麻烦您往边上站点儿，谢谢了啊。"

何青柔应下，想往右边靠，左臂却被拉住朝左边带。是旁边的林奈好心帮忙，拉了她一把。员工顺势把车推进电梯，怕没地方站，又往左边推了推。

何青柔没站稳，一个趔趄差点儿摔倒。好在她还是定住了。周围连转身的余地都没有，她们被迫挤到角落。

何青柔很不自在。头顶挥之不去的视线像无形的丝线，将她束缚，不得动弹。

何青柔稍稍别开脸，转而盯着轿厢壁。

"在哪个部门工作？"林奈忽而开口，这时电梯降到一楼，员工推货出去，她拉着何青柔，将人往里带了一点儿，之后立马放开。

何青柔顿了一下，反问："你是新来的员工？"

林奈笑了笑："明天开始上班，提前来看看。"

她这个模样看着不像学生，应该是社招进来的，何青柔猜想。萍水相逢的酒友变同事，还被对方目睹了自己醉酒时的糗样，何青柔忸怩得很，自觉当时的醉态有损形象。

何青柔脸皮薄，干巴巴地说："哦，你进的哪个部门？"

林奈不答这句，只道："你还没回答我上一个问题。"

"设计部，"何青柔边说边走出电梯，"你呢？"

"离你们部门不远，"林奈跟上她的脚步，"在你隔壁。"

隔壁是人事部，何青柔舒了一口气，就怕是同部门的。

人事部和设计部两个部门虽然离得近，但相关的业务不多，因此鲜少来往，那么就算同在一个公司，她俩的接触应该也不会太频繁。

何青柔心里松懈下来，没那么紧绷了。出了电梯向左拐进露天停车场，何青柔打开车门，毫不犹豫就作别，一刻不想多待："回见。"

说完她上车关门，一气呵成。

林奈挑挑眉头："回见。"

路上，何青柔给迟嘉仪打电话："嘉仪，我今晚有点儿事，下次请你吃饭。"

电话那头沙沙作响，迟嘉仪翻了个身，睡眼惺忪："公司那边的事处理得如何了？"

何青柔苦笑，她还没跟嘉仪说这事儿："这么快都传出去了，我还以为能压一压。"

迟嘉仪从被子里爬起来，抓了抓头发："你又不是不知道我们部门那几个女的有多八卦，质检部姓李的一出事就在群里吹水，生怕大家不知道，真想给她两个大嘴巴子。"

何青柔无所谓，宽慰道："不用理会，又不能真把我怎么样。"

"那些人就是仗着你脾气好而已，"迟嘉仪比她还气，恨恨地说，"换我嘴巴都给她们撕烂，一群只敢在背后嚼舌根的讨债鬼！"

何青柔忍不住笑了笑："都处理好了，她们再说也没用的。"

"那就行。"迟嘉仪说，斟酌了下又打听，"听说小吴越级上报，直接找了杨顺成，真的？"

"嗯，真的。小姑娘吓到了，胆儿小。"何青柔慢慢打方向盘，驶入高速路段，"不过我打了报告了，处理妥了，后面应该没什么事。"

"这小姑娘是不是缺心眼儿？平时你对她那么好，现在她倒坑你一把。"

"才出社会不懂这些，慢慢教就好了。"何青柔说。小吴是她招进设计部的，小姑娘能力不错，好好培养，假以时日或许能成为一个得力助手。

"慈不掌兵，你这样什么时候才能把她教出来。况且她也不小了，这点儿情况就一惊一乍的，搞得一团糟，也不知道先找你商量商量。找杨顺成可不就相当于告状，这都把责任全推你头上了，真是……一点儿应变能力都没有。"迟嘉仪说着翻了个白眼，掀开被子下床、穿鞋、吐槽一番后，转而提及昨晚酒吧的事，"算了，不说这个了。唉，昨晚那事你还没说，快跟我讲讲，咋回事，你怎么中途就走了。"

"没怎么样，别乱想。"何青柔敷衍，"当时喝多了酒，头昏脑涨，都没多少印象了。"

何青柔不想让迟嘉仪担心，也不想透露太多，思及今晚在电梯里碰见林奈，不好意思跟迟嘉仪说实话。要是让她知道林奈跟她们在一个公司，这妮子肯定会找上去问东问西，到时候指不定又会给林奈添麻烦。

"扯呢，"迟嘉仪不信，"你就喝了两三杯。"

"你跟陈茗行走了以后，我又喝了一些，醉得路都看不清，迷迷糊糊的，醒了才发现在酒店。"

"你说我信不信？"

何青柔哪管她相信与否："我在开车，不方便打电话，先挂了啊，明天回公司再聊。"

言罢，她麻利地掐断电话。回到家，天已经黑透了，何青柔简单地下了一碗面吃，收拾整理干净，再给阳台上的花草浇水。

独居的日子总是无聊，找不到消遣，在家里也就这点儿事能做。

睡觉之前，何青柔习惯性看了眼手机。

晚上的公司总群很热闹，消息嗖嗖地冒。群里爱唠嗑的人较多，何青柔随意往上面翻了翻，没看到实质性的内容就退出来了。

点进朋友圈，也没多大看头，无非就是一些无趣的生活分享。她顺手给几个熟识的好友点了赞，正打算睡觉，屏幕上方突然弹出好友申请消息。

何青柔停住，还没反应过来就点了进去。是一个微信昵称为"L"的网友发来的申请，对方头像是一只圆润的橘猫，体形只有巴掌那么大。

她点开申请消息，备注显示："林奈。"

这人不知道在哪里找到的她的微信号。

毕竟只见过两次面，相互不了解，何青柔愣了一秒，不明白对方大半夜加好友是何意。

思忖半晌，她果断点了拒绝。

但很快对方又发来申请："同意一下。"

何青柔想也不想，直接再次拒绝，然后关手机睡觉，坚决不理会。

昨天累得不行，她几乎是一沾枕头两眼黑，一觉睡得天昏地暗。

第二天，何青柔六点五十分起床，洗漱打扮吃早饭。她急急忙忙开车赶到公司打卡时，是八点五十五分，走进设计部办公室正好是九点。

关系好的同事跟她打招呼："早。"

"早。"她应道，拿起办公桌上的任务书看了看，在心里大概规划了一下今日的安排，准备接杯咖啡开始干活。

斜对面的女同事正在边哭边改图，卫生纸堆了半张桌子。

何青柔和这位同事不是很熟，但一抬眼看见这一幕还是犯怵，轻轻敲了敲旁边男同事的桌子，悄声问："这是怎么了？"

男同事摇摇头，一脸的同情："上个星期交的图纸被打下来了，刚挨了半个小时的训不说，还被扣了半个月奖金。"

何青柔疑惑："上周的图纸不是已经审过了吗？"

"新总监那儿没过，"男同事压低声音说道，"新官上任三把火，这一早上连叫好几拨人过去。啧，她还算好的，人事部还被开除了两个。"

新总监？

何青柔惊讶，她怎么不知道？一点儿预兆都没有，放假前她还去总监办公室盖章签字，当时上任总监的表现不像要离开公司的架势，现在竟然换人了！

"哪儿来的新总监？"她问。

男同事震惊地看她一眼："昨晚你没看群消息？"

她看了，但只随便翻了翻。她回道："睡得比较早，没注意看。"

"总公司空降来的，具体的我也不是很清楚，总之背景很深，惹不起那种。"男同事轻声道，余光瞄见门口的身影，立马就收住，"不说了，杨经理来了。"他登时坐回去，一本正经地打开软件画图。

话音刚落，杨顺成就腆着松垮垮的啤酒肚慢悠悠地踏进办公室大门，用他那双绿豆眼四下巡视一圈，精准地停在何青柔身上。

何青柔蓦地后背发紧，站起来，温和地打招呼："经理早。"

杨顺成眼一斜，下巴抬得比天高，将一份策划书甩到她桌上："交到总监办公室。"

新总监脾气大，不好惹，他怕挨批就让手下的人去，如意算盘打得啪啪响。

清楚这外强中干的尿包打的什么主意，何青柔顺势接招，隐藏好脸上情绪，拿起策划书："行，马上就去。"

"交了策划书，再来我办公室一趟。"

"是。"

这份策划书也不知在他怀里揣了多久，都揣热了。何青柔捏着策划书的边角走到门外，不着痕迹地甩了甩。

总监办公室离设计部比较近，中间只隔了一个小会议室，进门前，何青柔理了理着装才敲门。

"进来。"里面传出清冷有力的声音。

何青柔顿住，好似在哪儿听过这声音，有点儿耳熟。下一刻，她推门而进。

全实木的办公桌后，本该在人事部的某位正认真审批文件，对方今天穿的纯白套装，头发随意盘着。随着她低头的动作，一缕散乱的耳发垂落，使得整个人显得恬静而沉稳。

眼皮子猛地一跳，何青柔定在原地，蓦然僵住。

同一时刻，看完手里文件的林奈抬起头，不等她"消化"这件事，柔声示意："坐。"

何青柔莫名地紧张，还是站着，把策划书放在桌上，尽量公事公办，不带半分私人情绪："总监，这是设计部关于X6汽车的减速器策划书，请您过目。"

"等我审完手里这批文件，后天你过来拿。"林奈放下笔，向后靠向椅子，停下工作看着她说。

"好的，劳烦您了。"何青柔回道，表面淡定，完成任务就要开溜，"那我……"

"方便帮我泡杯咖啡吗？"林奈却开口，将杯子推到她面前。

员工在领导面前没有拒绝的权利，何况这是顶头上司。

何青柔不得不应下："可以。"

有钱人连咖啡杯都是名牌最新款，可以买一堆她用的那种平价陶瓷杯了。何青柔小心地拿着杯子，怕摔碎了它就没了大半个月的工资。

林奈肯定不会喝速溶咖啡，何青柔也不知道她喜欢什么口味，就随便弄了一杯现磨咖啡端到她面前。

林奈接过："谢了。"

何青柔假情假意："不用客气。"

现磨咖啡热气腾腾，香味浓醇。林奈喝了一小口，苦涩霎时充满口腔："下回可以放点儿糖。"

"好。"

"你很紧张？"

何青柔立即否定："没有。"

林奈放下杯子，用细长的手指在桌上轻点两下，薄唇微动："晚上有空吗？"

"我约了朋友吃饭，今晚聚餐。"何青柔委婉拒绝，语气缓慢自然，好似真的一样，"这次推不掉，必须去。"

林奈没再说话，眼皮一掀就望着她。林奈看出这是在扯谎，但不当场拆穿。

何青柔被盯得心里发毛："总监，您没什么事我就先回设计部了，我还有设计没做。"

"嗯。"林奈唇角一弯，放过她了。

何青柔硬着头皮出去，重重地舒了口气。

今天设计部的气氛尤其沉闷，全体员工纷纷埋头各干各的，资料哗哗哗地翻动着，鼠标键盘一直响着，没人敢偷懒。

"新总监那里没事吧？"男同事悄悄问。

"还好，没什么。"何青柔一面说一面抽出档案做记号，笔却没墨了，"能借我一支笔吗，待会儿还你？"

男同事慷慨道："你拿去用就是，我多——"他突然住嘴，慌忙收敛神色，看向何青柔身后喊，"杨……杨经理……"

杨顺成背着手如同老佛爷出巡，冷脸看他一眼，没好气地说："上班期间闲聊，想扣工资还是想跟人事部那两个一起走？"

被抓包的男同事讪讪，低头沉默装鸵鸟。

"搁这儿杵了半天，是不是要我请您进去？"杨顺成转而撑何青柔，看到她还未开动的任务书，脸色更加难看，"干脆我给你泡杯茶，你先聊个够，工作我来做。"

"方才我正要找您，但资料室急着要3号档案，就想让万哥帮忙送一下。"何青柔解释道，她把档案放在旁边桌子上，心知杨顺成一天不找碴儿心里就不痛快，初进公司那会儿听了还会难受委屈，现在听多了全当耳边风。

万哥，也就是男同事，名叫万科尹。

万科尹一听这话，反应机灵，迅速抄起档案："哎！那经理您忙，我先去送档案。"

言讫，他麻溜地滚了。

杨顺成眼一瞪，斥责道："还不快跟我来！"

何青柔跟他进办公室。

"早前给你的案子做完没有？"杨顺成瘫坐在座椅上，斜睨着何青柔。

"做完了，"何青柔回答，"已经上交了。"

"记得跟一下进度，别给我整出什么岔子。"他老神在在地端起杯子喝了一小口水，"质检部那边咋样了？"

"一切都没问题，您放心。"

"那就好，"他说，"你的报告我看了，这次就算了，但下不为例。"

"我会注意的。"

"别只会说漂亮话，下次再出问题没人保得了你。"杨顺成讥讽道，背靠皮椅跷起二郎腿，脸上有些不屑，冲面前的两个文件夹抬了抬下巴，"既然你有空，那就把嘉禾和天成的设计图纸做了吧，星期五之前交过来，这样十月底的考核我可以给你多写点儿好话，否则到时候业绩平平，我吹得天花乱坠也没用。"

嘉禾、天成是两个才跟东宁汽车集团合作的小公司，他们要的图纸相对简单，一般是资历浅的员工做着练手，让何青柔做这个简直杀鸡用牛刀，纯属浪费人力资源。他这明显是在算昨天的账，还拿考核的事威胁她。

何青柔依旧维持着好脾气，清楚胳膊拧不过大腿，只是熬夜两三天的事，能忍则忍："好的，您还有其他事吗？"

"先下去吧，有事再叫你。"杨顺成打了个哈欠，无所谓地朝何青柔摆摆手，示意她出去。

不与他计较，何青柔拿起文件就走。

刚走到门口，这位又突然拉长声音叫住她："等等……给我泡一杯普洱茶，多放点儿茶叶。上回那种茶叶，你知道的。"

公司可没有普洱茶，何青柔才有，是她老家人寄过来的上等货。之前她给杨顺成喝过一次，现在这老糙皮隔三岔五就觍着脸来占便宜，每次都是一副大爷模样，架子端得十足，真把下属当用人使唤了。

何青柔不好发作，人在屋檐下不得不低头，只"嗯"了一声。

午休时间，办公室里只有稀稀疏疏几个员工在，其中关系好的聚一块儿闲聊。

"哎！你们有谁了解那位吗？"说话的人朝总监办公室那边看了看，用眼神示意，悄没声儿的，"好像才二十三岁，刚毕业一年，国外留学回来的。"

"知道一些，"一起唠嗑的一个人接道，似乎掌握了一些内部动向，一边说，一边还卖关子地挑了挑眉头，"但不是很了解。"

其他两个人忙凑过去。那人四处看了看，确定安全才继续说："我有个亲戚在总公司上班，昨天他跟我聊了下，这位啊……"她压低声音，"是大股东的独女。本来她要去总公司的，但资历浅，空降高位服不了众，就退而求其次先从我们这儿做起。"

"意思是她下来历练两年会调回去？"

"多半会，她一来就是总监，回总公司至少是高管副总级别。五月我们和安能集团的竞标项目你们还记得吗？"那人问，"当时那个项目就是她领导的，一举拿下，啧啧，你们算算有多少利润。"

"真的假的？那个项目不是云经理拿下的吗？"

"不是，因为那时云经理跟她一起做项目，云经理资历深，她又才进总公司，没什么名气，所以很多人都搞错了。"

"那确实厉害。"

"可不是，听说公司很多大案子她都有参与，反正挺有能力的。"

"而且人也漂亮，是挺受欢迎的那一类。"说话的人笑了笑，"刚刚我在食堂听见那群男的都在讨论她呢，一个个的伸长了脖子巴望，恨不得能把眼珠子贴上去。"

旁边的人也笑："那可不是他们该想的。"

"也不一定，咱公司有几个年轻的不也挺优秀的嘛，家里也有钱，现在都流行小奶狗，保不准的事。"

"想什么呢！能比吗？甩几条街的距离，那几个追都追不上。"

…………

由于距离近，她们的对话何青柔被迫听了个七七八八。

不得不说，某种意义上她的运气可真好，在酒吧出一次丑就能遇到同公司的人，还是顶头上司，这概率都可以去买彩票了。

而且以后两人抬头不见低头见，真是……无法言说。

不过也没办法，大不了她装作什么事都没发生过，眼下还是先把手头的工作做完，新派的任务时间充足可以慢慢做，嘉禾和天成的设计图纸争取在这两天完成。

何青柔头大，上午一直在画设计图，除了吃饭眼睛就没离开过电脑。嘉禾的设计图大概做了三分之二，下班前应该能完成，晚上再加会儿班把天成的做一部分，这样明天会轻松些。

今年杨顺成一直对她有意见，没少挑刺儿生事，究其根源还是去年年尾公司与北汽没成功合作导致的。那会儿杨顺成想趁此捞个大功劳，结果不承想没谈拢，这个案子又是何青柔跟进的，一来二去她就被他记恨上了。

总之就是迁怒从而记恨打压，柿子挑软的捏。

对方是领导，何青柔职位低没背景，再气也得受着。她总不能因此就辞职不干了，毕竟这两年汽车行业不景气，工作难找，何况留在东宁的发展前景还行，要找一个差不多的公司更不容易。

反正年底他就会升迁，忍一忍就过去了。

今天何青柔加班到了十点，比往常都晚。这时设计部只剩何青柔一人，整个公司都黑魆魆的，她看了一眼时间，打算再画半个小时。

与此同时的总监办公室里，林奈批完最后一份文件，收好东西准备离开。路过设计部，见里面还亮着灯，她不由得往里多看了一眼，推门走了进去。

因为太过投入，何青柔没察觉到另一个人的存在，连领导在身后站了一会儿都没发现。

看到她画的图，林奈眉头紧锁，倏尔开口："这么晚了还不走？"

何青柔一个激灵，吓得差点儿连错线了。

林奈拿起她面前的文件翻看，问："这是在帮下属收拾残局，还是杨经理安排的任务？"

"回家也没什么事情可做。"何青柔说。她对林奈的问题避而不答，毕竟在顶头上司面前告状不是明智之举。

"很会讲话。"林奈把文件递给她，知晓她这是在打马虎眼。

林奈莫名来了这么一句，话里的意思不知是夸还是贬。

何青柔伸手去接文件，林奈却忽而躲开，不让接。何青柔静静地盯着她。

林奈解释："我不知道你在这里上班。"

何青柔不提这茬，只应道："嗯。"

自己也不知道，要是早清楚这层关系，哪敢喝多了在上司面前出丑，还让对方送自己去酒店。

林奈倒是坦率直白："你别有负担。"

她反过来宽慰人，一副很好说话的样子。

对方都这么讲了，即使心理压力依然大，何青柔也顺着台阶下："知道。"

"在公司可以放松点儿，没必要一见到我就神经紧绷。"

"是。"

林奈说："不知道的还以为我把你怎么了。"

何青柔道："嗯。"

林奈眉尾一扬，这才把文件还给她。

　　何青柔接文件时，一不小心，两人的指尖碰到了。何青柔一怔，顿了下，半晌才迟钝地收回手。

　　室内亮堂的灯光仿佛都黯淡了许多，深夜里，周围静悄悄的。

　　林奈的目光自她身上扫过，将她的细微变化尽收眼底，似笑非笑地柔声问："我有那么吓人？"

　　何青柔沉默，一时没回应。原本她还想多画一会儿图，现在哪还有心思，憋着一口气收资料关电脑，缓了缓生硬地说："没有。"

　　林奈帮忙收拾。

　　何青柔不习惯，道："我自己来，不用。"

　　林奈道："顺手。"

　　何青柔道："没什么要收的。"

　　察觉到她的谨慎，林奈开门见山，像在酒吧里一样直来直往："怕我找你麻烦？"

　　何青柔的手一僵，险些把收好的资料掉下去，没底气地否认："不是。"

　　林奈道："不太像。"

　　何青柔突然嘴笨，不知道该如何解释，只说："你大人有大量。"

　　"你现在看起来有点儿难受，白天表现得更明显。"林奈准确地点出这点，也不绕弯子，"我是不是给你找麻烦了？"

　　何青柔赶紧说："没有，哪儿会，我只是觉得有点儿丢脸。"

　　林奈顺着她的话："嗯。"

　　"很晚了，我先走了。"何青柔找借口，她不等对方做出回应就抓起东西离开。

　　可惜她走到露天停车场后，车子死活打不燃火。这车是何青柔刚毕业时买的，价格便宜，才七万多，但经常出问题。多半是哪儿又坏了，真够倒霉的。

　　附近很少有出租车经过，她纠结要不要打网约车。

　　外面响起"咚"的一声，林奈敲了敲车窗，示意她把车窗打开。

　　她按下车窗下降键。

　　"正好顺路，我送你一程。"

　　何青柔欲拒绝，对方又说："晚上打车不安全。"

　　最近网约车经常出事，夜黑风高的，公司又偏僻，确实不安全。何青柔犹豫了。

　　林奈挺谙熟人心，知晓就这么僵持下去她还是会拒绝，于是直接帮忙打开车门，态度很诚恳。

　　何青柔："……"

　　林奈道："送你一段，等到了闹市区，你可以再另外打车走。"

　　林奈考虑十足周到，语气也温和。她都做到这份儿上了，再不上去就是故意落脸子，着实没必要。况且这位还是自己上司，不管她俩私下如何，新来第一天还是应该给她点儿面子。

何青柔下一刻还是弯身下车，锁好车门，上了对方的车："谢了。"

"前面有个修车店，明天可以联系他们来修。"林奈回道，回到驾驶座。

何青柔应下，有意转开脸看着车窗外。四周漆黑一片，她们是最后离开公司的。

林奈打开导航："输入一下你家地址。"

前一会儿还说顺路，结果根本不晓得人家住哪里。

"……"何青柔张了张嘴，闷声回答，"安和街天星大道78号。"

"一个人住？"

不想聊太多私人的事，何青柔置若罔闻，静静地没作声，林奈见她这样也没再问。

车行驶得很快，二十分钟就到了小区门口。

林奈轻声道："到了。"

她生硬地说："知道。"

林奈道："上去吧，早点儿休息。"

这一夜注定失眠，何青柔翻来覆去都睡不着。

那股子感觉挥之不去，老是不自在。她头一回和上司见面就是在那样的场合，估计她给人家留下的印象挺差的，也不知道林奈会咋想。

何青柔还记得当时自己分不清东西南北的傻样，以及醉到差点儿吐到这位新领导身上，最后还是人家扶着她这个不靠谱的去了酒店，不然照她那个架势，估计倒地上睡一整夜都很有可能。

手机发出的光在昏暗的环境中十分明显，何青柔觑着眼，习惯性打开微信。

太晚了，连群里都没人了。何青柔无聊地随便翻了翻，点进好友申请界面，看着"L"最后发来的那条未处理的好友申请，裹紧棉被转了个身，中蛊般轻轻吸口气，鬼使神差地点了同意。

翌日。

半夜不睡的后果就是晚半个小时起床，以及人生中第一次迟到。

何青柔做好了被杨顺成提着耳朵骂的准备才进办公室，杨顺成却没在，办公室的气氛比昨天还压抑。

刚坐下，万科尹就提醒她今天别去招惹杨顺成。

"怎么了？"她疑惑道。

"他一进门就被总监喊过去了，现在还没回来。"万科尹悄声讲，"有同事去总监办公室交资料，说看见他被训得跟孙子一样。"

平时骂人都不带歇气的杨顺成，怕是没料到自己会有今天。

虽然设计部众人吓得不敢吱声，但他们心里都乐开了花，高兴地看热闹。

何青柔颔首，比了个手势，打开电脑赶快做事，她可不想待会儿撞枪口上。

大概几分钟后，杨顺成黑着脸回了设计部，所有人低头装死。杨顺成一肚子火气快要炸了，巡视一圈，走到撞见他挨批评的同事面前，从牙缝里迸出一句话："来我办公室一趟！"

被点名的同事脸色一白，其余人给他一个自求多福的眼神。

何青柔没关注他们，以免被波及。她继续画昨天的图，直到中途发现有一处数据问题，才准备拿档案对比一下，转头发现手机上微信推送了新消息。

是胖橘猫头像那位。

林奈："联系修车店了吗？"

大白天在公司不好表现得太冷淡，何青柔顺手回复："联系了。"

她正要继续工作，对方秒回："过来拿策划书。"

不是说没空明天才批吗？何青柔思忖须臾，也没怀疑，揣好手机起身去总监办公室。

叩叩——何青柔敲门。

"请进。"

林奈在等她。桌子上放着 X6 汽车减速器策划书，每一页都有红笔标记的痕迹。

林奈抽出两份文件递到何青柔的面前，一本正经："你先坐。"

何青柔坐下，没明白林奈在搞什么名堂。

"X6 汽车减速器的工作以后由你接替，至于你手里的任务，杨经理会安排其他人做。这是月末西南山车展的相关资料，你拿回去看看，明天交一份总结给我。"

何青柔没转过弯儿，问："这些不是杨经理在负责吗？"

"杨经理有其他工作，会暂时离开设计部一段时间。"

"为什么？"

林奈道："内部原因。"

何青柔不大理解这决策，蹙眉，有点儿戒备，不禁想到手上正在做的天成的设计图。昨晚她问那是不是杨顺成安排的任务，现在又安排自己上任，何青柔以为自己坑了杨顺成。

但应该不至于。

看出她的迟疑，林奈头也不抬地道："他没做好本职工作，降职处理是上级领导的决定，在我来之前就定下来了，跟昨晚的事没关系。选你接替是在各部门推举的代表中票选出的结果，现在由我负责通知你，和杨经理无关，不用担心。"

这些年何青柔工作踏实本分，能力有目共睹，算得上设计部年轻一辈里的中流砥柱。公司上层会选她，一来想提前考核她，二来是因为她在设计部人际关系好，处事公道，上面想通过她筛选设计部的年轻人才，毕竟案子就那么多，设计部上百人，总不能一人安排一个方案。

"如果你实在不愿意，我们也可以另选他人，不过我建议你接下。"林奈认真地说，条分缕析地给她解释，"这次主要是想给年轻一辈一个施展的机会，如果你不要，公司选的替代者也是跟你差不多条件的。策划都是其次的，西南山车展知名度大，总公司比较重视，另外，据说此次公司会跟和信国际合作。"

减速器策划、西南山车展，随便一个都是可遇不可求的机会，要是做得好，不但考核加分，而且会在她的履历上添上浓墨重彩的一笔。何青柔工作的这五六年里，虽然她经手过不少大大小小的案子，但她基本处于陪跑状态，做事有她的份儿，功劳却归领导，兢兢业业干到现在也只是个小组长，对此肯定是心动的。

和信国际是一家跟东宁汽车集团实力相当的大企业，近年发展迅猛，势头很好。

何青柔自知没经验，不确定能做得下来，不敢草率答应，有点儿纠结，可一想到这个项目带来的好处，咬紧腮帮子，不再矫情犹豫，回道："愿意，谢谢总监。"

看她一脸严肃凝重，林奈不免好笑："你不用太紧张，其实准备工作已经做了大半了，应该很容易上手。两个项目可以同时做，减速器项目你在设计部组队，车展那边，我跟张总都会协助你。"

何青柔捋了捋耳发，应道："这次就麻烦你了。"

林奈道："嗯。"

何青柔又道谢。

"真要谢我不如请我吃饭。"翻开另一份文件，林奈说，"城中区好像有一家茶餐厅很正宗，口碑不错。"

何青柔："……"

这话自然是林奈开玩笑，挪揄着她玩。但见何青柔满脸慎重，林奈眨了下眼，故意说："口头道谢不作数。"

何青柔抿抿唇，老半天挤出一句："可以。"

这回轮到林奈一愣，没想到她会答应。

何青柔直接地问道："林总监什么时候有空？"

林奈缓和一会儿才后知后觉，顺势道："星期天，行吗？"

何青柔又挪开目光，道："行。"

天上掉馅饼地拿到两个项目后，后面的日子变得十分繁忙，她常常连吃饭的时间都没有，每天超负荷工作十几个小时，劳累，但比较充实。

何青柔从设计部挑了七人组成小队，将任务分块布置到每一个人，并请江丰义做技术指导，以最快的速度接手设计。

其实一开始他们就在跟进这个项目，参与过先前的很多工作，但拍板定案的是杨顺成，最终成果稀烂跟他决策失误有很大关系，现在是在前一次经验的基础上重做项目，要突破也不算太难。

不过车展工作那边，何青柔做起来很吃力，她之前没怎么接触过类似的工作，只能找以前的案例分析学习。这方面林奈帮了不少忙，她之前说要协助还真不是随口说的。

林总监实力强，确实有能耐。车展策划雏形经过反反复复十余次整合修改，耗时一个多星期，勉强定下了。

至于请吃饭的事，原先说定了，可由于没时间只能往后推。

林奈最近也特别忙，前总监留下的烂摊子一大堆，一时半会儿处理不完。

周六，X6汽车减速器的设计临近收工阶段，何青柔干脆将大家留下来加班，争取早点儿完成。

自从杨顺成被下放到城东片区做销售，设计部的氛围活络了不少。

才到十点多，万科尹就冲何青柔问："组长，中午吃什么啊？"

何青柔轻声回道："食堂。"

"都吃半个月食堂了，不如今天点外卖吧，食堂饭菜太清淡了，"万科尹嚷着，"就当提前庆祝庆祝呗。"

其他同事一听点外卖，齐刷刷看了过来。

"我还想喝何记奶茶呢，"何青柔不为所动，"食堂送餐上门，又快又省时，多留点儿时间干活儿，不然今天做不完，明天还得加班。"

万科尹信誓旦旦地说："今天肯定能做完！做不完不下班！"

何青柔丢给他一摞资料："这么有精力就把汇总报告写了。"

万科尹哀号："我还有图没画完，再来一份汇总报告，怕是今晚都别想下工位了。"

何青柔淡定道："你写，我就点外卖。"

"好嘞！"万科尹立马答应，光速变脸，"我这就写！"

"想吃什么？"何青柔莞尔，外卖送到这边大概要一个小时，现在点差不多十二点就能送来。

"干锅虾、水煮牛肉、炒酸笋。"万科尹倒是一点儿不客气。

"其他人呢？"

大家跟着报菜名，何青柔一一记下："还有没有人要点？"

"一份意面。"

熟悉而久违的声音插进来。

何青柔停顿半秒，但没看过去，低头在APP上搜索意大利面，点进第一家店：

"要哪种的？"

林奈说："黑椒牛柳。"

因为总监的突然到来，原本欢腾的众人都噤了声，连忙做自己的工作。

林奈倒不见外："待会儿送到我办公室。"

何青柔应道："行。"

待到对方离开，何青柔才抬起头，瞅了下门口的方向。

外卖是万科尹跟另一个男同事下楼取的，他一进办公室就咋呼："刚刚在电梯里我们碰见了一个美女，似乎是人事部新来的实习生。"

靠窗的女同事取笑："咋的，万哥，你又春心萌动了？"

"可别，我配不上。"万科尹连连摇头，颇有自知之明，将外卖拆开摆到中间，一面乐呵呵地描述刚才的所见，一面招呼众人，"大家快来吃饭了。"

众同事全都饥肠辘辘，闻言就一股脑儿围上来。

"哇，这么多吃的，谢谢组长啊。"

"何姐对我们真是太好了！"

"还有何记奶茶，幸福。"

……

奶茶不是何青柔点的。现在的外卖一般会赠送饮料，没必要浪费钱多点喝的。

不过她也能猜到是谁点的东西。她挑了一杯原味奶茶，拿上意面，说："你们先吃，我马上就回来。"

总监办公室的门半开着，里面有其他女人的说话声。

何青柔在门外驻足，不清楚里面是不是在谈事，犹豫着该不该进去，但林奈看到了她。

"进来。"

她只得推门走进去。办公室里只有两人，原本属于林奈的座椅上此刻正坐着一个年轻的鬈发女生。年轻姑娘打扮得很新潮，软趴趴地靠着椅子，两条大白腿搭在桌上，见何青柔进来了，只懒懒地掀了下眼皮，有点儿不高兴，似乎不满意被打扰。

不用问也知道，鬈发女生就是先前万科尹口中所说的人事部美女实习生。

何青柔来得不合时宜，正巧撞上这两位在吵架。

林奈脸色难看，当着何青柔的面就对女生冷声说："把腿放下去。"

女生眉头一皱，但没动，被训斥了有些委屈，用手紧紧抓着椅子，怨恨地盯着林奈。

林奈隐忍道："杨兴宜，公司不是你撒野的地方。"

"放就放，有什么了不起……"杨兴宜不情不愿地收起腿，站起来走到林奈面前，伸手拉她的胳膊，"阿奈，你干吗这么凶？反正办公室就我们两个人，我又不影响你。"

林奈躲开她，看了眼一旁的何青柔。

何青柔脸上什么表情都没有，把奶茶和意面放到桌子上："林总监，您的午饭。"说完，她转身出去。

"什么态度！"杨兴宜对何青柔忽视自己挺不开心，拿起奶茶就插上吸管，喝了一小口，又嫌弃地放回去，"好难喝，味道一点儿都不纯正。"

"没人让你喝……"林奈面沉如水，带着两分怒意道，"你给我买明早的机票回北京，或者我亲自打电话给杨伯父！"

杨兴宜咬牙："阿奈！"

晚上的夜色不错，月圆星稀，小区楼下人很多，三三两两聚在一块儿唠嗑。何青柔难得在九点前到家，收拾好后，坐在电脑前写报告，却没干活儿的心思，半个小时才写了百余字的开头。

减速器的案子收尾，担子轻了许多，连续多天高强度的工作让人疲惫，迟嘉仪打电话约她明天去放松一下。

"我报告还没写完，下个星期吧。"何青柔有些许倦怠，抬手揉了揉眉心。

迟嘉仪说："你白天写，我晚上来接你。"

何青柔像是想到了什么："陈茗行要走了？"

那边的人默然良久，好半晌才闷声回道："后天上午的飞机，她公司安排她去英国交流学习，可能要去半年。"

何青柔没说话，迟嘉仪有点儿低落："我昨晚跟她吵架了，她不理我。"

这对闺密总是不消停，隔三岔五就闹矛盾。何青柔不想掺和她们的事，也不出言打击，只应了声。

"我得跟她道个歉，找机会和好。"迟嘉仪说。

何青柔接道："随你。"

"她这一走不知道什么时候才能再见面，到时候你帮帮我。"

何青柔欲言又止，犹豫间有其他电话打进来——是林奈。她想了想，点了拒接，答应迟嘉仪的请求："行吧，明天八点半我在小区门口等你。我有点儿事，先挂了。"

微信消息闪动。

林奈："在做什么？"

何青柔："刚刚在跟朋友打电话。"

林奈："那你先忙。"

何青柔："打完了。有什么事吗？"

界面上显示"对方在输入中"，好一会儿才有新消息发过来。

林奈："西南山车展总公司会派人过来，名单和相应资料我发到你邮箱了，你注意查收。"

何青柔："好的，麻烦了。"

语气疏离客套。对方没再回消息，可能在忙别的事。

何青柔点开邮箱，大致浏览了一下。这次总公司会派三个人过来，级别都挺高的，一个副总、两个经理。

林奈给的资料里对这三人的介绍非常详细，其中副总是她接触过的，而中年男经理面孔生疏，应该是刚从其他分公司升迁上来的，还有一位是云熙宁。虽然何青柔没见过，但何青柔常听到她的传闻，麻省理工的高才生，能力强，手腕了得，只比自己小两岁。

据说这个云经理很严苛，不好相与。何青柔着重看了她的资料。

看到一半，微信消息忽地闪动。

林奈："下来。"

何青柔不解，还没来得及回复，对方又发消息过来。

林奈："我在楼下。"

何青柔一愣，回复："做什么？"

林奈："吃饭。"

林奈："城中区茶餐厅。"

现在都快十点了，何青柔垂眸："很晚了，改天吧。"

界面上一直显示着"对方正在输入中"。对方好像在斟酌措辞，许久才回复："一点打烊，不晚。"

林奈："我等你。"

她真不想下去。可想了一会儿，何青柔还是答应了。

何青柔："我先换件衣服。"

何青柔换了一件淡蓝色亚麻收腰长裙，来不及打理如瀑布般的长发，只能随意披散着。

老式小区的路灯破旧，柱身锈迹斑驳，灯光昏黄黯淡，偶尔一晃一晃的，好似随时要坏掉。林奈背倚着车门，远远地就看见了何青柔。灯光柔和地照在她身上，显得她越发恬雅文静。

"什么时候来的？"何青柔走近了，问。

"没多久，"林奈打开车门，"才到十几分钟。"

何青柔稍稍提起裙摆，低头坐进去。裙摆提起时，露出半截小腿，等她坐稳了放下裙摆，半个精致的脚踝便露在外面。她的皮肤很白，白皙的脚踝在夜色下分外明显。

车内没开灯，何青柔想系安全带却总扣不进去，林奈侧身："我来吧。"

林奈上车后说："白天那个人，是一个认识的朋友。"

何青柔动了动嘴唇："哦。"

"她爸和我爸是生意伙伴，我们两家常有来往。"

"嗯。"何青柔声若蚊蚋，不自然地挺直背。

林奈替她扣上安全带，驱车前往茶餐厅："她脾气不好，你别介意。"

何青柔说："不会。"

"别跟她计较。"林奈说，她知道杨兴宜做得不对，是对自己不满才成心向何青柔发难。

其实何青柔也没太往心里去，不会跟小女生一般见识，虽然当时她确实有点儿不舒服。林奈的话让她听着就舒坦，她用余光打量起这个上司，头一回遇到这么好脾气的领导。

车里的光线阴暗，看得不大清楚。何青柔盯了对方将近半分钟，中间假意别开视线，但没多久又转回来。

"好看吗？"林奈缓和气氛地问。

何青柔窘迫，口是心非地道："没看你。"

林奈笑了笑，不语。

茶餐厅位于一处比邻热闹步行街的老巷子里，不过位置比较偏，需要绕两个弯才能找到正门。这家店从外面看就是普通的两层老式楼房，一楼是空的，二楼才是茶餐厅所在。

店里的装潢简单干净，有着浓浓的港风味，老板就是地地道道的中国香港人。

这家店的生意还行，大部分桌子都坐了人。只有两名服务员，加上老板和老板娘，店里总共才四人，所以有点儿忙不过来，要吃就得等。

她们点了餐厅里的特色菜，大约等了四十分钟。老板热情，但普通话说得烂，口音很重，林奈用粤语跟他交流了几句。也许是听到家乡话亲切，老板送了两杯奶茶给她们。

何青柔听不懂粤语，好奇林奈一个北京人竟然会说这个。

林奈说："我在广州长大，所以会讲一点儿粤语，不过我有六七年没去过那儿了。"

记得她老家在北京，何青柔随口猜测："小时候你和外婆一起过？"

林奈摇头道："跟我妈，我爸太忙了。"

何青柔反应过来，但俨然会错意了，还以为这是父母离了，于是说："抱歉。"

"你道歉做什么，"林奈笑，"他俩关系好得很。我妈是个女强人，在广东那边一家上市公司，我爸那边的家族企业主要在北边一带，所以我出生以后，两人就分开发展了，但不是离婚，大概一两个月会见一次。"

何青柔感慨，真心实意地道："你家挺厉害的。"

她知道林奈很有钱，从上班开路虎，平时开法拉利就能看出，但没想到这么富。

林奈回道："将就。"

何青柔感慨："以前没见过这么有钱的。"

苦苦为几千上万月薪挣扎的普通人完全想象不到这种生活，她工作这么久，存款与那百分之三十的买房首付都差着一大截，她跟林奈真的天差地别。

林奈说："有钱是有钱，不过不是我的。"

"但终归会是你的。"

"理论上是这样，因为我是独生女。"

何青柔一噎，默默喝了口奶茶。

林奈问："你呢？"

"什么？"

"你家是怎样的？"

"普通工薪阶级，日常就是吃喝工作，偶尔聚会、旅游。"何青柔一口气讲完，"反正跟你差别很大。"

林奈笑了笑，道："哪里差别大，我不也跟你一起工作吗？"

何青柔没接话，不和家境优渥的富二代掰扯这些。

离开茶餐厅时刚过凌晨，步行街清冷了许多，她们并肩同行，沿街走了一会儿，随便逛了逛。

过后，林奈送何青柔到小区楼下。

"麻烦你送我回来。"何青柔下车，关门。

林奈说："客气。"

"太晚了，你先回去吧。"

"嗯，好。"

不知道该怎么接话，何青柔挤出一句："那周一见。"

林奈应道："周一见。"

何青柔转身离开，刷卡进了小区，慢慢消失在夜色中。

坐在车里，林奈盯着那个方向不知在想些什么，直到对面楼房八楼的屋子亮了灯，她才开车回去。

一夜安宁。

很久没有睡得这么舒服了，何青柔在床上赖到中午才起，洗漱后自己动手做了顿午饭。

下午，她不紧不慢地搞定了报告，之后化好妆，等迟嘉仪来接。

迟嘉仪八点就到了，打电话喊她下楼。

何青柔走到车前，看见陈茗行正一言不发地坐在后座，两人对视，相互点头以示打招呼。

迟嘉仪心情不错，一路说个没完没了。可惜坐在后座的人从头到尾没说过一句话，甚至连头都没抬过。

坐在副驾驶座上的何青柔心里门儿清，大概懂了，已然预料到今天的饭局不会太愉快。

作为朋友，何青柔挺了解她们是什么样的相处模式。这两人就像是上辈子的冤孽，时不时就要闹一回，作来作去的，一天两天也和好不了。看这样子，陈茗行肯定还在气头上，今天迟嘉仪的道歉恐怕不会有结果。

一行人这次要去的是一家小型的私人酒店，位于城区外三公里处，开车大约半个小时的路程。那边有其他朋友在等着。

下了车，迟嘉仪先打了个电话，不等接通又挂掉，然后将她俩领到二楼。

迟嘉仪想挽陈茗行的手套近乎，但有心没胆，不敢实行。

陈茗行冷着脸，气性很大。

迟嘉仪不紧不慢地跟在陈茗行的身后，说话间难掩兴奋："你走前面。"

陈茗行抬眼看了她一下，嘴唇嚅动，看样子是想说什么。

想到陈茗行可能又是想拒绝，迟嘉仪愣了愣，喉咙里发酸、心里也酸，霎时就红了眼，但强忍着说："你上去看看吧，我准备了好久的。"

陈茗行内心挣扎，可到底还是点头同意了。她们沿走廊走到最后一个房间，打开门，里面一片漆黑。

"你闭上眼。"迟嘉仪低语。

陈茗行照做。

好一会儿，迟嘉仪的声音传来："可以睁开了。"

"提前祝你生日快乐。"

陈茗行有些惊讶，冷漠的脸上多了两分暖意，来时她想了许多种可能，就是没料到是给她过生日。陈茗行喉咙发紧，薄唇翕动，话到嘴边又生生咽了回去。

迟嘉仪端着蛋糕定定地看着她，眼里雾气蒙蒙，满是执拗。

屋内的其他人你看我我看你，相视无言，不知在这种情况下该怎么捧场，气氛冷寂而怪异。

"吹蜡烛吧，再不吹都要烧完了。"一人硬着头皮喊，其余的人都立即反应过来，连声附和。

迟嘉仪把蛋糕抬高送到陈茗行面前："要不要许个愿？"

"好……"陈茗行无奈应下，合上眼，几秒后睁开，轻呼一口气吹灭蜡烛，"用心了，谢谢。"

迟嘉仪将蛋糕放到桌上："来切蛋糕。"说完，她却突然抬手擦了擦眼角。

其他人想劝，何青柔悄悄拦住她们，使眼色让所有人出去。大家默契地离开房间，并贴心地带上门，去了二楼大厅。

何青柔没跟她们一起，而是只身在大厅休息区待着，同行的短发女人走过来挨着她坐下。

"你好，我叫吴妗。"短发女人向她伸手，举止友好而大方。

何青柔认出她是迟嘉仪的朋友，但与之不熟。

"你好。"

"何青柔？"

"是。"

"我们之前见过几次，"吴妗说，"不过不知道你有没有印象。"

"有的，上回为陈茗行接风你也在。"何青柔回答。

"我一直想跟你认识一下，怕太唐突了，就没敢打扰。"

何青柔不习惯这种交际，走过场地客套道："不打扰。"

"听嘉仪说你搬到老城区去了，我也住那边，有空可以出来坐坐啊。"吴妗笑了笑，

有点儿过分热情了。何青柔出于礼貌答应了，别扭于怎么接话，这时手机显示有新来电——林奈打来的。

她抱歉道："我接个电话。"

吴妗点点头。

拿了手机走到大厅外的过道拐角处，何青柔接起电话，压低嗓音："怎么了？"

没人回答，只有嗞啦嗞啦的电流声，应当是信号不好。少顷，手机里才传来对方清冷的声音："刚刚过隧道没信号。"

何青柔"嗯"了一声。那边又说："明天你需要跟我出一趟差，去和信国际。早上九点半的飞机，具体的资料文档我会拿。你明早不用回公司，先去机场等我。"

"那……要去多久？做什么？"何青柔眉头紧皱，一般情况下出差不会这么急，除非有特殊情况。

"半天，晚上就可以回来，不是什么大事，只是去参观了解。我也是才接到的通知，时间比较仓促。"

"行，"何青柔回道，"那到时候等你。"

"别迟到。"

"不会。"

对方没再说话，但也没挂电话。

何青柔将手机换到另一只耳朵接听，那边传来哗哗的风声。

另一边，林奈刚驶出高速公路，慢慢降低车速，正把车窗降低了些，风呼啦往里灌。她将手机音量调高，想等对方先开口，可最后还是自己先开口："在做什么？"

何青柔说："跟你打电话。"

她说话细声细语，声音柔柔的。林奈不自觉地握紧方向盘，带着两分缠绵暖意说道："问你接电话之前在做什么。"

何青柔含糊道："跟嘉仪她们一起聚会，你呢？"

"加了一天班，正在回家路上。"

公司的事情总是一茬接一茬，今天忙完，明天又是一大堆。其实出差的事林奈上午就接到了通知，当时给何青柔发消息就可以了，但她不想这么公式化。

何青柔搜肠刮肚也没什么话可讲，沉默了一会儿，问："还有什么事吗？没有的话，我就先挂了。"

林奈试探性地问："现在不方便吗？"

何青柔道："那倒没有。"

林奈移开话题道："减速器的收尾工作进行得如何了？"

"都做完了，明天就可以上交。"何青柔交代。因为要出差，她待会儿还得联系万科尹，让他把相关材料都交上去，以及提前布置后续安排。

"应该是没问题的，这次审核会比较快，可能星期五之前就会出结果。"

"希望能过审。"何青柔希冀道。

现在整个部门都比较关注这个项目，有几个资历老的前辈对此不满，明里暗里都在挑刺儿生事，毕竟这个案子原本该转给他们。如果策划能过审，奖金肯定丰厚——起码两万打底，而且只多不少，捡了便宜总会招人惦记。

何青柔微侧着耳朵，因为手机里哗哗地响个不停，补充一句："你那边风声太大了，我听不清楚。"

林奈听了，顺手关上车窗，道："等案子结束，记得答谢姚副经理和江师傅。"

"姚副经理？"何青柔下意识地脱口而出。

林奈悉数告知："其实这次设计部推举的代表是其他人，是他俩向上面力荐的你。"

正是他们极力推荐做担保，上层才会关注到何青柔。各部门的代表是部门经理推荐的，杨顺成本就对她有意见，必然不会推选她，只能是别人。

何青柔不知道这事，有些意外，缓了缓，应道："好，我会的。"

"聚会别玩得太晚，早点儿回去，明天别迟到了。"林奈耐心提醒，道，"我快到家了，先不说了。"

何青柔点头，等对方先挂电话。

何青柔往回走的时候，遇到陈茗行开门出来。

彼时的陈茗行脸涨得通红，似乎是被迟嘉仪气得更窝火了。出来碰见人，陈茗行愣了愣，下一刻又不自觉地回撤两步，退回去把门虚掩上。

何青柔不由自主地朝门那儿看了一眼，从门缝里瞧见一晃而过的白影，而后听到陈茗行低声道："咱俩没完！"

不多时，迟嘉仪又是一句："对不起嘛，消消气，消消气……"

何青柔抬了抬眼皮子，全当没听到，淡定自若地回到大厅。

星期一天气明媚，万里无云。

到了北京，和信国际的总经理亲自带人来接她们，下机后一群人直奔和信国际的工厂。

同总经理一起来的有两个员工，一个是部门经理，另一个是研发部的年轻员工，看起来二十三四岁的样子。

年轻员工口才挺好，从公司讲到产品，头头是道。

总经理中途出去了一次，再回来对着部门经理和员工耳语一阵，先离开了。

林奈她们这次大老远来参观，主要是看看和信国际今年研发的新能源汽车，这也是此次两公司合作的原因。近年来新能源之风在汽车行业较为盛行，很多公司都为此斥巨资大搞，东宁汽车集团也不例外。

但进工厂老半天了，对方还没提到这个，何青柔跟林奈对视一眼，径直向年轻员工挑明来意。

年轻员工顿时面露难色，瞅了瞅部门经理。

部门经理赶紧圆场："这马上就到中午了，也不急在这一时，不如我们先吃饭？"

林奈皱眉道："出了什么事，你直说。"

部门经理没想到她这么直接，斟酌须臾，还是实话实说："厂里临时出了点儿问题，今天应该看不了……"

说着，部门经理观察林奈的神情，又飞快地补充道："也不是什么大问题，最多明天就能修好！"

年轻员工反应机灵，继续找补："您二位大老远来一趟，正好今晚可以去故宫、长安街这些地方逛逛。"

何青柔做不了决定，一切看林奈的意思。

两家公司已合作了大半年，现在就是维修两天也得等着，林奈也没办法，只能同意。

部门经理舒了口气，火速让年轻员工去安排住宿。

年轻员工会说话，但做事不够周到，给她们安排了双人间。

捏着房卡，何青柔在门口足足站了一分钟，最终认命地开了门。

酒店双人间很宽敞，设施齐全，两张床并列摆放着，中间距离一米多。厕所浴室是一体的，仅用了一块透明玻璃隔开。房间与厕所也是用玻璃墙分隔开的，从外头往里面看，一览无余。

房间的另一边是合拢的深色遮光帘，再后方是落地窗。何青柔拉开窗帘，房间瞬间亮堂了许多。

今天的天气本就不太好，灰蒙蒙的，天空像盖了一层白灰色的薄被。

酒店临近马路，从十八楼往下看，街道上的车密密麻麻的。北京的交通果然名不虚传，才下午四五点街上已经堵成长龙了。

在前台办好入住手续后，林奈拿着两个黑色袋子回来了，顺手放好东西，问何青柔：“你睡哪张床？”

“外面这张，”何青柔回道，可突然想到晚上洗澡，又立马改口，“里面那张。”

林奈倒没想这么多，她都行：“那我睡外面。这是前台给的，晚上可以换上。”说着，她扔了一个黑色袋子给何青柔，里面是换洗的贴身衣物。

她俩不是特别熟，连朋友都算不上，压根儿没到和迟嘉仪她们那样的程度。何青柔太内敛，多少还是有些不自在。

看她没反应，林奈晃了晃自己手里那条黑色同款：“你要是不喜欢白的，可以跟我换。”

何青柔默然不语，看了一眼袋子，眼神复杂。

“是新的，还消过毒。”林奈以为她担心贴身衣物不干净。

念及只今天穿一次，凑合一晚就过去了。何青柔面无表情地打开床头柜抽屉将其搁进去：“谢了。”

“晚上要不要出去走走？”林奈问。她对这儿熟，可以给何青柔做向导。

“我还有点儿事要做，”何青柔埋头滑着手机屏幕，点进小组群看工作进度，万科尹在群里说已经把材料呈交上去了，“可能得八九点才有空。”

“到时候可以去长安街，那边夜景不错。”

“行。”她一边回答，一边给万科尹发消息，让他去相关部门跑一跑，跟进审核进度。

林奈没什么事可做，随意翻了翻资料。

何青柔问：“你不回家看看？”

林奈抬头看她，无奈地笑了笑：“回去我爸妈也不在，没必要。”

何青柔转开话题：“听说北京小吃多，到时候你可以带我去瞧瞧。”

“行，王府井、护国寺那片儿都挺好，外地人一般喜欢去那里。”林奈跟她介绍。

何青柔扬了扬唇角，低头继续忙手里的事。

约莫九点出门，她们坐车到了复兴路附近，步行穿过西单大街，再往东走到王府井。

何青柔头一次到这里，不认识地方，全靠林奈引路。

这边一路灯火通明，极为繁盛，街上的游客很多，二人并肩而行，边走边看，时间过得飞快。

林奈给她买了一串糖葫芦："小姑娘都喜欢这个，和南方的不一样，你尝尝。"

何青柔笑道："我比你大五岁。"

她都二十八岁了，这个年纪的人，再显年轻也不是这个叫法，怪别扭的。

林奈拿手机对着她拍了张照片："不介意吧？介意我就删了。"

她没说话，算是默许了。

"你很上镜。"林奈说，似乎当她是临时模特。

林奈一脸诚恳，真心实意的模样倒是搞得何青柔很不适应。

何青柔看向远处，说："一般吧。"

街上的情侣很多，也有一家人出来散步的，欢笑亲昵的画面在橘黄灯光下，显得格外温情。

何青柔愣神间，眼前忽地白光一闪，离她们三五步远的地方，一名工装打扮的拍客半蹲在地，他手里的相机正对着她们。

拍客走到何青柔面前，歉然道："职业毛病，忍不住就拍了，真对不起啊。"

"没事，"何青柔和气地说，"不发出去就行。"

"你放心，肯定不会，你要不要看一看？画面还蛮有意境的，不然我也不会拍你们。"拍客挠挠头，高兴地保证着，接着把相机举到何青柔面前。

热情难却，何青柔点了点头。

照片上的背景是灯火辉煌的街道，灿烂而绚丽，犹如满天星子堆聚，何青柔在前，立于光亮之下，林奈在后，站在昏黄里，何青柔在凝视远处，而林奈在看她。

"怎么样，我拍得还行吧？"拍客笑问，"要不要我传一份给你？"

何青柔犹豫了半秒，回道："那谢谢你了。"

"那行，你留个邮箱，我到家联网了发给你。"

何青柔将邮箱地址留给拍客。

见两人似乎聊得挺投机，林奈饶有兴致地走过来，对拍客说："能给我看看吗？"

拍客当然同意，拿起相机就要给她看。何青柔却觉得照片里自己的样子有点儿傻气，不想让林奈看，不动声色地挡在中间，拉住林奈的手："我们去前边瞧瞧吧，好像挺热闹的。"

林奈眉头动了动，知道何青柔这是不好意思，没有介意，于是顺着她的话，不看了。

撇下拍客，两人继续向前走，看到有不少卖首饰和服装的店铺。

为缓和气氛，林奈问："这里可挑选的款式多，要不要进去看看？"

出来一趟哪有不买东西的道理，何青柔四处瞧了瞧，决定去左边的银饰店看看。这家银饰店面积不大，装潢看起来很普通，东西应该不贵。

然而她们进去转了转，她看中一条没有标价格的吊坠项链。一问，两万八千。

最后她什么也没买。

"回去吧，都快十点半了，明天一早还要去和信国际。"

"不再看看？"

"不了，有点儿累了。"

看也买不起，那价钱不是何青柔能承受的。

两人打车回了酒店。

今夜的月色朦胧，与白天的阴沉灰暗不同，半弯月将天照明，与地上或白或黄的灯光相互映衬。

何青柔坐在落地窗前玩手机，随意看了几条新闻。屏幕上方消息显示，有新邮件收入，是一个陌生的邮箱发来的，应该是那个拍客。

何青柔点开邮件一看，果然是。

现在看照片与先前看时的心情不大一样，她心里莫名生起一股惆怅感，空落落的，盯着照片看了会儿，将其存到相册。

一旁的林奈问："你先洗，还是我先洗？"

何青柔抿了抿唇，不自觉地看了一眼透明玻璃，道："你先洗。"

没她这么别扭的心思，林奈大大方方地进去了。

玻璃墙是磨砂材质的，何青柔没好意思看那边，一直垂着眸子。封闭的屋里空气沉闷，倏尔有些压抑。

这人洗完出来时，穿着酒店的一次性睡衣，长度只到腿根处。她一边拂了拂半干不湿的头发，一边说："我洗好了，该你了。"

何青柔"嗯"了声，默然走进去，飞快脱了衣服、裤子进了浴室。

浴室里，余留的热气不散。花洒喷出的水沿光洁的背部流下，顺着腰线蜿蜒到小腹，再经腿流到瓷砖地板上。

水有点儿烫，温度偏高了，何青柔额角都出了层薄汗，背对着外面冲肩膀。她红唇张合，仰了仰头，缓缓气息。

她在浴室磨蹭许久才出去。何青柔推门，林奈已然坐在床上埋头玩手机，跟先前的她如出一辙。

酒店准备的睡衣一长一短，林奈穿了短的，长的留给了何青柔。

见她出来了，林奈放下手机，进卫生间拿吹风机吹头发。

古怪的是，双方都没有主动开口说话，不似原先在外面逛街时的随意。

大抵两人都不习惯和别人同住一屋。

何青柔走到床头摸起手机看了看，第一件事是查阅信息和回复。

万科尹给她发了消息。

万科尹："组长，我私底下问了一个上面的熟人，他说初审明天就出结果，我们的策划挺不错，高层很满意。"

何青柔："辛苦了。"

万科尹："今天姚副经理来视察工作了，她让你明天回公司后去办公室找她。"

何青柔一愣，姚副经理有事可以直接给她发消息，干吗让别人代传。迟疑了下，她回道："好，知道了，我明天下午到公司。"

万科尹："中午组里在商量，等审核通过要不要搞一次聚餐，大家让我问问你的意见。"

忙了这么久，肯定是要的。何青柔打了个"行"字，思索片刻，重新输入："星期六晚上我请大家吃火锅。"

消息发送后，她又加了一句："可以带家属。"

聊天界面半晌没动静，大约半分钟后，那边发来消息："谢谢组长！！！我刚转告其他人了，破费了破费了！"

何青柔笑了笑，放下手机，拿起资料思考明天要做的事。

旁边厕所里，吹风机呜呜响着，等她想得差不多的时候，声音正巧停止。

"你进来一下。"林奈朝她说。

"怎么？"她好奇道，但还是放下资料过去了。

"我给你吹头发，"林奈把她拉到面前，解开包头发的浴巾，将头发都打散，"湿着头发容易着凉。"

感到后颈一凉，她下意识瑟缩，不着痕迹地退开，道："我自己来。"

林奈却将她按住，"别动。"

林奈按下吹风机开关，用修长的手指在她墨发间穿梭，"很快就好。"

何青柔没再动。吹风机开的中挡热风，温度刚刚好。头皮上时不时的触感让她感到酥酥麻麻的，很舒服。

不到十分钟，头发吹干。把吹风机挂回墙壁上，林奈镇定地说："可以了。"

何青柔点点头。长这么大还是第一次享受这种待遇，连家里人都没这么对待过她，对方的好意让她感到亲切又不大适应。

方才洗完澡的水汽还未完全消散，卫生间的温度比起外头稍稍偏高。

"我先出去了。"何青柔说，觉得这里有点儿闷，侧身避开林奈出了浴室。

林奈不着急，留在里面收拾，过一会儿才出去。

晚些时候，何青柔窝在床头翻资料，余光却好几次看向林奈。

林奈又在看手机，用白皙细嫩的手指在屏幕上点来点去，表情严肃认真，紧抿着唇，应该是在处理公事。

林奈的唇形很好看，两边薄中间呈 M 状，挺翘且饱满，是现在很流行的唇形。她不怎么涂口红，但由于唇色本就红润，丝毫不失风情。

由于一直低垂着脑袋，林奈额前的碎发飘落，挡了半张脸。从何青柔这个角度看去，只能隐约看到林奈精致的轮廓，以及那半合的粉唇。

"你盯了几分钟了，我看起来很稀罕？"林奈抬头，打断她的出神。

何青柔微窘，但面上万分镇定，张口就辩解："没看你，我在想事情。"

看穿不拆台，林奈轻笑了声。

何青柔把资料放到一边，从床头柜上拿了一瓶矿泉水喝，凉意顺喉而下，瞬时将杂七杂八的别扭念头冲散许多。

之后两人都沉默少语，时间过得飞快，愣一次神的工夫就到凌晨了。

关灯后，房间陷入一片黑暗。上了床，林奈打个招呼："睡了。"

"嗯。"何青柔侧身躺下，将大半个身子都裹进薄被里。

床宽大柔软，她却没困意，偏头望了望林奈那边，但黑暗中什么也瞧不见。

脑子里有些乱，越想越睡不着，但她不敢随便翻身，怕吵到林奈，如此迷迷糊糊大半夜，也不知道哪个时候睡着的。

何青柔中途醒了一回，睁眼时房间里仍是黑的，一看时间才四点多。她口渴，于是撑坐起来伸手拿水喝。

刚喝进去一口，外面忽地一声惊雷巨响！

她吓了一大跳，惊得水瓶都掉了，矿泉水全倒在被子上了。

熟睡的林奈也被这一声雷惊醒，外面开始闪电，房间里一瞬间通亮，林奈看到何青柔坐着，便顺手把灯打开。

"怎么了？"林奈问。

何青柔定了定心神，道："没事。"

林奈掀开被子起身，发现她的被子湿了大半，连床也湿了一小块儿。这么晚了，总不能打电话让前台来收拾。林奈不讲究，径直说："去我那边。"

何青柔张嘴立即拒绝："算了，我用吹风机弄干。"

"麻烦，没必要。"

"还好。"

林奈说："吹风机又取不下来，得把被子抱进去弄。"

何青柔回道："很快就好了。"

林奈说："过来。"语气有些强势。

然而，何青柔不动。

林奈为此找了个借口，说："逛了一晚上不累吗？再不睡，继续熬夜，明天别想工作了。"

何青柔还想再说什么，红唇嗫嚅，可后一秒就被林奈抓了过去，不给拒绝的机会。

"安心睡觉，八点起来。"

外头哗哗下起了倾盆大雨，电闪雷鸣不断，钢化玻璃的隔音效果差，雷声震耳。

抱着枕头，何青柔躺在里面。被窝里暖和，余温尚存，温暖包住两人的全身。

两人合上眼，进入梦乡。

第 2 章

一起出差后

雨持续了一夜，到早上终于停歇，何青柔醒时林奈不在，不知道她何时起床了。
落地窗上全是水滴，清晨的阳光直射到玻璃上，水滴因反光而闪动。

何青柔坐起来，趁着林奈不在的空当换回自己的衣服，简单收拾了一番。

等收拾得差不多了，林奈才进来。原来她是出去接电话了。

她跟没事人一样，同何青柔打招呼："早。"

何青柔道："早。"

"酒店会提供早饭，你想在这儿吃还是去外面吃？"

何青柔回答："就在这儿吃，九点还要去那边，别迟到了。"

"那我打电话让他们送饭过来。"

吃完早饭退房，赶在九点前到达和信国际。那边的问题已处理好，总经理和昨天那两位已在等候她们。

整个参观过程都进行得很顺利，上午就结束了。

可能是担心昨天的突发状况会对今后的合作造成影响，和信国际这边对她俩万分热情，好吃好喝招待，总经理还以私人名义送了一大堆东西，一直笑眯眯的，字里行间都在旁敲侧击林奈的态度。

林奈游刃有余，走过场地应付道："这回有劳您了，期待西南山车展与贵公司合作，携手共创佳绩。"

潜台词就是不会影响合作，尽管放心。

总经理顿时眉开眼笑，又讲了许多客套话，到点了让年轻员工开车送她们去机场。

回程是下午三点的飞机，到南城四点左右。东西林奈没要，交给何青柔自行处理。

进了设计部，何青柔将这些东西分了一些给小组里的同事，随即准备去找姚副经理。

同事叫住她，说门口有人找。她又走到门口。

找她的是花店员工："您好，请问您是何青柔何小姐吗？"

何青柔一头雾水，道："我是。"

花店员工递上一张订单单据："这是有位客人给您订的花，麻烦您签收一下。"

何青柔感到疑惑，谁送花给她？

她签了字接花，发现花里夹着一张小贺卡，拿出来一看，上面只有一个字母"W"。

W会是谁？

"谢谢。"花店员工抽回单据，又给她一张卡片，"这是我们花店的名片，要是有需要，可随时拨打我们的电话，我们花店提供送花上门服务。"

何青柔收了名片。

花店员工弯腰告别："那何小姐再见。"

何青柔抱着花转身，想把它先放在桌子上，却不料一转身就碰到了刚分开不久的林奈。

对方正若有所思地盯着她手里的花。

冷不丁地撞上林奈，何青柔第一反应就是把花藏到身后。可还是没能藏住手上的东西，且林奈仅仅瞧一眼，而后收回目光，没太在意，转身就进了设计部办公室。

私生活与工作无关，在公司收花挺引人注意的，过于高调了点儿。回到座位，何青柔把花放到桌子上，想了片刻，又把它搁到了桌子下。

这么大一捧玫瑰引来了办公室里不少人的关注，万科尹探身过来小声问："组长，有人追你啊？"

"不是，"何青柔否认，"不知道谁送的。"

"无缘无故送玫瑰，肯定是追求你的。"万科尹笃定，笑得贼兮兮的，"脱单了请客啊，大家都等着呢。"

"星期六还想不想吃火锅了？"

"哎！我不说了！"

"我去趟姚副经理那儿，要是有人过来交资料，你帮我先收着。"何青柔说，顺手带上纸笔。

"成，你去吧。"

姚副经理全名姚云英，今年刚五十出头，资历老，为人和善，是分公司刚建立那会儿从上头调下来的员工。何青柔刚参加工作就是姚云英带的，她算是何青柔半个师父。

本以为对方喊她过去是要交代公事，孰料姚云英只是问了一些工作上的问题。何青柔耐心听着，也不着急。

"青柔啊，我刚看见你收了一大捧玫瑰，男朋友送的吗？"姚云英弯弯绕绕半天终于进入正题，想给自家徒弟介绍一个青年才俊，提前探探口风。

姚云英有个侄子，事业有成、模样周正，比何青柔大两岁，眼看着就快到三十一岁了，对象还没一个，家里人都挺着急的。她想着何青柔就挺适合，人漂亮，性格好，关键是同在一个公司知根知底，总比相亲来得实在。姚云英想为俩年轻人牵牵线。

这个问题真不好接，她斟酌片刻，回道："不是，还早得很，不考虑这个。"

"二十八岁了，自由恋爱还是搭伙过日子，终归得找一个。"姚云英说，"现在不搞快点儿，过两年就都是人家挑剩下的了。"

"不慌，最近手上工作多，没那么多时间。"何青柔揣着明白装糊涂。

姚云英是聪明人，眼见她不感兴趣，倒不强求，继而又讲到工作。她不会让何青柔难做，毕竟今年设计部肯定要升一个人，到时候管理层空缺，按眼下的趋势看多半是要提何青柔上来，姚云英心里门儿清，分得清主次。

"好好干。"姚云英拍拍她的肩膀。

何青柔顺着台阶下："我会的，承蒙您照顾了。"

"也要你争气才行，我顶多算个作用不大的助力。"姚云英挥挥手，"行了，回去忙吧。"

何青柔出门，还沉浸在刚才的事情里，一个没注意，走到转角就撞上了人。

"小心些。"林奈低声说。

走神的何青柔稳住身子，往后稍仰，立即道歉："不好意思，没看到。"

林奈说："没事。"

何青柔说："刚刚在想事。"

"因为送你花的那个人？"林奈忽然问。

何青柔有点儿蒙，没反应过来，问："什么？"

林奈说："何组长挺受欢迎。"

办公室里的八卦传得快，一点儿风吹草动都瞒不住。

何青柔"啊"了一声，装傻充愣，没接这句话。不等她们多聊，下一刻来人了。

"总监、何姐。"小吴抱着一摞资料喊道，看样子是要送到姚云英那儿去。

何青柔侧身望去，冲小吴点头示意。

林奈也大方地颔首回应。

等人走远，她们不好再闲聊下去，各回岗位。

因为被匿名送花的小插曲，何青柔一直浑身不舒服，工作都没心情。

她其实不喜欢这种自以为是的追求方式，尤其还是送到公司，这样不会让她感到浪漫或怎样，只觉得被打扰了，也没啥隐私。她向来把工作和私生活分得很开，不喜欢这样。

这份困扰一直持续到晚上。回了家躺在床上，何青柔望着天花板出神，一闭眼就烦躁，不知道是哪个不长眼的干的好事，搞得公司里的同事都看见了。

她点开微信打发时间，无意间点进了林奈的朋友圈。这人的动态只有几条，全在晒猫。

何青柔一条接一条地翻了遍，想退出来时，后知后觉地发现似乎对方所有动态都没有她们的共同好友的点赞。

林奈是总监，公司那么多员工，她俩应该会有共同好友才是，除非这个号是私人号。

闲着没事干，何青柔点进公司的群，发现公司群里并没有头像是橘猫的号。

……这确实是私人号。

看来顶头上司和她一样，是个不爱把工作和生活搅和到一起的人。

何青柔翻了个身，又翻了翻朋友圈。

第二天，何青柔七点五十分到公司，旁边总监办公室的门是关着的，往常林奈都比何青柔先到，今天却例外。

何青柔留了个心，出门进门都关注那边，但办公室一直关着门。一打听才知道，林奈临时有事去隔壁市了。且这一走就是两天，一点儿消息都没有。

这两天里，W仍在给何青柔送玫瑰。同一家花店，一天一束，一束99朵。

何青柔在第二次就拒收了，但第三天花店还是照常送花来，她让花店员工转告那位W别送了，可员工很为难，因为W订了一个月的花，订单已经成交，花店必须把剩下的二十几天送完，不管何青柔收不收。

这种胡搅蛮缠的追求方式真让人头疼，搞得办公室里的同事都以为她好事将近，整天问东问西的，怎么解释都不管用。

这日下班前，何青柔在收文件，快两天没踪迹的林奈打来电话。

望着来电显示，她犹豫了一会儿接不接，最后还是走到角落里，接通电话："怎么了？"

那边有点儿吵，只听得到嘈杂的谈话声，好半晌才传来林奈的声音，语气有些许疲惫："你晚点儿有空吗？"

何青柔顿了顿，道："你说。"

电话那头，林奈站在玻璃窗前，身后的会议室里十数个西装革履的人正在激烈讨论，争得不可开交。林奈问："我的猫好像生病了，家里的阿姨今天请了假，我要凌晨才能赶回来，你可以带它去医院看看吗？"

她的猫……何青柔第一时间就想到对方微信头像上那只胖成球的橘团儿，圆润得可以压倒炕，挺乖的一崽子。毕竟两人不熟，何青柔有点儿纠结，没有立马答应。

那边不方便讲话，只能长话短说。

看不到电话这头何青柔的反应，林奈解释一番，她是从监控里看到猫从早上到现在一直没怎么动过，连东西都没吃，要不是它时不时地抽腿，乍一看会以为这小崽子已经升天了。

看样子应该是吃多了积食，以前就发生过这样的情况。猫的肠胃一向不好，稍不注意就会生病。小胖团儿机灵活泼，经常偷吃猫粮，藏哪儿都能被它找到。

"你要是没空就算了，我找个跑腿过去。"林奈说，也不叫她为难。

何青柔默然，不好拒绝。

林奈还在等着她的回答。

"行，我刚好下班，你把地址发我手机上。"何青柔轻声道，到底还是同意了，拿好车钥匙出门，"对了，我怎么进去？"

"我跟门卫打过招呼了，你直接去就行，门卫会带你过去，开门密码 610613。"林奈一口气交代完，正和何青柔说着，有人叫她，她跟对方比手势示意马上就去，"它脾气不太好，你注意别被它抓了。"

"嗯，好，"何青柔边说边走进电梯，按下①键，突然想到什么，又问，"你的猫叫什么名字？"

"五两，叫它名字它会答应，它听得懂。"

何青柔随口问："重五两的五两？"

那边的人回答："嗯，捡到的时候它有五两重。"

何青柔不由得好笑，这名字也取得太随便了："我晓得了，你去忙吧，到医院了我给你发消息。"

林奈应声，挂掉电话。

何青柔根据地址开车过去，没多久就抵达林奈居住的新城区廊桥水岸。这里全是小型别墅，一个青年门卫带她到林奈家门口。

林奈的房子装潢偏简约风，整体呈黑白色调，干净空荡，一眼就能看完。猫窝在客厅角落里，一动不动地趴在黑色垫子上。听见开门声，它转了转脑袋，立马冲何青柔叫了一声。

想到林奈的叮嘱，何青柔怕突然过去会吓到它，便先试着一点点靠近。等她走到猫跟前，蹲下身想摸一摸，猫却忽地站起来，"噌"的一下退到墙壁边贴着。

它被吓到了。它朝何青柔叫，似乎有些生气，肥脸肉嘟嘟的，眼睛圆不溜秋，委屈巴巴又异常可爱。

何青柔一点儿养猫经验都没有，也不知道该怎么办，总不能强行把它抓进笼子。她收回手，极力显得温和无害一些，柔声喊道："五两……"

听见有人喊自己，五两仰起头喵了一声以作回应，抬起尾巴扫了扫，小心翼翼地打量她。

何青柔没敢动，她听养猫的同事说过，猫跟人不同，它戒备心重，不会辨别你的表情或动作，如果轻易动了，它会以为你是想攻击它。而且猫会感知人的情绪变化，她只能尽量显得温柔些，让五两放下戒备。

"五两，"她喊道，想了想干脆坐在地上，又招呼两声，"不要怕，过来。"

五两再次腾空扫尾巴，歪头看着她："喵——"

可能是感知到她不会伤害自己，五两抬了抬爪子，在原地踏步一会儿，然后慢慢朝她走来，快要靠近她时，又伸长脖子闻了闻。

何青柔让自己放松下来，观察它要做什么。

五两绕着她走了两圈，或许是确认她对自己没有恶意，于是试着伸爪子去摸她的西装短裙。猫肉垫软软的，大腿的肉也软，它新奇地按了按，扬起脑袋瞅了眼何青柔，接着再新奇地按了下，又把另一只爪子也搭上来，两只爪子交替踩着。

等它逐渐放松警惕，何青柔试着摸它的背，它没反应，看样子没那么排斥了。

现实中五两看着比照片上还胖，实打实的胖，连背上都十分有肉感。

猫咪太胖其实不利于健康，更容易得病。林奈和家里的阿姨平时就在限制五两的饮食，但无奈它会自己找粮，经常趁着她们不注意偷嘴，且橘猫又是易胖体质，这球形身材还真是它自个儿吃出来的。

何青柔轻轻抚摸它的背部，时不时用指腹轻按。这般按摩对猫咪很适用，五两舒服得发出咕噜声。它享受地眯着眼，搭在何青柔腿上的尾巴不停地动。

何青柔勾唇笑了笑，故意停下。

感觉到没人挠了，五两不满地冲她叫，将肉爪搭上她的手，示意她快继续。

这猫还挺聪明，心眼儿也多，跟它主人一个样，她莫名就产生这样的念头。何青柔拍拍腿，唤道："来这儿。"

五两懂这个意思，林奈教过它。它毫不犹豫地跳到何青柔的腿上，用肉肉的屁股坐下，将两只爪子揣在胸口，让尾巴耷拉在木制地板上。

十多斤的重量忽地落下，何青柔只感觉腿上一沉。

某人还说这猫脾气差，她觉得还挺好哄的，先相处一会儿，继续给它顺毛撸，等它舒服够了再说。何青柔趁五两不注意悄悄摸它肚皮，触感有点儿硬，估计吃了不少猫粮。

猫窝下有个淡黄色的包装袋，她把袋子抽出来，虽然看不懂包装袋上的文字，但不难猜测是猫粮袋，已经空了一大半。

怪不得肚子能胀成球，这傻猫也不知道吃少点儿。

该去医院了。

何青柔试着把猫抱起来，五两没反抗，还顺势倚在她怀里。

小家伙这么胖，装笼子里不方便，她四下找寻工具，瞥见猫爬架上挂着牵引绳，于是取下来给五两套上。五两不大喜欢被绳子套着，不满地冲她叫，何青柔赶紧挠它脖子哄着，它这才消停。

带它上车，把它放到副驾驶座位上，何青柔抓紧时间驱车赶往最近的宠物医院。

似乎不愿意坐副驾驶座，五两原地转了转，一跃跳到她腿上坐着。

见它没有多余的动作，乖乖的，何青柔也就由它了。

到了宠物医院，医生要抱五两过去检查，但五两不太配合，何青柔只能一直抱着它。

医生检查后表示猫没什么大的问题，就是吃多了不消化，嘱咐这两天别再给它吃猫粮，然后又问何青柔家里有没有羊奶粉，它要是想吃东西了可以给它喝点儿羊奶粉。

何青柔也不知道林奈家里有没有，于是自掏腰包买了一罐。

本来医生建议把猫留在医院照顾，但五两实在叫得太惨了，撕心裂肺的，两只爪子一个劲儿朝着何青柔扑棱，十分不配合。

医生说：“有些猫比较黏主人，把它带回家可能好些，也不是什么大问题，你注意点儿，晚上多起来看看就行。”

旁边一排排铁笼里全关着猫猫狗狗，有几只还凶狠地冲外边叫，五两吓得直往何青柔怀里钻，她赶紧捂住小家伙的脑袋。

“那好，麻烦医生了。”

“没什么，应该的，你现在先去缴费，我把注意事项给你写一份，你待会儿过来拿。”医生说。

何青柔点头，抱着五两去收费处交钱，等医生的时间，她拍了张五两的照片发给林奈，并发消息：“它只是积食了，医生说没什么大碍，你不用担心。”

那边没动静，可能还在忙。

医生出来后，林奈还没回消息，何青柔收起手机，拿好东西又抱着五两开车原路折返。

到房子门口时，何青柔第二次看手机。林奈回了消息：“马上就到。”

消息是十多分钟前发的，但此刻房子里没开灯，黑魆魆一片，看样子是何青柔先到。

何青柔按密码开门，开灯，蹲下身把五两放进猫窝里，起身一回转，还来不及反应，一个走神就撞上一个温热的身体。

对方反应极快，怕她摔了，拽了她一把。

何青柔心口一跳，被突然出现的人吓到了，迟钝地反应片刻才回过神，接着不自然地勾了勾散落的耳发，松了口气，说：“你回来了啊。”

林奈这才收住，道：“只比你早一步，才进门就看到你的车开过来。”

何青柔心有余悸，有些责怪：“回来了也不开灯，吓人一跳。”

"抱歉，没太注意。"林奈说。她脸色略白，眼下有点儿黑，带着长时间工作后留下的颓废怠懒。

何青柔多打量了她两眼，问："事情处理得怎么样了？"

"差不多了，张总还在那边，我回来继续做车展的工作，这两天总公司的人就会过来。"

"资料我都准备好了。"何青柔说，看对方累成这样，像是随时会倒下去，又说，"那我先回去了，你早点儿休息。"

这是借口要离开。刚好时候也不早了，明天还得上班。

"不急，"林奈淡定道，"你吃饭没有？"

何青柔嗫嚅，语气生硬："没有。"

林奈道："一看就是。"

何青柔："还没空。"

"我也没有。"

"哦。"

林奈说："那边事情比较急，今天都没时间吃饭，有点儿饿了。"

何青柔回道："出趟差忙成这样……"

"没办法，对方公司拖着合同不给签，想拿好货又想压价，一直谈不拢。"

有些公司就是这样，要求高质低价，临近签合同了再压一压，很多时候都因此谈崩了，之前所有的努力就会付诸流水。林奈这次亲自出马就是因为快签合同了对方还想压价，这笔生意不小，加之前前后后谈了个把月，没了真的可惜。

对方想压价，东宁的态度也坚决，但双方都不想谈崩，因而相互僵持。好在今天那边终于松口了，不然林奈还得在那儿待两天。她这几天压根儿没怎么休息，一边要谈合同的事，一边还得处理公司事务，两头都忙。

林奈问："想吃什么，我去煮。"

何青柔说："不用，我不饿。"

"还是点外卖？"

"我回家吃。"

林奈准备找外卖电话："回去得到哪个时候了，先在这儿吃。"

何青柔说："我开车，很快就回去了。"

林奈道："你帮了我的忙，耽搁了吃饭，该我请你。"

"……"

"吃点儿什么？"

"……"

"还是随便点？"

何青柔张张嘴，思忖该如何婉拒，然而当看到林奈那张好看且乏累过度而没有太多血色的脸，她迟疑了，开不了口。知晓这人就是铁了心要留自己，何青柔沉静须臾，终于不坚持了，说："算了，我来做吧。"

林奈应得自然从容，丝毫不拖泥带水："好。"

"……"何青柔想离开又走不了，"想吃什么？"

"都可以，冰箱里有菜，你看着煮点儿就行。"林奈扬了扬唇角，从她面前让开。

何青柔走过去打开冰箱，里头满满当当塞着各类吃食，但大多是速冻食品，剩下的是各类酒水，还有一根胡萝卜、一棵白菜和几个鸡蛋，能煮什么吃？

其实平时买菜煮饭都是阿姨在负责，习惯吃多少买多少，这两天林奈不在，阿姨就没咋买菜。

何青柔翻了翻那些速冻食品，找到一盒冰冻鳕鱼块，打算做鳕鱼粥，再蒸碗鸡蛋羹，简单炒炒剩下的白菜。食材有限，只有将就弄了。

她在厨房忙活，林奈半躺在沙发上假寐，趁机休息会儿。

五两趴在猫窝里朝林奈叫，但得不到回应，或许是恼了，小家伙加大声音闹腾，走到沙发前跳到林奈肩膀上，用肉爪扒拉林奈的脸。

林奈睁眼，直起身坐着把它抱到怀里，摸它胀鼓鼓的肚皮："安生点儿。"

"喵——"五两仰头冲主人叫，坚决抗议。

林奈轻轻拍打五两的背，低斥："一边去。"

五两不听，蔫不唧儿地往主人胳肢窝里钻，尾巴耷拉在沙发上。每次它做错了事被训斥时都只会一个劲儿找地方钻，借此躲过。

林奈今天没精力应付它，也懒得教训它。她把五两放进猫窝，回沙发上继续躺着。

五两也乏了，眯着眼打盹儿。

厨房内，等粥煮好了，何青柔将火调小，又打了个鸡蛋进碗里，调味搅拌，上另一个锅蒸鸡蛋羹，之后开始洗菜。

中途林奈进来，站在一旁张望。何青柔被盯得有些不自在，兀自低头忙活。

林奈站近些，轻声提出另一个无理请求："今晚可以留下来帮我照顾一下五两吗？我怕自己睡得太死了，半夜起不来。"

何青柔没说话，只把白菜一片一片分开。

对方趁机"卖惨"："它生病了，我一个人照顾不来。"

何青柔拧开水龙头，小声回道："行。"

她留下来只是因为那只胖团子，毕竟医生叮嘱晚上要多起来看看，林奈这样子怕是能一觉睡到大天亮，肯定照顾不了猫。

"那晚上你睡我的房间，我去客房睡。"

"不用，"何青柔头也没抬地说，"我睡客厅就行，方便照顾五两。"

也是，免得半夜跑来跑去的，林奈点头道："行，那我去给你拿被子、枕头。"

何青柔未答，径自洗菜，等察觉到旁边的人走了才抬起头。

这晚，由于要照顾猫，何青柔睡得并不安稳，下半夜里时不时起来一次。五两睡得很熟，何青柔最后一次起来是凌晨四点多，后面迷迷糊糊一觉睡得天昏地暗。

等睡醒时，她惺忪着眼撑坐起来，身上的被子大半滑落到地上，摸出手机一看，竟然十一点了！

何青柔一惊，急忙起来，胡乱收拾收拾，打算去楼上叫林奈，但林奈显然早就起了。

"早啊。"林奈笑道，站在何青柔面前，穿了一身深V丝质睡衣，一头乌发随意披散。

"早。"

五两听到声响也从窝里跳出来，绕着她转圈走，用爪子扒她的鞋。

"我帮你请了半天假，所以没叫醒你。"林奈说，"我刚刚做好早饭，一起吃吗？"

何青柔点点头，先去洗漱，再到饭桌前坐下。桌上的白瓷盘子里就只有两个煎鸡蛋，旁边放着一杯牛奶，这早饭还真是……简单。她一过去，五两跟着跃到凳子上，往她腿上蹭。

何青柔揉揉五两的后颈。五两舒服得眯眼，乖乖地蹭了蹭她的手心。

"它倒是挺黏你。"林奈喝了口牛奶道，"我还担心它会挠你，毕竟它平时就横惯了，都不让家里阿姨碰。"

"没有，挺听话的。"何青柔说。

听到她开口，五两偏头叫了声，乖巧得很。

"可能喜欢长得好看的。"林奈张口就来。

林奈接着又说："吃了饭可以休息一会儿再去公司，下午两点才上班，不着急。"

"好。"何青柔回道。

两人吃过饭，林奈洗碗收拾，何青柔在客厅坐着合眼养神，五两紧挨她，仰面躺着，不多时就陷入熟睡中，还打起了呼噜。何青柔耷拉下眼皮，瞧见它圆鼓鼓的肚子一起一伏的，忍不住用手轻轻戳了戳，它抽动了一下后腿，却没一点儿醒的迹象。

她又抬眼往厨房方向瞧，恰好能看到对方高挑的背影。丝质睡衣下，两条又直又长的腿来来回回晃动，身形曲线轻熟性感，风情满满，与她白日里在公司的正经模样又是另一种截然相反的感觉。

看不出来林奈这个家境优渥的漂亮大小姐还会做饭，而且私下里如此平易近人，莫名就比较接地气，何青柔有点儿意外，又对这位改观了不少。

"在想什么？"林奈洗好碗出来，擦擦手，把围裙解开搁架子上搭着。她这一动一抬手，袖口往后滑，露出白细的胳膊。

何青柔摸着猫，只转头看过去，没回话。

觉得她太端着了，林奈又说："问你话呢。"

何青柔回道："没想什么。"

洞悉到她的放不开和故意收敛，林奈一边收拾一边走过来，像是知道她在想什么，径直问："觉得我会做饭，很奇怪？"

何青柔睁着眼否认："不是，没那么想。"

林奈挑了挑眉："是吗？"

何青柔嘴硬："嗯。"

看向何青柔的面庞，林奈说："不太像。"

何青柔表情有些木讷，呆愣愣地与其对视。林奈慢慢向这边靠近，坐下。何青柔捏紧沙发边沿，半垂下眼，给她让地方。

"喵喵喵——"

然而她还没挪开，几声猫叫将她俩的注意力都吸引过去。

无辜的胖橘团儿被压到了尾巴，猛地惊醒了，"唰"地跳下沙发，在地板上圆润地滚了两圈，头冒金星。可能是还比较迷糊，它半晌才知道自己在地上，一歪头，看见沙发上两个人还坐着，便不满地直叫唤，胡子都快气得朝天了。

何青柔抱歉地往旁边退开，很是对不住小家伙的样子。

五两还在叫，十分恼火的样子。

不过它不是冲着何青柔发火，而是朝向林奈，似乎知道是林奈过来了才会这样，于是要找自家主人的麻烦。

何青柔更加不好意思，手足无措。

"抱歉，刚刚没看见。"何青柔说。

林奈无所谓，回道："别搭理它。"

五两又叫，上去就扒拉林奈的小腿。

何青柔站在那里，不知该怎么办。林奈没动，没骨头似的背倚沙发，长腿交叠，任由五两扒自己，再好整以暇地望着何青柔。

何青柔发现林奈是故意的，正等着看她怎么办。何青柔浑身别扭，干巴巴地憋了半晌，只能转头提上自己的外套，局促道："快到一点了，既然没什么事，那……我先走了。"

言讫，她动了一步。

林奈不拦她，说："嗯。"

何青柔忙不迭地转身，五两却趁机扑过来，抱着她的高跟鞋玩耍，趴在她脚背上，拦着不让她出去。

何青柔僵住，左右不是。大抵是受到触动，林奈轻笑出声。

下午，两人一前一后到公司，何青柔先一步进去，出电梯时碰到迟嘉仪。

"青柔！"迟嘉仪叫住她，"上午干吗请假了？去办公室找不到你，给你发微信也不回，我还想着下班了去你家找你。"

何青柔今天没看手机，道："有点儿私事，怎么了？"

"没，前阵儿的事忙完了，今晚想约你出去喝点儿东西，放松放松。"迟嘉仪说，眼珠子却不停往她那儿看。

私事？何青柔工作以来就没因为私事请过假，什么私事这么重要？

"约会去了？"迟嘉仪警觉道，嘴皮子一张一合就瞎猜。

何青柔神情一滞，不承认："没有。"

迟嘉仪自是不信："哄鬼呢？回答得这么快，保准就是了！"

"真的，"何青柔辩解，"你别净乱想。"

"那你昨晚在哪儿睡的？我可跟你说，我昨晚去了你家，你家一个人影儿都没有，别想诓我。"迟嘉仪呵呵一笑，挤眉弄眼的，"跟谁？你是不是找对象了？"

何青柔真是百口莫辩，说都说不清。

正在两人僵持时，电梯门打开，一身黑色小西装的林奈从里面走出来。

见到领导，迟嘉仪明显比何青柔还紧张，当即直起腰，连忙敛起方才的闹腾劲儿，对着林奈喊道："林总监好。"

林奈看了她俩一眼，略微点头，淡淡应了声。何青柔抬眼，恰巧与之目光相接。林奈唇角一弯，冲何青柔一瞥，而后往总监办公室走。

迟嘉仪看到这笑，还以为是朝她俩笑的，拉着何青柔低低惊叹："林总监今儿心情挺好啊，啧啧，没见过她笑，还怪好看的。"

"嗯。"何青柔心不在焉。

"那说好了，马上到两点该上班了，我再不下去被逮到铁定挨批，你下班以后有空没？"迟嘉仪问，抬手拉了拉硌人的衣领。今儿她才下了车间，现在穿着车间工作服，还没来得及换，下午要去做汇报，得赶快回去换衣服。

"有的，那到时候我来找你。"何青柔说。

迟嘉仪拍拍她的肩膀，抽风一样挤弄眼睛，有些贱兮兮地道："那下班聊啊！"

何青柔没搭理，等迟嘉仪进电梯了才转身朝设计部走去。

何青柔进了设计部，还没坐下，姚云英就专门过来通知她，减速器策划案过了。

旁边的万科尹听到消息，兴奋得握住笔杆子比画，脸都乐开花了，可碍于姚云英和其他同事在，只敢暗暗坐在位置上高兴。

何青柔也挺开心，案子能过，总算对得起他们这些天加的班："谢谢姚副经理了。"

既感谢姚云英的暗中照拂，亦感谢她给的机会。

"月底奖金会直接打到你们工资卡里，具体数额还没定，但应该不多，毕竟是中途接下的项目，你到时候给其他几个说清楚。"姚云英受下她这句谢，又叮嘱道，"记得低调点儿，别宣扬。"

先前那些人都盯着呢，太张扬更招人嫉恨，姚云英怕这群小年轻不会处事，特意多说两句。

何青柔颔首道："我会的。"

姚云英满意地点点头，嘱咐完就离开了。

万科尹扒着隔栏，乐呵呵地道："组长，后天的火锅我们就不客气啦，到时候我把女朋友带上，劳烦你破费了哈。"

"行，再带几个家里人都可以。"何青柔说。

"组长大方，"万科尹回道，脸上满是笑容，"不过还是算了。"

何青柔只笑，这时手机屏幕倏地亮起，是林奈发来的微信消息。她点开一看，对方发的是一张照片，放大后上面是一排排姓名和数字，是奖金发放名单。

第一排是她的名字，后面写着六万八，其余人都是两万六。她微微吃惊，真没想到有这么多，而且还是削减过的金额。

她虽然知道这种单个案子好拿钱，但以前做过的那些项目钱也不多。有油水的活儿一般也落不到大部分人头上，而且耗时长，比较麻烦，不如这次的容易，难怪这事那么招办公室那几个人关注。

思及此，她不禁想到若哪天杨顺成调回来，恐怕第一件事就是拿她开刀，要不是她截和，杨顺成至少能拿到六位数。

六万八乍一看不多，粗略一算都快抵得上半年工资了。

何青柔给林奈发送消息："收到。"

她还配了一个笑脸的表情包。

那边许久才回复："工作完成得不错。"

被她一夸，何青柔还有些不适应。

何青柔："多亏了大家。"

林奈："离车展还有几天，总公司那边的人周日上午十点多到，你注意提早准备。"

何青柔："好。"

对方暂时没动静，何青柔搁下手机，开始做自己的工作。

下班后，她到二楼找迟嘉仪，两人到她家附近的咖啡店边喝边聊。

"哎，说真的，你是不是暗地里在跟谁发展？"迟嘉仪喝了口咖啡问。

"没有。"何青柔想也不想就回道。

迟嘉仪嗤了声："你之前不是收了花？"

"真没有，那不是一回事，没有关系。"何青柔不自然地说，赶紧岔开话题，"你跟陈茗行如何了？"

"还不就那样，"迟嘉仪回答，言语间有些忸怩，"反正她不大愿意搭理我，可能去了英国比较忙。"

何青柔抬起眼皮，拆穿她："你心里有数。"

"什么？"

"你这次又怎么刺激她了，搞得她那么窝火。"何青柔说，"那天我看她比以前还生气。"

这回换迟嘉仪不自在了，她假装镇定地握住杯子，眼睛乱瞟，支支吾吾地说不上来。

"做什么了？"何青柔直接问。

迟嘉仪脸色变了变，带着怨念吐露实情："什么都没做。"

"你俩上次怎么吵的？"何青柔道，打量着迟嘉仪。

迟嘉仪不自然地侧过头，讪讪道："还不就是那样，本来都好好的，结果她非得找碴儿翻旧账，我一激动就不小心摔碎了她的杯子，然后就吵上了。"

何青柔皱眉："只是这样？"

"杯子是她去世的姥爷送的礼物。"

"……"

"已经摔成渣了，修不好那种……"迟嘉仪自觉理亏，"她都想弄死我了。"

"你该。"何青柔说。

"我这不是赔礼道歉了吗，还买了个新的杯子赔她。"

何青柔抿了口咖啡："买新的也不行，意义不一样。"

"我知道，"迟嘉仪点头，眼睛定定地看着手里的杯子，"等下次再找时间道歉，现在不太行，没机会。"

何青柔未再多说，让她自己搞定。

两人喝完咖啡又去街角的中餐厅吃饭，吃完出来恰好遇到吴妗。

"好巧，"吴妗笑着同她俩打招呼，"刚刚都没看到你们。"

"吴姐，"迟嘉仪招手，"我们就来这边随便逛逛。"

吴妗以前帮过迟嘉仪的忙，故而两人关系还挺好的，时不时会联系。

"我也是陪朋友过来走走，正好，要不要一起喝一杯？"

"成啊，"迟嘉仪爽快地答应了，拉着何青柔，"前面有个酒吧，要不去那儿坐坐？"

吴妗自然同意。

何青柔欲言又止，她不想去，可碍于迟嘉仪的面子不好拒绝，于是跟着一起去了。

酒吧里噪声大，十分嘈杂，周围乱哄哄的，她们在靠门的位置坐着。迟嘉仪喝了两杯，有些内急，中途闪人去厕所，留下她俩面对面相处。

待会儿她还要开车，且跟吴妗不熟，因此何青柔既没喝酒也没说话。最后还是吴妗先开口，但四周太闹根本听不到，何青柔皱眉，摇头示意自己听不见。

吴妗站起来坐到她旁边，问："那些花你喜欢吗？"

何青柔偏了偏头，一下子就瞥到门口处有抹熟悉的身影。即便灯光闪烁，光线昏暗，视线受阻，她也一眼就认出了来人。

不远处，林奈立在门口正望着这边。

林奈一步一步走进来，她也在看何青柔。

酒吧变换的光晃得何青柔眼睛不舒服，她闭了下眼，张了张嘴唇，正要做出回应，一只手忽然拍到她肩上，她下意识回身。

"你瞅啥呢，这么起劲儿？"迟嘉仪回来了，大剌剌地挨着她坐下。

周遭音乐声很吵，何青柔听她说话不大清楚，但大概能猜到意思，于是摇头以示没什么。何青柔再回头看时，林奈已经不见踪影了。

迟嘉仪直笑，同她换了一杯橙汁。

何青柔不大习惯挨着吴妗坐，两人并不是很熟，她借起身拿桌子对面餐巾纸的间隙，顺势坐在了另一边。她明显是不大乐意靠近吴妗，态度不如上次那样客气，发生了很大的转变。

这般举动过于直接，吴妗自是明白什么意思，但不怎么在意，而是低头抿了口酒，当作没发现。

这两人都是话少的，只有迟嘉仪讲个不停。

何青柔四下望了望，在左边隔两个卡座的地方瞧见了林奈。

她正和几个朋友喝酒聊天，都是些生面孔，没一个是何青柔认识的。似乎察觉到何青柔的打量，林奈朝她这儿回望，瞧了瞧何青柔。

何青柔用双手捧着橙汁，后一秒就转开了头，随意看别处。

其间，何青柔借口上厕所去透气，路过吧台时被一个高大的白衬衣小帅哥拉住搭讪。她摆手拒绝，白衬衣小帅哥却执意要请她喝一杯。

"姐姐，给个面子呗。"

酒吧里男女都有，大多是抱着目的来的，至于什么目的，不言而喻，像何青柔这种熟女气质型，虽一脸冷漠，却很受欢迎。

何青柔冷淡道："我有点儿事，不用了。"

旁边其他人都笑着看热闹，小帅哥好面子，被这么干脆拒绝了觉得脸上过不去，拦着她不放她走。不过众目睽睽之下，他也不敢真拿何青柔怎么样，顶多就伸手拦着。

何青柔一把推开他，直接就走过去了。

周围人再次笑着起哄，一个个不嫌事大。

走进厕所打开水龙头，用凉水冲手心，凉意渐渐传至头脑，何青柔勉强冷静了许多。厕所与外头隔得有点儿远，这段距离将震耳的音乐声隔开了，她望着镜子里的自己，熟悉也不熟悉，好像有哪里不同了。

何青柔又冲了冲水，想抽一张纸擦手，却没有纸了。她犹豫要不要到隔间里抽两张，后方却伸出一只手，递来两张干净纯白的纸。

何青柔慢半拍地眨眨眼，一抬眼就在镜子里看见对方。

林奈不知何时进来的，正站在她的身后。

纠结了下，何青柔还是接住纸巾，说了声："谢了。"

林奈平静地说："不用。"接着与之在镜子里互看。何青柔撞上林奈的探究目光，不清楚这人是碰巧进洗手间还是跟着她来的，垂下眸光问："你们聚完了？"

林奈回道："没有。"

何青柔点头："哦。"

林奈问："你要走了？"

何青柔道："还早，现在不走。"

林奈道："嗯。"

何青柔自觉地让开一些位置，生怕挡着其他人。

林奈也直白："进来上厕所。"

何青柔稍稍转身，道："这样。"

"她就是那个送花的？"林奈问，眼眸深邃。

何青柔反问："谁？"

"吴妗。"林奈说。

"你认识？"

"朋友认识。"

何青柔脑子转得挺快，一下子就捕捉到了重点，又问："你怎么知道是她送我花了？"

林奈坦诚："她自己讲的。"

何青柔说："还有呢？"

林奈回答："她的一个朋友想追你，上次跟你们聚会时看上你了。"

何青柔只猜到送花的人是吴妗，从那张卡片上的"W"字母猜到的，也大概知道吴妗是为了帮谁牵桥搭线，但一直不确定是不是。眼下听到林奈说这些，她倒一点儿不惊讶，反而直接问个明白，想知道到底怎么回事。

林奈都如数告诉了她。

吴妗的那个男性朋友也姓吴，是吴妗的远房亲戚，但他人品不太行，花花肠子多，私生活方面也乱。

林奈大概知道一些内幕。她没把话讲得太直白，可意思到位了。

何青柔能听懂，本就不喜欢那边拐弯抹角地送花到公司，现在更反感了。她挺感激林奈跟自己讲这个，又道了一次谢。

林奈说："应该的，谁让你是我员工。"

何青柔好笑。

林奈转开话题："酒吧里人员混杂，别落单了，后面再走动可以喊上朋友一起，多个伴陪着安全些。"

林奈其实是发现何青柔被强行搭讪，才特地跟进来看看。

何青柔心里一暖，点头道："好。"

外面，迟嘉仪掏出手机看了看，不解何青柔已经去厕所十几分钟了，怎么还不回来？她放下杯子，向吴妗示意自己要过去找人。毕竟这是鱼龙混杂的酒吧，不怕一万就怕万一。

迟嘉仪起身刚走两步，何青柔从过道里出来。

"怎么去了这么久？"迟嘉仪问，面露担忧。

何青柔回道："没事。"

迟嘉仪"哦"了一声，倒也没多深究。人回来了就行，别的不多管。

她俩回卡座坐下，方才拦住何青柔的小帅哥不死心地端着酒走了过来，迟嘉仪想把他打发走，可这回他面皮厚，不肯离开。迟嘉仪垮下脸，不得不使出"撒手铜"，对他耳语两句。小帅哥脸色霎时变了变，十分尴尬，最后讪讪离开了。

"你跟他说什么了？"何青柔好奇，念及他刚刚撵都撵不走。

迟嘉仪伸伸腰，道："我说你不喜欢小白脸。"

迟嘉仪道："这种人最烦了，出来玩不讲规矩，不会看脸色。"

何青柔扬起眉，很是认同。

大概十一点，她们离开酒吧，她们前脚一走，林奈一行人后脚跟上。

何青柔从停车场开车出来接迟嘉仪时，吴妗正和林奈的一个朋友谈话，双方好像挺熟。

何青柔想叫上迟嘉仪快走，但迟嘉仪在那边聊得起劲，只得再等一等。约莫三分钟，迟嘉仪终于回来了，可不是上车走人，而是让她过去。

"有两个是车队的，你不去看看？"迟嘉仪敲了敲车窗，问道。

西南山车展将会有一场车赛，号称友谊赛。其实就是各个公司在赛道上向大家展示自家的汽车，能夺得第一的公司肯定能尽领风骚。这时候，车重要，赛车手亦重要。可培养车队花销巨大，规模中下的公司一般会选择到有名的俱乐部聘请专业赛车手，至于像东宁汽车集团这样的大公司，自然有专门的车队人员。

不过也仅有一支，且长期驻扎在总公司，分公司有赛事时可向上边汇报要人。

车队的事一直是林奈在负责，何青柔记得他们星期天就提前到西南山适应赛道了，现在应该都在准备训练，且赛前得禁烟酒，怎么会到这边的酒吧来？但她又想到林奈在场，猜想他们就是过来转转而已。

不好落车队的面子，何青柔还是过去了，走近了，发现其中有一个打扮中性的女生眉宇间跟林奈有几分相似。

林奈把其他人叫过来："这是西南山车展的负责人之一，何青柔何组长。"

她又向何青柔依次介绍："齐风、裴成明、蒋行舟，这位……"她指着那个中性打扮的女生，"叶寻，我表妹，和蒋行舟都是车队的，以后车队的事你都可以找她。"

"你好。"何青柔向叶寻伸手，心里暗暗惊奇，这几个人看起来都很年轻，可转念一想，有些出名的赛车手不也是这般年纪吗？人家没实力也进不了东宁的车队。

叶寻同她握手："何组长，你好。"

何青柔和善地笑了笑，又跟另外三人打招呼。蒋行舟激动地说道："经常听阿奈提起你，今儿可算见到真人了，何小姐比照片上还漂亮。"

何青柔不明就里，好奇地看着他，照片？

蒋行舟补充道："资料资料，呵呵，资料上有你的照片。"

"那边那个，"林奈出来圆场，示意吴妗旁边的女人，"蒋行芸，此次蒋氏集团的代表。"

车展过后的工作东宁将会与蒋氏集团接洽，不过那时就不归何青柔管了，但车展期间肯定多有接触。

听闻蒋行芸——蒋家大小姐——机敏精干，学问高有能耐，大学毕业就进入蒋氏集团，从基层做起，如今已是蒋董事的有力臂膀。何青柔不免多瞄了两下吴妗，蒋行芸是林奈的朋友，现在又跟吴妗相谈甚欢。

"车展过后何小姐有空一起吃个便饭啊。"蒋行舟又开口。

何青柔颔首，温和地笑道："好，到时候我请大家。"

"哎！那多谢……"蒋行舟乐呵呵地回道，他还没谢完，就被裴成明用手肘悄悄顶了顶腰，于是机灵地飞快改口，"多谢何小姐的好意了，不过吃饭哪能让女士破费，当然是我请大家，听说南城特色美食多，到时候可要劳烦你介绍介绍。"

"可以的，这边我比较熟悉。"

"成成成，那要不加个微信？方便以后联系。"蒋行舟立马热情地把手机递到何青柔面前。

看着手机上的二维码界面，没料到这位如此自来熟，何青柔顿了顿，正打算拿手机加好友，林奈侧身挡在她面前："很晚了，你明天还训不训练了？"

蒋行舟悻悻地收回手机。

"你们也早点儿回去，开车注意安全。"林奈对她说，轻描淡写地扫过吴妗的方向，"别在外面逗留太久。"

何青柔答应了。

蒋行舟喊了他姐一声，蒋行芸应声过来，一行人离开。

他们走远了，之后说了什么何青柔听不到。迟嘉仪有点儿酒劲上头，先回车上坐着。何青柔正要开车门，吴妗往这边走来。

何青柔停住脚步，等吴妗过来了，斟酌着说道："吴小姐，以后请别帮你朋友送花了。"

吴妗沉默，过了会儿才说："我听嘉仪讲你喜欢花。"

"你们的好意我心领了，但以后请不要再这样。"何青柔没把话说得太难听，顾及隔着中间朋友，也不能讲对方给自己造成了困扰。

吴妗问："你有喜欢的人了？"

何青柔捏紧车把手，摇头否认："没有。"

吴妗一听却笑了，用探究的眼光打量她，不过还是识趣，先说一句"对不起"，才说："明天开始不会送了。"

"那……再见。"

"再见。"吴妗应答，但站在原地没有离开的意思。

何青柔没多管，侧身上了车，等驶出街尾，问迟嘉仪："嘉仪，你和吴妗关系很好吗？"

迟嘉仪躺着闭目养神，听到她问话，慢悠悠地睁开眼，回道："还行吧，怎么了？"

"没，就感觉你俩好像挺熟的。"何青柔说。

"她跟我们部门经理认识，以前帮过我不少，"迟嘉仪没力气地动了动身子，"搞汽车设计的，不过是个富二代，挺有钱的吧，很久没工作了，现在自己开机构玩，好像是搞教育还是培训来着。"

何青柔了然，打方向盘向左拐弯。

"她可能比较强势，但人还是很不错。"迟嘉仪思忖着讲，"昨晚还找我打探你，问了些你的事。"

何青柔问："问我什么？"

迟嘉仪说："很多，家庭，兴趣爱好，还有一些乱七八糟的。不过我没咋告诉她，都搪塞过去了。"

"别告诉她，"何青柔立马道，说完又补充一句，"又不是很熟，免得尴尬。"

应该是察觉出了不对劲，发现她对吴妗有些排斥，迟嘉仪好奇地问了两句："咋了，她找你事了？"

何青柔也不瞒着，把吴妗代人送花的事讲了。

迟嘉仪听得直皱眉，也不大舒服。

"难怪，我就说呢，怎么突然找我问你。"迟嘉仪嘀咕，对吴妗的做法颇有微词。

何青柔说："这次我跟她讲清楚了，反正不会有下次。"

当朋友的仗义，迟嘉仪又吐槽了两句，比何青柔还生气。

车子一路向前。迟嘉仪也住在老城区，离天星大道两条街远的位置。

"能自己上去吗？"何青柔问，见迟嘉仪走路虚浮，真怕她走到一半直接倒了。

迟嘉仪摆摆手，道："没事，你快回去吧，我能自己走。"

何青柔点头，准备目送她进小区大门再离开。然而不承想迟嘉仪走了两步一个趔趄摔趴在地，爬都爬不起来，何青柔叹气，下车过去扶她，把人送到家门口才走。

回到自家楼下时，天降毛毛小雨，细密的雨点落到裸露在外的皮肤上，怪凉的，何青柔赶紧进楼。

刚踏进家门，林奈打来语音电话。何青柔接起，电话那头的声音清冷："下雨了，早点儿回家。"

何青柔把门关上，道："刚刚到了。"

"行。"林奈回道，说话时尾音稍稍拔高，听起来似乎心情不错，那边有人叫她，好像是蒋行舟，"我这边还有点儿事，早点儿休息。"

"知道，"何青柔说，末了，又加一句，"你也是。"

"嗯，好，晚安。"

何青柔挂了电话。

她甩掉鞋，收拾衣物去浴室，匆匆洗了会儿，何青柔裹着浴巾出去，边吹头发边给迟嘉仪打电话，问问这人怎么样了，但没人接，对方应当睡下了。

她发消息提醒迟嘉仪明天记得把行李和资料收拾好。西南山车展迟嘉仪也会去打下手，这人忘性大，总是丢三落四的，何青柔担心她会忘记拿东西。

发完消息，何青柔顺势看了一眼时间，凌晨十二点半，已经这么晚了，可她现在还没睡意，于是准备随便翻翻资料。

虽为车展的负责人之一，但她要做的事不多，星期天接到总公司的人，他们下午一点左右就会出发去西南山，提前到那儿做准备。

西南山离市区大约四十公里，原本是生态旅游区，但一直人稀客少，处于亏损状态，几经改造，最终在几年后建成盘山赛车道。那会儿正值赛车风潮开端，西南山赛车道是当时南城乃至周围城市唯一的赛车点，便由此渐渐发展起来。时至今日，很多大大小小的赛事和汽车展览活动都会在那里举行。

何青柔去过西南山两次，不过是才进公司一两年的时候了，且都是去谈业务的。当时跟着姚云英一起，可惜一笔单子都没谈成。太久没去，她特意搜索了一下西南山，发现过去短短几年时光，那里早已大变样，与记忆中差很远，不由得感叹变化之快。

将近凌晨两点，她终于有了困意，关电脑收资料，躺上床，薄被一盖，一觉睡到大天亮。

早上，迟嘉仪给她回消息："知道啦，么么！"

后面紧接一条消息："陈茗行昨晚也给我打电话了，可是我睡着了没听到！恨！！！"

何青柔看着一堆感叹号，能体会到她悔得跳脚的心情，倒了一杯水喝，回："你现在可以给她打回去。"

迟嘉仪噼噼啪啪地发去一串字："八小时时差，那边正是凌晨呢，我打过去扰人清梦，不好。"

何青柔忍不住笑了笑，这妮子什么时候有这个自觉性了？还怕扰人清梦，当初半夜三四点跑去敲陈茗行的门，好像就是大学大二还是大三的事，那时陈茗行在学校外面租房子住，也没见得她像现在这样客气。

吵吵闹闹这么多年，脸皮比城墙还厚，现在这么端着铁定是因为上回道歉无果的事，怕闹得太过陈茗行真不理她了。

动动手指，何青柔回了个"哦"字。

良久，迟嘉仪又问："你说我要不要给她回电话？现在九点，英国凌晨一点，也不算很晚，应该没睡。"

"随你便。"何青柔回完消息把手机丢一边。

迟嘉仪肯定会回电话，她就这点儿出息。

今天休息，要做的事少，何青柔在家赖了半天，黄昏时候才磨磨蹭蹭到了火锅店。时间约的八点半，她提前四十分钟到了。

她点的是鸳鸯锅，同事里有人吃不了辣，菜刚上齐，大家都到了。

何青柔一向不喜公式化那套，人来了就让大家开吃，倒是万科尹话痨，絮絮叨叨说了一堆。他今儿还真把女朋友带来了，一个南方妹子，瘦瘦矮矮的，一米五几，很软萌，说话糯声糯气。万科尹讲话风趣幽默，南方妹子就坐在旁边抿嘴笑，很是捧场。

聚餐的人关系都不错，听着听着就开始打趣万科尹，问他哪个时候娶嫂子。万科尹笑了一声，说快了，顶多明年年中。南方妹子霎时脸红羞涩，捏了他一下。

大家笑着起哄。

中途，何青柔在桌下悄悄翻了翻手机，林奈给她发了一张五两的照片，以及一条消息："明天我会先去西南山，有点儿事情要处理，你跟张总一块儿接总公司的人，有什么突发状况就给我发消息。"

何青柔低垂着眼，退出微信，将手机揣回兜里。

这场聚餐到十点半结束，大家知道何青柔明天有其他工作，吃完都各回各家。走之前，万科尹对她说："组长，苟富贵勿相忘啊。"

"不会，"何青柔爽朗地说，忽然想起了一件事，嘱咐道，"你下次去C市谈案子，记得多留个心眼儿。"

这次她们去西南山参加车展期间，万科尹将会到C市出差，同一个小公司谈合同。此次跟以往不同，这回是他带着实习生去，何青柔担心他处理不好。

"放心，绝对圆满完成！"万科尹拍着胸脯保证。

何青柔不再多说，跟他俩告别，开车回家。

翌日，何青柔一大早到公司，等张总来了，和他去机场接人。

航班延误了一个小时。张总上厕所的时候，总公司的人恰好出来。

隔着二十几米的距离，何青柔一眼就在人群中认出那三位。云熙宁走在最前头，穿着一身烟灰色西装，显得高挑干练，气质绝佳，走路腰杆都不带弯一点儿。

一个经理气昂昂走在大副总前头，何青柔心想，这人多半不好惹。

果然，她刚走到云熙宁面前，才说了两句客套话，云熙宁就不耐烦地问："车展那边准备得怎么样？"

"差不多了。"何青柔讲道，没把话说太满，毕竟她们也是今天才过去。

云熙宁一听，皱紧眉头："差不多是差多少？"

何青柔一噎，思索如何回答，旁边副总瞧见张总出来了，给她使了个眼色。

"哎，张总，好久不见啊。"副总说着，打圆场地从她俩中间走过，去跟张总握手叙旧，借此把两人分开点儿。张总也是老狐狸，远远地就看出不对劲，赶紧乐乐呵呵地一一招呼，男经理也笑着加入进来。

云熙宁脸色不大好看，隐忍愠怒，没发作。

何青柔心里一忱，不明白怎么一见面就把人得罪了，不过她识时务，接下来都静静跟在队伍后面，尽量不惹这位。

回了公司吃过午饭，一行人开车到西南山。车开到半山腰时，遇上了公司的车队，云熙宁突发奇想要下车视察视察。全车的人面面相觑，不懂这是何意。作为接待负责人，何青柔只能下去陪着，让其他人先去山上。

张总见此，无奈地跟着了。如此一耽搁，又是一下午。

何青柔穿的高跟鞋是中低跟的，走这么长时间，脚后跟都磨红了。

云熙宁和车队的人挺熟，等他们几圈训练结束，过去聊了会儿。

何青柔趁这空当暂歇。

"没事吧？"叶寻不知何时走到她身后，脸上无甚表情，语气冷淡。

何青柔摇头："没，你们训练得怎么样了？"

"还行。"叶寻说。

两人话都不多，你一句我一句聊了没两分钟，另一边张总就在叫人了，何青柔抱歉地笑了笑："不好意思，我先过去一下。"

叶寻望着她走远，掏出手机拨了个号码。许久，等接通了，叶寻清冷地说："人在我这边。"

电话那边回了两句。叶寻应允："放心，我会应付。"

不到半分钟挂了电话。

叶寻抬眼望向同队友相聊甚欢的云熙宁，不悦地微皱起眉。

离开半山腰时已近日落黄昏，云熙宁由蒋行舟载着，何青柔跟叶寻同坐一辆车。

叶寻一路沉默，神色漠然。这人虽寡言少语，但跟其他人相处挺和睦的。何青柔觉得奇怪，她明明跟云熙宁认识，却从头到尾没有说过一句话，连眼神交流都不曾有，一点儿都不和气，似乎有积怨的样子。

而且刚刚上车那会儿，云熙宁眼尾一挑就望着自己，那意思就是要何青柔跟她坐一辆车，可何青柔还没动，叶寻就出声："何姐跟我一起。"

云熙宁瞧了一眼懒洋洋靠着车门的叶寻，叶寻连一个眼神都没匀给她。云熙宁也不生气，似笑非笑地打量何青柔，而后弯身上车。

一旁的张总反应快，忙不迭地示意何青柔同叶寻走，剩下的他来解决。

何青柔上了叶寻的车。叶寻车开得飞快，转弯的工夫就把云熙宁他们甩到了后面。何青柔抓着车门，窗外的风景化作一条条线，真怕叶寻一个弯打慢了冲出车道。

下车了，何青柔定了定心神，由衷道："谢谢。"

"没什么。"叶寻不咸不淡地说。

两人站在原地等，蒋行舟他们大概过了五六分钟才到。何青柔悄悄观察云熙宁的脸色，发现云经理和张总有说有笑的，心里不禁暗暗松了口气。

可下一瞬，云熙宁瞧见她，眼里的笑意立马收住了。

张总不露声色地将这些收于眼底，而后十分自然地挡在中间，对云熙宁说："我们今晚会跟其他公司一起搞聚会，应该快开始了，您要不要先过去瞧瞧？忙了一下午，正好过去歇歇。"

后面的蒋行舟也附和道："我姐也在那边，她昨晚还在念叨你呢，走吧走吧，过去瞧瞧。"

云熙宁脸色稍微缓和了些，点头："我跟行芸确实有一段时间没见了，她最近在忙什么？"

"飞来飞去，隔三岔五往德国跑，反正就那样。"蒋行舟一边说一边带着人往前走。

"你们家这两年越做越好了，你姐的确能耐。"

蒋行舟高兴地笑，他姐是女强人，谁见了都夸，不像他，只会整些烧钱的玩意儿，蒋父蒋母对他耳提面命二十来年，还是烂泥扶不上墙。

他俩有一搭没一搭地聊，其余人走在后面。到聚会地点时，太阳已经完全下山了，整个天空呈灰蓝色，没有一朵云，空荡荡的。

这里的树木繁多而密集，一丛接一丛，站在里头望不见尽头，远处看起来深幽幽的，恐怖又瘆人，不知道哪个脑子进了水的选的地儿。

不过这里还算热闹，点上灯勉强光线充足，地上支着许多烧烤架，各公司的员工三三两两聚在一块儿闲聊、烤肉。

大家一走近，蒋行芸便过来了，云熙宁让其他人别再跟着，而后拉着蒋行芸单独聊去了。

张总叹了口气，悄声对何青柔说："今天辛苦了。"

何青柔摇摇头，道："倒是麻烦您了。"

"我去林总监那儿看看，你也去歇一歇吧。"张总说。

何青柔随意找了个凳子坐下，走太久脚酸痛得很，脚底都一抽一抽的，坐着终于舒服了点。待会儿回去肯定得用热水泡泡，否则明天更痛。

叶寻适才有事先离开了，其他人看见烧烤一溜烟儿也跑了，她面前就剩下蒋行舟。

高大的蒋行舟此刻嗫嚅着嘴，脸上满是纠结为难，似乎有话要说。

何青柔偷偷捶了下小腿，对方不开口，她也不问。

终于，蒋行舟先开口了，小声讲："云姐不是针对你，你别和她计较。"

没头没脑的一句话，将何青柔整得云里雾里，她下意识地问："怎么？"

不是针对她，那是针对谁？

蒋行舟挨着她坐下，一副要长篇大论的样子。

"云姐与阿奈之间有点儿小矛盾，"他说道，"可能是因为阿奈，她才这样。"

何青柔没说话，不懂其中的弯弯绕绕，她跟云熙宁第一回见，林奈的事怎么扯到她头上来了？

蒋行舟实诚地说："你现在是阿奈的手下，云姐估计是没控制住脾气，有点儿迁怒你了。她就这脾气，你多担待点儿，别往心里去。"

夹在中间难做，蒋行舟这个大直男也不知道怎么处理问题，只能私下宽慰何青柔一番。

何青柔红唇翕动，欲言又止，还是忍住了没吭声。

彼时天幕已变至黑沉，蒋行舟望了一眼树林深处，告知她一些详情："云姐和阿奈从小一起长大，以前关系一直挺好的，只是去年闹僵了，好像是因为公司的事。当时阿奈才在公司立足，还没站稳脚跟就打算大刀阔斧整改革，想搞自主研发，弄什么技术，我也不是很懂，反正就是想脱离德国那边的技术压制。"

这个何青柔懂，目前国内的汽车制造技术不发达，很多方面都依赖国外，林奈这么做，也是为公司的进一步发展考虑。一家公司想要谋求长远发展，掌握独立且成熟的技术是必需的。

"结果云姐不同意，毕竟之前就投了大笔资金做研究，那些团队做了两三年，也没整出太大的名堂来，竹篮打水一场空。但阿奈拉到了董事会大半人的支持，云姐气不过，由此起了嫌隙。"说到这儿，蒋行舟停顿半秒，又继续道，"后来……后来愈演愈烈。唉，反正阿奈向上面自请来南城分公司，云姐至今还在气头上呢，她性子要强，你千万别介意啊。"

林奈自请来分公司，这点倒跟何青柔听同事们说的全然不同，何青柔有些诧异，林奈不像这么意气用事的人，就算和别人在公事上有矛盾，可又不是不能协商解决，何必跑到天高地远的分公司来。况且林奈和云熙宁一起长大，关系匪浅，不至于闹到这种地步。

何青柔想到东宁跟安能集团竞标的事，明明是林奈拿下的项目，最后却归功于云熙宁，以及叶寻对云熙宁的态度，仔细琢磨琢磨，感觉事情不止蒋行舟说的这么简单。

"云姐其实挺关心阿奈的，只是拉不下面子，她想让阿奈回总公司，但阿奈不肯，而且一周前阿奈向上头打了报告，打算长期驻留南城分公司，云姐知道这消息都快炸了，这次过来就是想劝劝阿奈。"

蒋行舟讲着讲着，变得吞吐起来："而且阿奈她家也……"

他话说到一半又停住，何青柔一头雾水地打量他："林总监家怎么了？"

蒋行舟刚要说，这时叶寻过来了，他连连道："没……没什么。"

叶寻走到他们跟前，搁下一把烤肉和两听饮料："裴成明让我给你们的。"

说完她又抬起眼皮子盯了盯蒋行舟，蒋行舟心里一紧，暗骂自己大嘴巴，刚刚就不应该说这些有的没的。他讪讪地挤出一个笑，站起来："我去那边帮他们。"语罢，赶紧溜了。

叶寻皱了皱眉头，在何青柔对面坐下。叶寻一向话少，从余光里瞅了何青柔两眼，见对方没太大的反应，猜测蒋行舟或许没乱说话，便摸出手机玩游戏打发时间。

何青柔捏紧易拉罐，还在回忆蒋行舟的话，云熙宁这次过来是想劝林奈回总公司，林家内部似乎也有矛盾……一件事牵扯出那么多麻烦，真是有够复杂的。

这一天林奈的行程很赶，何青柔直到回房间都没见到她一次。十一点多，泡了脚，何青柔准备休息了。睡前她翻了翻微信，没有任何消息。

半躺在床上，她想问问林奈忙得怎么样了，但打了一行字，还是删了。

她把手机搁在床头柜上，关灯，睡觉。

刚一躺下，手机亮了。她反手把手机抓起来，一看，是林奈发的消息："开门。"只有简短两个字。

何青柔撑坐起来，四周静悄悄、乌漆麻黑的，异常沉闷。她犹豫片刻，点着屏幕，问道："有事吗？"

对方秒回："有。"

何青柔掀被下床，没开灯。黑暗里视线不好，她也没穿鞋，走过去将门半开。

门外，林奈提着一双平底鞋。

何青柔本不想让这人进来，可看到那双鞋，她怔了怔，压着门把的手不自觉收了。

林奈不解释，只是看着。

何青柔最终还是低声道："进来吧。"

大半夜过来多半是有正经事，总不能把领导拒之门外。

合上门，何青柔去找开关。可灯的开关在床头位置，她摸索着走过去，快走到床边了，却撞到一边的柜子差点儿摔倒。她吓了一大跳，险些叫出声，但生生忍住了。这大半夜的，一惊一乍不大好，可别把周围的同事引来。

林奈想要拽住她，可晚了一步。

脚踝有些痛，好像崴到了。何青柔痛呼，"咝"了一声。

林奈立马走上前，轻声问："有事没？"

何青柔摇头，道："没有。"可后一秒她又发觉有点儿疼。

林奈赶紧把人扶到床上坐着，蹲下去，要帮她看看怎么回事。床头的小灯也被打开了，浅黄色的光暗沉又微弱。

何青柔下意识往后缩，后一瞬却被拉住了脚。何青柔强撑着装样子，感到有些许拘束："没事，真没什么。"

林奈还是执意要看看，何青柔往后退了退，可无济于事。

好在没伤到脚踝，只是磕到了。

"别动。"林奈的声音低沉冷清，透着两分乏累，又坐近了些，替何青柔揉捏小腿肚。

今天穿了一天的高跟鞋，时间长了腿肚子受不住，揉一揉会好受点儿。

"忙完了？"好一会儿，何青柔迟钝地问道，没动了，往后靠着床头。

"差不多，后续事情交给底下的人处理。"林奈神情淡然。

何青柔的小腿纤细且线条流畅,又瘦又好看。她有时穿着半裙工作装,露出小腿,搭配细高跟,显得腿又长又直。

林奈按摩技术挺不错,手法还行。

何青柔慢慢放松下来,脸上的神情也不那么别扭。还是接受对方的好意,不再排斥和客气。

外面浓重的夜色黑沉,使得房间里有些昏暗压抑。

"你呢,今天怎么样?"林奈沉声问。

"还好,"何青柔缓和下来,语气柔和,"都比较顺利。"

白天的事情叶寻都在电话里讲了,林奈知道何青柔在领导面前受了一天的气,连脚后跟都差点儿磨破皮,现在却听到她在自己面前表示"还好""顺利"……

林奈抬了抬眼,心里有数,但不拆穿。

"没发生别的事?"林奈有意问。

何青柔不愿提及,还是那个态度:"没有。"

林奈微微使劲儿,手下的力道有点儿重。何青柔轻吸了口气,可随后也忍着了。

见她受气包的样子,林奈要挑明又止住了,念及何青柔的自尊心,大抵是不乐意揭开小难堪给人看。须臾,林奈心想还是算了,不继续刨根问底了。作为变相的赔礼,林奈又帮何青柔按了按小腿。

两人都默契地避开不愉快的方面,转而谈到工作。

"和信国际的人明天早上到,届时我去接应,云经理由张总顾着。"何青柔说,原本是张总负责接应和信国际的人,她负责接待云熙宁,但现在云熙宁对她有成见,因此做了部分调整。

"和信国际临时换人了,"林奈接道,揉完小腿又停了下,镇定自若地捶腿,"不是上回见到的那几个,宋天中你知道吗?"

何青柔说:"知道。"

听闻此人无比严苛且一丝不苟,很不好对付。

"换成了他,"林奈说,"你可以不去,我来应付就行。"

"你不是还有其他工作吗?"何青柔回答,"我能做好,换人了也没问题的。"

她又不是才入职的小白,这点儿应变能力都没有,那以后就不用在公司混了。

"那些先不急。"林奈说,语气温和,"宋叔叔今天下午给我打电话了。"那老狐狸指名要她去,导致她很多事情得提前做或者分发给其他人,不然今天也不会这么忙。

"叔叔?"何青柔问,"你们是亲戚?"

林奈轻笑道:"不是,他和我爸是好友,年轻时一起创过业。"

何青柔"哦"了声,再问:"好好的,为什么要换人?"

"好像出了点儿事，总经理抽不开身。"具体的和信国际那边也没多解释，宋天中嘴巴紧，一点儿消息都不肯透露，林奈懂得分寸，人家不愿意多提她也就不问，"你明天去展览场地那边，多检查检查，到处看看，以防出岔子。后天展览正式开始。"

"嗯，行。"

"遇到什么不能解决的，随时联系我。"

"会的。"

"我才是你的顶头上司，你归我管，其他人可以不用理会。"林奈意有所指地说。

何青柔沉默无言，一会儿才张嘴，闷声说："这是我的工作。"

工作哪有处处顺心的，比云熙宁更过分的她都见过，还不少，其实没什么大不了，更不值得在意。放平心态，做好自己该做的就行。再者，林奈本身就有一堆麻烦了，还有很多事要应付，没必要格外生事。

大概没料到她会分得这么清楚，林奈低下眸光，可仅只一瞬，她脱了鞋子，一声不吭地上床，坦然地问："能上来坐会儿不？"

何青柔不介意，看出林奈也很累，主动让开一些地方，道："可以。"

不继续按摩了，林奈安静坐着，语气轻缓："明天别穿高跟鞋，平底鞋搭配便服就行，早上会有人送衣服过来。"

因为场合比较重要，何青柔这次要做的工作大半都跟接待有关，相对正式，因此她只带了高跟鞋和正装。

何青柔道："好。"

一阵风灌进来。

林奈没动，讲起白天的行程。

林奈一直在说工作，委婉提醒何青柔两句。由于白天何青柔被自己连累而招致针对的事，她像是过意不去，可也不直白地讲出来，只表示自己会解决这事。

何青柔很疲惫，一开始还听着，到后面就没注意听林奈在讲些什么。愣神间，她突然少有地关心一句："林总监，你累不累？"

林奈仰躺着道："还好。"

何青柔说："感觉你比我们还忙，今天事情挺多的吧？"

林奈说："凑合。"

何青柔躺下，许久，久到自己都有了睡意，她无端地问："你有回总公司的打算吗？"

林奈没回答。

何青柔以为林奈没听见，侧头，想再问一次。但紧接着，旁边传来林奈的声音："没有。"

说完，林奈又补充道："应该两三年内都不会回去。"

何青柔了然，说："这样……"

林奈有些乏了，过后就没再接话。

何青柔自顾自地看着天花板，没多久安静下来了，转头想让林大总监回自己房间睡觉，可定睛一看，林奈竟然已经睡着了，呼吸均匀地躺在那里。她愣了愣，不知道该不该叫醒对方，抬了下手，打算轻推林奈一把，但刚一动又及时收住。

终究还是没有喊醒这人。

早上。闹钟一响何青柔就醒了，彼时房间就剩她一人，林奈已经离开了。

不清楚她是什么时候离开的。

床头柜上放着一身休闲装，以及一张便笺。何青柔拿起便笺，上面有着遒劲有力的两个字——走了。

随手把便笺放回去，何青柔腹诽，又不是见不到了，留什么便笺，还以为有要紧事呢。躺了一会儿，脑子清醒了，她赶紧起床。按摩过的腿没那么痛了，但没什么力气，身上都软趴趴的。

她先把屋子里收拾干净，才去洗漱、换衣服。刚收拾完，迟嘉仪来敲门，何青柔开门让人进来。

"你昨晚怎么睡得那么早？发消息也不回。"迟嘉仪手里拿着两份早餐，其中一份是给何青柔带的。

"昨天比较累，睡得死，忘记了。"何青柔一边说着，一边去翻手机上的信息，昨晚太累了没看手机，确实没看到，"你大晚上找我，有急事？"

迟嘉仪只发了几个表情包，问了一句："睡了吗？"

"没有，有急事我肯定把你闹醒，我这不是没事做嘛，又睡不着，想找你聊聊天。"迟嘉仪跟过去，想把早餐递给她，"喏，刚排队拿的。"

何青柔接过早餐，问："你今天不忙？"

"不忙啊，我就是来划水的，哪儿缺人往哪儿顶。昨天我帮经理送了两份资料，今天还没说要干啥，经理让我等着，有事再打电话叫我，不过看那样子多半没事做，我打算下午去看赛车。你呢？很忙？"

"有点儿，待会儿要去视察一下展览场地。"何青柔说，走到垃圾桶旁边，把床头的便笺扔进去，"你要不要跟我一起？反正你也没事做，可以过去看看。"

"行啊。"迟嘉仪十分随意。

"时间不早了，我们先过去吧。"

"还早得很，不急，"迟嘉仪找一张凳子坐下，"太阳才刚出来，会场都没几个人，去了也是干站着。"

何青柔理了理头发，接着随手撕开食物包装袋，咬了口面包。

甫一抬眼，迟嘉仪注意到她今天穿的衣服跟平时的风格迥异，材质样式没得挑，就是看起来有点……怎么说，保守死板，因而顺口问："你新买的？"

而且迟嘉仪感觉这套衣服很眼熟，好像前几天看到的 Gucci 新款，还有鞋子一看就是高级货。

"嗯，来之前买的。"何青柔应道。

"你发财啦？"迟嘉仪惊呼，凑近了挤眉弄眼，觍着笑问，"上次发了多少奖金？变得这么有钱了，下回发财带我啊。"

"六万八，"何青柔如实告知，"上次说请你吃饭，结果一直没时间，要不等车展结束我们找个地方吃一顿？"

"好啊，我随时都可以出来，你有空跟我打电话，一定随叫随到。"迟嘉仪说，"对了，杨顺成调到车间了，你知道不？昨儿我来之前，在 2 号车间看到他，他好像跟江师傅起了争执，但我没听清说的啥。"

何青柔一听，眉头紧锁，这才一个多星期就能调回公司，复职恐怕也用不了多久。

迟嘉仪啧啧两下，由衷感叹："关系户就是不一样，这要换成我们，一旦发配边疆就没回来的命，哪像人家，跟出去玩一趟似的。"

迟嘉仪提醒何青柔："这次回去了可得防着点儿，当心他给你使绊子。"

"知道。"何青柔自是清楚。

"上回图纸误差的事还被他拿捏着呢，别只会应声，他敢搞小动作你也别客气，而且我看你不跟姚副经理、张总还有林总监几个挺好的吗？放机灵些，好好把握机会，别总跟闷葫芦一样憋着。"迟嘉仪说。她总觉得何青柔性格太软了，没多少城府心机，这种性格混职场容易吃亏。

"放心，我有分寸。"

"反正自己小心谨慎些，混过今年就解放了，升职了终归会好很多。"迟嘉仪抬头看了看何青柔，挑挑眉，"我发现你今天真的有点儿不一样。"

迟嘉仪边站起来，仔细端详着对方，边好奇地说着："面色比之前好多了……"

何青柔不解，瞥迟嘉仪一下，问："干吗？"

迟嘉仪说："不干吗，看看你。"

何青柔道："有什么好看的？"

迟嘉仪煞有介事说："嗯啊，我姐妹确实好看。"

这妮子嘴贫得很，惯能打趣人。

何青柔抵开她的爪子，说："别闹。"

迟嘉仪回道："哪有，我就瞅两眼。"

吃掉最后一口面包，何青柔好笑道："该走了。"

迟嘉仪嬉皮笑脸，道："今天出去大杀四方，好好干。"

"你先顾好你的事。"

"是啦是啦，工作狂！！"

何青柔道："小心领导查岗。"

迟嘉仪道："放心，肯定不会。"

"车展人多，注意点儿。"

"嗯啊。"

"走不走了？"何青柔一股脑儿将食物包装袋扔进垃圾桶，不跟她闹腾了，拿好包和资料，准备出门。

"哎哎哎！"迟嘉仪追过去，还是磨蹭，"别着急，你总那么赶干啥，还没到八点呢，去干吗啊，这么早。"

"也快了，场馆八点开门。"何青柔道，等她出来了，顺手关上门。

迟嘉仪又厚脸皮凑上来搭她肩膀，边走边嘴碎地东拉西扯，一会儿分享自己遇到的事，一会儿问何青柔两句。

两姐妹一起下楼，并肩而行。

……

西南山车展的展览场地分为三处，外馆、内馆和赛车道，赛车道不用说，至于外馆和内馆，分别位于山顶的南北方向，外馆是开放式的露天广场，内馆则是封闭式的大楼。

东宁汽车集团的展地在一楼大厅的东南面，此次要展出的汽车共有五款，其中两款是经典型轿车，剩下的三款则是明年公司将会大力推行的车型。

小吴同几个员工正在布置展地，商讨间看到何青柔她俩来了。

"何姐。"小吴忙喊道。

"何组长。"其他人跟着招呼。

何青柔"嗯"一声以示回应，让其他人先去忙，问小吴："车检查过了吗？"

展览要用的车提前两天就运上山了的，但以防万一，每天都会定时检查一遍。小吴抱着文件夹，忙不迭地点头："检查了，外馆展区那边我也看过了，都没问题，您放心。"

何青柔满意地指挥："车模那边你注意看着点儿，明早八点之前务必准备好，有什么问题就联系她们的负责人。"

以往就常发生车模临时撂挑子不干的事，何青柔怕又发生这类突发事故，特意叮嘱一番。

小吴心里有谱："我会注意，今早已经去看过了，她们都还在休息。"

这姑娘做事更周到了，不似前一次冒冒失失的，不用何青柔交代就知道该做好哪些工作。何青柔就带了她一个实习生过来，意在锻炼她，成天待在设计部与电脑和图纸打交道，久了都会感到麻木乏累，偶尔出来接触一下外面的世界，也算是另一种汲取经验的方法。

清楚小吴从昨天到现在都在跑来跑去，何青柔叫小吴先去休息会儿，这边她会看着。

小吴昨晚都没怎么睡过，确实很累，犹豫了下感激道："谢谢何姐，那我晚点儿过来。"

"嗯，去吧。"

展区这边该做的都做得差不多了，何青柔带着迟嘉仪四处转了转，又去了二楼展区走走，十分清闲。

吃了午饭，迟嘉仪去赛场，何青柔回内馆。

然而一进展区，她就看到自家公司的展地里停着别家的车，只是那车占地面积不大，只停在了边上。她紧皱眉头，招来一个员工问怎么回事，才知道原来是隔壁暂放的。

东宁汽车集团展地左边是合作方和信国际，右边却是安能集团。安能集团的展地最开始在西北方，跟她们正好相对，但由于排场有问题，场馆方就把安能集团调到了东宁汽车集团旁边，真应了"不是冤家不聚头"这句话。

不过两公司虽然因竞标而结怨，但表面功夫还是要做的，原先井水不犯河水，现在突然来个"暂放"，放了一中午也不见挪走，明摆着找碴儿添堵。

中午留在展地的员工少，看着车运过来也没人在意，还以为是自家公司的，等人家都放好了，才察觉到不对劲，所以让对方赶紧搬走，可运车的人推托说马上就搬，结果到现在还搁这儿放着。

他们派人到隔壁，要求对方把车赶快弄走，那边又找借口说车不是安能集团的。眼下正为难呢，何青柔就回来了。

"去找场馆领事。"何青柔当机立断，人家"暂放"一段时间，她要是就这么把车拉走，显得不近人情，还会落下小气的话柄。给其他人看笑话不说，还会让公司不光彩，没必要因为这种鸡毛蒜皮的事闹，但对方如此恶心人，她也不会放任不管。

你说车不是你的，那行，我请个见证人来，不是你的我就收了，看谁更硌硬。

没多久，领事赶来。

一如方才，安能集团的人当场耍赖皮。

何青柔毫不客气，手一挥就让人把车运走了，不再同对面客气。

对方负责人登时脸都黑了。

领事站一旁看着，在中间打打太极，这两天出过不少幺蛾子，使阴招的多了去了，他们能力有限，想管也管不到，既然事情解决，也就没他什么事了，他借口有事先走了。

何青柔送了他小段距离，轻声道谢："劳烦您跑一趟。"

"应该的应该的，"领事笑着客气回答，该帮东宁还是安能，他心里明白得很，权当走个过场，"明天车展正式开始，预祝贵公司展出顺利，新车大卖。届时有空一定来捧场。"

何青柔与他客套两句。回到展地，手机嘟嘟振动，提示有微信消息，她点开手机，是林奈。

林奈："晚上一起吃饭。"

看时间应该早接到宋天中了。以为是公司方面有事需要见面，何青柔问了问。

林奈："没什么，只是这边需要安排人接应一下那边。你有空没？"

何青柔想了想，回复："今天我们展地事比较多，可能走不开。"

那边显示正在输入，很快发来："想吃什么？我帮你带。"

对面忽然改变了主意。

可能是还记着昨天云熙宁那一出，今天就不对她有太多的要求，开始体恤起她这个下属来了。

何青柔一顿："不用，你陪宋总，我会吃。"

聊天界面没动静，或许对方在忙。何青柔等了会儿，见还没消息进来，于是放下手机去做其他事。

下午琐事多，何青柔在外馆、内馆来来回回跑了好几趟。歇口气的中途，她掏出手机看，林奈在三点多回了她。

林奈："等我。"

仅两个字，再无其他。

第 3 章

霸气侧漏的何组长

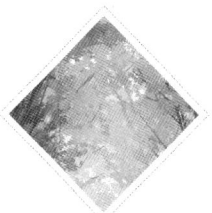

盯着聊天界面微怔，何青柔将手指停在手机屏幕上，半天不知道如何回复。

对面比较强势，但又不是让人反感排斥的强势，挺温和柔情的。

到底是对接自己的上司，相处起来可比云熙宁好多了。即使霸道，直接替她做了决定，但也不是高高在上的样子，而是透露出那种朋友间让人舒服的关心意味，更能让她接受。

何青柔其实不喜欢这样的相处方式，可心里又有点儿暖。她抿抿唇，打字，删除，最终打了个"嗯"字，发送过去。

刚发完，一个员工忽然拍她肩膀。何青柔收了手机，员工一脸为难地告知："云经理过来视察了，正找您呢。"

云熙宁和张总站在展地中间，身边围着几名员工。她听不见他们在谈论哪些，不过云熙宁的表情比较凝重，紧皱着眉，看起来很不满的样子。

只一眼，何青柔就猜到等会儿不好过了。

她走过去："云经理，张总。"

张总朝她笑着点点头，云熙宁冷脸相对，张口就是问责："听后勤部的人说你擅自收了一辆车。"

车刚处理好，事都传这么远了，还真够快的。何青柔敛住神色，不卑不亢地回道："是，一辆无主的车，已经确认过，也跟场馆领事报备了，才让拉到后勤暂管的。"

她把话尽量说得圆滑有理，一切处理好了，肯定不会有问题，否则她也不敢收车。

可云熙宁还是能挑出刺儿来，当即愠怒，斥道："为什么不向上级请示，私自做决定，出了事你负责？如果是运车的人送错了呢？说收车就收，还敢往后勤送，都知道找领事了，怎么不让场馆方来处理，你是觉得自己能耐大，可以负全责？"

何青柔紧了紧手，对方是领导，与其争论最不明智。她微低着头，语气从容："给您添麻烦了。"

她就是内馆展地的负责人，这点儿小事完全可以自行处理，无须请示。若交给场馆方处理，一系列流程走完起码得一两个小时，何况那边不想沾惹是非，态度肯定模棱两可，效率极低。云熙宁不清楚现场的情况，解释再多也无用，且即便车不是安能集团故意放的，是运错了，那也怪不到她头上，东西丢了还能怨捡到的人？

她知道云熙宁是在故意生事。奈何自己位低官微，胳膊拧不过大腿，别人有心为难也只能受着。

"你也知道。"云熙宁冷声道，心头有诸多怨气，对董事会的，对林奈的，连带着对与林奈相关的所有人的，说话便带了股讽刺味，对谁都异常不满。

来之前云熙宁遇到了刚从南城回去的杨兴宜，杨兴宜朝她冷嘲热讽一番，说林奈怎样怎样，其实这些话她大多都不信。可这次她过来，林奈却躲着不肯见她，云熙宁也拉不下脸，双方一次都没碰到过。

云熙宁的心里很恼火，气得都快炸了。

云熙宁一直在关注林奈的动向，知道这人回了北京却没回家，知道林奈接了哪些案子，更知道林奈跟什么人接触，在扶持谁，这一切都在她的观察下，包括何青柔。

林奈那么倨傲的一个人，竟然会申请驻留南城，说是历练学习，云熙宁绝对不信。当初林奈刚进总公司，公司让林奈从秘书做起她都不愿意，南城的机会与待遇跟北京的根本没得比，发展空间天差地别，能学习到什么？

归根结底，还是林奈和家里有矛盾，双方观念不能达成一致导致的。云熙宁劝过林奈，让她不要那么冲动，但林奈压根儿不听，这次还有点儿故意下她面子的意思，找这么个小角色来气自己。

云熙宁憋着火气，审视着何青柔，咄咄逼人地道："现场弄得乱七八糟的，车没放，展牌也没有摆好，身为负责人连这点儿小事都安排不好，公司选你来杵着干看的？"

训完，她又看了看其他人："要等明天车展开始了，再做这些工作？"

员工们面面相觑，忙不迭地应声散开，生怕殃及自己。

张总干笑，硬着头皮缓和气氛："何组长也是第一回接触车展项目，难免会有考虑不周的地方，您多担待。"

他给何青柔使眼色，示意她赶快低头讨个乖，别光站着，但何青柔没动作，半垂着眼默然不语。

"也不知道你们怎么想的，净选些没资历、没经验的，胡乱蛮干。"云熙宁不悦。她本就不支持新手来做这事，可偏偏上面要搞扶新策略，结果整得样样不如意。

张总有些尴尬，上面出政策，他们选人，都是经过慎重考虑的，各有各的考量，云熙宁这话讲的……但他不好反驳，只能赔笑站着。

"下回一定注意。"张总轻言细语，尽量安抚云熙宁，立马转开话题，"外馆那边还有展区，已经筹备好了，您要不要去看看？"

张总惯会察言观色，一句话轻松带过，也给了云熙宁台阶下。

云熙宁脸色这才稍微好点儿，扫了一眼神色淡漠的何青柔，道："我晚上会过来视察，再做不好你明天也别继续了，大可换人来做。"

何青柔皱了皱眉头，抬眼，定定地看着她。

张总听了，心里咯噔一声，忙看了一眼何青柔。什么事儿真是……一个是上级，一个是上级有心提拔的人，他夹在中间两头为难。

"走吧。"云熙宁收回目光，对张总说。

张总暗暗擦了把汗，心道幸亏何青柔沉得住气，否则真不好收场。

然而下一刻，他俩还没转身，何青柔突然开口："就不劳烦云经理了。"

云熙宁驻足，眉头一皱，语调微扬："你说什么？"

何青柔淡定从容，一字一字，清晰地回道："这边我会负责，林总监已经交代好了的。您公事繁忙，不必专门跑一趟。"

她们做事按计划来，什么时间该做什么，都有具体的安排，不是胡乱蛮干，云熙宁一点儿都不了解就指手画脚、颐指气使，想越俎代庖，实在有些过了。

"你这是拿林奈压我？"云熙宁反问，语气冷得可以结冰碴儿，一副随时要爆发的样子。

"没有。"何青柔径直与她对视，平静沉着地回答。

晚上九点多，展馆的工作收尾。

小吴跑过来问何青柔要不要跟大家一起吃饭。何青柔有约，谢过大家的好意，婉拒了，并提醒她们早些歇息，明天还要忙车展的事。

小吴应允，先跟其他人走了。

场馆里虽灯光明亮，但已没多少人，稀稀落落分散在各处，或闷头做事或相互交谈。林奈那边还没消息，何青柔候在内馆里等着。

偶尔碰到熟识的人，大家相互打个招呼。

等了半个小时，手机仍旧没动静，她点开屏幕，犹豫片刻，正打算给对方发消息，林奈却先一步行动，出现在场馆门口。

何青柔出去，一眼就看见一辆黑色的路虎停靠在路侧，副驾驶的门开着，穿着一身米白休闲服的林奈坐在车里。

她走近了，瞧见车后座上放着一摞食物包装盒。盒子是透明的，里头装着各式各样的吃食，看起来很精致。何青柔俯身进去，坐下。刚关上车门，系好安全带，林奈发动车子，逐渐驶离场馆，将车开到视野开阔但几乎看不到人影的仿古雁塔下。

仿古雁塔通体灯火辉煌，颇为古朴雄浑，与她们停车的地方对比鲜明。这里光线暗沉，且十分隐蔽。

"宋叔叔想见你。"林奈解开安全带，温和地说。

何青柔不明白，宋天中找她干吗，难道是因为两家公司合作的事？

想来可能是这样，原先的对接工作可是她在做。

望了眼车外漆黑的夜色，何青柔应下："那快过去吧，都快十点半了。"

临近农历十五的月亮盈满，似瓷白光洁的圆盘挂在空荡荡的天上，月华如水遍洒大地，但黑云一点点靠近，不一会儿就将圆月吃得干干净净，天幕之下变得黑暗阴沉。

"先把饭吃了，"林奈说，"这些吃食有的就是他买的，说让你吃了再去。"

敢情开到这儿就是为了吃东西。

外界传言宋天中不近人情，怎么会给素未谋面的自己买吃的？何青柔眨眨眼，将信将疑："宋总买的？"

"也有我买的，"林奈纠正，探身到车后座把吃的提过来，"大部分都是我买的。"

林奈打开灯，把吃食一一摆出来。品种挺多的，盒子叠在一起的时候看着还好，但打开后，一份就抵饱了。

"不知道你喜欢吃什么，都买了一点儿，各种口味都有。"林奈把手里的盒子送到她面前，盒里是小巧玲珑的糕点，"这个你尝尝，我排了好长的队买的，老字号手工饼。"

何青柔哭笑不得，这么多吃的，哪里吃得完。不过她也不忸怩，拿了一块糕点咬了一口，入口十分软糯，确实还可以。她平时鲜少吃这些零食，最多买两个小蛋糕，饿了要么吃饭要么用泡面将就，现在尝一回竟然还不错，吃完又拿了一块糕点。

"还有这些，都挺好吃的。"林奈打开了另外两个盒子，递到她手边。

何青柔都拿了一点儿，吃了两口，问："你吃饭没有？"

这人出去跑了一天，忙得脚不沾地，说不定连饭都没吃。

"吃了，跟宋叔叔一起吃的。"林奈说。

何青柔说："下回随便买点儿就行了，别去排队浪费时间。少买点儿，我吃不了这么多。"

"不耽搁时间，没事。"林奈哂道，"顺路就买了。"

这话讲的……何青柔再问："哪些吃的是宋总买的？"

林奈从最外围拿出两个包装考究精致的暗金色纸盒，道："这个。"

何青柔接过盒子，打开发现里面还有一层包装纸，撕开包装纸，里头是两个封得严实的小糖球。这一层一层的，跟俄罗斯套娃一样。

"你吃吗？"她问林奈。

"嗯。"林奈回道，但没动，就这么盯着她。

"自己拿。"何青柔拿了一个，再把盒子推给她。

林奈接下盒子，随手搁在一边。她其实不喜欢吃甜食。

"今天的事，张总都跟我讲了。"林奈忽然说，这才讲起正事。

何青柔无所谓，也听不出她说的是哪件，是安能集团还是云熙宁。

何青柔今天可是逞了一次威风，跟云熙宁闹得很僵。当时云熙宁愤愤得说不出话来，但最后还是强忍着没发作，不用猜都知道云熙宁是忌惮林奈，而不是不敢和何青柔对峙。

也不能说忌惮，应该是忍让。

骄傲如云熙宁，忍让……何青柔用余光看了看林奈，心里莫名地发堵。

云大小姐的忍让只是对林奈这个发小而已，对她们这些员工可不是。显而易见，她就是夹在中间帮林奈挡伤害、无辜受罪的那个人。

小员工没有发言权，遇到这种事没别的办法，除了低头还是低头。

"我都处理好了，你不用担心。"何青柔说。心里再怎么不舒服，她对事情的经过也一个字不提。

"安能集团的事，你做得很不错。"林奈说，当初她去竞标时安能就不老实，阴招一个接一个，还想暗箱操作，最后反被他们摆了一道，两家公司便由此结了仇，"不过那边既然有第一次就会有第二次，之后记得留点儿心提防点儿。"

"会的。"何青柔都安排妥当了，展区那边一直有人守着，其他地方也会定时巡查，连人员替补她都有后备，就怕出岔子。

"明天我会去赛车现场，内馆这边就交给你负责了。"

"嗯。"

"展会结束后，来赛车场入口找我。"林奈嘱咐。

何青柔问："赛车场那边有事？"

赛车四点半就会结束，展会要五点多，林奈应当有事要做。

"嗯，赛车，你要看吗？"林奈曲了曲手指。

"比赛不是四点半就结束吗？我来的时候早没了。"何青柔抬手将披散的头发拢住，往背后放。她拢头发时抬了抬下巴，显得脖颈越发细长，很是漂亮。

"不是比赛，是我跟其他公司的人一起，随便赛一场。"

这个比赛是今天下午才确定下来的，大家想着下午工作结束，反正闲着没事干，于是有人突发奇想打算搞一场特殊的比赛。各公司的员工都可以参加，奖品则由参与其中的公司一齐筹备。不过参与的人少，拢共十来个，大多是公司高层级别的人物，毕竟赛车这玩意儿烧钱，会玩的少，不属于大众娱乐项目。

"你也参加吗？"何青柔问，不免有些惊讶，看不出来林奈会玩赛车。在她的印象中，玩赛车的大多是那种炫酷的潮流人士，那种类型的选手一看就很特别，而不像林奈整天穿正装坐办公室，为工作忙碌，十足的社会精英模样。

"嗯，要参加。"林奈说，"你要去看吗？"

何青柔不假思索地应下："要去。你们什么时候开始？"

"五点半，你来的时候可能刚刚赶上。"林奈又简单说了比赛流程。

"那可以。"何青柔心里算了算，五点半……第一天的车展结束后还有收尾工作，时间太紧了，其实应该赶不上，可能会迟到一会儿。不过她没讲出来，反正尽量在比赛结束之前到。思及此，何青柔低头瞥了眼，看到时间快十点五十分了，推了推林奈，说道："走吧，该去宋总那边了。"

"不吃了？"

"已经饱了。"何青柔拉了拉林奈的胳膊，"别磨蹭了，快去开车。"

林奈转头瞧她，眼神从她唇上掠过："你的口红好像花了……"

何青柔看不到自己现在什么样，赶紧翻包拿镜子。口红真花了，吃东西没注意到，蹭了一点儿出来。

林奈倒是主动，又借此弥补："我帮你补。"

"不用，"何青柔从包里抽出一支口红，哪好意思让林奈补，"自己可以补。"

林奈将手一滑，轻松把她拦住，拿过镜子和口红，称赞道："口红颜色还不错。"

何青柔顺势报出口红牌子和色号，安利（网络用语，指推荐）给对方。

林奈也顺着台阶下："下次我也买一支。"

何青柔道："行。"

林奈道："嗯。"

两人绕着仿古雁塔转了半圈，再直行一段距离，拐个弯儿就到了宋天中住的地方。何青柔以为目的地会比较远，结果离她们刚刚停车的地还挺近的，但这边热闹得多，坐落的皆是仿古建筑，连路灯都是老式灯笼形状的，到处都透着古香古色的韵味。

各公司员工住的地方都是租的，且价格不低。东宁员工住的小阁楼是何青柔选的，一来实惠，二来临近场馆，方便办事。何青柔看到这儿的气派，心里不免将两处地方作对比，相比之下，小阁楼是真的寒碜。

她们走到一处四合院前，恰好里面出来几个人。几人同林奈认识，便相互聊了两句。何青柔细细打量着院内。院子里有石桌，两名和信国际的员工正坐在桌前商讨什么，其中一人偶然瞥见她们，便立即站了起来。

"林总监，"那人喊道，又看向何青柔，"何小姐？"

何青柔点点头。

"宋总在里头等着，刚刚还在问你们呢。"他说，"您二位要不要喝点儿什么？你们先进去，我去拿。"

"不用麻烦，谢谢。"何青柔回道，"我们一会儿就走，你忙你的，不用管我们。"

员工笑了笑，道："没事，也没啥做的了，那咱现在进去吧。"

何青柔和林奈跟上他，穿过院子，来到最里面。

宋天中正在品茗，见她俩来了，放下茶杯道："过来坐。"

他看起来五十来岁，穿一身靛蓝唐装，眉目慈祥和善，随和得很，不像传言说的那般不好相与。何青柔过去，想坐他对面的位置，他却敲了敲旁边，道："坐这儿。"

何青柔愣了片刻，林奈朝她点头，她立马坐过去。

"上回工作繁忙，没有时间，等我有空了你们都走了。"他说道，给何青柔倒了杯茶，"这次来南城，便想见见你们。多有唐突，何小姐莫怪。"

"谢谢宋总，"何青柔用双手接过茶，心知这是在寒暄，走个过场客气一下子，于是面不改色地应对，趁机给人家留一个好印象，"不唐突，该是我们来拜访宋总的，但这几天比较忙，没什么时间。"

"何小姐会说话，"宋天中乐呵呵地笑道，"阿奈就是闷葫芦，半天蹦不出俩字儿，她该跟你学学。"

何青柔看了看林奈，闷葫芦？林奈有时候确实比较严肃，但跟闷葫芦不沾边吧，话挺多的。

"你也坐下，"宋天中对林奈说，"杵何小姐后面成什么样子？"

林奈规矩地在他对面坐下。

"何小姐喝茶，尝尝这茶如何。"他做了个"请"的动作，"我从北京带来的茶叶，但原产地是 H 市，你品品正不正宗。"

H 市，何青柔的家乡，盛产好茶的地方。H 市种茶炒茶的历史悠久，祖辈相传至今，其茶闻名全国，声誉很好。

何青柔虽然平时喝茶多，但也就解渴用，论品尝她自然是不会的。她端起茶杯轻啜一口，肚里捞半晌话，只有一句："正宗。"

宋天中随即哈哈大笑："随便聊两句，何小姐不用太紧张。"

何青柔捏着茶杯，礼貌而文静。宋天中又说："底下的员工都讲你性子好，温和，现在一见果然如此，东宁没推错人。"

底下的员工，就是和信跟何青柔做交接工作的人。何青柔笑了笑，不知道该怎么接这一句。宋天中这开场搞的……上来就给人捧着，一点儿谱儿都不摆，挺让她心里没底的。

宋天中看了一眼林奈，用食指点了点桌面："阿奈，水有些冷了，你去重新接一壶。"

何青柔机灵，立马就心领神会。这是要跟她单独聊聊的意思？

林奈抬抬眼皮子，和他对视一眼，再看了下何青柔，似乎不愿走，但磨蹭半晌还是起身端着茶壶出门了。带她们进来的员工机灵有眼力见儿，发现林奈走了，也连忙出去，并贴心地带上门。

出了门，林奈并没立即离开，而是在门口驻足一会儿。老院的隔音差，宋天中的嗓门洪亮，站在门外便能听见里面的谈话声，悄没声儿听了两句，林奈才不紧不慢地去接水。

屋内，宋天中了然地瞥了一眼外面，看到门口的人影没了，才收回目光，继而给何青柔斟茶。何青柔伸手止住他，接过茶具："我给您倒。"

宋天中职位比她高，年纪比她大，是长辈，应该是晚辈给长辈倒茶。她有模有样地给对方倒了一杯，再呈过去。

宋天中接了杯子，满意地端起茶饮了口，饮毕，轻轻搁下杯子："H市的茶真绝佳，满口留香，回味无穷，这么多年了，我就好这一口，一天不喝浑身难受。"

"喝茶养生，对身体有益。"何青柔轻声说。

宋天中眼睛一弯，很受用这话："只是可惜现在好茶难找，我半年前专门去H市买茶，将整个林芒山都跑了一遍都没寻到想要的。以前制茶的人多，那里几乎家家户户都以茶为生，做出来的茶地道香浓，现在时代变了，制茶的人家越来越少，山上的地方都快被那些公司包完了，产的茶愈加粗制滥造，没原来的味儿了。"

林芒山，H市最出名的茶地，只是后来山上的地陆陆续续被当地的公司收走。以前那种老式的手工制茶手艺已经逐渐被现代化的机器取代。

何青柔家就是做手工茶的，前些年在夹缝中求生，这两年流行有机和绿色，大家开始追求品质生活，她家生意才好了许多，但仍旧不景气，只是勉勉强强能过下去。

何青柔自幼在H市长大，对这些还是比较了解："您下回再去，可以到林芒山周围的几座山瞧瞧。那些地方老茶户多，有些人家会在外面摆摊卖手工茶，很容易找到。"

"何小姐家也是制茶的？"宋天中一面问，一面用杯盖在杯里拂了拂。

"就普通的小茶户，能糊口罢了。"何青柔说，"您叫我小何就行。"

一口一个何小姐，怪别扭的。

"行，叫小何亲切点儿，"宋天中性格豪爽，说话直言直语，"下次若是有机会，劳烦小何带我去转转。你是当地人，比我熟悉。"

何青柔点头以应。

宋天中暂时无话，兀自喝着，良久，又问："小何跟阿奈认识多久了？"

"不到一个月。"她回道，大概猜到宋天中的意思，不用试探心里都清楚。

结合早前蒋行舟说的那些，还有云熙宁的表现，林奈应该是遇到了什么事，所以才来的这边。宋天中无非就是想从自己嘴里探探林奈的近况，不好当面直接问林奈而已。

宋天中拂了拂茶沫子，杯盖与杯沿相碰出声。宋天中盯着杯中漂浮的茶叶，似乎想说什么，可最终把要说的话咽了回去，脸上重新浮现出笑容，还是继续客套："下回再去北京，可以跟阿奈一起到我那儿坐坐。"

"一定，"何青柔说，然后替宋天中添水，"如果有机会去，我给您带些我家炒的茶，都是三月现摘现炒的。"

"成啊，到时候你来了就说一声，我叫人来接。"宋天中高兴地说，一听到何青柔要送茶，简直是耳根子都软了，连茶沫都不拂了。

他不摆架子，言语交谈让人感觉很舒服，何青柔来之前还犯怵，现在倒挺谈得来的。想起宋天中送的吃食，她又开口："您让林总监送的糖我已经收到了，还没谢谢您呢。"

宋天中摆摆手道："你们小姑娘都喜欢吃这玩意儿，我看到就随手买了，谢什么谢，不用那么客气。"

可能是习惯使然，过惯了以前的生活，老一辈更偏好手工制作的东西，吃的、用的老觉得手工的好，看到街上在卖手工糖，顺带就买了两盒，想着何青柔也算是林奈的朋友，总要送点儿什么才行。

何青柔笑了笑。

宋天中很健谈，每次一旦何青柔搭不上话，他总能找到另外的话题，并趁机旁敲侧击林奈最近过得咋样，何青柔说什么他也能接上两句。

估摸着林奈快要回来了，宋天中看看门口，忽然没头没脑地说了句："阿奈是个倔性子，认死理，她大了，有自己的想法，很多事情我们这些老一辈的也管不到了。她是我看着长大的，相当于半个女儿。我呢，就希望她在这边能过得好一点儿，有个人帮着照应一下，至于其他的，都不重要。"

何青柔说："宋总有心了。"

宋天中叹了口气，嘴皮子动动，委婉提点何青柔一句："阿奈在这儿也没几个认识的人，小何，你熟悉南城这边，在公司也待了那么久，以后麻烦你帮忙看着她一点儿。"

这番话讲得真够客气，说白了就是让何青柔当个眼线的意思，如果有机会，以后也可能会让何青柔暗中看着点儿林奈。

何青柔不好掺和人家的私事，不免有些为难。她正纠结该如何答复，林奈于这时端着茶壶推门而入，聊天到这儿就中止了。

宋天中喊林奈帮忙泡茶，拉着她俩聊了十来分钟，见时候不早了，让她们回去休息，并送她俩到门口。

回到住的地方已近凌晨，院子里灯光通亮，几个同事还在这儿讨论工作事宜，但房子里的多数人都歇下了。明天是为期三天的车展第一天，肯定又忙又累，需要早早休息养好精神才行。

两人都下了车。吃的东西有点儿多，何青柔一个人提不了，林奈帮她分担大半重量。

何青柔说："你带点儿回去，我吃不了太多。"

"吃不了可以放着，"林奈接道，"房间里有冰箱，还会在这里待几天，吃得完。"

"有些不能放太久，你待会儿拿一些走，不然浪费了。"

林奈没说话，何青柔当这人同意了。进了房间，把东西放下，她理出一部分让林奈提走，可对方坐在沙发上不动。

"还有三天就过生日了，打算怎么过？"林奈问，没话找话。

何青柔走过去坐下，将手撑在沙发上，道："就这样过，没安排。"

车展二号结束，第二天就是她生日。车展之后还有一些收尾工作要处理，她不能提前走，必须待在山上。不过这也没啥，一次生日而已，按照往年的惯例，也就是请几个朋友，吃饭切蛋糕就完事儿，所以今年生日用来工作她也觉得没什么。

"那你到时候等我，"林奈开门见山地提出，直言直语，"我也参加，不过可能赶不上开始，会晚点儿过来。"

迟嘉仪肯定会为何青柔庆生，应该还有公司其他人。林奈考虑挺周到，留了一点儿余地，心知自己这个上司出席，肯定影响她们的兴致和热情，所以打算单独帮何青柔庆生。

何青柔不拂对方的面子，温和地回道："你该走了。"

但林奈没有要离开的打算，准备在这儿继续过夜，为了躲云熙宁。

林奈说："再收留我住一晚，行吗？"

何青柔问："所以先前你也是在躲云经理？"

林奈回答："那天是太累了，不小心睡着了。"

何青柔道："今晚不是。"

林奈道："嗯。"

"那明晚怎么办？"

"明天再看，今天顾不了那么多。"

何青柔笑了笑，转念一想，脸色变得认真起来，即使无意窥探别人的隐私，可斟酌一番，还是说："你跟云经理……其实可以私下谈谈。"

但林奈俨然对这个没兴趣，不愿听取意见。她是真不想见云熙宁，更不愿意和对方起争论。

自知是多管闲事，何青柔点到为止，提一句就没说下去，不烦人。她也愿意收留林奈。

"我先去洗澡，"林奈站起身，神情有些散漫，"有多的睡衣吗？"

何青柔背对着她，将手放在窗台上道："浴室里有一套睡衣，房主准备的，我没穿过。"

她自己带了睡衣，房主给的那套睡衣她就直接挂浴室里了。

快一点了，时间过得很快。院子里空荡寂寂，灯不知何时已熄灭，四下望望，就她的房间还亮着灯。

也许是夜深人静，浴室里的水声尤其明显，何青柔不免朝浴室门口瞥了一眼，林奈的鞋整齐地摆放在那儿。她犹豫片刻，走过去，想把鞋子拿到玄关处摆好，不料刚到门口，里面就传来林奈的声音："你现在方便吗？"

何青柔转身，往回退了几步，才回道："怎么了？"

"能去我房间帮我拿点儿东西不？钥匙在桌子上。"

不用说，何青柔都清楚该拿什么，她应了声，拿起桌上的钥匙就去了。林奈的房间在走廊拐角处，她尽量轻手轻脚，开门开灯，飞快拿好林奈的贴身衣物，用袋子装好离开了房间。

都这个时间了，按理不会遇到人，但她走过转角竟碰到云熙宁。

云熙宁还穿着正装，脸色疲惫，看样子才从外面回来。何青柔记得云熙宁住在另一边，这么晚了，云熙宁到这边来做什么？该不会找林奈吧。何青柔陡然一惊，林奈此刻正在她那里，而她刚从林奈房间出来，云熙宁要是过去找人……

何青柔捏紧袋子，将钥匙攥在手心，不由得有一点儿心虚。

云熙宁发现了她，眼神冷冽。

谁都没说话。

何青柔比云熙宁要矮一点儿，加之对方穿着高跟鞋，她穿着平底鞋，看起来就矮了半个头。她径自站着，内心纠结半晌，还是率先开口："云经理。"

云熙宁未应，只瞧着她，眼神里带有探究和一种说不清道不明的情绪。走廊的光线昏黄，隔了一大段距离，何青柔看不清楚云熙宁的神情，但仅由她周身骇人的冷意便知云熙宁知道自己是从哪儿出来的。

何青柔倒不怕云熙宁，只是紧张而已。深更半夜的，换成任何一个人出现她都会紧张。云熙宁握手成拳，面上忽青忽白，最终转身回去，从头到尾都没搭理她，非常高冷。

目送云熙宁走到走廊尽头，何青柔蹙眉沉思一会儿，提着东西回屋，然后把东西放到门口让林奈自己拿，等对方洗完才进去洗。

冲凉挺快，几分钟就结束了。

林奈倚在床头玩手机，见她出来，掀开被子一角道："外面凉，过来盖着。"

何青柔用毛巾擦了擦头发，转身回浴室，道："我吹头发。"

今晚没洗头，但洗澡的时候淋湿了小部分，必须吹一下。何青柔取下吹风机，不过还没打开开关，身后的人就把它接了过去。

"我给你吹，"林奈将她头上的发带取掉，"吹干就睡觉，很晚了。"

等头发吹干，两人回床上躺着。

关了灯，房间陷入黑暗。由于窗外有树挡着，只稀疏照进几束月光，何青柔背对着林奈，盯着外面出神。

良久，林奈问："在想什么？"

何青柔回答："明天车展的事。"

林奈道："都安排妥当了，不用担心。"

何青柔往被子里缩了缩，闭上眼，酝酿睡意。

可能是心里有事，还惦记着这两天的各种问题，何青柔睡不着，不多时又睁开眼。彼时身后的林奈呼吸均匀，可能要睡着了。

何青柔顿了顿，迷迷糊糊快要睡着之际，忍不住小声问："林总监，你跟云经理很要好吗？"

对方未答。大抵是不愿她又问那些隐私，因而不吭声。

可能白天太累，倦意很快就来势汹汹，没一会儿何青柔就睡着了。

第二天，两人都醒得早，不过何青柔先醒几分钟，因为有大堆工作等着，她匆匆洗漱一番就出了门。

到内馆展地时，那儿已经有几个员工在等着了。小吴把要用的资料递来，她随意翻了两页，问："模特都到齐了吗？"

"到齐了，在后面化妆准备，"小吴说，"她们也才到，大概要半个小时准备时间。"

何青柔点头道："你去那边候着，准备好了就把她们领过来，这里我来看着。"

小吴应下，赶快到准备室去。

今天内馆这边只有何青柔一个负责人，林奈去了赛车场，张总在外馆。昨天还没什么感觉，今天一个人主持大局，何青柔心都是悬着的，难免有点儿放不开。不过她很快调节好，全身心投入指挥工作中。

此次车展，东宁主要以环保经济为主题，首推与和信国际合作的新能源汽车，但新能源汽车又不止东宁跟和信国际在做。如今新能源趋势大火，现场做这个的公司不少，譬如旁边的安能集团，这次也是以推新能源汽车为主。

何青柔看了那边一眼，恰巧安能集团的负责人也在往她这儿看。两边视线相撞，那位负责人朝她意味深长地笑了笑。何青柔皱眉，顿时有种怪异的感觉。

正疑惑着，小吴急匆匆跑过来，一把拉住何青柔，不安地低语："何姐，出事了……"

何青柔接道："怎么了？"

小吴凑到她跟前，焦急道："苏陈意跟一号展位的模特好像出现了过敏症状，模特还好，只是身上痒，苏陈意已经出现水肿、头晕胸闷的情况了。我们想送他去医院，他不肯，吃了两粒过敏药，硬说没事，劝都劝不了。"

何青柔皱眉，过敏可不是闹着玩的，虽然病情因人而异，发病轻，恢复快，但严重时可是会致命的。苏陈意都这样了，肯定得去医院。她当机立断，找来一个员工，让他暂时看着展区，迅速地把任务安排好，再跟小吴到准备室去。

准备室就在展区后面，她们进门，苏陈意还坐在高脚凳上，手旁搁着一杯白开水。有人正劝他，他低头沉默，没把过敏当回事儿。

或许是太痒，他忍不住挠。何青柔走过去，围着他的人自动让开。

"小吴，马上找人带他们去山下的医院。"何青柔环视一周，看了看也在挠痒的一号展位模特，赶紧喊道："都别挠，越挠越严重。你们俩现在马上到场馆门口等着，去医院看看。"

模特忙不迭地同意了，她症状轻，吃药后好多了，但还是担心，总感觉哪儿都痒。

"不用去医院，"苏陈意突然说，站起来，朝着何青柔，"组长，我刚刚吃了药，过一会儿就没事了，展会开始前肯定能恢复。"

他语气坚决，说完坚定地看着何青柔。

他跟小吴一样，是才进公司的实习生，且两人都是 211 名校应届本科生。当初校园招聘时，何青柔直接选了小吴。而他经过层层面试才勉强进了车间，最后派在江丰义手下做流水线工作。

211 名校毕业的学生做流水线工作，在何青柔她们毕业那会儿，这几乎不可能，毕竟那时候的名牌大学生难求。可如今时代变了，优秀人才多如牛毛，往东宁汽车集团投简历的，一半以上都是 985、211 名校毕业的学生，其中不乏硕士、博士，还没算海外留学生。

苏陈意成绩平平，比起小吴满当当的奖项和学习经历，他的简历简直毫无看头。本来当时公司不打算录取他，但苏陈意敢于自荐，表示愿意从基层干起，加上他口才好，诙谐幽默，模样周正帅气，主考官开玩笑问"从车间干起也愿意？"，结果他还当真了，一口答应，跑到车间打下手。

何青柔不太懂苏陈意的脑回路，工作机会多的是，何必在一棵树上吊死。但这次找车展解说员时，江丰义特地跑来推荐苏陈意，想着他各方面条件都符合，加之他试讲十分出色，何青柔还是拍案定板要了他。

好不容易等来一次机会，临到关头却意外横生，苏陈意哪能甘心放弃。他笔直地站定，紧闭双唇，忐忑地等着何青柔发话。

他的想法何青柔懂，但不能由他胡来。何青柔径直说："你现在这样不适合上场，先去医院。"

　　苏陈意嚅动嘴唇，很不情愿，一米八几的大男人咬紧腮帮子死撑着，因为过敏而肿胀的脸看起来滑稽又可怜。

　　到底不忍心，何青柔拍拍他的肩膀以作安慰："该报的我都会报，你现在留在这里反倒添乱，去医院看看。明后天再来，位置我会给你留着。"

　　车展解说员也安排了替补，苏陈意之所以不愿意走就是怕被换掉。听到何青柔的保证，他好歹有了松动的意思。心知不能继续给何青柔添乱了，苏陈意终于服软。

　　"谢谢组长。"他说道，眼尾带红，连声音都略带干涩。

　　出来工作谁都不容易。不过何青柔没空跟他煽情，赶紧让人把他俩带走，再马上安排一号展位的车模和解说员替补。

　　做完这些，她又找到相应的人来查问，苏陈意跟车模都对海鲜过敏，但食物安全工作她之前特地强调过，出现过敏情况绝非意外。况且苏陈意跟车模又不傻，总不可能主动吃海鲜，干这事的人狠毒得很，心黑成炭了，此次一定要彻查到底！

　　然而连问好几个相关的人，什么也没问出来，何青柔只得暂时先把这件事搁置，打算等小吴送了人回来，让她去查监控，眼下先把手里的事做完。

　　回到展区，和信国际来联系她做对接工作，之后还算顺利。

　　由于时间太早，内馆里的人还较少，直到九点以后才陆陆续续变多。东宁跟和信国际合作的一号展位前尤其热闹，里三层外三层围着人，替补的解说员和车模现场表现不错，何青柔悬着的心总算落了地。

　　各公司为了吸引观看者，从现场布置到车模服装可谓铆足了劲儿，五花八门，风格多样。

　　东宁跟和信国际这次走的科技风，展区整得十分炫酷，中间摆了两个四五米高的汽车机器人，正前方是一号展位，用以展示新能源汽车，左右依次为主推车型和经典款。车模们则一改以往的性感路线，走正装风，一水儿的黑色西装、细跟高跟鞋，全场大长腿，十分吸睛。

　　何青柔忙前忙后地指挥现场，不时接待一下重要的领导和其他合作方。

　　这一通忙活下来，她到中午吃饭时才稍稍歇口气。

　　等吃完饭回展区，何青柔又遇到了宋天中和总公司副总。他俩是来这边巡查的，宋天中神情严肃，一副不苟言笑的样子，副总热情地跟他说话，也没见他回两句。

　　"宋总，副总。"何青柔向他们打招呼。

　　"小何，"宋天中回应，见她原本木然的脸稍微松动，语气缓和了点儿，"在忙些什么？"

　　旁边的副总象征性地朝她点点头。

　　"都是琐事，刚刚吃了饭。"何青柔说，礼貌地笑了笑，"您二位吃了吗？"

"吃了，这边挺热闹的，就顺道过来看看。"宋天中说。

何青柔眼下恰好有空，便趁机卖个人情："我对这边熟悉，不如我带您四处瞧瞧？"

宋天中应允，副总也跟着，反正他就是来陪宋天中的。

何青柔先带他们走到一号展位，简单介绍一番。一号展位前此时仍围着许多人，他们只能在外面看看。宋天中对汽车没什么兴趣，看完两个新奇的高大机器人，由衷赞道："你们办得比我们好。"

东宁跟和信国际虽是合作关系，但也存在利益竞争，两个公司的展区挨着，自然会有比较。

何青柔顺着他的目光看去，领会他的意思："现在汽车机器人比较火，我们做策划的时候考虑到要加入一些流行元素，就向实验室那边借了两个。"

机器人只是模型，并不能像电影《变形金刚》里的汽车人那样变来变去，不过此创意很成功，汽车机器人确实吸引了不少人的注意，很多都来观看、合影。

"不像别的那么花里胡哨，还行。"宋天中看了眼展位上的车模，老一辈保守，不喜欢太性感的装扮，正装就挺合他的眼，"创意很新颖。"

何青柔被夸得不好意思，带着他俩去参观其他展位，又到二楼展区转了转。

走了一圈，念及她还有工作要做，宋天中便让她先去忙。何青柔送他俩到场馆门口，没多久又返回自家的展区。

等小吴过来时，何青柔又看到安能集团的负责人，想起今早对方那古怪的笑，以及昨天的事，越发怀疑事情跟安能集团有关，但无凭无据。

今早的他似乎心情不错，现在迎面碰到，对方一见到何青柔顿时拉下脸，脸色奇臭。

想来与昨天吃了瘪，而今天又看到东宁策展效果比安能好有关。何青柔内心一哂，面无表情地走过。

小吴走近，拉着何青柔到角落说："何姐，我问了苏陈意他俩，他们今早就只吃了早饭，监控也查了，但是没看出什么问题。早饭是模特那边的联系人去饭堂取的，都没离过手，取了就送到准备室。"

何青柔皱眉，问："他们早饭吃的什么？"

"就是豆浆包子，饭堂每天供应早饭的品种是特定的，包子有酱肉包和菜包，不过都吃完了，不晓得是不是跟这个有关。"小吴说。

海鲜过敏，吃肉包、菜包肯定没问题。何青柔沉思，心里隐约有了一个猜想，但苦于不好查证，现在在手里工作又多，需要人帮忙，得等晚上再说。

"苏陈意他俩怎么样了？"她问。

"没什么事，都还好。"小吴小声讲，吃饭之前已经打电话问过了，"苏陈意想下午就回来，我让他在医院多待会儿，晚点儿去接他。"

过敏一般二十四小时之内就能消退，应该没什么大碍。何青柔赞同地点点头，多休息一下也好。

"行，你先去做你的事，五点的时候过来帮忙收尾，我待会儿要去外馆一趟，你注意看着点儿这边。"何青柔吩咐。

小吴应下。

下午的工作烦琐，除了要顾着现场，还要为明天做准备。忙到五点多，何青柔才开始做收尾工作，中途又出了点儿小状况，等处理完这些，都快六点半了。

看到手机屏幕上显示的时间，何青柔怔了怔，这才想起答应了林奈要去看赛车的事。

比赛肯定已经结束了。

承诺了要去的，然而没去……思忖半晌，她拨打了林奈的电话。

电话那头没人接，何青柔一顿，再打一次，还是没接通。

何青柔正以为这人生气了，忽然来电显示，对方打了回来。

她滑动屏幕，接起电话。那边没说话，但能听到断断续续的"哗啦"风声——应该是林奈在开车。

一会儿，风声没了，应该是车停了。

电话那头的人终于开口："还在工作？"

何青柔往门口方向望了一眼，回道："刚刚结束。"

"那我等你，"那边传来关车门的声音，"场馆门口。"

日近黄昏，场馆内人渐稀少，外面人群三三两两，参观的、聊天的都有，门口的直行道上停了许多车，一眼望去车排成长龙，大门前挤了一堆拍照的人。何青柔从边上穿过去。车太多，一时没有看到林奈在哪儿。

她沿路走了一段，还是没有找到人，想到对方可能在车里坐着，便一辆一辆地看车牌。她再往前走了几米，找到了车子，但车里空荡荡的，没人。

她疑惑地四下环望，拿出手机，打算打电话问问。

"后面，"后方清冷的声音响起，"转身。"

她蓦地一愣，捏了捏手机，转身，林奈就在离她不足一米远的地方。今天的林总监穿着黑色背心、墨绿短裤，背心外套着一件跟短裤同色系的牛仔衣，打扮休闲清凉。

何青柔讷讷地看着，搜肠刮肚良久，嘴里挤出一句："一直没看到你……"

林奈把副驾驶的门打开，站在车门旁，道："从你走出大门以后，我就在你后面了。"

林奈看了看何青柔，示意她上车。何青柔过去，弯下身坐进副驾驶座，林奈替她关上门，绕到驾驶座，发动车子。

"只是你没看到。"

何青柔用余光瞥了瞥林奈，瞧见这人的表情不像生气的样子，可也无神采，眼皮半耷着，显出两分颓废。

车多，路堵，车子发动了，但寸步难行，前面的车跟粘在地上了似的，半天不见移动分毫，有些不耐烦的司机一下接一下地按喇叭催促，没完没了。喇叭声刺得人耳朵痛，她们旁边都有人争执起来了。

"下午临时有事没走开……"何青柔轻声解释，眼睛看向外面一排排望不到尽头、在远处都化成一条条线的车流，"找不到替代的人，不能离开。"

林奈握着方向盘，将食指叩着方向盘边沿点动，没立即应声。这人的手骨节分明匀称，修长好看，这么一搭一搭点着，让何青柔忍不住多看了两眼。

"那事情处理得如何了？"林奈边问，边停止食指的动作，将其放在方向盘下方。

"还好，没什么问题，"何青柔收回目光，须臾，又移回去，"我走了的话就没有领头的人，跟和信国际的交接会很乱。"

没能去看比赛，她感到很抱歉，可无论如何，只要工作没完成，她都不能离开，毕竟成年人得有分寸，不像读书的时候，为了出去吃顿饭翘半天课都觉得无所谓。

林奈"嗯"了一声，没有要继续聊的意思，也看着窗外，眼神晦暗不明，薄唇紧闭着，下巴微抬。

车里太静，空气都像凝固了一般，何青柔不大适应这样，她偏头看向右边车窗。直行道两旁的路灯都打开了，车外正好有一盏灯在她旁边，灯光很刺眼，照得她眼睛酸涩。

"比赛怎么样？"何青柔眯了眯眼，再看向林奈那边。

"挺好，"林奈淡淡说，发现前面的车始终不见动静，又习惯性地点动食指，"拿了第一。"

"很厉害，"何青柔称赞道，眼神全聚到对方身上，手却不知如何放着，"车队呢？下午的情况如何？"

食言没去，她不好多问林奈的比赛情况，便顺着方才的话问问公司的车队。

"也是第一。"

何青柔张了张嘴，"哦"了一声。

忙了一天，她都没看一下手机，这些事她真的一点儿都不清楚。她该说声恭喜，但这时接话又显得突兀。一时间，气氛有些尴尬。

何青柔低头，摸出包包里的手机，滑开锁屏，看到微信里迟嘉仪发来了许多图片，都是关于车赛的。

她滑到最上面，点开一张张图片：人山人海的现场，公司车队入场图，比赛开始前的现场，东宁夺得第一，领奖台上的叶寻。

再往后翻，都是车队的人的照片，其中有一张照片是蒋行舟抱奖杯对着镜头傻笑。

又一滑，这是一张背影照，照片上的人穿着张扬的赤红赛车服，腰细腿长，身材比例极好。这人慵懒地拎着头盔，头发随意披散，站在一辆黑色赛车前，夺目的红与沉寂的黑对比鲜明，看着很有电影场景的味道。

是林奈。

何青柔微微出神，手指不小心点到屏幕，自动退到聊天界面，屏幕的光霎时亮了亮，引得左手边的人侧眼望了下。

但何青柔没注意到，她重新翻照片，滑到刚刚那张，点了保存。继续往下翻，还是林奈的照片。这回林奈转过身了，正面看着镜头。

仔细一瞧，林奈好像又不是在看镜头。东宁的员工都聚在一处，林奈看的是东宁的场地，在寻找什么，所以乍一看还以为在看镜头，其实不是。

下一张，林奈已经上赛车了，车前车后有一堆人在做检查工作，她仍然在看东宁这边。

何青柔愣了愣，隐约猜到她在找什么。往后继续滑，都是拍的人群照，何青柔飞快滑到最后。最后一张图是比赛结束，林奈下车了，戴着头盔独站在车前，朝向东宁这边，身后是欢呼雀跃的人群。照片像素有限，拍不清楚头盔后的双眼。

何青柔明白——林奈是在看向何处、在找谁。

镜头后是迟嘉仪，林奈对着迟嘉仪的方向，是想找自己。

何青柔眨眨眼，食指动了动，把所有林奈的照片都保存下来，而后退出微信，将手机放回包里。

天边，太阳已半入西山，将其与山相接的那一片天空染成红黄交叠的颜色，而内馆这边的天是蓝湛湛的，空旷而干净。

何青柔抬头，瞅着林奈。

"我……"她犹豫道，可一张嘴，原本想好的话全都忘了，像有石头卡在喉咙，不上不下的。

林奈将车熄灭，终归动不了，不如直接停下。林奈侧身朝向何青柔，眼里带着一种何青柔探不清的情绪，说不上是落寞还是可惜。

"蒋行舟他们今晚要庆祝一下，你想去吗？"林奈问道，公司夺得两个第一，大家都高兴，打算简单聚聚。

凝结的气氛霎时缓和了许多。何青柔颔首："在哪儿？"

"梅林，"林奈说，瞥了一眼外面，此时车外人已少了许多，"就在仿古雁塔后面。"

"行啊，"何青柔干巴巴说，"什么时候开始？"

"他们比赛完就过去了，裴成明和阿寻下山买食材去了，等我们到那边，可能差不多赶上。"

梅林离内馆不远，平时走路半个小时就能到，开车只需要几分钟。但现在路上堵得水泄不通，怕是一时半会儿过不去。

何青柔"嗯"了声，垂眸，思索该如何跟林奈谈谈。工作归工作，她确实食言了，随口允诺，没能守约也不对。

"抱歉，我没有来，"她想了想，真诚张口，"让你白等了这么久……"

黄色的灯光照进车里，在两人身上镀了柔和的一层光。

林奈说："我没生气。"

何青柔"嗯"了一声。

林奈顿了顿，说："原本只是想让你看看比赛，没看成其实也没什么。"

无所谓输赢，起初林奈只是想邀请何青柔过去一趟，可惜天不遂人愿，没办法，只是觉得有点儿失落而已。毕竟何青柔算是她在这边交到的第一个朋友，好不容易玩一下，但何青柔没来。

"等了我很久？"迟疑了下，何青柔问道。

林奈点头道："比赛很快，没多久。"

何青柔应了声。

"刚刚我手机静音了，你打电话没接到。"林奈说，语气缓和下来。

何青柔合上眼，往后靠着座椅。双方温暾地聊着，气氛好转了许多。

"让我休息会儿，今天有点儿累。"何青柔轻声道，今晚肯定要半夜才回屋，她想小憩几分钟。

"你睡。"林奈接道，安安静静地等着车流移动。

到了太阳完全落山时分，长龙终于动了，场馆门口的一辆辆车慢慢驶远。

林奈把车开得很慢，几分钟的路程愣是开了十几分钟。旁边的何青柔始终呼吸均匀，胸口规律起伏，已经睡着了。

何青柔是被喇叭声惊醒的，一睁眼便看到了车外漫漫的梅林。

"醒了？"林奈温和地说，向她俯身而来。

而与此同时，几米远的地方，叶寻和裴成明提着东西下车。方才的喇叭就是他们按的，用以提醒其他人他们到了。

"好了，下车吧。"林奈替何青柔解开安全带，且贴心地把车门打开了。

不远处的林子一望无际，六七月里，低矮的梅树上绿叶飘飘，被风吹起，层叠的绿叶犹如碧绿浪潮。

不得不说这里的开发人十分有经济头脑，这片梅林以及旁边的仿古雁塔都是以前的旅游景点，重建时只拆除了少部分建筑，其余的部分则保留了下来，供给大家做休息地，当然，大部分地方都要收费，比如宋天中那儿。

梅林这边免费开放，但鲜少有人过来。

叶寻和裴成明看到她俩，过来打招呼，她俩帮着搬东西。

"车队的人都在里面，还有几个公司的员工。"林奈边走边跟她说，"车队里有几个小孩，他们要闹的话，你别理。"

车队里的小崽子们都嘴贫，林奈担心他们兴奋过头、没轻没重的。

"感觉车队里二十岁出头的年轻人不少。"何青柔说。叶寻、蒋行舟、迟嘉仪发的照片里都有四五个小年轻，仅从样貌上看，他们这个年纪应当都在读大学。

一旁的裴成明听到，对她解释："除了阿寻和行舟，其他队员都是今年才来的。"

而且只有一两个人是从俱乐部挖来的，其余都是公司上层领导的家属，进来玩一玩，体验体验，正式比赛不会让他们参加。

"大家都很有活力，"何青柔说，手里东西重，勒得手痛，换了换手，"年轻人能为车队注入新鲜血液。"

裴成明笑了笑："算是吧。"

林奈将袋子全提到一只手上，弯下腰拿走她提着的一半东西。

走进梅林，几个小年轻见了她们，赶忙过来帮忙拿东西。

"车上还有，你们去搬一下，我去搭架子。"裴成明对他们说。

小年轻们风风火火地干活，勤快又麻利。

把东西放下，林奈带何青柔去车队那边，车队的人正高兴地聊着天，看到她们非常热情。

何青柔大大方方地跟他们一一认识。

"何组长真的是好看又温柔，"一个头发银灰、穿着新潮的小男生笑道，刚见面就不着调，吊儿郎当的，"不愧是咱们公司的大美女。"

话未说完，后头的蒋行舟直接啪地打他一下："少贫！"

蒋行舟又转向何青柔，打哈哈道："这小子欠抽，何小姐别跟他一般见识。"

突然被打，小男生不服气得很，但知道自己有点儿不礼貌，又讪讪地笑了起来，觍着脸对蒋行舟说："蒋大帅哥教训得是。"

蒋行舟一听，又打他一下。

大家都笑了。

空地上四处支着烧烤架，铁网底下是已经烧着通红的炭，灼烫的热气往人皮肤上贴。何青柔穿着中规中矩的正装，站近了不免有些热。林奈看到，就让她去后面坐着。

"不用，我去帮大家吧。"何青柔说，不好意思光坐着吃。

"别别别，"蒋行舟拦住她，"何小姐只管歇着，那几个小子会弄。走，咱去后面坐一会儿。"

大家纷纷附和，都要到后面去。何青柔只得跟着一起，林奈也跟着去，但裴成明突然叫林奈帮忙，把人喊住。

"你先去，我等会儿就过来。"林奈对何青柔说。

何青柔点头，跟大家走了。

后面摆着许多桌子、凳子，还有酒水饮料、小吃。何青柔寻了个位置随便坐，她旁边有个空位，银灰头发小年轻想坐，结果被蒋行舟拉住："有点儿眼色！"

小年轻顿悟，搬了一张凳子过来，不过还是挨着何青柔，蒋行舟都气笑了。

这里都是熟悉的人，大家很聊得开，慢慢地讲到今天的比赛。

"今天阿奈真厉害，"小年轻说，"那些人连她的车尾都看不到，啧啧。"

"阿奈本来就是职业赛车手啊，"有一人接道，"满级大佬回新手村虐菜鸟，正常操作。"

"啊？"小年轻疑惑，他是今年新进车队的，很多事情都不了解。

"她原本也是车队的，只不过两年前离队退隐了。"

何青柔听着，眼神变了变，她不知道这些。

"为什么？"小年轻好奇地问。

"比赛的时候出了意外，车冲出赛道，险些没命，家里不让她继续玩了呗，"那人说，"以后你们多半也会这样。"他一边说，一边四下环顾在场的所有人。

最后一句话既讲给大家听，也在说自己，玩赛车就是搏命，你愿意搏命，但家里人不会允许，有时候生命比梦想重要。

小年轻不以为意，他从小到大一路顺风顺水，玩车也没见家里人反对。

"行了，少说两句。"蒋行舟制止他们继续谈这个，以免林奈听到。

何青柔往外头瞧了瞧，抿紧唇，忽然想起在车上时，林奈说——只是想让你看看……这人应该比较在意赛车吧，所以才那样说。

唠嗑几分钟，外边的夜幕彻底落下了，今夜无月，但繁星满天。

林奈忙完就很快过来了，这边早已在聊其他话题，她在何青柔旁边坐下。车队的伙伴们又聊了十几分钟，直到外面喊吃东西了，大家才一溜烟儿地跑了。

十点半，大家还玩得很嗨，车队明天没什么事了，可以随便玩，但林奈她们明天还得工作，便先走了。

何青柔回房，洗了澡都躺到床上了，突然想起她还有事要找林奈帮忙，但这大晚上的……

纠结良久，何青柔先给对方发微信消息："睡了吗？"

大约一分钟，林奈回复："没有。"

林奈："有事？"

手机上不好说，她想了想，发了一条消息，拿上钥匙出门："我过来找你。"

那边，林奈看到消息，放下手机，打开门等着。

何青柔一身睡衣裹得十分严实，离得老远，就瞧见林奈穿着深 V 睡衣，光着长腿，懒散地倚靠在门口。

何青柔将今天的事讲了一遍。她心里有了猜测，但还是有很多疑点，因而想让林奈帮帮忙。

林奈认真听她说完，脸色沉重，思忖许久，有了点儿头绪，问："苏陈意跟模特队很熟悉吗？"

何青柔摇摇头，据她所知，也就是这几天才接触上的。

"包子是他让人带的，还是人家给的？"林奈又问。

早饭都是各人去饭堂领，既然不熟悉，模特队的联系人应该不会给他带吃的，多半是大家都在吃，看到他来了，顺便喊他吃点儿。

何青柔脑子里忽地一闪，明白了林奈的意思。

"我明天问问他。"

"小心点儿，"林奈提醒她，"如果事情牵扯太广，就联系我。我去交涉。"

这种扯皮的事最让人恼火，林奈担心何青柔会被人家反将一军。

"知道，"何青柔颔首，事情解决，她该回去了，"你休息吧，我走了。"

"等一下，帮我个忙。"林奈叫住她，把头发绾起，坐到沙发上。

"什么？"何青柔疑惑道。

"帮我擦一下药，在背后，我擦不到。"

受伤了？何青柔一惊："你……"

"药膏在桌上。"

何青柔脱了鞋，走两步，在林奈身后坐下。

"伤哪儿了？"何青柔问。她挤了一点儿药膏在食指上，药膏是白色的，没有味道，冰冰凉凉的。

"左边肩胛骨过去一点儿，"林奈说，自己看不见伤的位置，可伸手能摸到，感觉有点儿痛，只是自己不好上药，"看到了吗？"

肩胛骨旁边有一小块淡淡的青紫痕迹，不注意真看不出来。何青柔摸上去按了按那块，林奈轻轻"嗞"了一声。

"很痛？"她将药膏抹上去，再慢慢涂匀，"比赛时伤的？"

"有点儿，"林奈抬抬手，"不是，下午阿寻她们在比赛，我过去帮忙，被放在架子上的扳手砸的。"

当时现场十分忙乱，马上就要入场，不知道谁把扳手放那么高，林奈一走过去就恰好被砸中，但痛过一阵后便没什么感觉了，加之后面注意力都放在比赛上，等赛后放松下来才感觉到后背痛。

"下回注意点儿，别走得那么近。"何青柔说。手下的力道减轻许多，药膏要散开才有效，她又多抹了一会儿。

林奈绾好的头发突然散开，落下来。

"帮我绾一下，"林奈看不到后面，"有多的皮筋吗？"

何青柔从自己头上取了一根皮筋，将这人散乱的头发绾起，扎好。有部分短些的头发扎不住，只软软地垂在林奈肩上。

何青柔再挤出一点儿药膏，在伤处轻轻抹开，挨着平滑的肌肤上药。

"可以了。"她拧紧盖子，把药膏递给林奈，直起身准备下去，却被对方叫住。

"等会儿走。"林奈说，偏头望着何青柔。

"明天还得工作。"何青柔张嘴闭嘴都是工作。她跟林奈单独待一起时提的最多的就是工作。

"明天我不忙，会到内馆去，"林奈扯了扯衣服，被后领勒得很不舒服，"到时候可以分一部分任务给我。"

"你没事做？"何青柔问，依稀记得林奈这三天的时间都排得挺紧，车赛结束后好像还要跟其他合作商洽谈业务。

"推到下午去了，合作商那边临时有点儿事，"林奈说，"所以我上午都没什么要做的，空闲时间多。"

其实何青柔明天的任务也不多，今天开了个头，后面一切都会顺利不少。

"如果苏陈意他们的事情跟安能有关的话，可能需要你出面解决。"何青柔斟酌着说，毕竟涉及两个公司，性质完全不一样了，应当考虑得更周全，交给林奈她们来处理更好。

"若真是这样，我会妥善解决的，你不要担心。"林奈宽慰道。

"嗯。"

药膏黏糊糊的，何青柔揉了揉手指，过了会儿，起身道："我去洗一下手。"

林奈点头，忙活一天，安静坐了这么久，她突然感到乏累得很。何青柔洗完手出来，抬头就看见她靠在床头，已经睡着了。

夜里冷，这人只穿一件衣服，也不怕着凉。何青柔想叫醒她，走近了，发现她眼下泛着青灰，霎时顿住，纠结须臾还是打开抽屉，拿出空调遥控器，将空调打开，调到热温 20℃，然后才轻声道："盖着被子睡，别着凉。"

林奈瞬间醒了。

"睡觉侧着睡，别蹭到背，不然会把药膏蹭掉。"何青柔提醒她，"我走了。"

语罢，她开门出去了。

翌日，火红的太阳东升，是个好天气。

今天来参观的人比昨天更多，内馆前的直行道上停满了车。何青柔七点半就过来了，小吴和苏陈意比她还到得早。

他俩一见到她，异口同声地喊道："何姐。"

昨天还叫组长，今天就喊姐了。苏陈意经过这一遭，倒是对何青柔亲近了不少。

"感觉怎么样了？"何青柔问他，顺手把带来的资料放在桌子上。

"完全没问题！"苏陈意笑道，露出白牙，他有一副好皮囊，一笑就愈加阳光明朗，任谁看了心里都舒服，"今天肯定能圆满完成任务，您就放心吧。"

鉴于之前的事，他现在吃东西特别谨慎，今早上都只敢吃面包、喝牛奶，绝不沾一点儿其他的。

"身体更重要，"何青柔说，"今天来参观的人是最多的，晚一点儿林总监跟副总都会过来，好好表现。"

江丰义平时关照她，她自然会关照苏陈意，不过仅限于提点，剩下的还需要苏陈意自己努力。苏陈意感激之情溢于言表。

"对了，"何青柔想到要问他的事，"你昨天吃的包子，是你让李宗兴给你买的还是别人给的？"

李宗兴，是模特队的联系人。

"我进去的时候，正巧碰到她们在吃早饭，她们让我吃，我就吃了，"苏陈意回道，"是肉包，我吃得出来，就是普通的酱肉包。"

何青柔没言语，酱肉包味道重，馅儿里混点儿其他东西也吃不出来，但包子早被吃完了，无从查证。她沉思半晌，往隔壁安能集团的展区望了眼。

下黑手的人要对付的不是苏陈意，苏陈意只是个意外，真正的目标另有其人——一号展位的模特。但对方大费周章做这些，绝非表面这么简单，公司安排了替补人员，只害其中一个有什么用？

思及此，她看了看替补模特——今天那位在三号展位，车展又不是走秀，出位只是多点儿钱而已，又不能出名，如果是替补模特干的，她又图什么？

何青柔皱眉。

"你先去做你的事。"她对苏陈意说，"如果太累，中间想休息会儿，可以跟替补解说员换换。"

"哎！晓得。"苏陈意应道，笑着走了。他穿着一身西装，身形修长，刚走到展区中央就招来许多注视。

何青柔没看他，叫小吴到角落，跟小吴耳语交代一番。小吴惊奇，没弄明白她要做什么，但忙不迭地应下，立马去办。

等小吴走远了，何青柔摸出手机，拨通熟烂于心的号码，那边许久才接起，熟悉的清冷声音响于耳畔："在内馆展区？"

何青柔不自觉地勾起嘴角，但语气平稳，没有任何感情起伏："现在有空没，需要你帮忙？"

"三分钟内到。"林奈说完，就挂了。

这人十分守时，两分钟后到的。何青柔刚翻了一页资料，林奈就在后面拍她的肩膀。

"什么事？"林奈走到她旁边。

何青柔放低声音对她耳语。林奈挑眉，黑眸如墨，闪了闪，似有水波晃动。

"聪明，挺厉害……"林奈话语里带着揶揄的兴味，顿了顿说道，"乐意效劳。"

临近中午吃饭的时候，馆内参观的人少了大半，东宁这边暂歇，车模们回到准备室换衣服。

替补模特昨天站了一天，今儿又是半天，累得腿酸痛不已。模特队的其他人喊她一起去吃饭，她想去一下洗手间，便让其他人先走。

替补模特进了第一个隔间，离洗手台很近。她不是进来上厕所的，而是打电话，但没打通。她刚准备出去，忽然听到外面有人在谈话，便停下了开门的动作。

"哎，听说了吗？苏陈意过敏的事，好像跟模特队那男的有关。"

替补模特捏紧了手，背绷得笔直。

"李宗兴？"有人惊讶，"怎么回事？怎么跟他扯上关系了？"

另一人说："我昨天看到设计部的小吴去调监控，查到是他在早饭里动了手脚，今早何组长找他谈话，当时我就在旁边。"

"然后呢？"

"死不承认呗，何组长就报警了，说让警察来处理，反正有监控。"

"天哪，要是真的，这人黑心到骨子里了。"

"还不止，后来警察来了，看到监控，可把李宗兴给吓得……他狡辩不是自己干的，说有证据。"

"都被监控拍到了，那就是他做的啊，什么证据能洗白他，难不成还有其他人？"

"谁知道呢。"

……

外面传来水声，两个女人洗了手，出去了。

替补模特靠在门上，脸色煞白，颤着手拨打刚刚的号码，但连着打了好几次，都没人接。她勉强镇定地回想了一下，九十点钟的时候，何青柔确实把李宗兴叫出去了，之后便再没看到这两人的身影。

那会儿她没觉得奇怪，现在结合那两人的谈话，乍一想来……

替补模特的心猛地跳动，随时要冲破胸膛。

外馆广场上，林奈与李宗兴边走边聊，但都是聊些无关紧要的事。

李宗兴狐疑，先是何青柔找他，现在林奈又找他，他还以为有啥要紧事，结果半天没聊出个名堂。可念及对方是公司领导，纵有再多疑虑，他也只能陪着。

走到广场东边，林奈手机响了，她摸出来看了看，放下，对李宗兴说："正好到饭点了，要不要一起吃个饭？"

李宗兴受宠若惊，哪能不答应。

与此同时，内馆里东宁的临时办公室内，何青柔拿着小吴刚刚给的 U 盘，打开电脑，查看文件。

U 盘是小吴在门口捡到的，"某人"在她们去吃饭时，偷偷塞进门里的。

U 盘里只有一段视频，何青柔将其点开。视频画面中能看到李宗兴，而李宗兴的对面是一个女人，但女人背对着镜头，视频中看不到她的模样。

视频画面挺清晰，收音也很好，放出来能听见两人的谈话内容。

何青柔看着电脑，眉头就没舒展开过。她把 U 盘交给了林奈，让林奈来处理。

事情真相大白，幕后指使是安能集团的负责人，他买通了李宗兴，想给东宁使绊子，李宗兴又找到替补模特，两人一合计，便想出了这个馊主意——让一号展位的模特过敏，替补模特再装病，如此，虽是小打小闹，但东宁缺了模特，便会暂时乱了阵脚，这绊子也就成了。

李宗兴如意算盘打得好啊，两边钱都赚。

说起来让人唏嘘，替补模特跟一号展位模特还是同学，她这次被选上全靠一号展位模特推荐。替补模特对自己的同学知根知底，知道一号展位模特对海鲜过敏，但症状轻，便给李宗兴出了这个主意，将剁碎的虾混进味道重的酱肉包里。

只是两人千算万算，没料到苏陈意会卷进来。

替补模特还是学生，也就二十岁的年纪，哪见过这种阵势，当时就后悔了。

何青柔本意是想验证一下她有没有参与其中，不想才开个头，她就全招了。

这两人都挺蠢的，因为即便少了模特，何青柔也不会乱了阵脚，大不了去和信国际借一个，再不济没有模特就没有呗，难道没了模特车展就不继续了？

人跟人的脑子差别真大，像李宗兴这种，明显不灵光。

虽然李宗兴说是安能集团负责人收买了他，但仅凭两人的话根本不足以成为证据。不过当天下午，安能集团负责人被换掉了，换成一个中年女人。

由于中途换负责人，安能集团剩下的进程安排都乱糟糟的，印证了那句话——搬起石头砸自己的脚。

之后，李宗兴被开除，其余的交由警方处理。

何青柔不了解林奈是怎么交涉的，可结果让她很满意，好歹有了交代。

接下来的一天半里，车展进行得十分顺利，圆满收工。

且在这期间，何青柔没碰见过云熙宁一次，没再挨训。

一切皆大欢喜。

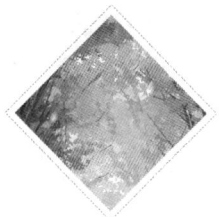

第 4 章

涨工资的何小姐

七月三日，收尾工作第一天，也是何青柔生日。

从凌晨开始，微信里就不断收到祝福消息，何青柔都一一回了。

收尾工作简单，需要她指挥的地方少，多数时候都让小吴去做了，算作锻炼。

迟嘉仪下午来找她，喊她早些回阁楼。

"忙完就来，快了。"何青柔边说，边时不时看一下手机。

林奈今天毫无动静，连一条消息都没有发。

"你回来之前记得给我打个电话，"迟嘉仪高兴地说，"惊喜哟，一定要早点儿回来，我等你。"

"嗯，好，"何青柔唇角微弯，"这边结束了就回去。"

迟嘉仪眨眨眼，笑着走了。

她走后，何青柔又翻了一遍手机，微信、QQ、短信，连邮件都查看了，有许多生日祝福，唯独没有林奈发的。

林奈晚些时候会找她，何青柔知道。她想给林奈打个电话，可纠结许久，还是放弃了。

五点多，何青柔步行回阁楼，刚走到小院门口，手机忽地振动一下。

这是她对林奈设置的特别提示。

她驻足，摸着包里的手机，滑开锁屏，手机散发的光照出她柔和的神情。

林奈："楼上。"

林奈应当在房间里，且看到她回来了。

这人的房间在拐角处，站在窗前能窥见整个院子，也能看到院门口这边。

何青柔把手机按灭，没回消息，开门进去，走到院子中央才抬头朝二楼拐角处望。

那房间亮着灯，窗户大开，某人正倚着窗往下看，瞧见她抬头了，目光相接之际，唇角便噙了笑。

林奈穿着背心、超短裤，非常清凉，一头秀发高高绑起，额前留些许碎发，干爽利落。小阁楼的窗台低矮，这人那双笔直细长的腿尤为显眼，姣好的身材在背心的勾勒下显露无遗。她薄唇翕动，冲何青柔做了一个口型。

何青柔读出她要说的话——等你。

楼上的房间皆开着灯，老式电灯的亮光从窗里射出，落到院子里，将何青柔周身镀出一层昏黄。她没回应，低头朝楼梯走去。转身的瞬间，她忍不住嘴角上扬。

林奈在窗前看着何青柔从光亮走进黑暗里。不多时，感应灯自动亮起，只余一个背影，下一瞬，连背影也消失在拐角处。

林奈在窗边站了两三分钟才回身走到床边，接着拉开床头柜，抽屉里放着一个全黑的小首饰盒。将小首饰盒拿出，再关上抽屉，林奈坐在床边翻了两下手机，何青柔没动静，反倒是她和叶寻、蒋行舟他们的五人组群里有一堆消息。

大部分都是蒋行舟发的。趁着何青柔生日，蒋行舟召集大家一起送礼，但不好意思去现场掺和，于是发了一堆祝福的话让林奈转达。一向酷飒高冷的叶寻也破天荒说了几句，意思同蒋行舟一样。往上再翻，是裴成明和齐风发的消息。

何青柔刚回去，今晚的庆生肯定要玩到十一二点。

眼下无事可做，林奈又不想待在房间里，在床前坐了良久，伸手把灯关了，顺势仰躺在床上。夜风由窗口吹入，凉意阵阵，但背后是软和的棉被，躺久了便会生热。

前凉后热。直挺挺地躺了许久，林奈摸出手机，无聊地看了一会儿，随即直身坐起，把手机放好，拿起车钥匙准备先下去。

彼时走廊的另一端，何青柔刚上到二楼，走过拐角后眼前忽地一花，接着是迟嘉仪一行人的欢呼声。

"生日快乐！"大家齐声喊道。

大家一直藏在拐角处，在何青柔进院门时就拿着喷彩候在这儿了。一见到何青柔，所有人齐上阵，将她喷得满头都是彩带。

喷彩是不沾身、易清理型的，迟嘉仪一面笑一面给她拂掉。何青柔睁眼，看到十余人提着蛋糕和礼物站在面前，发现每人手上都抱着一摞礼盒，他们竟然这么隆重，多少还是有点儿惊喜。

"车队还有几个公司的同事都送了礼，你要忙工作，我就帮你代收了。"迟嘉仪斜身过去，低声解释，眉头挑了挑，"晚上回去慢慢拆。"

现在何青柔正处在备受上头青睐且升职趋势明显的阶段，部门里平时仅有点头之交的人都赶来示好，加之车队那些人买的，所以才有这么多礼物。部门同事送的礼物大都包装严实，看不到是什么，但车队那群富二代送得高调得很，光看包装盒上的logo就能看出，这些玩意儿随便一件能顶何青柔几个月的工资。

怕太招人眼红，迟嘉仪特地把东西放在最底下压着。

"好。"何青柔点头，招呼大家进屋。

今晚在这儿的都是在公司里跟何青柔关系比较好的那群人，大家私底下很玩得开。进屋后，放好东西，所有人都席地而坐，围成一个圈，然后点蜡烛、切蛋糕。

"来来来，"一个女同事拿出几瓶干红，"今天青柔一定要多喝两杯，这都半年多没聚过了。你明天要工作，我们也不多要求你，比我多喝一杯就成。"

其余人一听全都在笑，毕竟女同事是他们中最能喝的。

何青柔大大方方地道："好啊。"

"哇，付姐，快喝半瓶，"有人起哄，"不，一瓶！"

"青柔喝多了工作谁干啊？"迟嘉仪赶紧插话道，帮何青柔挡着点儿，"半瓶，半瓶就够了。"

大家又笑，干红后劲儿大，何青柔酒量只比迟嘉仪好点儿，即便是半瓶下肚，她怕是明天都起不来。

女同事有分寸，只倒了五杯。装酒的杯子不大。

"再来一杯吧，凑个吉利数。"何青柔笑着说，然后一股脑儿全喝了。

旁边的人赶紧给何青柔满上第六杯。

干红度数虽比不上白酒，可咽下去时喉咙里还是有点儿灼热感。

趁着酒劲儿没上来，何青柔对大家说了些感谢的话，简单走个必要的形式。在场的人嘴上贫，可除了一开始的几杯酒，其后倒没多闹腾，大伙儿都围坐在一起聊天，关于工作的、生活的、感情的。因为有十几个人在场，只要一句话结束，总有人接下一句，现场的气氛很是温馨愉悦。

何青柔相对话少，大部分时候都是坐着听她们唠嗑。

屋里的朋友年纪都相近，其中大部分都结婚生子了，当聊到感情时，她跟迟嘉仪多少有点儿插不上话。

先前的女同事突然开口问："青柔，你什么时候也带个对象回来瞧瞧啊，共事好几年了，也没见你跟谁好过，要不我给你介绍个呗，保证是能让你满意的青年才俊！"

何青柔迟钝地缓了下，搪塞说："不着急，先忙工作。"

"还不着急，你这都快奔三了，是时候该找一个了。"一个红衣同事说，一副过来人的样子，"你看我，以前就不急，后来匆匆找了一个，现在难处得很，你可别学我。"

何青柔不知作何回答。迟嘉仪赶快把话接走："哎哎！你们这就不对了啊，咋不给我介绍，我也单身啊！"

大家被逗乐了，纷纷调侃她。过后，没人再提这件事了。

一群人玩闹，时间过得飞快。何青柔的酒劲儿逐渐上头，变得晕乎乎的。眼见时间也不早了，有人提议，结束前要寿星玩个游戏。

今晚一直平平淡淡，突然来了这一遭，大家都附和，何青柔不好拒绝，便问："什么游戏？"

"给电话号码列表第一个联系人打电话，告诉对方今天是你生日，"那人意味深长地说，一肚子坏水，"可以不开免提，如果开免提肯定更好。"

其他人纷纷起哄。

她顿了顿，拿出手机。

其他人屏气凝神，全都目不转睛地盯着。

怕她们看见备注，何青柔飞快滑动屏幕，按下第一个号码，把手机放到耳边。

几秒钟后，对方接起："要结束了？"

"嗯。"何青柔回道，看了看面前的众人，不方便多说话。

"我在车里，你下来的时候给我打电话，我来接你。"林奈按燃手里的打火机。火光跳动，照在她清冷禁欲的脸上，也映在深沉的眼眸中。

"好，"何青柔说，对面的人做手势催她快继续，她张了张嘴，半晌又道，"今天是我生日。"

火熄了，车里陷入黑暗。林奈向后靠着座椅，拇指轻轻一按，蓝黄的火焰重新跳出。

"我知道。"

何青柔心里莫名地一暖，面上的表情柔和了许多，但有再多的话此时也不方便说："那我先挂了。"

"生日快乐。"林奈趁她挂之前说，而后松动拇指，将火熄了。

何青柔不自觉地唇角一弯，拿开手机，按了挂断键。

电话打完了，大部分人也不闹了，都点到为止。只有极个别人还在刨根问底，好奇地问："给谁打的啊，神神秘秘的？"

何青柔说："一个朋友。"

现场的气氛温馨，与方才手机那边的冷清形成鲜明对比。

……

庆祝持续了挺久，等到夜深了，大家适当闹了会儿，才三两结伴离开。

七月初，天已经开始热起来了。

出门前，何青柔给林奈打了个电话，再挂断，以示自己出来了。

此时差不多是十点半，由于车展工作结束了，晚上大伙儿或在房间里窝着，或在外面玩，好些房间的灯都关了，院子里一个人都没有。

她下楼梯，穿过院坝，来到大门前。

林奈在院门左边站着，站在院墙下的黑影中，何青柔走过去时没注意到。

"这儿。"林奈自黑影里走出。

"等了很久？"何青柔看过去，轻声问。

"没多久。"林奈说，带着人往院子左边走，左边有条单行道，沿路半公里处是一片幽静的竹林，她方才就在竹林里，"今晚过得怎么样？"

"挺好的，"何青柔说，"叶小姐她们送了礼物，还没谢谢她们呢。"

何青柔没有叶寻几人的联系方式，上回蒋行舟要加她，可是被林奈拦住了。他们好心送了礼物，何青柔得找个时间请大家吃顿饭。

"不用那么客气，他们就是凑个热闹。"

她们走在院墙外的黑影里。今夜的月依然圆润皎洁，月光照在马路上，地面都是灰白色的。

两人上车后，何青柔系好安全带，林奈却没有立即开车，兀自捣鼓了阵儿，摸出一根三指宽的绑带。借着透亮的月光，何青柔隐约能看出绑带是黑色的，和林奈的背心同色。

"给你一个惊喜，要先把眼睛蒙上。"林奈俯身过来，何青柔倒也配合，稍稍支过去一些，方便她绑带子。

绑带很厚，一丝光都透不进来，蒙上后，眼前黑得彻底。何青柔有些不适应，想把它摘掉："等快到了再蒙吧，这样我看不见。"

林奈却拦住她："今晚喝了多少？"

"六小杯，"何青柔如实说，"不多，是我酒量差。"

"很快就到了，"林奈不打算给她解开绑带，"地方不远。"

何青柔放下手，后脑勺儿抵着座椅。她穿着细吊带，两根带子将锁骨衬得更加凸出，让她平白多了两分性感。

林奈发动车，驱往竹林。

到达目的地，林奈先下车，再转到另一边打开副驾驶的门，将何青柔牵出来。

"可以取下来了？"何青柔站定，问道。

"等一等，我会帮你取，你先别动。"

何青柔点了点头，不知道林奈要做什么，但她心脏咚咚跳得厉害。

林奈打开车的后备厢，摸出打火机，按燃，火光忽地跃起。

大概过了半分钟的时间，这人又回来，抬手将绑带取了。

面前的光很闪，何青柔眯了眯眼——是两根正烧着的烟花棒。林奈牵她走到后备厢旁，里头摆满了玫瑰，一簇簇玫瑰间放着小灯，正中央是一个黑色的小盒子。

"不知道怎么弄这些，在网上现学的。"林奈将小盒子拿起来，打开，取出里面的项链，"要不要试试？"

林奈手里的项链跟上次何青柔在北京看中的那条有些相似，但更好看，更高级。她虽不认识这是什么牌子的，但一看就知道这项链肯定价格不菲。

其实价格贵与否她都没感觉，只是没想到当时一个小小的举动，竟被林奈记住了。

何青柔点头，靠过去一些。

林奈给她戴上。

何青柔说："谢谢。"

"这次的事，我还欠你一个解释。"林奈说，主动挑起先前的那个话题。

今晚单独找何青柔，就是为了这个。云熙宁的事得跟何青柔聊聊，告知前因后果。

何青柔也聪明，一听就明白了。之前不逼着林奈讲出真相，也是在慢慢等这人自己说明。两人站在车子边上，先缓了缓，吹吹风，过了片刻才开始谈这件事。

何青柔吸了口气，倚在车门旁，思绪渐远，轻声问："林总监为什么要到这边来，家里出了事？"

林奈颔首，道："算是。"

何青柔猜测："是总公司那边出了事？"

林奈否认："不是。"

"那是什么？"

"问题比较复杂。"

何青柔道："嗯。"

林奈道："主要是和家里人观念不合，想法不一致。"

何青柔声音很轻："比如哪一方面？"

林奈坦白："职业规划，未来的打算。他们希望我可以继承家业，早点儿安定下来，别到处晃荡。"

"长辈都这样想。"

"但是我们家闹得有点儿严重。"

何青柔侧头，想了想，说："只是因为玩车？"

林奈点头道："嗯。"

不知道该怎么讲，何青柔不好评判别人的生活方式，思忖了下，说："听他们讲，你以前很厉害。"

林奈回道："还行。"

"后来就退役了。"

"是。"

何青柔问："能说说吗？"

林奈不介意告知一些细节，简单讲起了过往。大多是关于赛车的，可她家里不同意，由此闹出了很多矛盾。至于工作，林奈其实不大喜欢这一行，可没办法，家里又逼着她选，所以她才到这边避一避，远离家里的施压。

而正是因此，目前林奈和家中的关系很差，和其他人，比如云熙宁，相处得也不咋样。大家的价值观不同，顾虑也不一样，待久了难免有摩擦，甚至升级成很难调和的隔阂。

何青柔默默听着，大概也懂了宋天中为什么会特地找上自己，让她帮忙照看着林奈。

林总监年纪不算大，长辈们担心是肯定的。老一辈经验多，见得也多，必然会对二十几岁的年轻人的决定产生各种质疑和阻拦，这很正常，也很难搞。

"何组长遇到这种事怎么处理的？"林奈忽然看着她，问道。

何青柔愣了愣，顿了下，如实说："不太会处理。"

林奈望过来。

何青柔说："我家里也没好到哪儿去。"

林奈问："比如？"

"很多。"何青柔说，"希望我早点儿结婚，劝我在家乡发展……"

她俩有一句没一句地说着，各自袒露心声。她们第一次讲起这种话题，渐渐对另一个人有了更加深入的了解。

何家的情况不比林家简单，鸡毛蒜皮的问题更多。当初何青柔执意离开家乡，向家里表示自己没有结婚的打算时，一向传统保守的何父把着烟杆子，一个大男人眼泪直流，问她："是不是爸这些年没做好表率，你才会变成这样？"

何家是重组家庭，她亲妈死得早，何父以前是个烂账东西，对她一直不管不问，都是等到她大些了，才想好好经营这些所谓的人生大事。然而两辈人之间讲不通，有的道理何父不会懂，一大家子也是闹得鸡飞狗跳的。

何青柔挺感慨，讲着讲着就苦笑了下，有些无可奈何。

她出生在一个普通家庭都尚且如此，何况林家那边给林奈的压力。

林奈手上还绕着绑带，听着她说，不由自主就轻轻抓了两下："现在还是这样？"

何青柔说："反正都差不多，这几年都一样。"

林奈道："两边的打算不同。"

何青柔道："是。"

"还有很长的一条路要走。"

"嗯。"

停顿半晌，林奈又扯了扯手中的东西，接下来就不知道该说些什么了。

何青柔反问："林总监以后有什么打算？"

林奈沉吟片刻："还没想好，先走一步看一步。"

许是在这方面聊到了共同点，两人聊得十分投机，一交心就是两三个小时，聊到后面都不知道什么时候了，反正很晚才结束。

最后是林奈送何青柔回去的，两人趁夜回到住的地方。

这夜不好过，不知道是酒劲儿上来了难受还是心里藏着事，总记着和林奈说的那些，何青柔失眠了，很晚才睡着。

凌晨过后的山上沉静，万籁俱寂，四周都一片萧瑟。

何青柔翻身朝向窗外，有点儿疲惫，心头也不大是滋味。

第二天是晴天。

不管昨天怎样，一睁眼又是新的开始和新的工作。

早上何青柔迟到了几分钟才到内馆，那边的工作依旧有条不紊地进行着。小吴各方面都按她交代的安排下去，见她到了，跟她汇报近两天的情况。

何青柔心不在焉地听完，而后让小吴去做一下监工，监督工作进程。其实今天的工作收尾并不多，如果完成得快，明天下午就可以回公司了。

去到展区，何青柔又遇到了宋天中。宋天中旁边围着三个和信国际的员工，员工们谨慎地说话，宋天中一脸威严，额头皱成"川"字。

何青柔纠结要不要打个招呼，这时宋天中看到了她。

"宋总，"她喊道，"您过来视察？"

宋天中脸色缓和许多，摆手示意员工们走开，往她这边走："来随便看看。"

何青柔走过去，道："此次与贵公司合作圆满收尾，多谢您了。"

这回宋天中明里暗里都帮衬她不少，她都记挂在心上，之前她还担心合作的事情难以应付，没想到宋天中全一一安排妥当了，压根儿没让她操心过。

"没我什么事，我就走个过场。"宋天中摆手，"倒是你，这次独当一面有本事，后生可畏啊，我像你这个年纪的时候，还什么都不会，混账得很。"

"您老谬赞。"

宋天中慈祥地笑道："你跟阿奈都厉害，年轻一辈里就你俩省心点儿。"

何青柔笑了笑，与宋天中有一搭没一搭地闲聊。

"阿奈呢？"宋天中问道，"昨儿她说要来内馆这边，都这个时间了怎么还没来，是有其他事？"

何青柔淡定从容，轻声说："可能在忙，今天都没看到林总监，您要找她？"

宋天中摇头，抬手看看表，道："我下午两点的飞机，想着走前能不能再看看她，不过要是她不在这儿就算了，我就先走了。"

"您可以给林总监打个电话，今天车展结束了，她应该有空。"何青柔提醒，知道老一辈不爱用手机之类的，喜欢直接找人。

"算了算了，"宋天中说，"她跟我说不了两句话，过来也是干看着。"

何青柔不知道怎么搭话。

宋天中说："下回来北京，记得跟阿奈到我那儿坐坐，我还等着你的茶呢。"

何青柔眉眼带笑道："一定，届时就多叨扰您了。"

宋天中又同她讲客套话。聊了两句，有人过来找他，该出发了。

何青柔送他到场馆门口，和信国际的员工也来送行。

中午，何青柔刚吃完饭，林奈来了。

彼时何青柔还在熟稔地对接工作，正对小吴吩咐交代，小吴忙不迭地点头。

"不是晚一点才过来吗？"她问。

"我听他们说这边的工作差不多了，就过来等着。"林奈的视线不动声色地从她脸上掠过，发现她气色不大好，微微皱了皱眉，"今天很累吗？"

小吴还在旁边站着，看两位领导站一块儿，巴不得赶快远离，于是趁机借口忙工作走开了。

"之前宋总来过，"何青柔答非所问，"你不在，他已经走了。"

"我知道，先前我送他下山的。他让我转告你一声，下次别忘了他的茶，"林奈唇角弧度更弯，"还说你去北京，他会亲自下厨，让你一定记得去。"

何青柔好笑地望了望这人，记起还有事需要林奈帮忙："你去后勤那边看看，帮我清点一下。"

后勤在内馆另一边，与这儿隔了一大段。

"行，我结束了再过来。"林奈倒无所谓，本就是打算来帮忙的。

"嗯。"何青柔颔首，说完就要去做事。

"对了，"林奈叫住她，"蒋行舟他们今晚打算请你吃饭，你有空吗？"

何青柔一怔，问："什么事？"

"不清楚，"林奈说，"但是我看他们已经在准备了，好像要自己做菜。"

虽然她感觉有点儿突然，但何青柔还是点头同意了，毕竟人家一片好心，总不能不给面子。

何青柔高效完成了下午的工作，连带着明天上午的也做了大半。林奈在后勤那边待了一个小时，把该安排的、该亲自料理的都做完后，才又转回展区这边帮忙。

五点多离开内馆，何青柔问了下外馆的进度。外馆比这边要快些，已经圆满收尾了，只等内馆这边结束，明天下午就可以离开西南山。

何青柔感慨，当初接任务的时候，她以为会非常难，如今都完成了，乍一回想也不算太难，至少她这个新手能喵动。

"明天回去以后，好好休息，"林奈边开车边说，"车展结束，公司可以准你两天假。"

这件事何青柔早就知道了。

"回去之后还要做汇报，事情挺多的。"她说，心里早有计划，知道公司可以给自己准假，但她还不能走，毕竟还要跟进一大堆后续流程，哪有那么轻松。

打了半圈方向盘，林奈又问："那七月末的公司度假，你去吗？"

何青柔转头看她，问："这次有我？"

"名单已经出来了，过两天就会公布。"

东宁汽车集团每年的七月末都会送一批上年表现优秀的员工去度假，前年去的张家界，去年出国，今年的具体时间、地点还未知，但名额有限，一般每年一个部门就只会选两三人。

何青柔上半年没什么成绩，唯一拿得出手的就是减速器项目了，目前车展还未结束，应该不能算在里面。她没想到自己能进，毕竟以前她从未进过。

"去哪儿？"

"葛仙山，泡温泉。"林奈简明地回道。

葛仙山，坐落于南城边界处。

大热天的泡温泉，何青柔抬抬眉尾，谁策划的？

林奈看了她一眼，料到她在想什么，解释道："主要是去当地的农家乐体验一下。"

这倒挺新奇的。何青柔想了想，道："那还可以。"

免费的旅游，还带薪休假，不去白不去。

"你呢？"何青柔问，猜测林奈应该不会去。虽然免费旅游大家都喜欢，但每回名单公布以后，主动放弃名额的也有不少，比如姚云英，每年都有她，可她一次都没去过，理由是工作做不完，没那个心情。

林奈比姚云英忙多了。

"也去，"林奈的回答却出乎意料，"来了南城这么久，可以趁这次出去看看。"

何青柔倒是没料到这回答，蓦地又想起五两。林奈要是走了，那只胖团子肯定又得交由阿姨照顾，小家伙儿又得被关在家里了。

"五两最近怎么样？"何青柔问，顺手按下车窗键，将车窗打开一些。车里太闷，需要透透气。

林奈看了看何青柔，上回她发五两的照片给何青柔，何青柔没理，这次倒主动提起了。

"挺好的，肥了一些。"

何青柔一噎，这猫原本就胖成球，再长，真超标了。

"你要注意它的饮食，太胖对猫的身体有害。"她说，知道林奈整天在公司待着，多半没时间照顾五两，不免就多嘴关心它一下。

"放心。"林奈说，又笑了笑。

何青柔不知道这人在笑什么，往后枕着座椅，看向车窗外面。

林奈开车慢而稳，很短的路程用了十来分钟。到了小阁楼，叶寻出来接她们，二楼中间的大房间，今晚就在那儿吃饭。

蒋行舟看到她俩，热情万分。今天他穿得异常骚包，花衬衫、大裤衩，脚踩人字拖，腰间还系着一条哆啦A梦围裙，与早前潮酷的打扮大相径庭。

"快坐快坐。"他给何青柔倒了一杯水。

何青柔接过杯子道："谢谢。"

"客气，"蒋行舟笑道，将围裙解了搭在架子上，"我们明天就走了，之前不是说要请何小姐吃饭吗，没时间就干脆自己做一桌，没有你的联系方式，就让阿奈叫你了。"

何青柔莞尔，当时客套一句，蒋行舟竟记挂上了。他们帮了她不少忙，她还没请他们吃呢。

"明天都要走？"她略吃惊道，思及车展结束还有庆功宴，车队应该要下个星期二才启程回北京。

"阿寻回重庆读书，我和裴成明、齐风也要提前走，临时有点儿事。"蒋行舟说。

"那下回你们再来，我做东。"何青柔说。

"行，多谢何小姐。"蒋行舟一口应下，往厨房方向望了望，又瞟了一眼林奈，"最后一个菜快好了，我去看看。你们先坐，阿奈来帮我端一下。"

他们应当是有事要谈。

何青柔自觉地坐到餐桌边等着。叶寻帮忙摆碗筷，裴成明和齐风则不停地跟她搭话。可能是怕她无聊，所以一直找话题，毕竟平时这两位话少，基本不咋主动找谁聊天。

"要果汁还是汽水？"叶寻拿来两瓶饮料，晃了晃，仍旧一脸漠然，但说话没之前那么硬邦邦的了。

"我先喝完这个，"何青柔抬了一下杯子，"谢谢。"

叶寻颔首回应，给自己倒了一杯汽水，坐下等着。

厨房里，蒋行舟从裤兜里摸出一包烟，抽一根叼进嘴，欲按燃打火机，忽想到是在厨房，又把打火机放下，将烟夹在手指间。他瞟了瞟外面，欲言又止。

"有什么直说。"林奈皱眉，他们一行人里只有蒋行舟抽烟，但抽得少，且只有无比焦虑的时候才抽两根。

蒋行舟动动手指，把烟捏成一团，准确无误地扔进垃圾桶，道："伯父昨晚打电话给我了。"

他口中的伯父就是林奈她爸。

"就这个？"

"问了下你的近况，让我劝劝你。"蒋行舟如实交代。林奈与林父不大合得来，他们这些朋友常作为传话筒，这次林奈私自决定留在南城，除了他们支持，北京那些人没一个同意。

"他可以直接打电话给我。"林奈眸光沉沉。

"我倒是巴不得。"蒋行舟好笑，"伯父正在气头上，连带着把我也骂了一顿。"

林奈无言，眼神变得冷冽，似乎不大高兴。

蒋行舟扫了扫她，敛起嬉皮笑脸，正经道："你好好跟伯父谈一下，也许……也许能谈得通，或者找伯母聊聊也行，你这一声不吭就长期待在这边，他们确实担心。"

"知道。"

"云姐……"他顿了下，观察林奈的神色，"你也跟她好好说，她大老远来一趟，不容易。"

林奈斜睨着他。他顿时挺直脊背，没再继续往下说。

云熙宁昨晚也找了他，提了下林奈不肯见她的事，大意是让他来说说情，他这个二愣子立马爽快地应了，今天特地找林奈说情。他不清楚云熙宁和林奈之间的弯弯绕绕，以为两人就是普通的小打小闹，想着能和就劝，但眼下看林奈的样子，明显跟他想的不同，他便识趣地住嘴了。

"她要留在南城。"林奈说。

蒋行舟一惊，道："云姐？要留在这儿？"

"嗯。"先前云熙宁说劝她回去，现在又要留在南城，林奈还疑惑云熙宁这两天怎么这么安静，原来是趁她们忙车展的时候，去办这事了。

蒋行舟搞不懂她们一个一个的脑回路，林奈留在南城，他稍微能理解，云熙宁也来这么一出，他就不明白了，都争着来这边，南城能是什么宝地？

他张张嘴，想再劝劝，可最后还是无奈地说："随你们。"

锅里的汤已沸，不时将锅盖顶起，蒋行舟赶快拿开锅盖，拿了一个大汤碗出来，一面盛汤一面道："最近手里还有余钱吗？"

林奈问："要多少？"

蒋行舟伸出二指。

两百万。

"要这么多做什么？"林奈诧异，她最近才做了笔投资，手里余钱不多，不过两百万还是有的，但疑惑蒋行舟要干吗，毕竟他还在读书。

"我爸把卡给我冻结了，勒令我不准再玩车。"蒋行舟故作轻松地说，"我想再赛几场。"

林奈怔了怔。当初林父也是这么干的，如今蒋行舟家里有样学样。

"过两天打给你。"

蒋行舟"嗯"了一声，盛好汤，将碗递给她。

两人一前一后出厨房，到了饭桌边，蒋行舟又变成平时嘻嘻哈哈的样子，一个劲儿招呼何青柔，不时跟其他人搭话。

一顿饭吃得挺热闹。

刚吃完，何青柔正要收拾碗筷，手机响了，来电显示为何父。

她带着歉意看了看其他人，道："我接个电话。"

何青柔走到角落里，何青柔看着屏幕上的备注，犹豫了半响才接起："爸。"

语气非常平淡，没有一丝情感起伏。手机那头没有立即应答，但能听到微弱的交谈声，手机似乎被转到另一人手里。

许久，手机里传来少年的声音："姐，是我。"

何青柔忽地恍惚了一瞬，直到那边重新唤了声，她才回神，尽量将心情平复，低声道："小杰。"

因为她这一句久违的话，少年显得有点儿兴奋："哎！"

他停顿了下，话里带着笑意："姐，你吃饭了吗？"

何青柔语气缓和不少："刚刚吃了，你呢？"

"也吃了，正在收拾东西呢。"

何青柔随口反问："要出门？"

少年忽然沉默，斟酌良久，回道："姐，我报了南城电子科大，打算提前来熟悉一下。"

少年成绩优异，高考发挥得不错，应该可以读个排名靠前的985名校，报志愿时他给何青柔打过电话，何青柔建议他报北上广的大学，但他却报了南城电子科大。

何青柔一僵，也沉默了。

气氛还没活络起来，霎时就迎来一瓢冷水。

角落里有扇小窗，她走过去，远眺院外的青山绿水，敛住脸上的神色，微皱眉头问："什么时候到？"

"明天下午五点，你有空吗？"少年试探性地问，讲完，又怕自己给姐姐添麻烦，赶紧改口，"要是你有工作，我们可以自己来，到时在小区楼下等你。"

"没什么要忙的，我来接你们。"何青柔说，有些头疼，很快就找借口挂断电话，"我这边还有事，先挂了。路上注意安全，明天提前半个小时给我打电话，我在车站门口等你们。"

少年没察觉到这边的异常，立即高兴地说："好，你别担心。"

何青柔按下挂断键。她没有马上回去，而是站在窗外冷静冷静。

小杰，全名何杰，有望子成龙的意思，蕴含了何父对他的深切期望。

何杰的母亲姓谢，叫谢红玲，地地道道的林芒山人，采茶女，每年都会来何家的茶地采茶。她的采茶功夫是何青柔的外公一手教出来的。外公的本意是教这个山里的女人一门谋生的手艺，没想到后来她成了何青柔的后妈。

不过这都是很久以后的事了，外公早在她过门前就去世了。

何青柔的亲妈名唤连漪，性格温婉，家中独女，算得上大家闺秀。那时候连家有两座茶山，连家在当地地位颇高，加之连漪生得美，求亲的人几乎将门槛踏平。就当大家都以为连漪会嫁一个门当户对的人或者见闻广博的知识分子，可她偏生迷了眼，看上了何父。

当年的何父，说好听点儿叫混账东西，说难听点儿就是瘪三混混，他长得人模狗样的，很会说话，几句甜言蜜语和山盟海誓就把连漪哄到手。那时何青柔她外公自然是不同意，奈何连漪铁了心，连夜翻墙跟人跑了，等回来时已经大了肚子。

肚里的孩子便是何青柔。

生米煮成熟饭，外公气得呕血，女儿寻死觅活的要嫁，且何父在连家门口长跪不起，信誓旦旦保证一定对连漪好，外公无奈，最后只得同意让两人结婚。而婚后的何父，依他所承诺的那样，的确本分守己，老老实实学采茶、炒茶，一副好丈夫好父亲的模样。

外公死后，两座茶山归于连漪名下，但连漪脑子糊涂，接手后直接将茶山全部交由何父打理。

而正是这个决定，导致了之后的一系列变故。

外公不在了，没人可以压住何父，他骨血里的不安分开始作祟。他好赌，现下有了两座茶山，便仗着家底殷实，在赌场肆无忌惮地挥霍。

短短两三年时间，两座茶山变成了一块地。家里一穷，何父又老实了。

在何青柔的记忆里，那是一段珍贵的温情时光，何父尽其所能地弥补她们母女俩，将最后那块地守住了，一家人过得还不错。

可何青柔七岁的时候，连漪病了，病得很严重，当时医疗技术不发达，县里的医生查不出个所以然，只告诉他们最后的结果——治不了。

何青柔与何父还没来得及从惊愕和害怕中抽身，连漪就撒手人寰了。

年幼的她不明白生病而已，怎么就这么快带走了连漪的命，现在想来，多半还是跟心病郁结有关系，毕竟两座茶山是何家世代累积下来的祖业，谁承想全败在了自己丈夫手里，连漪心里自责，明白自个儿责任很大。

连漪走后，何父变得勤勤恳恳，对何青柔这个女儿也是加倍的好。再然后，何青柔十岁那年，谢红玲进门。

当时何父忐忑地把谢红玲带进家，教她喊人。

何青柔认识谢红玲，她叫了声："阿姨。"

一年后，何杰出生。

谢红玲是个合格的后妈，向来一碗水端平，对两个孩子一视同仁。且她从未打骂何青柔，温言细语的，连句重话都不曾讲过，对何杰则相反，何杰干了坏事，她会打他、训他，罚他跪院里，认错后才可以吃饭。

每当这时，何青柔会偷偷地给何杰塞吃的，不忍小孩挨揍、挨饿，因此何杰特别喜欢这个同父异母的姐姐。每每谢红玲看到了，也不会说什么，只是有时会加重对何杰的处罚。

小时候何青柔不懂这是为何，长大了，才慢慢反应过来什么叫亲疏有别。

望着外面起伏的山峦，何青柔轻叹了一口气。

"叹什么气？"林奈不知何时出现在她身后。

"没。"何青柔迅速恢复如常，看了下后面，叶寻她们已经端着碗筷进厨房了，"我去帮她们。"

语罢，她欲绕过林奈，却被一把拉住。

林奈轻轻拍了拍她的背，说："别愁眉苦脸的。"

林奈自然不知道她怎么了，只是看见她伤感的模样，想要安慰她一下。

第二天，车展收尾工作全部结束，下午一点，东宁全体员工回公司。

因为要去接何父他们，何青柔没有时间做报告，只得把这些资料带回家，打算等晚上有时间了再做。四点半，她开车去车站。

今儿是星期天，车站人流量很大，何青柔在外头等了二十来分钟都没看到何父他们。何青柔四下望了望，锁好车门，往广场里面走。

走到一半，左侧有人高喊："姐！"

她偏头，何杰正向她招手。这么久不见，这孩子长高了不少，瘦瘦黑黑的，精神十足。何父和谢红玲站他旁边，三人都提着大包小包的东西。

何青柔过去，喊道："小杰，"又看向其余两人，"爸，阿姨。"

何父笑着应道："青柔。"

他变化也挺大的，脸上多了几道皱纹，由于长期晒太阳，脸已经变得黝黑，看起来比同龄人苍老。他肩上扛着两个小包，是给何青柔带的茶叶和家乡特产。

谢红玲点了点头。她一贯如此，面上不咸不淡，对谁都这样。

"是不是等了很久？"何父问。何青柔要接东西过去，他不让，拉了拉肩上的布包，脚下走得飞快。

"没一会儿，车就在前面。"何青柔说，何父不让她拿东西，她又去接谢红玲手里的，谢红玲给了她一个小袋子，"你们晚上想吃什么？"

到家多半得六点，家里没囤菜，去超市买回来自己做浪费时间，去外面吃更方便。

"都行，随便吃点儿就可以了。"何父说。

"小杰和阿姨呢？"

"随你吧。"谢红玲说。

"想吃家常菜，"何杰咧嘴一笑，弯身，拿走何青柔手里的小袋子，"去外面吃吧。听说南城的口味跟家里差别大，以后我要在这儿待四年，刚好去试一试。"

何青柔看了看他，他朝何青柔眨眨眼。

何青柔脸色柔和许多，问："你怎么会报电子科大？"

按何杰估的分，应该可以报更好的大学。

"我想学计算机，电子科大的计算机专业出名，离 H 市稍微近点儿，回家方便，"何杰如实说，接着靠近何青柔，悄悄补充，"而且电子科大跟你在一个城市，可以常见到你。"

何青柔嘴唇翕动，瞥了下谢红玲，想说什么最终还是没说。

电子科大也是 985 大学，现在计算机专业大火，何杰选这个学校其实很不错。

到了停车的地方，放好东西，何青柔开车回去。

何父跟谢红玲都是寡言少语的人，她也安静，一路上就何杰说个不停。何杰问了下何青柔的近况，又讲了一些家里的事，何父偶尔会搭两句，何青柔都听着。

回到小区，将东西搬进屋，歇了一会儿，何青柔带他们到附近的中餐馆吃饭。

餐馆老板跟何青柔是熟识，见何杰跟她长得有两分像，便知道这是她带家人来了，忙招呼他们进去，专门开了个小包间。

菜是何杰点的，何父和谢红玲没意见，何青柔不挑食，点什么都可以。

等菜的时候，可能是回来路上在车里就把话讲得差不多了，何杰变得有些安静，包间里谁都没开口。

何青柔起身给他们倒水，坐下后，手机振动，是林奈发来的消息。她点开微信，是林奈发的五两的照片。橘色的胖团子窝在车座上，歪着头，黑溜溜的大眼疑惑地看向镜头。

照片的左下角有一道模糊的虚影，看样子应该是林奈的手，她在吸引五两的注意力，并拍下了这张照片。

何青柔唇角微上提。何父、何杰看到她笑，相视一眼，包间里的气氛霎时回暖。

"青柔最近都忙些什么？"何父喝了口水，笑盈盈地问。

"在做车展的项目，"何青柔说，"家里怎么样了？"

"采了一批茶，剩下的等回去再采。"何父说。采茶以春季最佳，春季采的是纯毛尖，其次是夏季，夏茶略苦涩。虽然家里只有他跟谢红玲两个人采茶，但如今就一块茶地，留给夫妻俩干活的时间还是比较充足。

"你喜欢春茶，家里还剩一些，都给你带来了。"何杰接着说，"今年的茶特别热销，基本还没开采就有人来订了。"

一块茶地只是勉强能养家糊口，尤其前几年不景气的时候，那时家里的茶几乎都是贱卖，也就近两年的行情还行。何家现今是小户，没有固定的买主，春茶、夏茶好卖，秋冬季节的茶老，一般不能用来泡茶喝，只能低价卖给隔壁山头的公司做茶饮料。

"小杰的学费够吗？"何青柔收起手机，将其放回兜里。

工作以后她每个月都会往家里打钱，最先几百，工作转正后一千，随着时间推移慢慢变多，到现在有两千左右。自打上次跟何父闹了一回，她和家里的联系逐渐少了，除了偶尔和何杰聊聊，其他的基本就是打钱了。

"够的够的，"何父连连回答，黑黄的脸上掩不住笑意，何青柔向来安静，这一句话其实是在关心他，"早就存了，够的。你不用担心，我跟你阿姨闲暇时，会到隔壁山头做工，一天能挣个一百多近两百元，你的自己存着。"

他不自在地搓搓手，干巴巴地望了望何青柔与何杰，道："爸也不能多帮衬你们什么，只盼你们能过好点儿。"

这话讲得不合时宜……何青柔不说话，谢红玲也一言不发。眼看着势头不对劲，何杰赶快把话拉开："姐，我看网上的攻略，说南城古建筑多，我跟爸妈准备这两天去转转，你有空吗，要不要一起？"

车展结束后的空闲时间会比较宽裕，但他们来得不凑巧，明天就是周一，何青柔得上班。

"我要做报告，还有一堆后续工作要处理。"她不带情绪地说，看了一眼他们，何杰和何父脸上明显闪过失落，谢红玲表情仍旧没变，"不过南城我很熟，待会儿回去了可以帮你们订票、选地方。宁西古镇和石牌坊的可玩性都还行，可有点儿远，都在城外。城东区有一条民国老街，你们要是感兴趣也可以去看看。"

"先去城东区吧，转一圈明天下午回来。"何杰直接订下计划，"姐平时忙工作肯定没怎么吃好，明天我和爸去买菜，晚上让妈做一桌家乡菜。等你回来，我们一家人一起吃饭。"

何青柔"嗯"了一声。谢红玲就坐那儿，从头到尾没插一句话。

当初何青柔还跟他们一起生活时，谢红玲其实不像现在这般，尤其是刚进何家门的那一年，她对十岁的何青柔也曾流露过母爱的温情和关心，事无巨细地照顾父女俩，可当何杰出生，这一切就变了。

别人的孩子始终不如自己生的贴心窝子，何杰才是她的亲生孩子，何青柔不是，她对何青柔顶多称得上尽本分，该给的绝不短缺，至于管教训斥，这是对自己的孩子才用的，所以无论何青柔做了什么，她都不会多说一句。

如同现在，何青柔与何父关系怎样，好或坏，谢红玲都毫不关心，对她来说只是来南城转一趟而已。同样的，何青柔也因此与谢红玲关系冷淡。

"那我们等你，你早些回家。"何杰欢喜地开口，如今一家人关系快冷到冰点，多聚聚终归会好转。

"我六点下班，下了班就回来。"何青柔说。

服务员开始上菜，她起身帮忙，一家人开吃。何父、何杰显然高兴，吃饭期间一直同她搭话，一会儿一句讲个没完。

吃完饭，何青柔买单，四人回出租屋。

由于只有两个房间，何青柔打算让给他们，自己睡沙发，可何杰说什么也不愿意，最后是他睡沙发，何父他们睡客房。

洗漱时，何杰发现自己没带牙刷。

小区门口有一家杂货铺，何青柔让他先洗澡，自己下楼去买。

"妈，你先洗吧，"何杰对沙发上坐着的谢红玲说，"我晚一点儿再洗。"

今天谢红玲的表现他们都看在眼里，闷声寡言的，唉，真的是……他这个做儿子的不好说什么，这些年都这样了，只希望何青柔别多想。

谢红玲的脸色终于稍稍有了变化，她拿着两件换洗衣服进浴室。

何杰为难地看了一眼何父，何父摸着烟杆子，把烟叶裹成卷塞进孔里，满带心事地摸了摸，但没抽。

"你别管你妈，她就那个德行。"何父皱着脸，叹气，"这两天你多和你姐聊聊，你姐还跟我生气……"

他没讲完，又重重地唉了声。何杰站着，也在心里叹息。

虽然谢红玲和何青柔关系不冷不热的，但之前他们一家子还算和睦，所有的平静是在何青柔留 H 市工作后被打破的。原先何父三番两次催何青柔找男朋友，一开始何青柔还能平心静气地向何父解释、推脱，后面却愈发恼火。

何父始终觉得自家女儿应该尽早试着交个男朋友，找个顺眼的男的处一阵。他张罗着给何青柔安排相亲，何青柔都拒绝了，反正她没回去，一直都是随便他打电话催。

然而前年过年，何青柔回家后板凳都还没坐热，何父就又提这事，何青柔跟他好说歹说，他才消停了一阵儿。

可惜过完年，何父突然要请亲戚吃饭，叫家里人都去。当时是何杰领着何青柔去饭店，一进包间姐弟两个都蒙了，里面一屋子的生面孔，中间坐着一位年岁和何青柔相仿的男性，他旁边围着三姑六婆二大爷，敢情全家一齐出动来见女方了。

这架势是相亲无疑。何青柔给何父面子，把饭吃了。回到家，父女俩起争执，何父气昏了头，说了许多难听的重话，又拎出连漪来训她。

连漪死后，何家人从未提过她，在何青柔心中，她是分量最重的存在，拿一个去世多年的至亲压人相亲实在太过。

父女俩的隔阂因此而生，两人逐渐变得生疏。何青柔毅然决然远离了家乡，自此很少再回去了。

何父心中有愧，三番两次想低头，但苦于拉不下面子，这回借何杰考大学的机会才厚脸皮过来瞧瞧。

从今天何青柔的表现来看，她应该是没气了，但心里肯定还是有疙瘩。

何父捏了捏烟卷，瞅着光洁干净的地板，心里暗暗发愁。

小区外，何青柔买了牙刷往回走，行到正门，忽然瞥见拐角阴影处停着一辆路虎。

她边走边下意识看了下车牌。

这时车窗打开，一个橘黄的毛绒小脑袋忽地探出，接着两只肉爪扒上了窗沿。

何青柔驻足，愣了愣。

五两冲她喵喵叫了声，再一跃跳出窗，可由于太胖没把控住重心，险些摔了，它胖乎乎的身子斜了一下，抬抬前爪，飞箭似的冲来。小家伙冲到何青柔跟前，用爪子紧紧扒住她的裤腿。

"五两，"何青柔嫣然一笑，蹲下身把它抱起来，小家伙真重了些，沉甸甸的，直往她怀里钻，"怎么到这边来了？"

"带它去医院体检，恰巧路过这儿。"林奈从车上下来。

自从上回五两生病，何青柔带它去看过一次医生，它便对何青柔好感倍增，林奈本不打算下车的，可这小崽子闹腾得很，无法，只得放它出来。

"生病了？"何青柔边问，边拍着五两的后背。五两将前爪搭在她肩上，用脸蛋去蹭她白皙的脖颈。

林奈眸光一沉，拎住它的后颈："不是，它太胖了，需要定期做检查。"

何青柔放开手，把五两还回去，林奈趁机将这小崽子扯回自己怀里箍着。五两很是不满，不乐意被自家主人抱着，扭来扭去直叫唤。

望着五两不停扭动的肥硕屁股，何青柔勾起嘴角："其实可以给它减减肥，感觉重了很多。"

抱着都沉，也不知道林奈怎么喂的。

"嗯，过两天来，它最近肠胃不好。"

"要注意饮食，"何青柔轻声细语，"不能给它吃太多，你可以把猫粮锁进柜子里，这样它偷吃不到。"

林奈眼里涌上一层暖意。

五两脾气不大好，半天挣脱不出来，于是伸出爪子扒拉林奈，可惜林奈提前料到了，眼疾手快地把这小崽子的肉爪逮住了。

五两委屈巴巴地叫着。

"这么晚了，你下楼做什么？"林奈才不管它，抬眼问何青柔。

"买牙刷。"何青柔晃了晃手里的东西。

林奈瞥了一眼，忽然松开五两，将手伸向她。五两趁机蹿出来，重新去扒何青柔的裤腿。

何青柔欲弯身。

"别动。"林奈在她头发上掠过，拿下一片干叶子。何青柔木讷地站着，直到五两低低地唤她，她醒神，将小崽子抱起。

"那是你弟弟？"林奈看了一眼保安亭旁，道。

何青柔顺着林奈的视线回身。

昏黄的路灯下，黑瘦少年直直地站定，略无措地看着她们，脸上有些羞赧。

"姐。"何杰慢吞吞地走出来，悄悄打量林奈。何青柔下楼买牙刷这么久还没回去，这小子是心急才下来找人。

林奈余光自他身上扫了一遍，发现他跟何青柔长得很像，嘴巴、脸型都是一个模子刻出来的，但眼睛不像。他是无神的细长眼，一看就性格内向，何青柔则是杏眼明澈，眸子里似有水流动，温和动人。

"小杰。"何青柔开口喊他，转头向林奈介绍，"这是我弟弟，何杰。"

林奈眉头动了动。她看过何青柔的资料，知道她有个同父异母的弟弟，未满十八，刚高三毕业。

"林奈，我的……"何青柔斟酌了下，"朋友。"

五两从她怀里抬起脑袋，抵在她胳膊上，黑溜溜的大眼珠直勾勾地盯向何杰。

"喵——"它小声叫唤，似乎感到疑惑。

何杰被五两的叫声吸引。他们老家养猫的多，养橘猫的也多，但他还是第一回见到这么胖的猫，圆不溜秋，又憨又可爱。

"你好，"林奈看他有些紧张，率先开口，"我常听你姐说起你，来南城玩吗？"

这人脸不红心不跳地扯谎，淡定从容，好似真有这回事一样。何青柔看她一眼，见她嘴角牵出一抹笑，于是赶紧收回目光。

何杰不擅长交际，愣怔半晌不知如何面对，面对这种气质大姐姐就更加不会应对，他搜肠刮肚半天才终于挤出一句："你好……"

他离何青柔近，五两扬了扬脑袋，突然一爪子搭到他小臂上。猫肉垫软软的，毛挨在皮肤上有些痒。

何杰愣了愣，略微不适应，但觉得新奇。

五两将另外一只爪子也搭上去，在他手臂上按了按，而后弓起身子要过去，何杰呆呆望了眼何青柔，有点儿紧张。

"它很乖的，你抱住就行。"林奈说。

何杰忙不迭地点头，伸出双手去接。何青柔把猫递给他，五两顺势爬到他怀里，何杰小心翼翼地抱着，姿势跟在家里帮别人抱奶娃一样。五两动动手脚，翻身，圆滚滚的肚子朝上，大爷似的仰躺，后爪腾空吊着，享受得很。

他抱住这肉乎乎的团子，还拍了拍它的后背。五两发出咕噜咕噜的声响，舒爽极了。

林奈眼里一闪，假意看了看手表："时间还早，要不要去附近喝点儿东西？"

现在将近十点，小区周围也没喝东西的地方，出去一趟回来得什么时候了，何青柔想拒绝，可还没张嘴，何杰便傻愣愣地应下："好啊！"

这小子一心都在猫身上了。

"爸跟阿姨还在家里。"何青柔提醒他。

"没事，"何杰欢喜地搂住五两，"我待会儿给爸发消息，我们喝完早点儿回来就是。"

林奈打开后车门，何杰先弯身坐进去，末了，还喊何青柔："姐，走啊。"

五两扒着他的胸膛，也朝何青柔叫唤。

林奈打开副驾驶的门，回头望着她。何青柔无奈，只得跟着去。

林奈发动车，道："我来的时候看到有一家甜品屋，大概十分钟的车程，离甜品屋半条街远还有家咖啡店，你们想去哪家？"

"甜品屋吧。"何青柔就近选择，也照顾到何杰。

何杰无所谓，抱着五两顺毛撸，注意力全在橘猫身上。

林奈从镜子里观察了一下，而后看了一眼何青柔，才发动车子。

小区外的一段路都比较黑，路灯少，车里就显得昏暗。何青柔偏头瞧林奈，这人分明的轮廓忽隐忽现，薄唇一弯就骤生色彩。

"伯父、伯母今天下午到的吗？"林奈一面打方向盘一面问。下午何青柔急匆匆离开公司，她就猜到应该是有事，联想到昨天晚饭时何青柔一脸落寞的样，放心不下，所以接到五两后就开车过来了。

她运气不错，恰巧遇到何青柔回去。

"嗯。"

"过来玩？"

何青柔点头道："小杰报了这边的学校，顺道来看看。"

林奈了然："S 大还是电子科大？"

"电子科大。"

听到她俩在谈论自己，何杰抬起头。

林奈自然看到他的动作，突然对何杰说："我在电子科大有个叔叔。小杰要是感兴趣，我可以帮你联系一下，让他带你去学校转转，小杰报的哪个专业呢？"

"计算机。"何杰抢在何青柔开口前回答，一听电子科大就兴趣盎然，"我们正有去学校转转的打算。之前电子科大招生人员到我们学校宣传过，那时候我只看过图片，这次来了就想去看看。"

"那巧，我叔叔就是计算机学院的主任，你什么时候有时间，我跟他提前约一下。反正马上放暑假了，他应该有空。"

"随时都有空，我们要在这边待一个星期，不急的，林老师空闲时我再去。"何杰激动道，笑得灿烂，"谢谢林姐姐啊。"

"不用谢。"林奈一哂，"我叔叔姓刘，等会儿下车了，我把他的电话发给你。"

小孩儿就是好糊弄，一听她这么上心，忙不迭地应了。

何青柔在一旁听着，将信将疑，真不清楚林奈有亲戚在电子科大。

甜品屋离小区有两条街远，林奈车开得快，不超过十分钟就到了。甜品屋装潢考究，两层，允许小型宠物入内，林奈带姐弟俩去了第二层。

座位是何杰挑的，这小孩颇神经大条，抱着猫就坐了一方，何青柔只得跟林奈坐同一方。服务员将单子交给林奈，林奈随便点了一堆。

"找到游玩的地方没有？"林奈问，将吃食推到何杰面前，"城中区最近新开放了一条小吃街，晚上特别热闹，离电子科大挺近的，那边学生多。"

"找到了，到电子科大的时候会去转转。"何杰说，林奈点这么多，他没好意思再点，"林姐姐在哪儿高就？"

何青柔插不进话，只能旁听。

"跟你姐是一个公司，你要是到我们公司去，也可以来找我。"

"行，"何杰摸了摸五两的后背，五两往他腿上爬，"大学四年，以后可能会常来。"

"嗯，来了可以联系我。"

何杰忽然反应过来，拿出手机要林奈的号码，顺带加了微信好友，林奈也将自家亲戚的电话发给他。看着何杰傻里傻气的模样，何青柔心情复杂。

三人在甜品屋坐了半个小时，没吃完的林奈打包让何杰带走，赶在十一点前送他俩到小区门口，才开车离去。

何青柔在楼下的小店里买了几样水果，然后带着何杰上楼。

客厅里，何父和谢红玲在等他俩。

何杰将甜品和水果放在桌上，笑着对谢红玲说："妈，姐给你买了些吃的。"

男孩子侧头看了看何青柔，冲姐姐眨眼。

谢红玲木然的脸稍微松动，这才抬头，动动嘴皮子，最终柔声道："早点儿洗澡睡觉，明天还要上班。"

何青柔"哎"了一声。

两人回来了，何父、何母便回客房休息。

洗漱过后，何青柔熬夜做完了一份报告，将近凌晨两点才上床。这一晚睡得还挺安稳。

第二天一早，何青柔是开车去公司的。

今天设计部特别沉闷，鸦雀无声，她在办公桌前坐下，先整理资料，不多时一道熟悉的矮胖身影出现了。

杨顺成在胳肢窝下夹着文件优哉游哉进门，一屁股在她对面的位置坐下——对面原本是空着的。

他看到何青柔，眼一瞪，脸色比下水道还臭。

"何组长最近发展不错啊，"他出言讽刺，语气很是不屑，"接连拿到两个项目，听说都完成得挺好，十月份的考核百分之百能过。"

不愿跟这种人浪费口舌功夫，何青柔假意笑了笑，回道："杨经理今天来得挺早的，吃饭了吗？"

"哟，可别这么叫我，"杨顺成讥诮，脸上闪过嘲讽，"设计部的经理可不是我，我现在就是一个普通职员。"

何青柔一愣，没明白咋回事。

话音刚落，一道高挑的身形映入眼帘——云熙宁提着包进来，她扫视一周，看到许多位置还空着，于是顿生不满，眉头紧皱，接着又看了一眼何青柔，最后把目光落到杨顺成身上。

"来我办公室一趟。"

杨顺成大剌剌靠着椅子，像听不见一般。

云熙宁不悦，但未发作："杨先生，劳烦你来办公室一趟，做交接工作。"

杨顺成依旧装作没听到。

云熙宁捏紧手心，极力隐忍。

"您要是有意见，大可向上面提。如果中午之前没完成交接，具体情况我会如实上报。"

杨顺成终于动了动身子，抬抬下巴，轻蔑地开口："听到了，我又没聋，不用大侄女你说两遍。"

云熙宁顿时沉下脸，咬牙道："我在办公室等着。"丢下一句话，而后她转身朝经理办公室走。

杨顺成慢慢直起身，想啐一口，可碍于何青柔在场还是生生忍住，磨蹭半天才跟着去。

何青柔吃惊，侄女？

她暗暗思忖，云熙宁跟杨顺成竟是亲戚，但二人的关系好像很差啊。

"何组长，林总监找你，"正想着，一个同事忽然叫她，"让你把报告带过去。"

何青柔应声，暂时先把这事抛下，拿着东西去林奈那儿。

林奈在门口站着，似乎在等她。她进去，林奈顺手将门关上。

"报告我放桌上了，汇总表只完成了小部分，下午三点前我会交过来。"何青柔说，搁下文件夹。

"不跟家里人出去转转？"林奈将文件夹拿起，随意翻了翻，大致看了下，对何青柔做的报告挺满意的，看完将其放回桌上。

"还有很多事要处理。"何青柔扯了扯衣摆，"等周末吧，那时候有时间。"

"后续工作不是很赶，可以慢慢做，七月份的任务少。"林奈在观察她的神情，发现何青柔今天气色有点儿差，但心情似乎还不错。

"早做完早放心。"何青柔说，心知自己和林奈差别可大了。林奈所说的任务少，是指总公司下达的指令和安排变少，分公司上层自然轻松了，但对于下面的员工来说其实变化不大，案子还是得跟进，保不准下个星期又给她派几张图，到时候还不是得加班加点画图。

两三分钟后，何青柔回到设计部。杨顺成还没回来，万科尹到了。

路上堵车，一到楼下万科尹就火急火燎地冲上来，堪堪赶上打卡时限的最后几秒。他随便抓了两张报纸扇风，又抽了一张纸巾擦汗。

看到何青柔，他先喊道："组长，好久不见，车展顺利吗？"

何青柔坐到位置上，道："顺利，你的合同谈得如何了？"

万科尹摇摇头，道："甭提了，没成，本来多简单的一个案子，马上就要签字了，对方突然要加一条条例，若甲方不满意成品，有权利要求乙方重做，这不明摆着坑人吗？谁知道他们怎样才满意成品，总之没谈拢，白跑一趟。"

确实，这种模棱两可的合同不能签，一旦签了，对方不作妖就没事，可如果人家想拿其中的条条款款来压你，合同摆在那儿，届时要么违约，要么各种扯皮，指不定打掉大牙和血吞。反正不论哪一种，签合同的都要担责。

"下个月案子多，到时候可以多争取两个。"何青柔宽慰他。手机突然亮了，公司群里更新了七月末度假人员名单，设计部在中间位置，只有她跟姚云英两人，不过她底下有一栏空缺，应当还会加一个人。

可能是留给杨顺成的，也可能是云熙宁。

万科尹也看了消息。他清楚肯定没有自己，就想瞧瞧都有哪些人，看到何青柔也在时，由衷地笑了笑，朝何青柔竖起大拇指。

部门里其他人也都看到了名单，好些人从办公桌后抬起头看她，有羡慕的，有嫉妒的。何青柔一一收下各色目光，认真做自己的事。

万科尹打开电脑，趁开机的空当翻了下报纸。他拿的报纸是《南城晚报》。它属于地方报纸，大体讲最近南城有哪些大事，譬如哪儿开了楼盘，政府又出了什么新政策。

第一张报纸没啥看头，他直接瞥一眼略过，翻到第二张时，他眼睛一亮，而后偏头打量何青柔，又看了看报纸。

他敲敲何青柔的桌子，把报纸递过去："组长，你上报了啊。"

何青柔平时没看报纸的习惯，办公室的报纸是小吴领的。她望了一眼，报纸上是几天前报道西南山车展的新闻，配图非常大，占据了整整一页，她在图片的左下角，位置不惹眼，但一眼就能看到。

拍照人应该是想拍他们展区的汽车机器人，无意中拍到了她。

何青柔没在意，将报纸推回去，提醒万科尹："杨顺成回来了，部门经理换人了，你注意些。"

"我知道，前天就通知了，当时你没在。"万科尹回道，抽回报纸，再瞅了瞅。何青柔平时打扮大多老气稳重，可这张照片中她身着小西装，披散着一头乌发，看着挺精神干练，还怪有味道的，瞧着跟以前不一样了。

不过他也就多看了一眼，没别的杂念和心思，瞅完就用报纸压图纸了。

设计部里同事各干各的，气氛比杨顺成当经理那时还沉闷。

何青柔工作效率高，十一点前将汇总表做完，她朝经理办公室瞅了瞅，杨顺成都去半天了，还没回来。

像杨顺成这种人，依他的尿性，来了新上司肯定要去巴结的，可早上，他竟然怼了云熙宁，何青柔不禁思索，到底多大仇多大怨才至于让他当场下云熙宁的面子？

迟嘉仪之前还同她讨论，说杨顺成肯定很快会官复原职，结果半路杀出个程咬金，这阵子恐怕有热闹看了。

何青柔整理了一下桌案，迟嘉仪发来消息，让她中午同自己一起吃饭，她飞快地回复，刚刚发完消息，瞥见杨顺成开门出来。

他冷着一张脸，活像煞面阎罗，关门时，撞得"砰"的一声，埋头工作的大伙儿都吓了一跳。

杨顺成走到何青柔对面坐下，"啪"地重重放下东西，气得不轻。

不多时，云熙宁开门出来，巡睃一圈，周遭的温度似乎更低了。

所有人立马低头干活。

何青柔面不改色地摸到鼠标，打开文件。云熙宁将目光在她的身上停留了一瞬，但无其他的反应。

中午，何青柔和迟嘉仪约到公司食堂吃饭，中途遇到万科尹几个，大家便坐一块儿吃。饭桌是对坐长桌，何青柔对面位置上是迟嘉仪，左边位置上是万科尹，吃饭时几人边吃边闲聊。

万科尹是个话痨，一直说个不停，而且他讲话风趣幽默，时不时就冒出一个段子，逗得大家跟着笑。

何青柔吃了口饭，抬头间看到林奈端着盘子站在不远处。正值饭点，食堂人多，现在几乎没空座位了。

"林总监，"一个女同事出声，指了指那边，"她怎么来食堂了？"

林奈似乎看到了何青柔，想也不想，抬脚就朝这边走来。

她们这桌的两个男同事立马站起来，让座。万科尹率先开口，热情得很，还好心地招了招手："林总监坐这儿啊。"

何青柔一哽，不由得看了看万科尹一眼。

林奈身后还跟着两个面生的中年男人，看样子也是领导。这两人可能没来过食堂，不大适应，皆脸色犯难，或许是觉得端着盘子像无头苍蝇一样到处找座位不像领导该干的事。

林奈转身朝他俩说了什么，那两人笑吟吟地应答，端着餐盘离开了。

何青柔不自觉抬眼，看到那两人走远了，快到食堂门口时随意将餐盘放在桌上，随即出门，一口饭都没吃。

几个女同事面面相觑，有人睨了他俩一下。林奈如今在公司是出了名的冷面煞神，大家都巴不得离她远点儿，他俩倒好，起身就招呼。

万科尹乐呵呵地让开，从邻桌搬了一把椅子，坐桌子侧面去了。林奈向他颔首表示感谢，在何青柔身旁坐下。

饭桌边霎时安静异常，另一个男同事出言打破凝固的气氛："林总监才下班啊？"

林奈点头道："刚出来。"

其他人连连跟着打招呼。她们都没吃多少，刚顾着聊天，现在每个人盘里的饭菜都还有很多。

何青柔吃得清淡，毕竟最近老熬夜，容易上火。林奈打了两个小菜和虾，可能打菜的员工看她的衣着，一看就像领导，所以虾给得特别多，分量能抵普通的两份了，还附赠了一次性手套。

林奈戴上手套慢条斯理地剥虾，倒不嫌弃公司的食堂环境。这人手指细长，即便套着一层塑料也难掩好看，她一手逮住虾头，一手剥壳，再一扯就是一个完整的白胖虾尾。

何青柔转头看了看她的手，不承想林奈后一刻就把虾尾放进她的盘里。

林奈继续剥虾，剥好一只又往她的盘里放。

对面的迟嘉仪瞧见了。

"迟小姐要吃虾吗？"林奈忽地问道，把餐盘朝前推了点儿，语气冷淡，听不出情绪。

迟嘉仪赶忙婉拒："谢谢林总监，我这两天肠胃不舒服，不能吃这些。"

林奈剥了一只放进自己盘里："你们吃饭都来这边？"

"一般下来吃，如果没时间就打电话让食堂送上楼。"万科尹接话，公司吃饭的地方分两个，一个是食堂，一个是餐厅，中午只有两个小时用来休息、吃饭，大家图省时，基本来食堂吃。

之前太忙，林奈很少下来，她的饭几乎都是餐厅送到办公室的。

趁他们聊天，何青柔把两只虾尾夹进嘴里吃了。

这顿饭吃得特别慢，等出了食堂，几个女同事一溜烟儿找借口跑了，迟嘉仪硬着头皮跟她们走到一楼，然后往车间去，最后只剩何青柔、万科尹与林奈一起乘电梯。

电梯里，万科尹靠在角落，留下何青柔与林奈并肩站在前面。到二楼时，遇到人事部的员工进来，那员工一看到林奈，先喊了声，就跟鸵鸟似的，不动声色地往另一个角落里缩。

何青柔不由自主地弯了弯唇，看了下旁边的林奈。这人刚上任就拿人事部开刀，搞得现在公司里的同事都怕她。

林奈乜斜了那员工一眼，又从她脸上掠过。

电梯很快上升到五楼，门自动打开，林奈出去，走得有点儿慢。何青柔愣了愣，跟上去，万科尹走在她俩后边。

行到设计部门口，何青柔往左转，恰巧遇到要出来的云熙宁，她顿住，让对方先走。

云熙宁未动，皱眉，不着痕迹地看了她一眼，复将视线移到林奈身上，抿紧了唇，眼里透着不悦。

后面的万科尹没察觉到三人之间的暗涌，迎上来问道："云经理，下去吃饭？"

云熙宁表情松动，点头以应。

"那您得快些去，都快一点钟了，再晚底下就不供餐了。"

林奈径直走过设计部大门，行过会议室，进了办公室，整个过程连眼神都没匀一个给云熙宁。云熙宁眉头皱得更深，"嗯"了一声，跨出门，走向电梯。

待电梯门关上，万科尹拉住何青柔，小声提点："你可别惹这尊大神，今天上午你去交报告的时候，她跟杨顺成在办公室争执，那架势，真的不好对付……杨顺成这么狡诈的都被她摆了一道，你当心些。我看她刚刚那眼神，总感觉十分不善，好像对你很有意见。"

"没事，"何青柔一哂，"我有分寸。"

万科尹颔首，回座位午休。

何青柔将汇总表检查核对一番，确认无误，保存、打印。走到打印机处，她碰见从休息区接咖啡回来的杨顺成，也许是经过上午那遭，杨顺成现在最看不惯的就是云熙宁，看何青柔竟觉得顺眼多了。他啜了口咖啡，咖啡烫嘴，烫得他直吸气。

"您吃饭了吗？"何青柔先开口。

杨顺成随手把咖啡搁一边，装模作样地背起手，道："吃了。"

何青柔礼貌地笑了笑。

杨顺成沉默，在旁边干站着。何青柔不疾不徐地打印东西。

半晌，杨顺成又把咖啡端起，再抿了小口。咖啡苦涩，他喝不惯，瞧了何青柔的背影一会儿，终忍不住问道："你……还有茶吗？"

他还是那副领导做派，但语调比以往客气了许多。

何青柔恰恰打完东西，理了理纸张后，道："有，不过只有小半包，您要是喜欢就拿去喝吧。"

杨顺成挺直了背，虽未开口，但眼里笑意明显，仅点了点头。

混迹职场这么久，何青柔还是拎得清的，有些表面功夫还是得做，瘦死的骆驼比马大，她犯不着在这种时候跟杨顺成犟，分点儿茶，至少近几天这人都不会找她碴。

回到座位，她将之前剩下的茶匀出一小包拿给杨顺成。当然，这茶肯定不是何父他们带来的毛尖儿，她可没心善到白给他拿好东西。

何父给的毛尖儿何青柔喝不完，因而送了一些给迟嘉仪她们。她也给林奈准备了一份，打算下班后再送。

在办公室小憩了半个小时，等到两点，何青柔去隔壁办公室交汇总表。

办公室的门正开着，林奈坐在桌前审批文件，听到动静，没抬头，沉静地道："放桌上就行。"

"嗯。"何青柔说着，将文件搁桌上。

林奈忽察觉到来人是谁，停下手里的事，抬眼，柔声道："不是说三点过来吗，已经做好了？"

"上午就完成了，想着你中午可能要休息。"何青柔回答，用余光打量了她一眼，猜到这人怕是中午都在处理文件。

"以后直接过来就行。"林奈起身，向她走近，"车展刚结束，要处理的事多，最近我会一直都在。"

"你先忙，我还有其他事要做。"

林奈突然又问："晚上有空没有？"

何青柔应道："有……"

"下班后一起走。"

"我还要加班。"

"那我等你，我这边也有一些任务。"

何青柔点头道："行。"

123

到座位上，简单收拾了下桌面，何青柔想起给林奈准备的东西，于是拿出来包好，用袋子装着，想着到时候顺便给她。

这边整理完毕了，何青柔一侧身就又看见云熙宁出去。云熙宁是朝左边走，应当是去总监办公室。何青柔怔了怔，然后埋头做自己的工作。

大约二十分钟，云熙宁回来。高跟鞋踩到地板上发出的声音在安静的室内，尤其引人注意，声音由远及近，云熙宁走到她面前。

何青柔站起来道："云经理。"

云熙宁面沉如水，用只有两人才能听到的声音说："以后有什么文件，可以直接交给我，不要越级交到林总监那儿。"

何青柔一愣，心里莫名地不舒服。

"我是你的直属上司，"云熙宁着重强调，"不然很多事情我不好处理。"

云熙宁又不负责车展的事，车展一直是林奈与何青柔、张总在处理，哪来的越级之说？何青柔不由得蹙眉，但理智告诉她别反驳。

她没吱声，心里感到有些酸涩。不是觉得委屈，只不过感觉云熙宁这话里有别的意思。

云熙宁见她不反驳，当她听进去了，转身回办公室。

万科尹看云熙宁走远，拉了拉何青柔，关切道："没事吧？"

何青柔若无其事地摇头："没。"

她坐下，顺手将装茶的袋子放回抽屉，向总监办公室那边望了望，可隔着厚厚的墙壁，什么也瞧不见。

万科尹知道她被刁难了，遂投来同情的目光，但不便说什么，其余同事都跟没看见似的，一个个埋头苦干。对面的杨顺成泡了一杯茶，优哉游哉地品着，他斜睨了下经理办公室，靠着座椅冷哼一声。

何青柔平复下心情，继续忙事，准备赶在下班之前把该做的工作皆做完。

下午的时间过得飞快，其间几个员工来找她，主要为车展的后续工作，快到五点，人事部发消息通知，她的工资从本月起上调两千。

公司大概半年或一年会涨一次工资，她年前涨了一回，没想到年中还能涨。

两千块，差不多能抵房租了。何青柔原本的工资是税后一万三左右，现今一万五，加上项目奖金、年终奖这些，下半年再努力一把，今年赚的钱肯定能有三十万。

犹记得当年刚开始实习时，她的工资一个月才两千出头，熬到现在，终于有点儿守得云开见月明的意思了。

何青柔微弯嘴角，原先的阴霾一扫而光。

按这个势头，再有两年，她很快就能凑出一套小户型的首付和装修费用了。

迟嘉仪也收到了涨工资的通知，涨了五百。她兴奋地截图给何青柔分享："明年我就能破万了！"

何青柔将手机掩在资料下，偷偷打字："恭喜，这周末请你吃饭。"

迟嘉仪："你涨了多少？"

在公司里，工资多少向来是禁忌话题，你比别人少倒没什么，可多了就容易招来嫉妒，更有甚者会给你穿小鞋。且东宁有不成文的规定，禁止员工之间讨论工资，因此只有关系非常要好的同事才会偷偷互报工资。

何青柔如实告诉她："两千。"

聊天界面没有动静，迟嘉仪应当有事了，几分钟后才回复："厉害！"

迟嘉仪："你们部门那几个老东西知道了，铁定会气死。"

设计部有两三个干了十几年的老员工，因工作平平无所建树，一直处于即将下岗的边缘，待遇还比不上有些干了两三年的年轻人。

反正工资是一件很玄幻的事，不是资历越老越高。

何青柔观察周围，见没人，回："星期六晚上，我带小杰他们出来吃火锅，你也来吧。"

迟嘉仪同何杰他们熟识："行，到时候电话联系。"

何青柔："我工作了。"

下班时，何青柔工作没做完，又得加班。

设计部的人陆陆续续离开，杨顺成最早走。他严格遵守打卡上下班制度，绝不多一分钟或少一分钟，一天下来事基本没做，茶倒是喝了数杯。

万科尹也加了半个小时班，中途他女友打来电话催人，他麻利地加快进度，火速做完，没命地冲下楼。何青柔看着他火急火燎的背影，失笑，感叹他们的感情真好。

经理办公室的门一直关着，六点时，里面亮起了灯。

何青柔不紧不慢地做事，又用半个小时将任务完成。她今晚得回家吃饭，但老家同大城市的习惯不同，老家那边一般午饭丰盛，如果是晚上，得九十点才能吃上饭。

她不急，还能慢慢等着林奈。

六点四十几，总监办公室熄灯。与此同时，经理办公室也熄灯了。

何青柔看不到总监办公室的情况，但瞧见云熙宁出来了。云熙宁踩着细高跟鞋，背依然挺得笔直，她目不斜视地走到门口，恰遇上过来的林奈。真巧了。

云熙宁停下，抿了抿唇，问道："要不要喝杯咖啡？"

声音不大，可何青柔能听见。何青柔抬眼望向门口，云熙宁遮住了林奈大半身形，她只能看到林奈表情平淡的脸。

"我还有事。"林奈直截了当地拒绝，一点儿不领情。

云熙宁脸色乍变，一瞬又恢复如常："那改天有空再约。"

林奈没回，而是轻飘飘地看着设计部里面。云熙宁气性傲，霎时脸上无光，青一阵白一阵，没回头看，将背挺得更直，走了。

何青柔装作没看到，低头整理桌案。

"还要忙？"林奈俯身问道。

何青柔拿了包起来，道："做完了。"她快步离开办公室，忘记拿装茶的袋子。

电梯一直停在一楼，何青柔站在门口等，许久，电梯升到二楼，又停住，这时林奈已经过来，两人并肩而立。待电梯升到五楼，两人一同进去，再走到停车场。停车场光线昏暗，她们并肩走着。

手机振动——

是林奈的手机。但林奈没管，而是问何青柔："去西街坐坐？"

西街，离东宁最近的一条街。

何青柔正想开口，林奈的手机又振动了，应该是有要紧事。

林奈拿出手机看了看，眉头紧皱。

何青柔无意瞥到她的手机屏幕，没有备注名字。可看林奈的样子，应当知道电话是谁打来的，没有备注代表这个号码她早已烂熟于心。

"我接个电话。"林奈说。

何青柔没出声。

这个电话很奇怪，林奈只"嗯"了几下，最后回句"知道"，整个过程不足一分钟。接完电话，林奈的神情变得相当严肃。

"小杰他们还在家里等我吃饭，"何青柔先说道，"我要回家了。"

林奈望她一眼，道："我送你回去。"

"我有车，"何青柔说，不等林奈反应，开门弯腰上车一气呵成，"明天见。"

林奈目送她离开，攥了攥掌心里的手机，站了多时才弯身进自己的车。

回到小区天都黑了，何青柔停好车，恰巧何杰打电话过来，她摁掉，朝楼上走。

家里的三人都在厨房忙活儿，何杰看到她，乐呵呵地喊道："刚跟你打电话呢，还以为你在加班。"

"今天事情比较多，"何青柔换鞋，系围裙，"过两天就不忙了。"

何杰让一块地儿给她，两姐弟一起洗菜。

"今天怎么样？"何青柔问他。

"民国街挺好玩的，真新奇，我们转了半天都没转完。"何杰搅了搅水，"我约了刘主任，星期五去学校。"

何青柔一顿，没想到这么快就能约上，问："自己约的？"

"当然不是，林姐姐打了电话给刘主任，刘主任主动联系我的。"何杰笑道。

他一口一个林姐姐，叫得还挺亲热，何青柔抓着菜在水里摆了摆，倒也没说什么。

锅里的汤噗噗沸腾，谢红玲将锅盖掀开，过去拿菜，走到何青柔旁边，少见地问了句："工作怎么样了？"

语气仍旧那样，平淡，毫无起伏。

何父偏头望来。何青柔擦擦手上的水，回道："比较顺利。"

谢红玲端着菜转身，准备上锅炒菜。

不知是家里的气氛向来如此，还是白天在公司受了憋屈导致的，今晚的何青柔兴致不高，吃饭间一直寡言少语。

一顿饭吃得没什么滋味，一家人还是原来的样子，不咸不淡的。饭桌上，基本都是何杰在中间打圆场，何青柔与谢红玲不怎么出声。何父暗自看看女儿，又看看自家老婆。

晚一点，爷俩负责收拾桌子和洗碗，何青柔先进卧室洗澡，睡前做一下护肤护理。谢红玲坐在客厅里看电视，其间转头看看房间门口的方向，等何父出来了，低声问他："她是不是遇到什么事了？"

何父摇了摇头，道："不知道。"

没人去打搅何青柔，一家子都看得出来她心情不咋样，外面的三个人干活时都放轻动作，不吵到里面的人。

翌日，天晴转阴，天气预报显示近来有大雨。

下午时分狂风骤起，黑云压天，一场暴雨说来就来。云熙宁今天没来公司，杨顺成也没来，设计部异常活跃，今日姚云英主管大局。

姚云英喊何青柔去副经理办公室一趟，大致问了下她的近况，最后嘱咐她好好干。

淅淅沥沥的雨没停歇，直到傍晚还在下。

林奈上午回了一趟办公室，拿了一些资料，又匆匆走了。

何青柔看到她一晃而过的身影，眸光渐远。

迟嘉仪喊何青柔下班后到西街一家新开的甜品店吃东西，想着何杰他们今天会很晚才回来，何青柔同意了。

两人开车到西街，路上积水深，车开快了，水便飞溅起来。西街空荡荡的，沿街的店铺都开着，但店里没什么客人。

甜品店里只有一桌客人，是两个小情侣，阴湿的天气完全没影响到他们缱绻的爱意，两人头挨着头，低低交谈轻笑。

迟嘉仪注目，看得挺起劲，闲得无聊偷瞧别人谈恋爱。

服务员领她们到靠近街边的位置坐下。

氤氲的雨将玻璃墙染上一层朦胧模糊的水汽，何青柔往外面望了望，勉强能看清楚街上的景象。这时，街那头有一辆黑色的车缓缓驶近，车型是熟悉的路虎，她不由得盯着瞧了瞧。

　　由于雨水飘落，在里面完全看不清车牌。

　　路虎在甜品店对面停下。

　　即便烟雨蒙蒙，何青柔也一眼认出驾驶座的人，不由得当场怔了怔。

　　路虎的后车门打开，撑出一把花伞，一个身姿娉婷的女人出来。女人虽被伞挡住了，但何青柔还是认出了她是谁。

　　——除了云熙宁，不会有别的谁了。

第 5 章

难得的公司度假

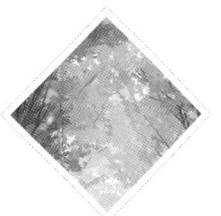

天更加黑沉，雨大了许多，风呼呼地吹，将雨点吹到玻璃墙上，霎时就留下大片水痕。

何青柔能瞧见外面的景象，但那两人却未有察觉。林奈坐在车里，隔得远，何青柔看不清她的神情。云熙宁打着伞进了对面的一家老牌子糕点店，走得极为缓慢，暴肆的风将她的裙摆卷起，卷到大雨之下，裙摆瞬间被打湿。

沾了水的裙摆变重，风吹不动，裙摆便贴在线条流畅的小腿肚上。

云熙宁身材高挑，一袭长裙将她的身材勾勒得一览无余，没了在公司时咄咄逼人的气势，现在的她多了两分大方与温婉。

何青柔蓦地发现，云熙宁其实是一个极出色的人，能力足，长得漂亮，家庭背景强大，妥妥的白富美。

公司里的人说她如何如何，说的都是好话，设计部里的同事虽然怕她，但没有谁讲过她的不是，在西南山的时候也一样，这人的威望高，受大家尊敬。

云熙宁的不理智和火气，仅用在了自己这儿。

准确点儿说，是林奈身上。

"哎，"迟嘉仪伸手晃了晃，"你发什么愣呢？"

何青柔醒神，搅动手里的小勺子，眼神呈略放空状："这雨越下越大了。"

"换季嘛，都这样，等这场雨结束就真正热起来了。前阵子电视台不是还报道，专家预测今年夏天会比去年温度高很多，以后还会更高，说环境污染严重，二氧化碳增多，呼吁大家保护环境之类的。"迟嘉仪端起精致的白瓷杯，抿了口饮料，她点的店里才出的新品，看着不错，可入嘴感觉味道怪怪的。

"应该还要下几天，往年都这样。"何青柔把自己的杯子推给她，"喝这杯吧，我今天喝了很多咖啡。"

迟嘉仪看着她，道："你脸色很差，最近少熬点儿夜，把后续工作做完了，多休息一下。"

何青柔沉默地点头。

迟嘉仪把她那杯咖啡端走，很甜，甜得发腻。迟嘉仪干脆不喝了，望了望外头的大雨，莫名感慨道："不晓得英国的天气是不是也是这般，我看网上说，伦敦常是阴雨天气，或者大雾霭霭。"

"陈茗行最近有联系你吗？"何青柔顺着她的话接道。

"没，可能事多。"迟嘉仪低落道，颤了颤睫毛，"出国交流都不容易，人生地不熟的。我每回打电话给她，她听起来都特别疲惫。"

何青柔不语，用余光瞥了下对面，车还停在雨里。林奈似乎在打电话，隔了一大段距离和水汽，何青柔只能看到这人偏了下头，但好在她们这桌靠墙，位置偏，没被看到。

"七月份会比较闲，我想请假去英国，"迟嘉仪抛下这么一句，"我们经理想把公司度假名额让给我，反正都是玩，出国看看也不错。我还没出过国呢，你觉得怎么样？"

何青柔一愣："你一个人？"

"我打算在网上找个翻译，"迟嘉仪说，"我英语太差，直接去简直白搭。"

"钱够吗？"

"够，我都查好了。过两天就去办签证，机票、住宿这些加起来不算太贵，等我回来，给你带礼物。你有没有什么想要的，我给你带？"

"没有。"何青柔说，"你到了那边注意安全，记得报平安，跟家里人说了吗？"

"说了的，我爸妈没意见。"

何青柔不再啰唆，只叮嘱两句，让迟嘉仪出国后记得给她发消息。

天上打雷了，轰隆隆一声巨响，好似将墙壁都震动了，原本连线而落的雨大得像用盆倒的，堆积在街道上的水来不及排进下水道，一分钟不到就有了溢出之势。

迅猛的雨打在车上，溅出一层白色的轮廓，车里那人的身形愈加模糊。

"这雨下得真吓人。"不远处的服务员感慨，对她俩说，"您二位可能要待很久了，这雨怕是一时半会儿停不了，下雨天开车危险。"

何青柔朝服务员温和地颔首。

她再往对面看了看，这时云熙宁提着一包东西出来。一把伞挡不住大雨，云熙宁浑身都被淋湿了，她将东西护在怀里，快步走动，拉开后车门进去。

路虎发动，慢慢行驶，消失在滂沱大雨里。

何青柔摸出手机给何杰发消息，简单问了下，让他们等雨停了再回家。

一场雨足足下了半个多小时，来不及排出的积水几近淹到店门口。

这是夏季的第一场大雨，来势汹汹。

天上的黑云堆积，看样子还会再下。趁停雨的这会儿，何青柔和迟嘉仪赶快出店，开车回家。

小区门口的积水比西街积得还厉害，都快汇成一条河了，门口的直行道被淹了大半。何青柔回小区时，数十个工人正使劲儿排水，车进不去，她只得随便找个地方先停着，再绕路走回去。

出了电梯，遇到对面的中年夫妻。夫妻两个慌慌张张的，何青柔出于邻里关怀，便问他们要出去干什么，看天待会儿又要下雨了。

"去接孩子。"男人说，他家小孩在南区读高中，"南区那边有段路塌了，车子堵了，孩子出不来。"

何青柔一惊，问："什么时候的事？"

"十多分钟前，孩子打来电话我才知道。听说有人被埋进去了，那边都封路了，这雨真是害人。"

何杰他们今天去的就是南区，何青柔的脸一白，赶紧给何杰打电话，结果打不通，她忙跟中年夫妻一起下楼。

结果走到大门，何杰回拨过来，她快速接起。

"姐，我们到门口了，但进不来。你到家了吗？"

虚惊一场。

何青柔提到嗓子眼儿的心落下："你们在门口等着，我下来接，门口走不了，要绕到侧门进来。"

何杰高兴地"哎"了一声。

何青柔发短信的时候他们就往回赶了，本来打算等停雨了再走的，回来必经之路就是那条塌的路，若真等停雨了走，指不定就碰上了。

真是庆幸。

何青柔到大门口接了三人，将他们带回家。

天黑时分，又下了一场雨，这次比之前小多了。

因着绵延的阴雨，何父的老风湿犯了，何青柔要带他去医院，他死拗不肯，让何青柔去买点儿药就成。

"我平时都吃这个药，你去药店买，风湿都这样，去医院待半天也没用，还不如吃药来得有效。"何父说。

谢红玲替他捶了捶腿，附和着说："他吃这个药管用。"

何青柔劝不了，只能拿着车钥匙和伞出门。

小区周围没有药店，隔壁街才有。下着小雨视线不好且路滑，何青柔将车开得很慢。路过宠物医院时，她无意间瞥到一抹熟悉的身影，那人抱着肥硕的橘猫，正往医院里走。

何青柔怔然，打了半圈方向盘，再开十几米，停下。药店离宠物医院近，隔得不远。

药店买药的人特别多，排了两行长队，店员慢腾腾的，干活效率奇低，队伍半天才挪动一点。何青柔打着伞排在最后，排了四十分钟才轮到她。

她报药名给店员，店员漫不经心地回应，在店里捣鼓半天才将药找出来。等她付完钱出来，雨已经停了。

她穿得少，冷风袭来，不由得瑟缩了一下。

"去哪儿？"

一人忽堵住她的去路。

何青柔收起雨伞，淡淡回道："买药。"

"感冒了？"林奈问。

何青柔回道："没，给我爸买的风湿药。"

林奈道："刚刚在楼上，看见你的车了。"

把五两交给医生，林奈就下来了，何青柔一心排队，根本没看到她在后面站着。

"嗯。"何青柔不想多讲什么。

"今天我遇到你弟弟他们了，"林奈说，"在南区那边。"

何青柔想到南区路塌的事，看她一眼："你去南区做什么？"

"见一个人。"林奈说。

"哦。"

"差点儿遇到路塌，当时我离那段路只有几米的距离，我前面的车直接陷进去了，车里有一家三口。"

何青柔张张嘴，打量着她，想着她倒是幸运。

"那一家人救出来了吗？"何青柔问。

"都没事，受了点儿轻伤，埋得不深，救援人员来得很及时。"林奈说，"后面就封路了，耽搁了很久。"

何青柔扫了扫前面的老黄桷树，心不在焉地道："天不早了，你早些回去吧。"

黄桷树被雨润湿，树干颜色愈加显得深，墨绿的枝叶上挂着晶莹剔透的水珠，随时要滴下来。她走了一步，水珠倏地掉落，打在她裸露在外的脚背上，冰凉刺骨。

何青柔一顿，水珠沿着脚背滑进高跟鞋里，十分不舒服。

"五两在医院里，"林奈拦住她，"它闹腾得很，你要不要去看看？"

何青柔垂眸，看到林奈手背上有几道浅浅的抓痕，应该是被五两抓的。

她停下，问："五两又生病了？"

"嗯，送它过来看医生。"

那只胖团子最近老是生病，林奈忙工作，也没人能照顾。何青柔嗫嚅半晌，想到它乖乖趴在自己怀里的样子，心一软，同意了。

她先将药放回车里，再跟林奈步行过去。道路两旁的路灯亮堂，将两人并肩而行的身影拉得老长。

宠物医院里人还不少，随处都能看到猫猫狗狗，一个矮胖的女医生看到林奈，喊她们过去。

"林小姐，我们刚刚检查了一番，目前来看猫咪的身体状况没大问题，但是它太胖了，我们的建议是让它减减肥，不然长此以往对健康影响很大。"女医生说道，示意助手把五两抱过来。

五两很抵触，利爪一伸就要挠人，但助手经验丰富，轻松提起它的后颈，将它拿捏住。

"它食欲不振，也跟肥胖有关系。"女医生解释，又格外指出，"我们医院最近新推出了一套猫咪减肥方案，已经帮好几只超重的猫咪减肥成功。"

林奈从助手那里接过五两，小崽子现在脾气大，咧着嘴，生气得很呢。方才那些人给它检查的时候，它怕得炸毛，林奈却不知踪影。

它尖厉地叫了声，跳出林奈的怀抱，蔫兮兮地趴在角落里。何青柔叹气，蹲下身想抱抱它，但它谁也不理，缩成一团，把脑袋埋到肉爪下，委屈极了，何青柔只得作罢。

"要多关心它，猫咪都很敏感的。"女医生观察了一下林奈的神色，继续道，"食欲不振需要留院调整一两天，当然，您要是放心不下的话，也可以带回家自己照顾，但是如果您肯将它留下自然最好，这样也方便我们制订适合它的减肥计划。"

林奈皱眉，声音清冷："要多久？"

这是有意愿了，女医生敛住表情，正色回道："我们需要先观察几天，等具体的计划制订好就可以开始减肥。整个过程时间不定，短则一两个月，长则半年。我们的减肥方案是很科学的，不会将猫咪一直留在医院，您晚上可以把它带回家，不用担心时间久了会生疏这些问题。"

林奈瞧了一眼生闷气的橘色毛团，最终点头，并签署了相应的单子。

她们走的时候，五两仍旧趴着，不肯理会她们。女医生送二人到门口，嘱咐道："你们有空就多过来看看它。"

一出门，天已经黑沉如墨，路面的水洼映着路灯，泛着晃眼的光。何青柔回头望了下医院大厅，毛茸茸的五两仍旧一动不动，助手想抱它起来，它便立马龇牙，惊得尾巴都立起来了。

林奈送何青柔上车。

关上车门后，何青柔没有立即发动车，而是说了一句："你抽时间多过来两次。"

"会的，你早些回去吧。"

何青柔不言，默默开车离开了。

林奈在原地站了一会儿，电话响起，她拿出手机一看，上面是一串熟悉的号码。感觉心烦气躁，她直接挂断，对方没再打过来。

下过雨，空气冷飕飕的，吸一口气，凉意从喉咙直冲到肺里。

何青柔回到小区，此时门口的水已排尽，保安说可以把车开进去了，她停好车，走到楼下，遇见前来寻她的何杰。

"等半天了，正要给你打电话。"何杰担忧道，"爸妈在做饭，回去就可以吃了。"

"药店人多，排队排了很久。"何青柔说完，甩了甩伞上的水，进门。

何杰接过伞，看她背后有点儿湿，应该是走路时被树上的水珠滴湿的，道："回家换身衣裳，都打湿了。"

何青柔能感到背上的凉意，道："嗯，好。"

进了电梯，何杰偷偷瞄她，总感觉她眼里带着那么点儿哀伤，虽然面上无波无澜，掩饰得很好。他忍不住多嘴："姐，你是不是有什么烦心事啊？"

何青柔捋捋鬓发，道："没有，只是工作上事情杂。"

何杰半信半疑，但没多问。

家里，何父和谢红玲刚把菜端上桌，见姐弟俩回来，便喊两人吃饭。

何青柔先回房间换了身衣裳，才出来坐着。

这一晚断断续续下了两场小雨。第二日早晨，天仍阴沉沉的，昨夜风大，小区里的树木掉了许多叶子，厚厚地铺满了一地。

何青柔踩着一地绿叶出去，上车后，高跟鞋里全是雨水和被雨水沾湿的沙尘。

昨晚睡得不安稳，她起晚了，上班差点儿迟到。而杨顺成破天荒早到一回，他今儿穿得特别正式，头发上还抹了发蜡，梳得光亮光亮的，露出大脑门儿。瞧见何青柔，他竟主动打了一次招呼，真是太阳打西边出来了一样。

看来他心情着实不错。

总监办公室与经理办公室都开着门。进了门，何青柔朝经理办公室扫了一眼，只一眼就看到林奈背对着这边站在里面。

可能是察觉到身后的目光，林奈斜过身子，回头看来，恰与她对视。何青柔垂眸，低头整理资料。

万科尹见她脚上沾着泥沙，小声提醒："组长，快去厕所收拾收拾，"

他又指了指办公室，说："好像来了一位大人物。"

何青柔一怔，再看办公室那边，林奈已然背过身了。她"嗯"了一声，放下资料，去厕所收拾鞋子。

厕所里没其他人，何青柔赶快抽了几张纸，飞快地收拾完毕。洗手时，她下意识看镜子，一抬头就在镜里瞧到了熟悉的身形。

林奈站到她旁边的池子，拧开水龙头，洗手。谁都没说一个字。

林奈薄唇半合，想讲什么，这时外面响起嗒嗒的高跟鞋声。

来人是姚云英，何青柔看到她，先喊了声。姚云英点头，进厕所，看到在擦手的林奈，恭敬道："林总监。"

林奈"嗯"了一声。

"唐总在找您。"姚云英说。适才大家在办公室好好聊着，林奈突然借口上厕所。

"知道了。"

何青柔从拐角出来，隔着一大段距离就看到有一位穿米白色正装的女士站在自己的座位旁。那位女士后面跟着云熙宁和张总，杨顺成亦毕恭毕敬地陪着说笑。

正装女士看起来应该有四十多岁了，脸上虽不施粉黛，但保养得当，气色很好。她神情严肃，眼角带着凌厉，也许是不想听杨顺成的废话，便随手捞了一份万科尹桌上的报纸看。

这一丝不苟的架势……大领导当前，万科尹噤声。

女士拿的报纸正好是那张刊登车展新闻。她细细端详照片片刻，一直面无表情，直至看到左下角的何青柔，指着图片随意地问万科尹："公司的人？"

万科尹点头如捣蒜："这是我们部门的何青柔何组长。"

正装女士翻到另一面看具体报道，而后将报纸放回去。

云熙宁眼神一变，轻描淡写地盯了盯万科尹，万科尹后背一凉，感觉自己似乎说错了什么。

"去楼下看看。"正装女士淡淡地说。

云熙宁说："阿奈还没来呢。"

"不等她。"正装女士径直出门。

杨顺成和张总忙跟了上去，云熙宁蹙眉，忽然看到林奈出来，便先等她过来，待人走近了，小声说："伯母先去楼下了。"

林奈不言语，径直出去。

何青柔远远瞧着，待他们都离开了才温暾地回到座位上。她莫名觉得正装女士的眼睛形状很熟悉，狭长，尾部稍稍上扬，跟林奈的眼睛特别像。

车展后续工作到星期四正式完结，把所有东西都交上去后，何青柔终于轻松了。

星期五，何杰去电子科大参观。

晚上何青柔到家时，他们还没回来，她猜测他们应该是去小吃街了。

这几天里，何青柔下班得空就会去宠物医院看看五两。比起刚进医院那会儿，五两乖了许多，看到何青柔会喵喵叫，攀着围栏要抱，不过还是抗拒其他人的接触。

今晚她也去了一趟，女医生笑着说："林小姐刚走，你就来了。"

何青柔替五两顺毛："她常来吗？"

"一天来一次，但是每回待的时间短。"

林奈这个星期不知道在做什么，何青柔很少在公司看见她，私下里除了药店那次，也没再遇到过。

持续几天的雨在今天早上停了，乌云退散，到了晚间，天上繁星遍布。因着没事做，何青柔打算早些睡觉，洗漱完毕，刚上床手机就响了。

拿起手机一看，是林奈打的，她接起电话。

"在做什么？"

对方估计是着凉了，声音沙哑，听起来和平时全然不同。

何青柔突然感觉这声音非常耳熟，好像曾经听过，但不记得在何时何地听过，只觉得异常熟悉。她细细回忆，在脑海里搜刮一番，疑惑间，对方打断了她的思路。

"怎么不说话？"

由于着凉，林奈的鼻音有些重，尾音也拖得长，声音听起来慵懒散漫。何青柔理了理被角，回道："准备睡觉了。"

话语中透着疏离，自己都没发觉，她这几天情绪有些不稳定。

"这么早，还没到十点。"林奈说。

何青柔将灯熄了，道："想睡了。"

林奈突然岔开话题："我听医生讲，你这几天经常去看五两。"

何青柔背倚着墙，灯一灭，房间里尤其暗沉，仅余窗外投进的微弱星光。

"它乖了很多。"何青柔说，第一次带五两去看医生时，它都吓得哆嗦夯毛，这几天一直待在医院，它肯定更怕，"医生有说什么时候开始给它减肥吗？"

"下个星期一。"

"哦。"何青柔生硬地回道。

手机那头，林奈刚从宠物医院出来。雨虽停了，但小道上雨水堆积。老式街区的路因年久失修，四处坑坑洼洼的，路灯坏了还没来得及报修，一路都是昏暗的，稍微不注意就能一脚踩进水坑里。

不过烂旧的小路只有一小段，林奈慢悠悠走着，没说话。

而何青柔也没挂电话。她说着要睡了，可没有任何行动，只是静静靠在床头，等着对方开口。

老城区不比新城区热闹，这个时候街道两旁的店铺已关了大半，路上的行人很少。街上偶尔开过一辆车，何青柔能听到刺耳的喇叭声，以及一些杂乱的听不出是什么的响动声。

林奈走出小路，打开车门。她鞋里进了水，湿漉漉的。

"我最近有许多事要处理，"林奈坐进驾驶座，关上门，停车的地方比小路还黑，伸手不见五指，"星期一要去外地一趟。"

何青柔捏了下薄软的棉被，顺口问："要出差吗？"

林奈摸出车钥匙，道："去见合伙人。"

何青柔愣愣，公司的合作商？应该是的，西南山车展期间林奈就跟数十个其他公司的领导会面过，现今车展结束，具体的合作也该提上日程了。

"张总去吗？"她问。这种算大合作，林奈不会一个人去，而自己也与项目相关，指不定会被派任务。

林奈一听，知道她理解错了，纠正道："不是合作商，是合伙人，跟公司无关。是自己的事，届时还得请假。"

何青柔迟钝，随即反应过来她可能做了投资，问："去几天？"

"两三天，时间没定。"林奈说，"我走了以后，五两可能得麻烦你照顾一下。医生说晚上可以带它回家。"

何青柔嗫嚅，而后还是回道："我家里有人，它怕生。"

而且频繁换环境，猫咪会很不适应，极有可能会生病。

林奈倒没考虑到这个，说："那你有空多去看看它。"

何青柔一怔，林奈这话说得没一点儿客气的意味，搞得她心里不大舒服，她便成心堵林奈："工作多，我挂了。"

言讫，真挂了。

何青柔根本没睡意，挂了电话后，她觉得略忐忑，看了手机好几回，看对方有没有回拨过来。手机屏幕上界面十分干净，连条消息都没有。

夏夜干燥，容易口渴，何青柔开灯下床去倒水。

这时楼院下面传来何杰兴奋的讲话声，他们刚从小吃街回来。何杰按捺不住内心的激动，一路都在讲，由于太亢奋，他的嗓音便高了一个度，声音在寂静的小区里显得特别突兀。

何青柔探出头，看到他正比手画脚地向何父、谢红玲描述着什么，三人有说有笑地进了门。

不多时，他们进了屋，何杰见她房里有亮光，便去敲门。

何青柔放下水杯，开门。

何杰提着一个大袋子，里头装了许多东西："姐，在工作呢？"

"没有，下班前就忙完了。"何青柔朝袋子里瞧了瞧，是各种各样的吃食，"今天参观了一趟电子科大，感觉怎么样？"

"很好，真的非常好，学校比我预期的还气派。我们走了半天都没参观完，刘主任还带我去实验室转了转。"何杰搔搔头，他对大学生活非常期待，高考那会儿

137

都没这么激动过，"我以为学物理、化学这些专业才会有实验室，原来计算机也有，刘主任跟我讲了许多专业相关的东西，还遇到了几个学长、学姐，我们相互留了联系方式。"

何青柔莞尔。

何父和谢红玲见姐弟俩在聊，便不去打搅，放好东西，准备洗漱休息了。

何杰将手里的大袋子递给何青柔："我们晚上去了小吃街，顺道买了些吃的。"

"给你和林姐姐都各买了一份，"他又说，"我见不到她。姐，你星期一上班帮我捎给她吧。"

何青柔伸出去的手顿住，望了望何杰，不大愿意帮忙，可思及何杰确实找不到林奈，最终还是接下袋子。

大雨过后的南城连空气都变得清新起来。星期六的早晨，太阳东升，灼热的阳光逐渐将树梢、坑洼里的水晒干。何青柔一大早起来跑步，临近晌午，又将家里的棉被拿出来晒。

晚上，一家四口一起出门，到东城区的巷子火锅店吃火锅。

巷子火锅是南城排名第三的老火锅店，地道且实惠，很受欢迎，生意火爆，如果不提前预约，来了排几个小时队还不一定能吃上。

何青柔星期一就打电话预约了，服务员将他们带到最里面的位置，店里气氛欢快，四处都是锅里冒出的腾腾热气。相较于 H 市的清淡口味，南城这边普遍吃得辣，何青柔要了鸳鸯锅，麻辣牛肉类的重口味食物一律没点。

迟嘉仪在锅端上桌后才到，临时有点儿事要处理，所以晚了一会儿到这边。

"叔叔、阿姨好。"迟嘉仪笑吟吟地打招呼，再看向何杰，"小杰，快两年没见，都长这么高了。"

何父跟谢红玲回了两句，何杰和她熟，乖巧地喊道："迟姐。"

迟嘉仪笑弯了眼角："你姐跟我说你报了电子科大，以后就在南城了，有空常到我那里坐坐啊。"

何杰递碗筷给迟嘉仪："会的会的。"

"到了大学努力学习，以后好找工作。"

何杰点头回应。

火锅店上菜速度很快，锅底都还未烧开，菜就上齐了。等他们都打了蘸料回来，何青柔才去小料区。

邻桌空着，但已经摆好了碗筷，何青柔路过时多看了两眼，打了蘸料回来，那桌已坐了人。

看到桌边端坐的人正是正装女士，何青柔端着白瓷蘸料碗愣了下。

正装女士今天穿得照样很正式，严实的西装西裤与火锅店的氛围格格不入，显得过于严肃了点儿。她一脸淡然，看了看手表，应该是在等人。甫一抬头间，她望见了何青柔。

目光对接之际，何青柔朝对方颔首示意。正装女士仍旧木然，像没看到一般，何青柔有些尴尬。

迟嘉仪忽然叫她去蘸料区拿点儿免费的熟菜，可能是嗓门儿大了点，正装女士听见了，眉头皱了皱，她似乎不大喜欢这么嘈杂的环境。

何青柔应声，折回去拿熟菜。拿菜时，她敏锐地察觉到背后有道视线。转身之际，她凭感觉回看，发现对方是正装女士。

奇怪，对方一直瞧她做什么？

但疑惑归疑惑，何青柔还是礼貌地朝她微笑，正装女士还是没回应。

何青柔端着东西回桌子边坐着，等锅底烧开的时间里，边和迟嘉仪她们聊天，边偷偷打量对方。

正装女士点了一个清汤锅，所有菜没有一点儿辣椒，服务员热情地向她介绍，她还是无半点儿反应。也许是烦了，她说了什么，服务员听后便拿着菜单离开了。

因她背对着自己，何青柔瞧不见她的神情，只能看到她的后颈以及笔直挺立的背，何青柔不由得想到，云熙宁也爱这般挺直背，但两者有很大的不同。云熙宁挺直背多数时候是为了增加气势，好像背越直越能震慑其他人一样，带着威胁性；正装女士则十分自然，是天生的动作，更倾向于自律的表现。

这人冷冰冰的，遇到两回了，但从未见她的脸上有过多的表情，不知道是真不苟言笑还是仅对陌生人这样。

锅底烧开，她们这桌开动。迟嘉仪是个话痨，一面跟其他人唠嗑一面烫菜，大多都是何杰在和她讲话，何青柔有时会插两句话。

正装女士那桌一直没动静，她要等的人还没到，但她未有半点儿不耐烦，安静地坐着，直到何青柔她们快吃完了，她等的人终于到了。

林奈风尘仆仆地推门进来，由服务员领到正装女士这桌。这人进来后，一眼就看到了何青柔。

何青柔霎时一愣，原来是在等她……何青柔后知后觉，正装女士和林奈应该是亲戚。

"你看什么？"迟嘉仪小声问，顺着她的视线望去，惊呼，"我的天，吃个火锅而已，要不要这么巧！"

何青柔看她一脸惊诧的表情，不解："怎么？"

遇到林奈也不至于这样吧。

迟嘉仪见她淡定从容，压低声音解释："林总监对面那个，认识吗？前两天到我们部门来了趟，大股东的老婆，林总监她妈……啧啧，当时那个云熙宁和张总，全程都跟在她后面转悠。"

何青柔了然："她也去了我们部门。"

"她厉害着呢，自己白手起家开公司，已经上市的那种。"迟嘉仪说，"大股东也超有钱，一家三口一个比一个强。"

这些何青柔是知道的，林奈说过。毕竟谈论的对象就在对面，教人家听见了不好，何青柔微微点头，把话题岔开。

另一桌，林奈拉开椅子坐下："路上堵车，耽搁了。"

唐衿毓不咸不淡地"嗯"了一声。

林奈自己拿碗筷。

母女俩相互没话，全程都异常安静。

何青柔结账离开之际，还是不自觉地往她们这儿看，正巧与同样抬眼瞧她们的林奈对视。只一瞬，林奈收回目光。

那一大桌子菜她们根本就没动过两筷子，何青柔望着沉默的两人，总感觉这般场景看着挺怪异的，明明是血肉至亲，却跟陌生人一样。

出了火锅店，迟嘉仪拉着他们一家四口到商场转悠，并掏钱给何杰买了衣服和鞋子。毕竟是这边请客，当着何父两人的面，迟嘉仪不好意思白吃一顿。

何杰不要，迟嘉仪直接找了两件合适的衣服，推他进试衣间。

晚些时候，开车回到小区，何青柔让何杰他们先回家，她出去一趟。

"这么晚了，出去做什么？"何父问。大晚上的，他担心外面不安全。

"就在隔壁街，我很快回来，你们先上楼吧。"何青柔说，然后倒车，往回开。

她虽然说自己没空，但那只是用来搪塞林奈的，她还是想去看看五两，小家伙最近愈发黏她了。

今晚女医生不在，但助手认识她，同她聊了一会儿，带她去看猫。

"你要是晚些过来，可能就看不到了。"助手说着，打开了笼子，"林小姐待会儿要来接它。"

五两原本蔫蔫地趴着，听见声响就噌地抬起头，一看到是何青柔，它便站立起来，从笼子最里面爬出来。

"喵——"它乖巧地叫了声。

助手笑了笑，但不敢抱它，这小家伙脾气差得很，不让她们碰，一碰就要亮出利爪。

何青柔一愣……这人星期一要去外地，还以为她不会来了呢。

"它今晚出院？"她问道，伸手接住五两，小家伙顺势趴到她肩头上，用绒绒的脑袋挨着她的脖颈。

"对，林小姐说十点半过来。"助手悉数告知，"你来得凑巧，白天医生还在念叨，说你和林小姐来访时间总是错开了，每次都碰不上……哎，马上就十点半，林小姐应该快到了。"

话音刚落，五两动了动脑袋，望向门口。

助手朝门口看，道："这不，林小姐来了。"

助手向林奈喊道："林小姐。"

何青柔轻拍五两的后背，回身。五两也转了一面，仰躺在她的臂弯里，用圆溜溜的眼睛直勾勾地盯着林奈，等人走近了，倏地翻身跳下来，跑到林奈跟前。

"那五两就交给您了，您回去以后尽量喂羊奶粉或者罐头，它比较馋嘴，饿了会不停地叫，但别给它吃太多，一天两到三次就够了。"助手对林奈说。

五两伸爪子勾了林奈的裤腿，胖乎乎的身子往她脚背上压，林奈避开它，弯身把这小崽子提起来，它不满地叫唤。

"辛苦了。"林奈客气道，余光在何青柔身上扫过。

"应该的，应该的。"助手说，听到其他同事叫她帮忙，抱歉地笑了笑，指了指大厅的座位，"你们要不先在大厅坐坐？"

"不用，"林奈说，"你先去忙，反正明晚我会再过来的。"

"也行，那明晚见。"

她的嗓音听着比电话里还哑，连说话都有些吃力的感觉，何青柔转头，打量着她。

在火锅店里隔了距离看得不太真切，此刻人站在面前，她发现林奈的嘴角都干得起皮了。林奈薄涂了层口红，但气色仍差，脸色微白。

林奈也半垂下眼看她。在凉意阵阵的夜里，何青柔却穿得单薄。

"冷不冷？"林奈突然低声问，语气里流露出关切。

才吃了饭，肯定不冷，而且何青柔一贯体热，夏天不上班时基本穿成这样。

"不冷。"何青柔小声说。

收费处设在大厅，虽天色已晚，但排队缴费的人不少，来来往往的猫狗同样多。有几只好奇心重的小型犬瞧见林奈臂弯里的胖橘团，纷纷围在旁边观看，其中一只博美兴奋地汪汪两声，跳着要奔来，其主人赶紧把它拉住，不好意思地笑了笑。

五两吓到了，一个劲儿往林奈怀里缩，低埋着脑袋。可能这个星期在笼子里待久了，周围又都是猫、狗，有些生病的动物爱号叫，现今一听到狗叫就怕。五两以前都不怕狗的，还经常逗凶地跟狗打架。

何青柔想摸摸它的背安抚它，可终究止住了。

博美不消停，蹦得欢快，另外几只狗正跃跃欲试，齐刷刷地盯着五两。

"先出去吧。"何青柔望了望小家伙，轻轻说道。

两人并肩走出大厅，往左转，走一小段步入路灯还未报修的小路。别处的路都干了，这条小路太烂，裂缝里还积着水，稍微不小心就能踩到松动的石块，然后被溅一脚泥水。

　　周末，各商铺打烊普遍会晚些，与昨儿的冷清寂寂不同，现在街上人多热闹，有小贩推车摆摊，摊前围着学生和小情侣。

　　借着店铺微弱的光源，何青柔慢慢走着，因为一家人出来吃饭，她特地打扮了一番，穿着高跟鞋。

　　"不多跟叔叔阿姨逛逛？"林奈将五两单手抱着，沙哑地问道。

　　何青柔看看她，道："逛了的，刚送他们回去。"

　　换季气温变化大，容易感冒。这人哑得说话都困难，也不知道去看医生没有，何青柔张了下嘴，林奈恰好偏头与她对视。

　　何青柔问："你……去医院看过了吗？"

　　说完，她移开视线，盯着地面瞧。今夜天上星月齐聚，裂缝里的水映着月，粼粼闪闪。

　　"看了。"

　　五两似乎被抱得不舒服，委屈可怜地叫了叫，用尾巴卷着林奈的手臂扫动，但林奈不搭理它。

　　"回去多穿一件衣服，最近温度低。"何青柔说。

　　林奈"嗯"了一声。

　　由于走得极慢，这条路走了很长时间。五两吊着脚扒拉着林奈的衣服，竟乖乖地没闹腾。出了小路便是宽阔的白灰马路，何青柔的车停在一棵老树下，林奈的车停在她的车旁边。

　　老树那边相较于这里更暗，很安静，一个人都没有。

　　何青柔走得稍微前面一些，林奈抱着猫跟在后面，两人始终隔了小段距离。这一段路短，不多时就到了车旁边。

　　五两顺着林奈的手臂往上爬，攀到她肩头扒紧不放，并歪着脑袋瞧何青柔，又抬头望了望林奈，似乎感到不解。

　　两人都太过沉默。

　　"喵——"

　　一只猫爪子凑过来，直接一爪拍到林奈侧脸上。

　　何青柔呆了呆。

　　五两怨念很深，又拍了下林奈，再朝何青柔委屈地叫——林奈单手抱着它，它的腿一直吊着，吊久了便感到难受。

　　何青柔立时反应过来，弯弯嘴角："你快把它放进车里，这样抱着它会很不舒服。"

"喵——"五两配合地叫。

林奈打开车门，把它丢进车里。

小家伙四脚落地，温暾地朝里面爬，爬到最里头再一屁股坐下，用背对着林奈，生气了。

林奈不管它，顺手把车门关上，它尾巴猛地一甩，转身，跑回来扒窗户，可惜窗户紧闭，它扒不开，气得胡子直抖都没用。

何青柔嘴角又弯了弯，打开自己的车门，侧身坐进去，关上车门。

"早些回去，现在挺晚了。"她说。

今晚在火锅店她曾观察了几次林奈和正装女士，虽然母女俩都是沉默无言的，但也没冷脸相对，应当是闹了矛盾，这种时候林奈在外面待久了也不妥。

何青柔开车驶远。待何青柔驶进无边夜色中，林奈才上车，五两从后座跳到前面来，气呼呼地拉她的衣角，林奈将这闹腾的小崽子抄起，放到副驾驶座位上绑着，开车回去。

新城区比老城区繁华，一路灯火辉煌，这个时候仍旧车流不息。

林奈回到廊桥水岸的小型别墅已经临近十一点半了，此刻客厅里亮着灯，她输密码进门，一眼看到唐衿毓坐在沙发上翻相册。

相册里是她小时候的照片，大部分是她的单人照，还有她跟宋天中的合照，可他们一家三口的照片却只有寥寥几张。

唐衿毓脱了西装外套，只穿着一件薄衬衣，发觉林奈进来了，她头都没抬一下，兀自翻看着照片。

林奈一句话没讲，将五两放回猫窝，而后进了房间。

她进去后，唐衿毓抬眼看了看房间的方向。

偌大的房子里异常安静。母女两个同住一个屋檐下，说过的话却少之又少。唐衿毓靠在沙发上坐了半分钟，板直的背微弯，随即把相册放到茶几上，准备回房。

可肩上忽然搭来一件衣服。

林奈不知何时过来的。她替唐衿毓理了理领口，挨着坐下。

唐衿毓看她一眼。

林奈等唐衿毓开口，她妈她了解，不然当妈的不会在这儿等她半晚上。

唐衿毓将相册抽回来，翻到第一页，顿了顿，忽然问："这张照片是什么时候拍的？"

是一家三口的合照。

"刚上大学的时候，宋叔叔帮忙拍的，在西单那边。"林奈回答。

唐衿毓点点头："我记得当时我跟你爸时间紧，晚上我就回广州了。"

林奈不语。

唐衿毓翻了两页，翻到一张林奈穿赛车服的照片："这张呢？"

林奈一怔，道："我第一次参加正式车赛，在美国旧金山。"

"什么时候？"

"十九岁夏天。"

"我都快忘了，"唐衿毓说，"好像当时你还打电话让我去看，但是我没空。"

"嗯。"那时唐衿毓就在美国跟合作商谈生意，却抽不开身去看她这个女儿。

唐衿毓继续翻着，道："这些照片我都没什么印象了。"

林奈无言，她跟着唐衿毓长大，可两人真正相处的时间很少，更不用说她和她爸了。她的父母总是为事业奔波，一家人聚少离多。

"你喜欢玩赛车，我和你爸一直都是支持的。"唐衿毓说，相册往后翻，几乎都是林奈的赛车照，但倒数第二页后全是五两的照片，"你出事那天，我和你爸都在国外，半夜才赶回来，到医院时，你还在抢救室里……"

"都过去了。"林奈说。

唐衿毓默然，良久，再次开口："我不让你再玩赛车，你还记恨我吗？"

林奈道："我没记恨过你。"

唐衿毓说："你不是怨了很久吗，连家也不回了。"

林奈淡然地笑了笑，道："总能找到其他事做，过了就过了。"

唐衿毓一顿，没再讲话。

林奈将相册拿过去，道："早点儿休息，你明早还要赶飞机。"

唐衿毓坐着不动，林奈起身，把相册放到架子上。

"跟我冷战，是因为我不同意你回车队？"唐衿毓看着她的背影问道。

林奈放稳相册，道："我没跟你冷战。"

她真要冷战，晚上就不回来了。

"你爸不会同意。"唐衿毓不想再谈这个，多争没什么意义。

"我知道，"林奈回身看着，也不想再多聊，"明早我送你去机场。"

唐衿毓没吭声。

猫窝里，五两趴着一动不动。

唐衿毓是早上九点的飞机。翌日清晨，林奈开车载她去机场。

在西南山送宋天中下山那会儿，宋天中曾无意跟林奈提过唐衿毓年轻时候的事。

"你跟你妈还挺像的。"宋天中感慨。

林奈专心开车，等他下文。宋天中经常对她讲他和她爸的奋斗史，但鲜少提到唐衿毓。

"你妈嫁给你爸之前，曾有个恋人，青年才俊，是写诗作画样样精通的大学生，生得也俊俏，"此事不是秘闻，这么多年了，早已成过眼烟云，故而宋天中才会提起，"谈了好些年，不过你外公一直从中阻拦，最后没成。"

"后来呢？"林奈问，她还真一点儿不清楚。虽然这些年唐衿毓与林父长期分居，但两人一直相敬如宾，夫妻感情和睦，不像是有问题的样子，林奈从未听他们提过这些。

"后来就分开了呗，那男的回了陕北，回去建设家乡。"宋天中眯了眯眼，叹道，"你外公当年一棒子就将这段姻缘打断了，你妈跟疯魔了似的，找你外公大闹一场，一气之下就跑到陕北去了，可是那男的不肯再跟她复合。你外公当时做得太过，直接碾碎了人家的尊严与傲骨，哪里还有挽回的地步。"

林奈打方向盘，驶出盘山道。

"你们都固执。"宋天中下车之前说。

唐衿毓本要去成都出差，结果突然到南城，林奈拿不准她此行的目的，便收敛许多，而唐衿毓如今的态度则是偏向于中立，林奈心里的石头落地。

机场离廊桥水岸近，只有半个小时的车程。

林奈停车，帮唐衿毓拿东西，送她进去。

"你和云家那丫头，是怎么回事？"唐衿毓问。

"不清楚。"林奈随口说。

"她爸让她回北京，她非得留在这边。"唐衿毓意有所指。

"那是她的事。"

"以后云、杨两家闹架，你少搅浑水。"唐衿毓提醒女儿。那两家人本就成见颇深，可迫于利益关系没撕破脸皮，云熙宁前脚刚申请进设计部，林奈后脚就把杨顺成调回来，用以牵制云熙宁，自己倒置身事外。

东宁汽车集团一共有三大股东，按占股多少排，分别为云家、林家、杨家，这些年云、杨两家争得热火朝天，林家一直稳在中间当和事佬。杨顺成被降职，一方面是自身的原因，他烂泥扶不上墙，不然也不会被派到分公司，另一方面也跟云家有意打压有关。林家在中间周旋本就难做，唐衿毓不想林奈掺和进去。

"我有分寸，你别担心。"林奈淡然说。

唐衿毓不再啰唆，登机时间快到了。她接过行李，径直走向检票口。

林奈待她进去了才离开机场。

而另一边，何青柔也送何父三人到车站。他们是中午十一点半的票，一大家子提前来候车。

何青柔买了一些南城特产让他们带回去。进站前，何父摸着烟杆子，黑黄的脸露出纠结的神情。他张了张嘴，过了半晌才开口："有空了回家看看，我给你留夏茶。"

何青柔点头，心里五味杂陈。

"姐，我八月中旬开始军训，你放假要回家就叫我，到时候我和你一起。"何杰笑道。学生党假期比工作党多，何青柔放假他基本也放假。

"嗯，"何青柔回答，"快进去吧，在候车室休息会儿，到了给我打电话。"

何杰"哎"了一声，跟着何父、谢红玲到检票口排队进站。等他们的背影完全没入人群之中，何青柔才离开，开车回小区。

被大雨冲刷了几天的南城空气变得格外清新，接连两日天气都十分明媚，阳光普照。

在林奈出差期间，何青柔下班后都会到医院去看五两。医院给小家伙制订了详细且科学的减肥计划，但它不怎么配合，机灵得很，总爱偷懒耍滑，医生让它在宠物跑步机上训练，它便扒着跑步机边沿，蔫蔫地用一只后爪象征性地划两下。

医生和助手教它，它一概不理会，一卷尾巴，趴地上打盹儿。

何青柔又好气又好笑。当晚，林奈打电话给她，她说了下具体的情况。

"让医生别惯着它。"林奈轻声说。她刚到酒店，酒店地段繁华，站在落地窗前，底下辉煌的灯火与熙攘的街道一览无余。

高楼的隔音效果佳，外面的声音一律被隔绝，房间里很安静。

林奈的声音还有些哑。何青柔给阳台上的花花草草浇完水，回道："嗯，好。"

"快凌晨了，还不休息？"林奈问，转身到沙发上坐着。

"马上。"何青柔将洒水壶放下，"你和合伙人谈得怎么样了？"

"还行。"

"嗯。"

林奈倚着柔软的沙发，勾勾唇角，道："我明天中午回公司。"

何青柔又"嗯"了一声。时候不早，又闲聊了两句，她挂了电话。

第二天早上，何青柔去总监办公室交表，离开时偷偷将一包润喉片压在表下。

林奈十二点多到的公司。何青柔正和其他同事在食堂吃饭，吃到一半这人就来了。这回座位有多余的，林奈端着盘子在何青柔对面坐下。

原本欢笑的同事们纷纷变得严肃，埋头吃自己的。

何青柔抬眼看了对面一下，林奈慢条斯理地拿出润喉片，撕开包装，当面扔一颗进嘴里。何青柔垂眸，夹了一根青菜进嘴。

之后，一连数十日，林奈都来食堂吃饭，每回要么跟她坐一桌，要么坐邻桌，何青柔习惯坐右边角落的桌子，林奈就端着菜往右边来，搞得另两个同事都不敢约一起去食堂了。

七月中旬，温度骤升，直逼30℃，且高温持续上升，临近下旬时已高达39℃。

毒辣的太阳热得人汗流浃背，走到外面被晒得眼睛都睁不开，连公路两旁的树都晒卷了绿叶。

公司度假的前两日，迟嘉仪出国，因为当天要上班，何青柔没能去送她。迟嘉仪一个人提着小行李箱，打扮得十分清爽，穿着露脐小背心、超短热裤，脚踩黑色凉鞋，走前瞎乐呵呵地说："走了，回来再见！"

七月二十五日，公司度假开始，度假人数百余，一行人浩浩荡荡地坐上汽车出发，坐了三百多公里到达葛仙山。

姚云英这次仍旧不来，她把名额让给了一位与何青柔同姓的老员工。老员工名字很特别，叫何曾，曾经的曾。

何曾是个热心肠，容易相与，何青柔和她同坐一排。

下午一点左右，车抵达葛仙山脚下，这里到处都搭着凉棚。

葛仙山上树木尤其多，站在山脚仰望，密密麻麻全是树，目之所及之处皆是一片碧绿。

四周树木多，天气也就相对凉快，这边的温度比南城市区低了5~6 ℃。

下了车，出游的负责人将大家叫到凉棚里，先分小队，每个小队二十到二十五人，再交代安全事宜，最后分配房间。

除去几位重要的领导，其余员工都按姓名的字母排。公司不让大家自己选室友，意在促进出游人员间的感情，多和不熟悉的同事接触。

大家静静等待，负责人一一安排。

何青柔站在队伍最后，她天生惧热，但又不怎么出汗，一张脸变得通红。她今天穿的吊带短裤，外搭白色防晒服，出门前也抹了好几层防晒霜。

"很热？"林奈走到她旁边，凉棚里只有两台大风扇，却只朝着队伍中间吹，站在后面一点儿风都没有。

何青柔用纸巾擦了擦手心的薄汗，道："还好。"

林奈稍挑眉，低头看她红扑扑的脸，忽然拿出一把折扇，一下一下地扇着。这人力道使得巧妙，看似是在给自己扇风，实则风都往何青柔那边吹去。

凉风一吹，确实好受了不少，热意消散了些。

林奈站在何青柔左边，扇风时只能用左手，她是右撇子，扇久了会很累。凉意阵阵，何青柔不着痕迹地挪动步子，离她近点儿。

"林总监，"何曾笑着喊道，看林奈不停地扇风，于是建议道，"您要是觉得太热，可以去风扇那边站一会儿，反正您房间已经定了的，不用跟我们一块儿等着。咱们后面热，等分配好，可能还得再站十来分钟。"

林奈打着扇子，淡淡说："没事，不是很热。"

何青柔瞄她一眼。林奈的脸白皙，汗水都没有，看起来真的不热。

何曾"哦"了两声，又客气地扯其他话题。林奈的态度不冷不热，别人说十句她回一句，何曾过了一会儿就不再多说。

"何曾、何青柔，你们两个一间房。"负责人在前面喊。

何曾挺乐意的，毕竟她和何青柔一个部门，且何青柔性子温和，招人喜欢。

"何妹子，咱俩一屋。"何曾高兴地道。

何青柔浅笑，回道："一个部门的人在一起也好有个照应。"

分配完房间，负责人将各队的导游安排下去。这些导游都是当地人，何青柔她们队的导游是一个三十来岁的微胖男人，姓叶。他非常和气，乐呵呵的，先向大家自我介绍一番，然后讲了下安全方面的话，大致就是葛仙山地形复杂，大家千万别乱跑，不要私自离队，有事随时可以找他。

之后队伍解散了，大家可以各自去买水、吃的，三点钟后按小队坐缆车上山。

林奈不知何时没了踪影，可能有什么事要做。何青柔与何曾在凉棚里对着大风扇吹了一会儿才出去买水。

来葛仙山的游客络绎不绝，山脚下摆摊卖东西的小贩也杂乱，这里的物价相对于南城的景区来说还算合理，只比平时的价格贵五毛或一块。

何青柔先拿了一瓶矿泉水，三块钱，付账的时候又再拿了一瓶。

下午的太阳毒辣，她们不敢在外头逗留太久，买了水又赶快回凉棚待着。此时两台大风扇前已坐了许多人，她们趁机坐在边上，勉强能吹到一点儿风。

何青柔拧开瓶盖，打算喝口水，负责人朝她们走来。

"有位同事最近工作强度太大，神经衰弱，夜里有声响就睡不了，我们之前疏忽没考虑到这些。现在房间已经被订满了，刚刚商量了一下，决定往后移，你们俩其中一人搬到其他房间去，"负责人对她俩说，"按照字母排序，何曾留下，你们俩有意见没？"

两人自然没意见。

"没有。"何青柔无所谓。

负责人笑了笑，道："刚刚林总监说多的那个可以和她住一个房间，那你就去吧。房间号212，到了山上你找她就行了。"

何青柔喝了口水，兀自琢磨。好像林奈来了公司以后，只要是她俩一起出来，自己似乎每回都和这人住一起。她在人群里巡视一圈，林奈不在。

负责人通知完就做其他事去了。

何曾看她一脸沉思，以为她忧心，宽慰道："林总监人冷冰冰的，你尽量避开她就是，白天可以来找我。我在网上查了一下，山上有寺庙、果林，到时候咱们可以一起去转转啊。"

何青柔没辩解，点了点头。

出游的所有人里何曾只跟何青柔熟，她第一次来度假，难免激动，负责人一走，何曾的话匣子就打开了："我看网上介绍，葛仙山是明代开凿的，以前山上还有三座大佛寺，那时香火鼎盛，来祭拜的香客可多了，但近代以来，这里渐渐就没落了，加之年久未修缮保养，蒙尘的蒙尘，风化的风化，现在仅有小部分佛像还保留着，三座大佛寺都没了，如今就只剩一个姻缘庙，要不咱上山了去拜拜？"

何曾今年三十二岁，未婚。

何青柔向来不信这个，可出来玩就图个开心，假期长达一个星期，哪能光泡温泉。

"明天去，上山可能会比较晚了。"她柔声说。

"行，到时候还可以去枇杷林、桃林摘水果，现在正值摘果的时节。"

两点多的太阳毒辣，地面散发着灼烫的热气，凉棚里的众人聚一块儿，愈加沉闷难受，连呼吸都感觉被挡住了一样。何曾一直在说话，何青柔热得慌，时不时心不在焉地搭两句话，买东西回来的同事渐渐都往风扇这里挤，或站或坐，没多久就将她能吹到的那丁点儿风全挡了。

何青柔抽出纸巾擦汗，幸亏出门没化妆，不然现在都脱妆了。

前面的人越来越多，大家都图凉快，大部分人站起来了。何青柔在这儿待得难受，于是对何曾说："我到其他地方站站。"

何曾没她那么怕热，关心地说："别去太阳底下，小心中暑。"

何青柔应声，转而到凉棚斜后方一棵枝繁叶茂的大树下歇着。大树旁边是卖冰棍的小摊，摊主老头一脸和善，见她热得额头冒汗，于是晃手示意她过去些。

何青柔疑惑，走上前。

老头变戏法似的拿出一张凳子："坐这儿。"他又拿出一个小风扇，打开，对着她吹。

何青柔不好意思，道："不用不用，树下挺凉快的。"

人家大热天摆摊赚钱不容易，自己都舍不得吹风扇。

可老头执意拉她坐下，何青柔盛情难却，感激道："谢谢您。"

老头和蔼地眯眯眼，问："那个身高特别高的姑娘是你们领导吧？"

何青柔反应过来他说的是林奈，毕竟全公司也找不出两个比她高的女同事。

"是。"她点头，老人家眼力见儿强。

"她刚刚把我的冰棍都买了。"老头笑着说，"我看她之前一直和你站得近。"

小摊这里能看到凉棚，他觉得林奈和何青柔应该关系比较好，林奈照顾他的生意，他便照顾何青柔。

何青柔一愣，她没看到这边的情况。

"那儿，她过来了。"老头指了指斜对面，说。

林奈拎着一袋冰棍走来，老头再拿出一张板凳，挨着何青柔放下。

"谢谢老伯。"林奈说。

老头儿摆摆手，走去邻摊找熟识的人聊天去了。林奈把冰棍递给何青柔，何青柔接过冰棍并撕开包装袋。天太热，冰棍已经开始化了。

小风扇的风吹在身上很凉快，远离拥挤的人群，偶尔一阵山风拂过更是舒适，何青柔脸上的红晕慢慢褪去，好受多了。

两人静静享受着习习凉风。

两点五十多，负责人召集所有人归队，分队坐缆车上山，何青柔她们是第一队，叶导游领着大家过去。

何青柔坐的最后一辆缆车，与何曾还有两位同事一起。

缆车缓慢行驶，离地面越来越高，原先她们待的凉棚逐渐变得只有指甲盖大小。

缆车在约四分之一山高处停下，叶导游对大家解释："剩下的路我们要自己爬，这个星期大家都会在这里度过，从这儿到山顶都是活动区，爬山的时候我会给大家一一介绍。"

由于山海拔高，温度比山脚更低，且不时就刮一阵风，简直不要太凉快，这上面一点儿都不热。

"夜里山顶温度会骤降，大家出门记得多穿一件外套。"叶导游嘱咐，"如果没有外套，可以到山顶的商店买，山上山下的物价都差不多，大家不用担心被宰。"

然后，他重申了一遍安全注意事项。

何青柔站在队伍末端，何曾与同缆车的两个同事聊得很嗨。

叶导游叮嘱完毕，带领大家出发。第一段路是很长的直行青石板阶梯，阶梯的尽头看起来像是一堆巨大的乱石，因为远，瞧不太清楚。

"这一段叫三千路，共有三千级阶梯，阶梯后面是情人道，那堆看起来乱糟糟的石头，大家瞧见没？"

大家伸着脖子望。

"隔得远，看着像乱石堆，它其实是通道，有一个入口，两个出口，但通道内部有九九八十一条岔路。"叶导游拿着扩音器边走边介绍，讲得真像是那么回事似的，"咱这座山，之所以叫葛仙山，是因为有个传说。很久以前有个姓葛的神仙在此修行，葛仙乐善好施，深受山下居民爱戴，大家就把此山改为葛仙山，以此赞颂他……"

大家都饶有兴趣地听着。

"而情人道呢，传说是这位葛仙变出来的，当时有位官家小姐跟书生相爱，可两人之间阻拦重重。为了在一起，他俩便上山来求葛仙，葛仙为了考验两人，于是大手一挥变出了情人道，告诉两人，如果两人真心相爱，便能从同一个出口出来，到时他就成全他们。"

"当然，最后官家小姐跟书生通过了考验，结局肯定是白头偕老了。咱们这情人道又叫心有灵犀道，待会儿有兴趣的都可以去试试。"叶导游说。

众人皆笑，一路嬉闹。

阶梯一眼能看到尽头，但走起来不仅耗时，还挺累。

何青柔旁边有位男同事无聊，走一级数一级，走到尽头时，偷偷跟她讲："只有两千五百二十一级。"

何青柔哑然。

大伙儿在阶梯尽头歇了十几分钟，依次从入口进通道。

对于传说大家自然不信，但都好奇，进去后分开走，想知道谁会和自己在同一个出口相遇。

何青柔徐徐走在后面，她先前热过头了，刚刚爬了那么久的阶梯累得够呛。由于她走得慢，很快，前面的同事不见踪影了，只能听到交谈声。

情人道内的路狭窄，能容两个人通过，两面石壁之间的距离相差不多，明显有人工开凿痕迹。何青柔一面走一面观看石壁，石壁每隔一段就有一个凸起，由于风化严重，已看不出那些凸起的原貌。

遇到岔道，她习惯性走右边。

走了十分钟左右，应该是要到出口了，路变得越来越窄，而且石壁越来越高。

行到拐角处，同事们的说话声愈加清晰。她转弯，这时，对面也出来一人。

她定睛看去，那边的林奈勾唇笑了。

二人竟走到一起了。

林奈在下一队，应该是坐下一队里第一辆缆车上来的，而第一队先歇了会儿，何青柔走得太慢，所以让这人赶上了。

第一队的人都在外面等着，看到何青柔出来，何曾招手喊她，过了一会儿林奈才缓缓走出。

其他人看到林奈，皆出声喊："林总监。"

林奈颔首，默默和第一队的人一起走。

她走在何青柔右边，但两人中间隔了何曾。有林奈在，何曾的话痨劲儿不复。

过了情人道，再上面是一片松树林，松林里鸟雀多，一大群鸟聚集在天上四处盘旋。如今南城市区已见不到几只鸟，大家看到这一幕都兴奋地拿出相机拍照。

松林广阔，大半个小时才走完。再往后是枇杷林，枇杷林后面是桃林，树上都结满了果实。

"这里的枇杷和桃子都可以免费摘取，大家想吃就来摘，但注意别浪费，不然被巡查的园林工人发现了，肯定会处以罚款的。"叶导游说。

大家立马欢呼。穿过桃林，进入一片矮木丛，这里的道路畅通平整，他们到山顶了。前方有几位接待人候着，其中一位领她们去住的地方。

葛仙山上的房舍林立，比山脚还热闹，东宁租的旅馆外表看着不大，里面设施却十分齐全。葛仙山以温泉闻名，旅馆后院就有三处大温泉。

"何妹子，放了东西过来泡温泉，"何曾暗暗拉住何青柔，"等会儿其他人来了就没地方了。"

第一队的人都跃跃欲试，毕竟今天下午又热又累，现在泡泡温泉简直是享受。

"行。"何青柔应道。

"赶快来啊，咱找个合适的位置，还能看风景。"何曾说，提着东西飞快地进了房间。

林奈去取房卡了，何青柔到212的门口等她。

等进了房间，何青柔放好行李，进厕所换好泳衣、披上浴巾，准备出去。

林奈本在收拾行李箱，听到声响，抬头就见她上身裹着浴巾，露出两条大白腿，凹凸有致的身材在浴巾的遮挡下若隐若现。

何青柔没穿鞋子，光脚踩在地板上，她走到自己的箱子那儿，蹲下身想找头绳。

"去哪儿？"林奈问，将衣服放下。

何青柔找到头绳，抬手拢住稠密的秀发，将头发扎成一团。她额前两侧的头发较短，扎不住，滑落下来，隐隐勾勒出侧脸轮廓。

"泡温泉，你去吗？"何青柔合上箱子，俯身拉行李箱拉链，"其他同事都在，泡了温泉晚点儿到前院吃饭，去吗？"

现今后院有些旅馆的工作人员在走动，几个先换装完毕的同事已舒适地坐进温泉池。五点多已是日渐西斜，金灿灿的阳光照进窗户，恰在林奈周身镀了柔和的一层光晕，她定定地看着何青柔。

"你要不要一起，不去我就先下去了。"何青柔满不在乎地说，拿上手机防水袋，"不然待会儿别人要催了。"

良久，林奈挤出一句："我跟你一起。"

何青柔颔首，道："嗯，那你快些换衣服，我等你。"

林奈默默拿东西。

何青柔没管她，坐在床上打开了手机。

迟嘉仪给何青柔发了邮件，这妮子在伦敦跟翻译已经玩了两天了，她去的不是时候，陈茗行没在伦敦，且归期不定。迟嘉仪给陈茗行打电话，旁敲侧击地问了下对方什么时候回来，得到的回答是少则一两天，多则一个星期。

陈茗行出去跟工作有关，挺忙的，迟嘉仪本来想去找她聚聚，但犹豫了许久，决定还是先等着。她请了五天的假，加上周末，除开来回路上的时间最多也就能在伦敦待一个星期，如果陈茗行一个星期后才回来，那估计就见不到了。

打开防水袋，何青柔准备把手机放进去，这时何曾来电——两人今天下午在车上交换了号码。

应当是催她了。

她划到接听界面，何曾先开口："何妹子，快下来啊，我们在左边第一个池子。"

何青柔道："马上就来。"

"行，你快点儿。"

何青柔"嗯"了一声，挂断电话，将手机放进防水袋。这时林奈已经换好衣服出来，这人穿得保守，小吊带配薄款短裤。

何青柔打开门，回头叫她："走吧，刚刚何曾在催了。"

她们下楼，第一队的人基本都出来泡温泉了。这群度假的人里三十岁到四十岁的员工居多，二十几岁的少，且大部分都是已婚人士，所以即便温泉池没规定男女池，可大家还是下意识分了男女池。

何曾看到何青柔，招手。何青柔快步过去，林奈不言不语，跟在后面。何青柔进池子，林奈也进池子。何曾旁边就容得下一人，林奈去了，得有人让开才行。

空位边上的女同事眼色绝佳，借起身捡帕子的动作，不动声色地转到池子另一侧。

温泉水暖暖的，袅袅冒着白汽，泡在其中一会儿，一下午的疲惫顿时消散不少。何青柔拿掉浴巾坐下，由于林奈在，大家的注意力倒不在她身上。

林奈的长腿惹眼得很，迫于她是总监，大家不敢正大光明地打量，只是悄悄用余光偷瞥。

温泉池大，加上她俩，这个池子也就八个人，可为了挨一块方便聊天，大家坐得近，人与人的空隙小，林奈不适应跟别人接触，便紧挨着何青柔。

她们这一池除了她们，都是三四十岁的女士。出于纯粹欣赏的眼光，有人瞧了一眼何青柔，再笑着小声念了句什么。

另外的同事听到，忍不住打趣道："你做梦呢？咱再往小十岁都比不上。"

何青柔望过去，隐约听到有人说她皮肤白，身材不错。

当然，这是在夸她。

女同事们聚一块，聊的话题无非就是那几样，工作、化妆品什么的。何青柔性子安静，全程只听着。性格开朗的何曾则很快和其余人打成了一片。

第二队的人走得比较慢，六点半左右才到，与第三队一前一后抵达这边。这些员工到时，最后一队也快来了。

太阳变得愈加昏黄柔和，垂在山头，霞光洒遍整个后院，将温泉里的水染成黄色。见大部队聚集得差不多了，温泉里的员工也结伴回去，旅馆的工作人员告诉他们七点开饭。

何曾和她室友先离开，走前还不忘跟何青柔约定待会儿在同一桌吃饭。

眼下池子里就剩下她和林奈两人，中间的池子空着。右边池子里的最后一人也起身，裹上浴巾离开了。

她们也前后起身，裹上浴巾上楼。回到房间后，两人纷纷换衣服，吹头发，飞快收拾完毕，到前院去。

她们到前院时菜都上齐了，不过大家都坐等着，负责人在台子上通知大家今晚早些休息，明早八点半集合，然后出发去果园，届时大家需穿公司发的衣服，要拍照留影。

负责人通知完，才开饭。何青柔和何曾一桌，林奈在另外一桌，两桌隔得远，何青柔几乎看不到她的身影。

何曾热情地找何青柔讲话，但何青柔有些愣怔，没听进去多少。

"想什么呢？"何曾用胳膊肘顶她。

何青柔回神。

"问你话，你都不回一句，怎么了，不舒服吗，我看你耳尖都红了，是不是温泉泡久了？"何曾关切道。

何青柔下意识摸了摸耳尖，道："没，可能是下午热到了，你刚刚问什么？"

"问你明天下午几点去姻缘庙。"

何青柔夹了一筷子菜进碗里，回道："等公司这边结束就去。"

何曾点点头，道："行。"

大家各吃各的，何青柔没什么胃口，但不好意思太早离开桌子边，于是吃得极慢，边吃边听其他人聊天。

她们这桌坐的人都是下午一起泡温泉的同伴，除了何青柔，大家都相互熟识了，聊得挺开心。

下午说她皮肤白的女同事热情，突然开口问她话："小何，没叫错吧？"

何青柔望过去，颔首，并友善地微笑了下。

女同事笑了笑，问："小何今年多大了？"

"这个月满二十九岁了。"何青柔如实说。

女同事略吃惊，道："你看起来很年轻啊。"

何青柔在公司上班时打扮老里老气，说三十岁别人都会信，可这次出来旅游穿着吊带、短裤，没了正装的束缚，更有活力，加之她皮肤白，看着确实不像奔三的人。

桌边的人都看她，在这一堆女人里，不论样貌还是身段，何青柔都是最好的。

大家都健谈，你一句我一句地唠嗑，七嘴八舌地说笑着。

何青柔只听着，偶尔接两句。

饭吃到一半时，旅馆的老板来了。

旅馆老板是一个年轻男人，文质彬彬的，一看就是文艺青年，他和旅馆的员工一起，端了山上产的水果送给大家。

九点多，大家陆陆续续离开。何青柔等何曾吃得差不多了，和她一起回二楼。

何青柔离桌的时候，林奈坐在桌边同那些人说话。

212 是单人间，床特别宽，睡两个人绰绰有余。

何青柔坐了十几分钟，给迟嘉仪发邮件，发完，进浴室洗漱。

有些同事在后院围坐着闲聊，夜里寂静，他们的声音格外清晰，一字一句都能传进来。何青柔洗漱完毕，出来将窗户关上，声音瞬间小了。

她在床上坐着玩了半个小时手机，林奈还没回来。也许是白天太累，又泡了温泉，才十点多她就困得睁不开眼，强行撑了一会儿，终于还是熬不住，放下手机，关灯，睡觉。

很快，伴随着外面不间断的聊天声，她渐渐入睡。

林奈是凌晨回来的，屋子里没亮灯，这人轻手轻脚洗漱。出来后发现窗户关了，房间里有些闷，林奈又把窗户打开，才掀被上床。

后院的灯通宵亮着，与天上皎洁的明月映衬。

翌日，远方香火缭绕的庙里，敲响第一声钟，洪亮的钟声在山顶响彻，悠长远扬。

何青柔被这钟声闹醒，一睁眼，此时天蒙蒙亮，还挂着月牙，山风从窗户吹进来，柔柔拂在脸上。

林奈也醒来了。

"醒了？"由于刚醒，她嗓音沉哑。

何青柔答："嗯。"

"阿寻他们要过来，"林奈说，"下午就会到。"

何青柔疑惑地问道："蒋行舟也会过来吗？"

"裴成明、齐风他们都来，"林奈的声音很轻，带着刚睡醒的倦懒，"他们专程过来玩的，你要不要一起？"

何青柔还欠他们一顿饭。

"下午没时间，我跟何曾约了去庙里，"何青柔想着，纠结了下，改口，"晚上有空……"

"可以一起去，"林奈打断道，"晚上一起吃饭，后天就跟他们一块玩，我们到山北去。"

何青柔往后仰了仰脖颈，微合下眼，问："去做什么？"

"泡温泉，那边有个私人温泉馆，还不错。"

何青柔"哦"了一声，道："可以。"

远处蓦地传来钟响，哐当一声，又沉又重，余音四散。清晨的风柔和而舒适，透过窗户泄进房间里。

因磨蹭了很久，何青柔看时间已八点二十多了，赶忙放下手机，匆匆收拾。

林奈却一点儿不急，慢悠悠的，丝毫不慌张，与她是两个样子。

"早饭想吃什么？"这人还悠闲地问着，像是不打算出去了。

何青柔兀自换衣服，梳头发，简单画了下眉毛。

"不吃了，马上要集合了。"

说罢，她拿起包包，说："我先走了。"

没等林奈回答，她开门出去，赶到前院集合——而床头柜上，她的手机还放在那里。

今天虽然太阳大，但由于处在高山上，一点儿也不燥热，大清早反倒有一点儿凉飕飕的。何青柔走得急，只穿着公司发的淡绿色短袖，出门前忘了披外套，冷空气扑在皮肤上，她不禁瑟缩了一下。

走到前院，公司的人差不多到齐了。她在人群里巡视一圈，院子的左边角落里，何曾向她招手，道："这里。"

"怎么这么晚才来？刚刚点人了，你记得待会儿去签个到。"何曾说。

"睡过头了。"何青柔抱歉地说道。

"我给你打电话你也不接，"何曾颇有怨念，有些不高兴，"还以为你怎么了，负责人还问我你在哪儿，他刚刚派人去212找你们，林总监呢，还没起？"

听到她的解释，何曾以为她俩双双睡过了头。

"起了，应该快来了。"何青柔说，看了看通向楼梯的门，下意识在包里摸手机，可没摸到。她蹙眉，知道手机应该落房间里没拿。

她正犹豫要不要和领队知会一声再回去拿，这时一名同事拿着花名册过来，让她签到。

公司那么多人，只有她和林奈两个人迟到了。

"明天早点来，"同事提醒，语气冷冷淡淡的，"在备注栏填写迟到原因。"

何青柔不好意思地应声，一笔一笔写下名字。她昨晚调了七点四十的闹钟，但早上顺手关了，屋里又黑，分不清时间，中途小憩了一会儿，没想到就这么晚了。

签了字，同事收好花名册离开。这时林奈才不慌不紧地走出来。

负责签到的同事自然不会找上司签字，还笑盈盈、恭恭敬敬地喊了声："林总监早。"

林奈不咸不淡地点头，提着一个纸袋巡视一周，找到角落里的何青柔，眼神立马变得柔和起来。林奈没立马过来，而是先和旁边的领导聊天。

所有人都到齐，负责人又叮嘱了一遍安全问题，以及具体的流程，最后让大家按小队出发。

他们先到桃林，这边已有园林工人等候。

拍完集体照后队伍解散，何曾兴冲冲地带着何青柔去拿篮子摘水果。

果林里水汽重，即便快到中午了，桃树枝叶还在滴水。早上的露水凉，而何青柔穿得少，沾到水就更冷，况且山风还不停地吹，她压根儿提不起摘果的兴致。

和她俩一起摘果子的仍旧是昨晚同桌吃饭的人，大家都兴奋得很，哪个桃子大、红就摘哪个。桃林的树一行一行的，排列整齐，何曾几个人摘完一棵树又立马往下一棵跑，生怕被其他同事抢先。

何青柔百无聊赖地提着篮子走在后面，很快落单，转转悠悠走了一会儿，她篮子里只有两个桃子。

摘桃子时手上沾了露水，湿漉漉的不舒服，她想找纸擦擦，可没找到。

眼前忽地伸来一只修长细白的手，那手里捏着一张纸巾。

何青柔怔了怔，随即接下纸巾，不用抬头也知道是谁。

"把衣服穿上，手机拿着。"林奈将纸袋递给她。

何青柔伸手去拿纸袋，林奈顺势把篮子接走。

何青柔默默擦手，打开袋子拿外套穿好，将手机放进包里。穿了衣服稍稍暖和一些，她舒了一口气。她问林奈："你要不要一起去摘果子？"

刚问完，左边走出一个年老的园林工人，园工老伯看到她俩，可能是以为她俩不会找地方，便热情地指着东边说："那边的桃子长得好，你们去那边摘。"

林奈少见地朝陌生人笑了笑，道："谢谢老伯。"

公司的人几乎都往南边跑了，东边没人。

指路的老伯说得不假，东边的桃子确实比其他地方的更大更红。桃子缀满枝头，几乎将枝丫压弯。

何曾她们走到桃林深处才发现何青柔没跟上，何曾四处找了找，没找到人，于是打电话给何青柔。

只是刚拨通，何青柔和林奈就一起回来了。何青柔走在前面，时不时摘一个桃，而林奈提着篮子紧跟在其后。

何曾大声喊了一下。

何青柔听到，一愣，后知后觉她们从东边走到南边来了。

第 6 章

林总监的叛逆往事

此时日上中天，枝叶上的露水早已散落。听到何曾的呼喊声，她俩过去。

何曾放下篮子，道："林总监。"

林奈点头示意。

"我们马上要去枇杷林了，"何曾笑了笑，"到那边去吃饭，林总监要不要一起去？"

何曾就是客气客气，领导肯定跟领导一块吃，怎么可能和她们这种普通职员同桌。

可没承想，林奈居然答应了："好。"

负责人将大家召集起来，一起去枇杷林。

昨天她们上山，走的是枇杷林东面，今天吃午饭的地方在林子西面。东面只有一条路，可西面大不同，有三个大凉亭，还有一家小饭馆。

东宁早将小饭馆订下，进去就可以直接开吃。

林奈还真同何青柔她们坐了一桌，负责人本打算叫上林奈去另一桌，但瞧见她弯儿都没拐就坐下了，也就没去喊她。

桌子是方桌，何青柔和林奈坐一起。大领导在旁边难免会招来注视，不少员工都往这儿看。何青柔有些不自在，可好在林奈一直闷头吃饭，不大在意周边的目光。

吃了饭，众人到凉亭休息。之后再是拍集体照、摘枇杷。三点多，到解散时间了，何青柔和叶导游知会一声，然后与何曾她们去姻缘庙。

姻缘庙在山顶，庙里进进出出的香客络绎不绝，庙宇周围种着各类花草，用青石板铺成的走道两旁栽着树，每棵树上都系着求姻缘的红带。红带有新有旧，稳稳缠在枝丫上。

"等会儿求了签，我们也来挂一条。"何曾兴奋地讲道，"听说这儿的签特别灵验。"

"行。"何青柔一面走一面四处看看，其实她是唯物主义者，除了小时候跟大人拜菩萨，平时没怎么见过这些，现在也对这个不感兴趣。

何曾看她一脸淡然，说道："我跟你讲，你别不信这个，心诚则灵。就拿求签来说，有人摇到上上签，有人却摇到下下签，这就叫机缘。"

何青柔挺乐的。

走出青石板路，步入庙宇前的大院。大院中间供着一个巨大的祭坛，祭坛上插满了香，青烟袅袅上升，升到高处后弥散消失。大院边上摆着许多卖香火的摊子，何曾赶紧拉着何青柔过去买香。香三根为一束，一根两块钱。

何曾直接掏钱买了两束，让何青柔跟她一起上香。

她拜得极为虔诚，闭眼许愿，嘴里念念有词。何青柔好笑，也跟着她拜了拜。

来姻缘庙的香客挺多，要进庙还得排队，她俩等了半个小时才进去。

守庙的是一个满脸皱纹的老头，苍老得眼睛都快只剩一条缝了。老头坐在长凳上，面前摆着一张矮桌，桌子上放着许多杂七杂八的东西，书、签筒这些。

他看都没看何青柔她们，直接晃手，道："进去吧。"

何青柔怔了怔，还以为这种大的庙宇里肯定有很多大师，结果只有一个老头。这老头声音洪亮，精神矍铄。何青柔朝老头礼貌地点点头，进门，往功德箱里捐了五块钱。老头看了看她。

庙里供奉的神像何青柔一概不认识，何曾也不认识，反正哪个神像面前人多就拜哪个。

拜完，抽签。每个神像面前都摆着签筒，她俩拿了签筒，走到最中间，求签。

何青柔抱着签筒，定了定心神。她本来是不信的，然而也许是香火味重，受四周氛围影响，她此刻心里变得庄重……她闭上眼，再睁开，摇筒两下，签就掉出来了。

她看不懂签，拿着签和何曾一块到守门老头那里。何曾先把签给老头，一脸期待地看着他。老头用眼一瞥，拉长声音道："第九签——"

九，长长久久，好数字，何曾顿时眉开眼笑。

"下下签，"老头继续说，将签放下，翻开册子想给何曾解释，"则父母国人……"

"别别别，"何曾一听下下签就不想知道怎么解了，赶紧止住他的话，"老伯您不用解这支了，看看这个吧。"

她把何青柔的签递过去。

老头斜睨着她，接过签，眯眼瞧了瞧，额头上的皱纹更深。他瞧了许久，再望了下何青柔。

何青柔心里咯噔一声，心道该不会也是下下签吧。要是两个人都抽到下下签，那可真够倒霉的。

"老伯，这签咋解啊？"何曾见他半天不说话，于是问道。

老头将签搁下，慢悠悠地说："我守门守了几十年，第二次见人抽到这支。"

何青柔耐性十足，等他解答。

"小姑娘多少岁了？"

何青柔一哂："二十九了。"

老头睁眼，可他眼睛太小，睁也睁不了多大。他把签放进桌上的签筒里，说："那应该是等了许多年才能等到这么一段姻缘。"

何曾一头雾水，问："这是上上签还是下下签？"

老头再斜她一眼，道："签王。"

"什么意思？"

"无须再觅良缘。"

何曾顿悟："就是上上签咯。"

老头不想理她，手一拨，让她俩走，后面还有人排着队呢。

"后面四个，可以进去了。"

出了姻缘庙，何曾走了两步，忽然想到进门时何青柔捐了钱自己却没有，暗自懊悔，怪不得没抽到好签，心想该捐点儿钱再求签的！

她们到刚才买香的小摊前买红带，何曾多买了一束香，又去祭坛拜了拜。

何青柔等她上完香，而后去青石板路。

那边有不少成双成对的情侣在系红带，何青柔挑了一棵矮的、且枝叶上的红带相对少点儿的树，何曾则去了最大的那棵树旁。

每棵树前都有人在系红带，何青柔等前面的都系好了才走上前。她将红带捋了捋，系到枝丫上。而她刚系好，背后蓦地撞来一人。

林奈拍拍她，道："一声不吭就走了。"

她转头问："你不是在和张总他们谈事情吗？"

何青柔和何曾走的时候，林奈正同几个领导聊天，她便没去打搅。

"谈完了。"林奈说，"阿寻他们到了。"

"这么快，"何青柔说，"在旅馆？"

"他们在排队求签。"

"那晚点儿可以一起回去。"何青柔说。林奈应该跟着她有一会儿了，叶寻他们多半跟她来的。

"嗯。"

两人默契地走到青石板路尽头等着。

何曾系红带期间遇到室友，她们过来看到林奈了，皆是一愣，怎么到哪儿都能遇到领导……

应该是不想跟林奈待一处，室友客套了几句，没多久就找借口走了。何曾想拉着何青柔一块走，打算离林奈远些。

"我要见几个朋友，待会儿在这里等你。"何青柔婉拒了，暂时不想离开。

何曾可不愿回去还遇到林奈，于是说："我晚点儿和她们一起回去，你不用等我。"

何青柔点头，何曾忙不迭地走了。

待她们走远，林奈带着何青柔去庙宇前的院里。

一进院，蒋行舟就瞧见了她们。他高兴地拿着两束香过来："来来来，快拜拜，听说很灵。"

"我之前拜过了。"何青柔笑道。

林奈也没接。蒋行舟把香点燃："人多一起拜更灵，快拜快拜。"

何青柔不好推辞，偏头看了看一脸冷淡的林奈，双手捏着香，走到祭坛前。

上完香，叶寻他们三个人也过来了。

何青柔一一同他们打招呼。

蒋行舟喜欢热闹，等人聚齐了，他提议到葛仙山东南面的石像群转转。大家都没事可做，就去了。

五点半，一行人离开姻缘庙，回到旅馆。

何青柔她们住的旅馆已经满了，蒋行舟四人只能订到邻近的地方。晚上，他们又约她俩出去聚聚。

一行人沿旅馆外的弯曲小道步行十分钟，一座别致的竹楼映入眼帘。竹楼是旅馆老板的另一处营生地，不过这里的生意冷清，里面客人寥寥可数。

她们包了二楼东边的房间。房间面朝山崖，视野开阔，白天坐这儿一眼望去能瞧见层层碧海，但在晚上，就只看见隐约的起起伏伏的山峦轮廓了。

老板认识林奈，热情地和蒋行舟他们聊了一会儿，送了大家两壶自家酿制的白酒，接着离开房间下楼。

蒋行舟平时洋酒喝得多，鲜少喝这种地道香醇的白酒，一来就大刺刺灌了小半碗，结果被辣得直冒眼泪花。裴成明和齐风看到后笑个不停，连带着，林奈的神情都柔和了许多。

何青柔坐着看他们打闹，二十岁出头的年轻人总是活力四射，这种融洽的氛围让人很放松，她挺喜欢的。

林奈端起碗，尝了一小口酒。"还可以，你试试。"

何青柔抿了一口，酒入喉咙，辣乎乎的，她赶紧放下碗，不喝了。

"喝不惯，太冲了。"她说。

林奈一晒，把她的小碗一并拿过去。

叶寻一向不饮酒，她八月初有比赛，最近必须自律，不能沾这些。蒋行舟的话一箩筐，全程只有他一个人不停地讲，讲学校，讲赛车，最后讲到重庆40℃的高温。

他把袖子捋起来，胳膊上皮肤的界线分明："我们就在露天广场上走了一圈，结果晒成这样。重庆那鬼天气，太阳简直晒得人脑门儿疼。"

何青柔笑了笑，她以前出差去过重庆，那里夏天确实热，太阳贴着皮肤烤似的。

裴成明接着蒋行舟的话聊。

两壶酒喝完，竹楼里的客人只剩他们了，但此时离竹楼打烊还有个把小时。林奈和蒋行舟、裴成明都喝多了酒，几人到房间外吹吹风，叶寻与齐风则留在里面盘着腿看手机。

房间外，蒋行舟远离两人，噙着烟，狠狠吸了两口再灭掉。吹了两分钟风，等身上的烟味散了些，他才走到他俩面前。

最近他吸烟越来越频繁，都快上瘾了。

林奈眉头一皱，出言道："少抽点儿。"

蒋行舟敷衍地应下。

"还跟家里僵着？"林奈问。

蒋行舟摸摸鼻头，道："没，打算不玩车了。"

从向林奈借钱到现在，他坚持了一个月不到。蒋家逼得紧，变着法子阻拦，蒋行舟胳膊拧不过大腿，又毫无经济基础，连和家里叫板的底气都没有。

他这么大的人了，放弃赛车也不至于要死要活的，只是心里憋屈得慌，感觉自己以后的人生会一直被蒋家操控。然而没办法，人活一辈子再怎么都不可能跟钱过不去，没钱，别说玩车了，怕是连车轮都买不起。蒋行舟考虑了这么久，终于还是认清现实，先放下赛车，其他的以后再做打算。

林奈对他的这个决定丝毫不感到意外。

"你呢，联系过伯父没有？"蒋行舟问她。

林奈撑着栏杆，远眺，缓缓道："联系了。"

"前两天他问了我你投资的事，"蒋行舟说，"我没跟他讲实话，不过他要有心查，肯定能查到，你打算怎么说？"

从去年开始，林奈就陆陆续续往游戏和直播行业投钱，只不过去年她动作小，林父没警觉，但上个月，林奈几乎把账上的大半资金都用了，林父终于发觉不对劲。目前林父还没找林奈，而是向她身边的朋友打探消息。

"也找我打听了。"裴成明插话。最近他忙着学校的事，故而不是很清楚林奈的动向，所以林父问，他实话实说也没任何问题。

"能怎么说？"林奈有些烦躁，"该怎么样就怎么样。"

蒋行舟挑眉道："不怕伯父扒了你的皮？"

"又不是没扒过。"

林父是典型的虎父，对林奈向来是强权严管，得亏前些年的林奈是由唐衿毓抚养，不然她得被管成什么样。

林奈和唐衿毓的关系是看着淡，与林父的关系才是真的淡。当初林奈不听家里的安排，不愿意进自家的公司，林父就气得扒了她一层皮，断她经济来源，连家门都不让进，更是勒令所有人不准借钱给她。

后来还是林奈自己硬气，没钱就去赛车，这才勉强撑了下来。

林奈的车技一流，当初凭这个赚了不少钱。不过玩赛车风险巨大，之后还是唐衿毓实在看不下去，找到林父闹了一场，最后把女儿带回了广州。

再之后，林父便很少过问林奈的事。但当爸的不表态可不代表他同意林奈一直待在分公司，何况林奈现在私下投资，明摆着想脱离林家的钳制。

"小心别牵连人家了。"蒋行舟朝间里支支下巴。

林父太强势了，有时会用林奈的身边人来威胁女儿。以前就有过这种事，用林奈的队友要挟她，为此没少搞出麻烦。如今林父是东宁汽车集团第二大股东，权力在他手里握着，他只需简简单单地说句话，就能立马让何青柔走人，更有甚者，还会断了她的职业路。

林奈也看了一眼房间内，何青柔正抱腿坐着，她似乎没事情做，在看另外两人打游戏。

谈到这儿，几人越发沉默。局面僵持，很是难挨。

过了老半天，林奈沉声说："我知道。"

竹楼快打烊了，一行人结伴离开。

他们走到半路遇到了公司的同事，同事说姻缘庙今晚会放花灯祈福，并邀大家一起去看。何青柔有些累了，没去。蒋行舟倒挺有兴趣，拉着叶寻三个人去了。

何青柔与林奈回了旅馆。进了房间，何青柔先洗澡，洗完后林奈进去。

何青柔忽然想起白天求的签，于是打开笔记本电脑，输入关键字查找签诗与解签，饶有兴趣地坐在床头看了许久。

这支签寓意很好，虽然不信这些，但何青柔还是比较触动。

林奈洗完澡出来，见她盯着笔记本电脑眼珠都不转一下，随口问："看什么这么认真？"

何青柔退出网页，佯作淡定道："随便看了下新闻。"

林奈没起疑，往屏幕上瞥了下。何青柔后背一僵，不自然地把电脑屏幕盖上。可惜林奈都看到了，扬起唇角："这是你求的签？"

何青柔说："一身酒气，快睡，明天早点儿起来，别又迟到了。"

第二天，按照约定，何青柔跟着林奈和蒋行舟等人去泡温泉。六人在山北私人温泉馆待了大半天，黄昏时分才离开。

到住的地方，何青柔刚进前院就看到了一抹熟悉的身影——云熙宁和公司几个领导在聊天。

云熙宁不在度假人员之列，如今假期都过去近三天了，她却突然现身。

何青柔蹙眉，摸不准对方这是要做什么。

云熙宁也看到了何青柔，但目光只在她身上停留了一瞬，就移开了，面不改色地跟其他人说话。

何曾叫何青柔过去，她专门给何青柔留了一个吃饭的位置。何青柔过去后，一桌刚好坐满。陆陆续续有人进来，不多时，除了领导那桌，其他桌都坐满了。云熙宁他们还在聊天，她不坐，各位领导陪着干站着。各位领导都没动，饭菜端上桌了，众员工都不好开动。

实在等得无聊，何青柔摸出手机翻看。何杰在下午给她发了两条短信。

两条短信间隔了半个小时。第一条提了下家里的情况，大意是夏茶快要采完了，他们过两天要去林芒山做短工，并配了一张自家茶地的照片。第二条提了下今年茶户的情况：由于当地茶叶公司的打压，林芒山周围的小茶户现今几乎都陷入了茶叶滞销的境地。何家是走了运，今年的茶已经提前卖完了，但明年可能就没这么好运了。茶叶公司打算收购林芒山周围的全部茶地，目前正在一步步施行计划，以后当地人的日子只会越来越艰难。

茶农们老实巴交，大半辈子都耗在了茶地里，哪懂经商门道，眼瞅着茶卖不出去，个个心急如焚，有人不理智地跑到林芒山的茶叶公司讨要说法，结果因为闹事还被抓进了局子。

何家三人回去的这大半个月，林芒山一直不大安宁。

何青柔收起手机，沉思良久。她脑中生出一个想法，谨慎考虑风险与利弊后，还是否决掉了。

何曾用胳膊肘顶了顶她，道："吃饭了。"

她低头看手机的工夫，各领导已经聊完入座，终于可以开饭。

何青柔抬眼望了望那桌，林奈背对着她和张总坐一边，而云熙宁坐在林奈对面，与她相对。不知是有意还是无意，云熙宁似乎察觉到她的视线，借着跟旁边人说话的动作，朝她回看了一眼。

何青柔拿筷子，垂眼避开云熙宁的目光。

"你今天去哪儿了？我还到处找你，负责人说你请假了。"何曾吃口菜，问她，倒未注意到她的小动作。

何青柔夹菜，道："跟朋友出去了一趟。"

"那几个小帅哥?"何曾笑,"我昨天看到你和他们在石像群那儿,林总监也在,就没去打招呼。"

她们都不想碰见领导,见到林奈在便故意绕了一圈转去另外的地方了。

何青柔点头。

"那个个子高高的女生,跟咱们林总监长得还挺像的。她俩是亲戚吗?"何曾好奇地问。

何青柔兀自吃菜,不便回答太多关于林奈的私事。恰巧旁边的同事插话,一下子就将何曾的注意力转走。

一顿饭下来,何青柔一直十分沉默。倒不是因为林奈,而是云熙宁。因为之前被云熙宁针对的事,她心里到底还是有那么一点儿介意,所以在这儿见到人了,或多或少会觉得心堵。

吃完饭,何曾她们几个约何青柔到外面走走,散步消食。何青柔压根儿没吃两口,但不想这么早就回房间,于是和她们一起出去。

外面热闹,即使天都快黑了,那些做工的人还在埋头苦干,挂灯笼、搭简易棚子、在道路两旁的山石树木上挂花灯。她们去打听,原来是在为七夕节提前做准备。

离七夕节还有二十来天,她们肯定看不到了,但何曾觉得稀奇,拉着众人四处东瞧西看。

夜幕全然落下后,温度随之下降。阵阵山风拂动,何青柔穿得单薄,被风一吹就不由得缩了缩脖颈。她对这些兴趣不大,一直默默跟在众同事后面。

八点半左右,一行人回旅馆。

何青柔进房间,里面黑魆魆一片,只能摸黑打开灯。房间里没人。她在门口站定半晌,松开门把手,进去,换了鞋,然后该干什么就干什么。

洗漱,吹头发,她还把内衣裤洗了。做完这一切,林奈还没回来。

何青柔坐在床边,摸出手机看了看,没有消息。

她抿紧了唇,顷刻,又放下手机,准备倒杯水喝。

不过刚走两步,手机响了。

何青柔一顿,慢腾腾回身,把手机拿起来——一长串陌生的数字,应该是迟嘉仪打的。

果然,一接通,那妮子就在兴冲冲地大声喊:"青柔!"

何青柔好笑,应了一声,轻声问:"见到陈茗行了?"

高兴成这样,多半是已经面见了。

那边的迟嘉仪傻乐道:"她晚上回来,我现在坐车去她家等。"

何青柔看了眼时间,快九点半了,这会儿英国应该是下午一点半。

"带翻译了吗?"何青柔问,迟嘉仪英语口语奇差,她真担心迟嘉仪一个人坐车会走丢。

"我之前去过两回，自己能找到。"迟嘉仪回道。

何青柔叮嘱她注意安全，再问了下她在英国过得怎么样。迟嘉仪絮絮叨叨地说了许多，讲她第二次去陈茗行住的地方时，陈茗行的邻居把她当成贼，差点儿报警，又聊到英国阴湿的天气。

两人打了十几分钟电话，直到迟嘉仪到站才挂断。

何青柔走到桌前倒水，转身，这才偶然瞥到窗外的情景——窗外，前院与后院连接的走廊里，橘黄昏暗的灯下，林奈与云熙宁并肩坐在廊椅上。

两人都很沉默，谁都没开口说话。

何青柔忍不住站定，端着水杯看她们。

云熙宁说了句什么，可被林奈干脆打断了，她脸色变了变，不再继续。

光看两人的表情，何青柔就能猜出个大概。半晌，她收回视线，喝了口水再放下杯子，到床上躺着玩手机。

楼下。

那两人其实已经在这儿坐大半个小时了。先前吃完饭后，张总拉着林奈聊天，有人也对云熙宁说个不停，等张总他们都离开了，云熙宁叫住林奈，说想谈一谈。

正好，林奈也有这个想法。

后院温泉池里拥挤，但走廊人少，她俩走了一段，最终在这儿坐下。

方才的话被打断，云熙宁哑然许久，她抬头看了看温泉池里嬉闹的人群，蓦地感慨万千。

"你来南城一趟，变了很多，"云熙宁缓声说，"我都快不认识你了……"

"人总是会成长的。"林奈挺直接。

云熙宁一顿，顿觉苦涩，成长吗……

林奈小时候跟她很亲，但慢慢大了，不知怎么就生疏了。她性子傲，跟其他人相处少，更没几个朋友，这么多年了，接触最多、感情最深的只有林奈，她以为这样的友情可以永久，可没料到两人会走到这一步。

"之前的事，是我不对。"云熙宁说。在总公司时她与林奈方向不同，当林奈拉到董事会支持后，她处理事情过于情绪化，之后的做法很不理智。

林奈离开总公司的时候，云熙宁不在北京，等回去知道了，也许是气昏了头，拉不下面子，她当时也没太当回事。现在她不顾云家的反对，私自决定来南城，又留在这边，就是想找个机会跟林奈说清楚。

可显然，林奈已有察觉，不愿给她这个机会。

"立场不同，我们不过都是履行分内之事，说不上谁对谁错。"林奈说。

云熙宁默然。

林奈抬头往二楼看，房间里已亮了灯，何青柔应当回来了。

"阿奈，"云熙宁顿了顿，艰难开口，"我……"话到嘴边，她噎住，无论如何都说不出下一个字。她咽了咽口水，不多时脸色逐渐转为青白。

林奈自然知道她想说什么，但没心思过多纠结那些有的没的。

"姐，"林奈抢在前面，先发制人，不给任何机会，"天冷，早点回去休息吧。"

云熙宁一听，脸色刹那间更白了。

林奈起身，无暇顾及太多。

云熙宁颤了颤眼皮，又叫住她。

林奈驻足。

云熙宁嗫嚅半晌，认真地问："你是不是还在怨我？"

"没有。"林奈干脆利落。

云熙宁还想再开口，大抵是想劝林奈回去，仍旧不死心，可还未开口一番话就堵在喉咙里，上不来下不去。

林奈不再停留，径直走出后院，踏上楼梯。

云熙宁还坐在廊椅上，久久未动。

房间里，何青柔靠在床头，滑动手机屏幕在看朋友圈。何曾发了许多游玩的照片，其中一些照片里有她。何青柔给何曾点赞，不一会儿，何曾回复她一个"大笑"的表情包。

林奈开门进来，一眼就见她双脚露在外头，只在腰间搭了一角被子。

林奈上前，挑挑眉问："看什么呢？"而后她走上前，见到屏幕上的照片。

"没什么。"何青柔放下手机，披了披被子。

林奈说："我和云熙宁谈了谈。"

何青柔"嗯"了一声。

顿了下，林奈继续讲："之前的那些……你别跟她计较。"

何青柔说："不会。"

林奈简短讲了几句，把刚刚聊的那些都告诉何青柔。林奈沉默片刻，低声说了声"对不起"。

何青柔回答："没必要向我讲这个。"

林奈说："是我连累了你。"

何青柔挺坦然，道："不至于。而且你帮了我许多。"

屋里的白墙上挂着一个老式钟，指针一圈圈转动发出的轻微声音因寂静而格外清晰。

这时，手机铃声响起。不是何青柔的。

房间里安静，铃声便分外响亮。

何青柔转头看她，提醒说："你的电话。"

林奈这才摸出手机。何青柔无意中瞥到来电的备注——宋叔叔，也就是宋天中。

因林奈要接电话，何青柔掀开被子下床，故意走到桌边倒水喝。林奈话少，手机那头一直在讲，她只有"嗯""哦"两个字，通话不到一分钟。

最后是林奈回道："知道了。"然后挂了电话。

何青柔倒了水还没喝，其实不渴。见林奈结束通话，何青柔才回到床上。

"找你的，"林奈忽然告知，"你的电话打不通。"

何青柔一愣，突然想起她刚刚好像把手机设置成静音了，白天都是打开声音的，但晚上要睡觉，所以她一般会调成静音。

"怎么？"她抬头问。

"宋叔叔想买茶，问你能不能帮他买一些。"

何家的茶都卖完了，虽然何父给她留了一些夏茶，但分量不多，何青柔想了想，打算过两天让何杰去其他老茶户那儿买一些。

"可以。"她回道，"我明天给宋总回电话。"

明天找宋天中问地址，等何杰买了茶就可以寄过去。何青柔之前允诺送宋天中茶，正好趁这次给了。

像是看穿她的想法，林奈笑了笑，说："宋叔叔的茶友也想买。"

何青柔"嗯"了一声，多送一点儿也没什么。

"他的茶友很多，"林奈又讲，"一堆人。要是都送，上次你领的奖金就没了。"

何青柔一怔。

"明天他会联系你。"林奈抚了抚额前的碎发。

"嗯，那到时候细说。"何青柔斟酌着说。

翌日，天色仍旧晴朗。何青柔醒得早，林奈睡得正香，呼吸均匀。何青柔轻手轻脚起来，准备拿衣服去浴室换。

洗漱一番，何青柔再出来时林奈正倚在床头看手机。这次何青柔把东西都一一带全，不等林奈洗漱完毕，率先去了前院。

今天何青柔没迟到，还比大部分同事更早到。不过何曾还是先她一步。

云熙宁也在，坐在角落里，面色有点儿苍白。一看就是昨晚没睡好，眼下都微微泛着青黑。云熙宁瞧见了何青柔，向这边瞅了瞅。

云熙宁一个人坐那儿，似乎落寞得很。

何青柔没多关注她。

何曾给大家带了早饭，来一个人分一个。今天公司要去石像群拍集体照，所有人不得请假。

待人数清点完毕，时间一到大家就按队出发，等到了石像群那边先拍集体照，然后由各导游带大家参观。

何青柔她们先前来过一次，对此没什么兴趣。何青柔一边走一边玩手机，迟嘉仪今早发了新邮件，大意是她到陈茗行那儿住下了，后天就回国。

这天远地远出一趟国，能见到闺密，总算没白费。

没多久，宋天中来电，可能是比较忙，他没讲两句就挂了电话，说有时间再打过来，何青柔应下。

假期倒数第二日，蒋行舟找到一处民宿，请两人过去吃饭。

在这期间，宋天中一直没打电话过来，何青柔不好打扰他，只让何杰先留意着，去找几家熟稔的老茶户约单。

民宿临近山北，虽地方小，但五脏俱全。

何青柔不好意思跟在西南山那时一样等着吃，一到这儿就先进厨房帮着打下手。这次掌勺的仍是蒋行舟。

林奈也跟何青柔一起进厨房，一起洗菜。

蒋行舟话多，一面翻动锅铲一面跟何青柔说："阿奈不会做饭，青柔姐有空教教她啊。"

原先叫何小姐，现在关系近了，他们几个都改口喊姐。

何青柔偏头瞧林奈，想到那次去她家，明明冰箱里有一堆冻食，她却只炒了两个蛋做早饭。

蒋行舟炒菜很在行，不紧不慢地弄了一大桌菜出来。何青柔帮忙端菜。

端完最后一道菜，何青柔再进厨房，看到他在翻手机。

蒋行舟有个习惯，喜欢用手机拍照记录日常，他平时没事就爱翻翻相册。

何青柔是进去拿碗筷的，无意间却瞥到一张照片。照片里的背景十分眼熟，她不由得多看了一眼。

何青柔愣了愣，照片里的地方和她以前住过的小区外的一处公园特别相似。

也不是相似，一看就是同一个地方。

蒋行舟看到她盯着自己的手机看，没多想，还把手机递到她面前。

"两年前的老照片了，这个，"他指了指照片上的人，说，"那时的阿奈是不是跟现在一点儿也不像？"

照片里，林奈身着黑色短袖、军绿色工装裤，头发很短，戴着黑色鸭舌帽，打扮风格与现在的叶寻一模一样。若不细看，乍一瞧还以为是叶寻。

照片上的林奈独自坐着，手肘支在腿上，微弓着背，偏头看向远方，眼神略空洞，整个人显得有些颓废挫败。

"因为那时她比赛出了意外，伤到了脑袋，要动手术，就把头发剪短了，所以变化比较大。"蒋行舟解释，"拍照这会儿她才出院不久，而我要去西南山比赛，就让她一起来南城，刚好西区有个朋友请吃饭，这张照片就是在那里拍的。"

何青柔一怔。

"她说想出去走走，一下午不见人影，电话也打不通，找到她的时候正一个人孤零零地坐在那儿。"蒋行舟边说，边收起手机。

"两年前出了挺多事的，阿奈那阵子沮丧得要命，但好在后来慢慢走出来了。"

"她性子特别倔，认死理，不撞南墙不回头那种，可最后还是放弃了赛车。老实说，我们都没想过，有朝一日她会穿着正装坐办公室里审批文件，当年她可是整个车队的荣耀标杆，特别厉害，我和阿寻都是她带出来的。"蒋行舟把碗筷拿出来，叹了口气。

"现在我们这堆人里，只有阿寻还在赛车。"

他表情惋惜，既为林奈，也为自己。

何青柔不知如何回答，默然片刻，在蒋行舟要走出去之际，将人叫住。

蒋行舟疑惑。

"你可以把刚才那张照片发给我吗？"她问，照片里的场景太熟悉了，但她一时半会儿记不起。以前她应该见过，可她脑海里现在空空如也。

"行，"蒋行舟答应，"那先加个微信。"

何青柔颔首，出示二维码，验证成功后，蒋行舟立马将原图发给她。

其他人还在外面等着，她不好一直待在厨房里，保存了图片就跟着蒋行舟一块出去了。

吃饭期间，何青柔总是想着这事。

林奈给她夹菜，她回神，其他四人纷纷侧目。

过了一会儿，她问道："大家后天晚上有空吗？"

明天下午离开葛仙山，后天是星期天，届时如果他们有时间还可以请他们吃饭。

蒋行舟他们自然有空。

"那有什么想吃的？"何青柔弯弯唇，"到时候我请你们吃饭。"

林奈扫视四人一圈。

"家常菜，"蒋行舟没眼色抢着回道，裴成明踢了他一脚，他立刻改口，"青柔姐做什么我们吃什么，不挑。"

何青柔又笑，还没开口，林奈就先出声："火锅吧，吃上回那家。"

——巷子火锅店。

裴成明他们虽然不知道是哪家，但都应她的话，只有蒋行舟一脸的可惜，他还盼着能去何青柔家里瞧瞧。

应多数人的意见，何青柔提前预订了巷子火锅店。

吃完饭，一行人在民宿待了半天，叶寻他们凑一起打游戏，何青柔向来不怎么碰这些，便坐一旁看他们玩，偶尔切盘水果、拿两瓶饮料过来。

林奈与她坐一起。中途，公司那边来电，林奈出去接电话。

何青柔无聊，摸出手机翻了翻，翻到上午那张照片时脑子里霎时一闪，顿住，忽然记起——

那应当是二〇一三年六月了，日子有些久远，怪不得先前一时想不起来。

二〇一三年……那时她也不大好过。

那会儿她在公司里逐渐崭露头角，因为风头太盛而遭到打压，杨顺成还时不时找碴。

也就是那段时间的某天，傍晚时分，她在公园里遇到了林奈。

昏黄的落日余晖里，这人独独坐在长凳上，她的身后是郁郁葱葱的常青树和喧闹的人群。由于太格格不入，何青柔几乎一眼就注意到了她。

那会儿林奈好像抬头，看了自己一眼……具体的细枝末节，何青柔已记不清。她极力回想，可越是想，记忆就越模糊。似乎之后，自己走了过去？又似乎没有。

时间过去太久，真不记得了。

"在看什么？"不知何时，林奈接完电话回来。

何青柔下意识将手机按灭，道："在联系火锅店。"

林奈没再问，挨她坐下。何青柔稍稍偏头，偷瞧这位。林奈发现了，也盯着她看，何青柔却装作若无其事地垂下眼。

晚上，旅馆房间。

何青柔洗了澡出来，宋天中终于得空，给她打了电话。

他说的话与林奈转述的一致，想买夏茶。其实他们是想买味道最好的春茶，可何青柔告诉他那些老茶户的春茶基本卖光了，他才退而求其次要夏茶，且需要的量多。

宋天中那边有十几个茶友，大家听说他能买到林芒山现摘现炒的地道手工茶，便都托他捎一份。

"嗯，好，我明天就帮您联系。"何青柔说。

电话里，宋天中笑得爽朗，道："那成，我就坐着等茶了。"

何青柔与他聊了两句。宋天中工作多，没多久就匆匆挂断电话。

趁林奈还在浴室，时间才十点，何青柔给何杰打过去。

铃响两声，何杰就接起了："姐！"

这小子嗓门儿亮，精神十足。

何青柔笑了笑，轻声说："在做什么？"

"刚从外边回来，"何杰说，"陈阿伯昨天摔到了腿，今天我跟爸帮他采茶去了，晚饭在陈阿伯家吃的。"

陈阿伯是何家的邻居，一个孤寡老人，他对何青柔挺不错，何青柔小时候没少去隔壁串门。

"严重吗？"何青柔关切地问，蹙了蹙眉。

"没大碍，就是痛，医生说需要养一阵。对了，之前你不是叫我去约单吗，已经约好了，什么时候要？"何杰问。

何青柔坐到床边："过两天，待会儿我把地址发给你，你把茶寄到那儿去。"

何杰应声。

"晚点儿我把钱打爸账上，你明天去镇上取了钱结给他们，记得算清楚，别缺了漏了哪家的。"何青柔叮嘱道。

他们那儿的手工茶都是按两算，一般一两十几到上百元不等，价格与当地的茶叶公司相比确实会贵一些，但没办法，大家都靠那么一两块茶地过日子。一块地大的十几亩，小的几亩，一亩地产干茶也就十几二十斤，一年下来，收入最多的不过十万，少的，也许只有几千块。

譬如何家，茶地十亩左右，今年算周围的茶户里卖得比较好的，但拢共也就赚了四五万，春茶、夏茶一卖完，剩下的秋冬茶压根儿不值钱，况且茶叶公司不收秋冬茶，又少了一笔收入。

"哎，我知道。"何杰说，顿了顿，嗫嚅半晌，又问，"姐，你那边还能找到买茶的人吗？"

何青柔皱眉，等他说完。

"之前……"何杰纠结道，"之前我不是去约单吗？都约完了，郭三爷他们来家里找爸，想托我们问问你，能不能帮他们找到买主，今年他们的茶一点儿都没卖出去，全都积着。今年三爷家的春茶本来就没卖出多少，如今被那个公司断了路，唉……"

他内心不忍，不再继续说了。

林芒山周围的老茶户现在都愁着呢，他们销茶的法子老，就是等着人家上门下订单，有人订就卖，没有人就囤着，眼下茶叶公司想搞垄断，他们的生计便全部中断了。

何青柔一时无话，她也没办法，这么多散户，哪里帮得完。

"你让他们去镇上看看吧，"她叹息道，"或者去市里。走远一点儿，应该能卖出去一些。"

H市特产茶叶，来这边订老手工茶的人多是外地的，本地人几乎不会买，所以其实不论走多远，这种散户的茶都难卖。

何杰默然片刻，闷闷道："我会跟他们说。"

何青柔"嗯"了一声。

两姐弟再讲了一会儿，何青柔看到林奈从浴室出来，先挂了电话。

林奈洗了头，一手擦头发，一手拿吹风机。旅馆的吹风机是单独备的，不是挂在墙上那种。

插座在床头的右边墙上，林奈过来，随意将帕子搁在床头柜上，接着将吹风机插上电，吹头发。

这人就站何青柔旁边，风呜呜一吹，吹得水四处飞溅，些许落到何青柔手背上。有些凉。

林奈的头发直且乌黑，披散时长度差一点儿及腰。

何青柔抬眼，忽地想起照片上她短发的模样。与现在全然不同，不仅仅差在头发的长短上，但何青柔又说不出还有哪儿不一样。

她望了许久，待林奈将头发吹到半干，起身，过去接下对方手里的吹风机。

"我帮你。"何青柔说。

讲话声小，被淹没在了呜呜的吹风声里。

林奈没听到，但明白何青柔这是要做什么。她比何青柔高，这般站着，何青柔不方便，于是她在床边坐下。

何青柔顺手将热风调小一挡，然后手穿到她发间，替她吹头发。何青柔的动作很慢，同时也很轻，吹完一处，去拾下一束头发时，指腹总会无意地碰到林奈的头皮。

风小，吹得就慢，几分钟才吹干。何青柔放下吹风机，再帮林奈顺了顺头发。

"我们之前是不是见过？"何青柔俯视着林奈，手上的动作仍旧轻柔。

林奈不语。

"今天我在蒋行舟那里看到了一张照片，"何青柔说，"总觉得很眼熟。我记得好像见过你，但记不太清楚了。"

她坐到林奈旁边。

"天湖小区公园里，就在西区那边，你还记得吗？"

林奈自是记得的，不曾忘记。

公园里的人三五成群聚在一起，吵闹不休，林奈坐在那儿，冷淡而疏离，连带着周遭都是低气压。或许是一头短得还没一节手指长的头发，让她看起来不易相处，那时没人敢靠近她。

但独身一人的不只她，还有身着家居服的何青柔。

何青柔应当才下班不久，神色间透露出疲惫，有些心不在焉、愣愣怔怔。余晖镀在何青柔的身上，将她的发梢都染成昏黄，她在石子路上慢慢地走着，从枝叶茂盛的碧绿榕树下走到视野开阔的空地上，再走到自己面前。

林奈以为何青柔会继续走，但她停住了，林奈不由得抬头，多看了两眼。

安静，温婉——这是林奈对她的第一印象。

再就是……长得好看。

何青柔的一举一动都透着一股由内而外的淡然和沉稳，让人移不开眼。

好看分很多种，她偏偏是最合林奈眼缘的那种。

何青柔垂首，头发顺着脸颊散落——一个半大的小孩温暾地走过来，腼腆地牵了牵她的衣角，糯声糯气在讲什么。

或许是因为太过害羞，小孩脸颊通红，说话声音很小，小心翼翼地看着她，眼里满是期许。

林奈用余光注视这一大一小。

何青柔笑了笑，蹲下身与小孩说话，小孩一听，睁大眼，赶忙摇摇头，何青柔抚慰地摸摸他的脑袋，又小声地说了什么。

小孩儿怯怯地朝林奈看来。

林奈半合眼，避开他的目光。这个举动让林奈看起来十分冷漠。

小孩又拉拉何青柔，一张小脸纠结得很，想请何青柔帮忙，但何青柔没允。他只得自己不情不愿地慢腾腾地挪到林奈面前，低声道："姐姐……"

林奈抬眼，看了他一下。

小孩小腰板挺得笔直，可能是被吓到了，赶紧回头望了望不远处的何青柔。

林奈也顺势望去。

何青柔微勾唇角，朝这边颔首，不知是对小孩还是对林奈。

小孩回头，张张嘴，大眼瞪得老大，看着林奈。

"做什么？"最后还是林奈先开口。

语气一如既往地清冷，毫无起伏。

小孩儿以为她似乎不高兴，包子脸瘪了瘪，怯生生地说："姐姐可以让……让一下吗……我的球在你脚后面……"

林奈低眼，发现凳子下躺着一个蓝色的皮球，离她不到十厘米。

小孩胆小，见她冷着脸，不敢过来捡，便想让何青柔帮忙。但何青柔没答应，她让他来。

林奈顿了顿，反手将球抄起，递给他。

小孩惊喜，伸手抱住皮球，大眼眨了眨，道："谢谢！"

说完，小孩忙不迭地跑了。何青柔还站在原地，那小孩同她摆摆手，她淡淡一笑。

广阔无边的天地里，林奈在看她，她不疾不徐向这边走来，在长凳的另一端坐下，林奈垂下眼，默不作声十分冷淡，两人都没说话，如此安安静静地坐了许久。

这是两人第一回相遇，再平常不过，没有一点儿特殊之处。

日隐高楼时，何青柔先走了，林奈仍坐在长凳上，直到蒋行舟找来。

他们离开公园时，云霞遍天、满地余晖，一瞬间美得不像话。

她再一次见到何青柔是在八月初。那时叶寻考上C大，林奈送叶寻到重庆，原本送完人林奈就该立马回北京，可她鬼使神差地临时改签到南城。

八月初的南城如上锅的蒸笼，路两旁的树木枝叶都蔫巴了，她打了个的士去西区。林奈不记得具体的地址，只记得是这个片区。

可司机师傅听错了，把她送到了西街。

天热，林奈更加心烦意乱。林奈想再找车，却偶然在一个转身间，见到何青柔和迟嘉仪由街尾拐角处走出。

何青柔穿着半裙，露出细瘦的小腿，又白又直，踩着米白色高跟鞋不紧不慢地走着。迟嘉仪话痨，她一直在听，时不时唇角稍弯。

或许是没看到林奈，或许是没认出，她与林奈擦肩而过。

不过她路过之际，起了风，被风卷起的些许长发吹到林奈胳膊上，缠了缠，但只一瞬，又落开，她仍旧未注意，与迟嘉仪一起进了一家甜品店。

林奈没跟去，打车去了机场。

一年前她毕业回国，林父想让她先历练一番，于是将她派到东宁总公司。由于利益相关，董事会那群老顽固百般阻拦，她本要空降人事部经理，最后转到设计部，从基层做起。

刚回国身体不适应，林奈还没上班就感冒了，在家休养两三天都不见好，反倒是嗓子越来越哑。

上班后，她接的第一份工作就是跟南城分公司做对接，而对接人便是何青柔。但那会儿林奈还不知道对方的名字，更不知道电话那头的人自己见过。

对接工作烦琐，需要核对的地方多，耗时长。

可电话那头的人性子极好，耐心地讲解，声音低柔，让人很舒服。林奈也是在此期间无意查了一下，翻到何青柔的资料，看见一寸照，才后知后觉反应过来。

林奈对那个偶然遇到的温柔女人感到好奇，莫名就觉得何青柔亲切。

后来又发生了很多事，林奈决定去南城，于是向上头申报因为在总公司服不了众，想从分公司做起。

那回林奈去酒吧遇上她纯粹是偶然。

一如两年前，何青柔安静地坐在角落里。何青柔的周围有许多蠢蠢欲动的窥视者，有些人想要请她喝酒，不安分地凑上去，她都一一拒了。

林奈帮何青柔解围，从而与之有了交集。不过她们当时聊得不多，连对方的名字都没问。

但最终她俩在分公司又碰见了。缘分就是如此。

"嗯。"林奈简短地回道。

何青柔愣了愣，怔道："好像以前还不止见过你一次。"

记忆像洪水，一经开闸便猛地涌动，除了这张照片，何青柔总觉得还有很多诸如此类的瞬间。

"我以前来过分公司。"林奈也没藏着掖着。

以后她会慢慢跟何青柔讲清楚，不急在这一时。

何青柔便不再问，想着林奈确实来过分公司，兴许自己见过，只是忘了。她将吹风机放回原位，打算今天早点儿睡，毕竟明天就要回城了。

房里没开灯，但月光照进窗里，映到床上。

借着月光，何青柔侧头，轻声道："明天要下山了，快睡觉了……"

林奈回："知道。"

这一晚两个人都睡得沉，天上的云层太厚，遮住了所有的光亮，到处都是昏沉沉一片。

下半夜起了大风，直至快天亮时才得以平息。

翌日何青柔醒时，屋里还是黑压压的——两层窗帘都被拉上。林奈不在，不知道什么时候出去了。她睁开惺忪的双眼，不解地抱着被子坐起身。

窗帘缝隙间透出白亮刺眼的光，时间应当不早了，何青柔摸到床头柜上的手机，解开屏锁一看，快十一点半了！

上午何曾给她打了好几个电话，可是手机静音，她都没接到，而今天因为下午要离开葛仙山，上午不用集合，所以她根本没调闹钟，哪知一觉睡到大中午。

本来之前就有些累，昨晚没休息好，现在更甚。何青柔在床尾摸索，收拾一番才拉开窗帘，亮光一下子投射进来，房间里瞬间亮堂，她略微不适应地闭了闭眼。

下午一点就要集合，清洁人员会提前半个小时来打扫，何青柔抓紧时间边收拾，边给何曾回电话。

电话接通。

"何曾姐，"声音微哑，她赶忙清了清嗓子，"你找我有什么事吗？"

何曾那边很吵，说话声有些大："这不是下午要走了，大家想找你拍两张合照，正好中午在一桌吃饭。你怎么了，感冒了？"

何青柔说："可能昨晚没盖好被子，凉到了。"

高山上夜里温差变化相对于城区确实大，因此感冒的同事已经有两三个了。

"我室友备了感冒药，要不要待会儿吃饭的时候我给你带过来？"何曾问。

何青柔刚要回答，这时门开了，林奈提着一个保温桶和一摞盒子进来。她顿了顿，回道："不用，我吃了药的。何曾姐，中午吃饭我可能来不了，要和朋友一起。"

何曾"哦"了两声，又说了几句，很快就挂断电话。

林奈把保温桶放桌上，将盒子一一摆开。保温桶里是奶白的鱼汤，盒子里是各种菜，还有切好的水果。大清早起来就是为这一顿吃的忙活。

"我让蒋行舟做的，"林奈摆好碗筷，拉开面前的椅子，"过来吃饭。"

何青柔不挑食，林奈让蒋行舟炒的菜都是之前一起吃饭时何青柔常夹的。毕竟就算是不挑，但人总有偏好，林奈不会炒菜，只能把蒋行舟叫起来帮忙。

林奈去找人时才八点左右，彼时蒋行舟在被窝里睡得舒服，大清早的还在做梦呢。

蒋行舟厨艺没得说，一开盖就香气四溢。何青柔本不觉得饿，一闻到味食欲立马来了。

她过去坐下，林奈帮她盛饭舀汤。

"多喝点儿。"林奈递来汤碗。

何青柔接过碗，舀了一勺，汤鲜味美，又喝了两口，她望了一眼林奈，林奈正在夹菜，夹了放她碗里。

何青柔安静地吃着，这人一直给她夹菜，自己一口也没吃，不多时何青柔碗里就堆出个小山尖。

"好了，别夹了，"何青柔阻止她，"我吃不下那么多。"

林奈便止住。

"下午要不要跟阿寻他们一块走？"林奈问，把盒子都推过去了一些，"坐公司的车可能得天黑了才能到城区，跟阿寻他们一起可以提前出发，他们开车过来的，会快一些下山。"

公司要集合排队，时不时还得等人，确实会慢很多，等到家还不知得什么时候，何青柔自然愿意和叶寻他们一块走。

"那我待会儿跟负责人说一声。"

"嗯。"

中午一点，何青柔一行人提前下山。

叶寻他们开了一辆白色奥迪和两辆重机车过来，齐风和裴成明骑重机车，其余人坐奥迪。叶寻开车，蒋行舟坐副驾驶，何青柔和林奈则坐后排。

齐风、裴成明两人骑着重机车一溜烟儿就没影了，叶寻不与他俩拼速度，在后头慢慢开。

山下的气温一如既往地高，地面烫得可以煎鸡蛋，车里开着空调倒还好，比来的那天舒适多了。

车程远，何青柔在半路就开始昏昏欲睡。她合上眼，背倚座椅，但车窗外的阳光太强，刺得她睡不着。

林奈侧头看到，一言未发，挺直背，身子稍微前移一点儿，恰好挡住阳光。

何青柔的眼睫不再颤动，渐渐睡了过去。叶寻透过后视镜看了一眼，不动声色地放慢速度。

车沿弯曲的公路行驶，一路上，树木越来越少，房屋越来越多，路也越来越宽。

下了高速公路就是新城区，不用她们说，叶寻径直开往老城区。

太阳西斜时分，车子进入老城区。何青柔刚好在这时候醒来。

一睁眼，她便看到了林奈清冷分明的侧颜。林奈见她醒了，同样偏头看了看。

"马上到了。"

车驶入安和街。进了安和街，拐个弯儿就是天星大道，何青柔家就在前面。

到了小区门口，何青柔下车，向叶寻道谢。叶寻淡淡点头，蒋行舟笑着冲她摆手："青柔姐，明天晚上见啊。"

何青柔莞尔，再看了林奈一眼，林奈与之对视。

他们五个今晚还要单独聚聚，装成明他俩早回城了，林奈三人也要早点儿回去。

叶寻发动车，奥迪飞快驶出天星大道，消失在拐角处。

何青柔拉着行李箱回家，刚进门就收到林奈发来的消息，她扫了一下——林奈发的全是关于如何缓解疲劳的方法，条条款款，就跟在网络上摘抄的一样。

何青柔没回复，放下手机就去收拾东西、打扫卫生了。

等差不多结束时，迟嘉仪打电话来约饭，她不想去，但迟嘉仪已经开车出门了。

两人约在一家素菜馆。

一个星期没见，迟嘉仪换了个发型，由黑长直变成了茶色大波浪，她的心情应该不错，脸上的笑意兜都兜不住。

何青柔翻了翻菜单，好奇地问："什么事高兴成这样？"

迟嘉仪抿嘴笑了笑，道："我跟你讲，这次出国没白去。"

何青柔勾选好菜，将单子递给服务员，肯定地说："跟陈茗行和好了。"

"我不是去她家了嘛，"迟嘉仪点头，"随便编了一个借口借住，剩下的几天都是在她那儿过的。"

何青柔稍一扬眉，等她继续讲。

"在她那里蹭吃蹭喝，赖着不走。"迟嘉仪叹道，"那日子舒服得……都快整得我无欲无求了。"

"她不烦你？"何青柔故意问。

"不烦啊，我俩可好了。"迟嘉仪乐呵呵的，停顿了下，突然想起一件事，"我在那的最后一天，还遇到了她妈。"

何青柔问："找陈茗行有事？"

迟嘉仪颔首，道："嗯，她妈突然就来了。当时她出去买菜了，我一开门，当时就愣住了，她妈脸色可真难看，看得我心里发怵。"

当时迟嘉仪才起床，打开门便见到陈母，即便没见过，但她一眼就知道这是陈茗行的家人，长得实在太像了。

陈母看到她，态度比北极还冷，迟嘉仪很尴尬，赶快让开，非常礼貌地请陈母进去，但不知道为什么，陈母从头到尾都没给她好脸色，整个人戾气之重，好似不欢迎女儿房子里有外人。

迟嘉仪倒不介意陈母的态度，秉着晚辈的姿态，规规矩矩倒水，客套地说了几句话。

陈母一句没回，无端端就有点儿拿迟嘉仪撒气的意思，明显就是对陈茗行有气，所以有意刁难女儿的朋友。

"她妈没对你怎么样吧？"何青柔皱眉。

迟嘉仪摇摇头，道："那倒没有，阿姨就是脾气不行，可能是对陈茗行太生气了，没控制住自己，除了没给好脸色，倒没做什么。"

何青柔喝了口水。

迟嘉仪说："她待了半天就走了，是连夜离开的。我还听到她们吵架了，那阵仗……真的恐怖。"

"她会解决，你别担心太多。"何青柔安慰说。她对陈茗行和陈家都不太了解，给不了有用的建议。

"我知道。"迟嘉仪回答，"她家的事，我也管不了。家家有本难念的经。"

素菜馆上菜速度快，她们聊天的工夫，服务员送上第一道菜。土豆泥约莫拳头大小，盖在白瓷盘中央，上头淋着油亮的酱汁，还附带了一小半碗葱花。

迟嘉仪不吃葱，把葱花全推给何青柔，并一面吃，一面问何青柔度假怎么样。

何青柔挑了一些有趣的事讲。

讲完度假，何青柔提了下茶叶滞销的事，她认识的人里只有迟嘉仪一个能交心的，茶叶的事让她有点儿烦，说出来会好受些。

服务员上了第二道菜，迟嘉仪顺道夹了一筷子，随口就说："你干吗不接了自己做？"

何青柔一顿。

"有销路、有货源，就差个中间商了，你可以自己做啊，"迟嘉仪继续说，"这可是发财的大好机会。"

何青柔哑然，茶叶又不是消耗品，宋天中他们至多买十几二十斤，且下次再买得什么时候去了，老家那边散户有三四十家，销路这么窄，怎么做得下来？更重要的是她没本钱，银行卡里的存款只有二十多万，进完货，剩下的余额不够周转。

"哪有那么容易。"何青柔叹道。

迟嘉仪却不认同："可以试一试，真的，你不做，迟早也会有其他人去做的。我说实话啊，你们那儿就是太封闭了，空有手艺。秉着落后的老法子做生意肯定会被淘汰，现在讲究科技，网络那么方便，打开手机购物软件点点鼠标就行的事，客户吃饱了撑的才会往山里跑。"

何青柔沉思，这条路山里有不少老茶户都试过，但没一个走通了的，包括何家。网店竞争大，没有顾客基础就会被淹没掉。毕竟单子少，店铺信用度不够，排名落到十万八千里远，半个月能有一单生意都算走运。

何青柔想接手，但这块山芋太烫手，她不敢接。

"你上次给我的茶叶，我拿了一半给我爸，"迟嘉仪又说，"他很喜欢，让我谢谢你。"

"下回我再给叔叔带点儿夏茶。"

迟父嗜茶，老家那边寄过来的茶叶，何青柔都会多分一些给迟嘉仪，意在给迟父一份。

迟嘉仪说这话不是这个意思。她摆手，道："别，上上回的茶叶都还没喝完呢，他朋友才送了一些，多得很。"

语罢，迟嘉仪停了停，挤眉弄眼，道："你知道他朋友买的茶有多贵吗？"

何青柔抬头。

迟嘉仪伸出三根手指，道："三百块一两，还是商场那种散装的。"

何青柔一愣，她平时逛街常看到这种卖散茶的店，这种茶的品相跟她家的比可差得远，但她没问过价格，没想到这么贵。要知道何家最贵的春茶也才一百二十元一两。

"你想想利润有多大，"迟嘉仪说，"我要是你，我贷款也要做。"

被迟嘉仪这么一说，何青柔心里无比纠结。

风险大，回报大，而且机会难得……如迟嘉仪所讲，何青柔不做，以后其他人也会做。按林芒山如今的趋势，老茶户们的处境只会越来越艰难，就算没有茶叶公司的逼迫，照这两年社会飞速的发展趋势来看，太过传统死板的方式会渐渐被淘汰。

迟嘉仪见她沉默，也不继续劝说了，点到即止。迟嘉仪将话题移开，让何青柔自己慢慢想。

心动归心动，理智还是在的，何青柔需要细细考量一番。

吃完饭，同迟嘉仪分别，何青柔回家，还没进门，一个陌生的号码打来电话。

号码所在地显示 H 市。

何青柔一愣，隐约猜到对方是谁。

果不其然，电话那边就是郭三爷。

郭三爷先跟何青柔寒暄了几句，过后才慢慢讲到正题上——问何青柔最近有没有人要买茶。

因着何青柔帮宋天中约单的事，现今大家都盼着何青柔能再找到买主。茶卖不出去，郭三爷心里急啊，因此觍着老脸来问。

何青柔如实回答。

郭三爷沉默许久，然后干笑了两声。

何青柔想宽慰他，可他先开口："没事没事，那要是有人买，你再帮我推推。现在我们家的茶便宜，五十、八十都卖。"

这是打算贱卖了。

何青柔不知道该说什么，安抚他先别慌，不要着急。聊了一会儿，郭三爷不好意思再说下去，挂了电话。何青柔叹气，但也没办法。

茶叶滞销以及迟嘉仪的话，在何青柔心头留下了一道痕迹。夜里，何青柔翻来覆去，竟一直在思考这个。

着实睡不着，她打开手机。

林奈在十分钟前给她发了消息："睡了？"

何青柔裹紧被子，打字："没。"

须臾，聊天界面显示"对方正在输入中"，但过一会儿又停住。

黑夜里，手机发出的亮光有点刺眼，她将亮度调低。

刚调完，林奈打来电话。她怔了怔，缩进被里，接通电话。

"怎么还没睡？"

"睡不着。"何青柔小声说。

林奈站在阳台上，身后的玻璃门大开，屋里的冷气直往阳台扑，她丝毫不热。五两蜷在林奈脚边，毛绒尾巴一甩一甩，叶寻等四人坐在客厅里打游戏。

"担心茶叶的事？"林奈问，五两毛厚又胖，到了夏天就是移动热源，还非得往她这里凑。她把脚挪开，小崽子立马扑上来。

电话那头何青柔抿唇，半晌后，"嗯"了一声。

林奈拎起五两肉肉的后颈，把它扔进屋，将门关上。五两气急，扒着玻璃门朝她龇牙，可惜它出不来，一张肥脸在玻璃门上挤成大饼。

"小杰找我说了。"林奈转身，不再搭理这个烦人的小崽子。

何青柔这边没有办法，何杰便想到了林奈，想着兴许林奈人脉广，指不定能帮上忙。

不过林奈没允下，而是另有打算。

"你别管他。"对于何杰找上林奈，何青柔有些不好意思。

林奈倒没觉得有什么。

"你有没有考虑过接下这个？"林奈突然问。

她的想法与迟嘉仪一样，但又多了点儿私心，何青柔愿意接下是最好的。

何青柔翻身平躺着，老实坦白："我接不下。"

财力和资源都不行。

"担心钱不够？"

"不止，"何青柔有点儿无奈，"还有，我没做过这些，没有经验……"

总不能想做就做，万一一个失误，流掉的可是她的积蓄。她工作好几年攒的票子，平时自己都舍不得挥霍，眼下真不敢冒险。

"不用怕，"林奈语气里染上柔和，安抚道，"我可以帮你。"

何青柔未语。

"客源方面，宋叔叔和阿寻他们可以解决。"林奈又说。

何青柔沉默一阵。

"这么想我接手？"她语调微扬。

"嗯。"林奈直言。

何青柔愣了愣，讷讷地问："为什么？"

"等你赚钱了给我分红。"林奈回道。

她认真笃定的语气让何青柔发笑。先不论家境，堂堂总监恐怕光工资都比何青柔多个零，她怎么会在意分红这点儿钱。

何青柔当她开玩笑，没在意。

"我考虑考虑，"何青柔说，末了，补充道，"接手茶叶的事。"

"我想入伙，"林奈趁机提出要求，"你考虑好了告诉我。"

她知道何青柔不会找她借钱，多半会去银行贷款。入伙，一方面可以解决何青柔的后顾之忧，另一方面，自己也想找点儿事打发时间。

何青柔没立即应声。她听到了那边的猫叫声，反正睡不着，于是坐起来，问："你把五两接回去了？"

"回来待两天，后天送它回医院。"林奈推开门，放它出来。五两气呼呼的，不满地冲主人叫。

何青柔听到声音，知道小家伙生气了，林奈老喜欢逗它。何青柔本想明天晚些时候去医院看五两，星期天空闲时间多，星期一就会很忙了，现在显然得等有空的时候了。

"它瘦了没？"何青柔问。五两爱偷懒，一个星期没看到它，也不知它减肥成效如何。

林奈看了看地上的圆团，道："没有。"

五两抬爪，要扒林奈的脚背，林奈径直跨进屋，让五两扑了个空。阳台的围栏也是玻璃的，小家伙没辨认出，"啪"地一下撞上去，摔得眼冒金星，四脚朝天仰躺着。

林奈挑挑眉，这崽子真是蠢得没边了。她俯身，要把五两拎起来，五两却"噌"地站起，避开她的手，倏地跳开，跑了。

五两跑了一段，又停住，背对着她撅了下屁股。

林奈将门关上，进屋，随便找个位置坐下，继续同何青柔聊天。

五两久等不到主人，一转脑袋回望，见林奈坐得远远的，仰头叫了一声。林奈不理它，它在原地委屈巴巴地转了两圈，立着尾巴往客厅走，脾气大得很。

蒋行舟看它往自己这儿来，以为它要亲近自己，一手拿手机，一手要摸它，不料五两直接一爪子伺候，吓得他赶忙缩回手。

他的胳膊肘一时不注意顶了一下右边的叶寻，叶寻没防备，一个手滑将大招发到队友身上——接着队友"死亡"。

叶寻乜斜他一下，甩眼刀子过去。

蒋行舟只能干笑。

第 7 章

做生意的何小妞

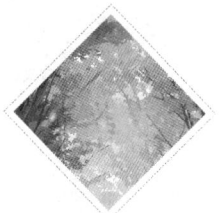

八月初，温度持续走高，短短两三天，南城的温度就从 40℃升到 42℃，连吸进肺里的空气都带着一股子热意。

经过再三考虑，何青柔终于决定接下滞销的那批茶叶。

在银行贷款与拉林奈入伙两者之间，她选择了后者。一方面，相对而言，银行贷款流程更复杂、更麻烦；另一方面，客源基本都是林奈拉的，不让人家入伙好像说不过去，林奈在这上面比她还上心。

有了资金和销路，接下来的事就好办多了。

货源是现成的，何青柔让何杰去那些老茶户家收购滞销的茶叶，按原价收，由于处在初始阶段，她不敢贸然抬高价格，毕竟赚差价叫人家知道了，指不定后续会翻船。

收购的茶叶则放到网店卖，第一批客户全是宋天中的茶友。

至于售卖价格，是林奈定的。何青柔看着比成本价翻了五六倍的单价，不由得咋舌，犹豫道："这样是不是不太好……"

她们的客户都是林奈认识的熟人，定价太高有点儿专坑宋天中茶友的感觉。

何青柔没做过生意，不懂个中门道，林奈用非常直白的话解释道："价格太低，会拉低档次。"

宋天中的那些茶友不缺钱，几十百来块的茶叶在普通人看来算贵，这些人却会觉得可能是茶叶太次，有时候，对他们来说价格往往是最简单的判别好坏的方法。

况且林芒山的手工茶本就属上品，在林奈看来，这些价格原本就定低了，要不是何青柔拦着，再添个零她都不会有什么心理负担。

等生意基本定下，八月中旬，林奈离开了南城几天。

叶寻他们四人也在中旬回了北京。

这几天里，何青柔一边处理网店的单子，一边工作，忙得脚不沾地，连迟嘉仪约她都没时间出去。

周六，林奈打电话，说晚上回来。

何青柔正用微信跟何杰谈事，没注意听，讲了两句就挂了。

傍晚，外头忽然起风，一碧如洗的天上眨眼间乌云密布，天色霎时变得暗沉，风雨欲来。

何青柔一抬头，想起阳台上还晾着衣服，赶紧起身，出去收东西。

她刚收了衣服进屋，豆大的雨点噼噼啪啪地落下，打得窗户玻璃啪嗒啪嗒作响。

她把衣服挂到客厅左边的架子上，这时门铃响了。

何青柔疑惑，过去开门。

门外，林奈左手拉着行李箱，右手抱着橘黄团子。五两看见她，大黑眼珠滴溜儿转。

"我要借宿几天。"

屋外的雨突然下得更大了，风由走廊尽头往里灌，何青柔赶紧让林奈进门，并拿了一条毛巾给她。

五两挣脱出来，稳稳落到木质地板上。它在客厅里走了几步，歪着脑袋，茫然地打量着周围，走到挂衣服的架子边，直起身子，用肉爪去抓衣服。

五两太重，这么一抓拉就直接将衣服扒掉一件。林奈走上前，捡起衣服重新挂好，将它拎到沙发上。

何青柔倒了一杯热水走过来。

林奈今天穿着纯白短T、五分裤，整体打扮休闲，白皙小腿上沾着雨水，头发湿了，肩膀部分也是湿的。林奈抓起毛巾胡乱擦了两下，往沙发上一靠，伸手接水，一气呵成。

她的动作干脆，脸色却有点儿白，两缕粘在脸颊两侧的头发让这人看起来略狼狈。

何青柔嘴皮子动了动，最终把要说的话先搁着，拿过毛巾，半跪坐在沙发一旁，替这人擦头发。

林奈眼睫垂了垂，何青柔不用香水，但两人靠得近，能闻到她身上淡淡的沐浴露味道，若有若无地往鼻间钻，很好闻。

"也不知道打把伞，"何青柔念叨，依稀记得林奈的车上是有伞的，被淋成这样，多半是下雨后下的车，"你这样很容易感冒。"

头发擦干后十分毛燥，何青柔顺带帮忙理了理头发，无意中低头看到林奈湿漉漉的肩部。白T打湿了会变透，柔软的布料将分明的半截锁骨和圆润的肩头轮廓勾勒出来。林奈耳侧有一小缕湿发软塌塌地贴着脖颈，弯曲盘绕，尾部粘在皮肤上逐渐延到深处。

五两趴在沙发角落，耷拉着的尾巴立起，不停地摇动，不一会儿站起来朝她俩靠近，走到何青柔边上，伸出前爪踩何青柔的小腿。

"喵——"

它仰起脑袋叫唤，圆脸皱巴成一团，似乎很委屈她们不理会它。

何青柔被它逗乐了，顺势起身坐在林奈旁边，将五两抱在怀里。

有人抱，五两心满意足地靠在她胸口，盯着脸色转黑的某人。

何青柔不理会林奈，兀自抱起五两，看到门口的行李箱，再偏头瞧见她打湿的衣服，柔声说："你先把衣服换了。"

林奈没动。淋雨后，她嘴唇略带乌青，湿漉漉的衣服贴在身上，外头风又大，肯定有些冷。

"我把客房收拾一下，"何青柔抱着猫站起来，"换好的衣服放厕所里就行，我晚点儿一起洗。"

说着，她走向客房。

林奈坐了会儿，待何青柔进去才找出衣服进厕所换。换完出来，忽地瞧见透光的窗户，林奈面无表情地走过去，"唰"地将窗帘拉上，遮得严严实实，绝不漏出一丝缝隙，再走到玄关处，将大灯打开，黑魃魃的屋子瞬间变得亮堂。

何杰他们走后，何青柔把客房完完全全打扫过一遍，床和柜台都拿布遮住了的，现在只需把布撤走，简单清扫一下就行。

客房比卧室小，窗户开在偏左边墙的位置上，故而这里的光线有点儿暗。房里的布置也十分简单，床、桌子、衣柜，外加一个吊椅，再无其他。何青柔放下五两，开灯，把布一一拿开。

五两跳到吊椅上，乖乖蹲着。

何青柔打了一盆水，将屋里都擦了一遍，然后打开衣柜最左边的柜门，拿出放在里面的被褥等铺床。

五两直起上半身，上下动了动脑袋，看到她铺了被子，"噌"地跳到床中央，蹲在软绵的被子上不肯动了。

何青柔拍了拍它的后背，它小声地叫着，两只前爪交换着踩动，何青柔便由它了。

林奈进屋时，何青柔刚放好枕头。她打开床头柜的抽屉，拿遥控器开空调。

空调应该有些年头了，看不出牌子，外壳黄旧，一打开就呜呜响，不过声音不大。

"空调制冷有点儿小问题，你要是不习惯可以跟我换一个房间睡。"何青柔说。

"没事。"林奈将行李箱放在衣柜旁边。

被褥一拿，衣柜里空荡荡的，里面什么都没放。

"我给你拿几个衣架过来。"何青柔绕过这人，转到旁边的屋里。

五两见她出去，立起身，肥硕的屁股摇了摇，又要跟去。但显然林奈快一步，先出去，并顺带把门锁上，把这个碍事的小崽子关里头。五两出不去，伸爪子扒门。

林奈紧跟着何青柔进她的房间。相对于客房的单调，何青柔的卧室显得更温馨，整体偏暖色调，书架、桌案等一应俱全，家具多却不凌乱，所有东西都井然有序，连桌上的笔都整整齐齐地放着。

何青柔打开衣柜拿衣架，转身看到林奈直直站在门口，斟酌片刻，还是忍不住问道："怎么要到我这里借宿？"

两人现今不但是同事，也是朋友，要借宿几天也可以，只是何青柔疑惑发生了什么，不然林奈怎么会沦落到借宿的地步，她有点担心是不是出事了。

"我把房子卖了，还没找到新住处。"林奈解释道。

何青柔一愣，问："为什么？"

"缺钱。"

何青柔又愣住了。

林奈关上门，如数交代："做了几笔投资，没钱了，现在店铺的周转资金不够，只能先把房子卖掉。"

如今房价疯涨，廊桥水岸那片的房价更是高得离谱，之前林奈把账上的钱全投资了，手里没钱，于是干脆卖房子折现。

当然，其实林奈没钱大可跟朋友借，但当何杰说了茶叶的事，这人又有了更深一层的打算。

卖房入伙，住进何青柔家中，顺便到这儿躲一躲林家那边的逼迫。

"店里的初始资金不是还有二十多万吗？"何青柔说。开店她出了二十万，林奈出了十万，因为正处在初期，店铺目前囤的货并不多。她想着先卖一批试试，如果不行可以尽早收手。开店这半个多月，店铺的生意还算可以，她今天早上就是在跟何杰说进第二批货的事。第二批她打算进八万的货，留十几万周转，这笔钱足够了。

"我让小杰进了三倍的量，钱马上就要用完了，"林奈说，"叶姑爷他们公司预订了一批茶，不用担心。"

叶姑爷，叶寻她爸，这桩买卖自然是叶寻促成的。

何青柔的心一悬一落，不过一想到第一批都还没卖完，现在又囤一大堆，就算卖给公司也卖不了多少，她不禁来气，这怕是要猴年马月才能卖完。

"都不跟我商量一下。"她眉头一皱。

"我让小杰跟你说了的。"林奈轻语，弄了弄半干不湿的发尾。

"没有，小杰没跟我说过。"

"可能他忘了告诉你，不信你待会儿打电话问他。"林奈说。

何杰这两天要来南城，兴许忙着打包行李和茶叶约单，所以打电话时把这个事忘了。这小子贼不靠谱，这么重要的事也能抛之脑后。

不过也正常，毕竟林奈这边人脉资源广，新进的那点儿货不难卖掉，用不着过分担心。

何青柔思忖，纠结半晌，还是没说什么，也相信林奈。眼瞅着林奈是匆忙过来的，一看就还没吃饭，何青柔说："我要去做饭了。"

接着她咬了咬腮帮子，又问："你要待几天？"

林奈没考虑过这个问题，压根儿就答不出。

"一个星期？"对方不说，何青柔便给她定了期限。

林奈说："再看。"

早上何青柔去菜市场买了鱼和排骨，本来是打算晚上做红烧排骨和清蒸鱼的，但被林奈突然一搅和，都到这个时间点了，等做好得什么时候了，眼下只能做点儿简单的吃食。

她将排骨放回冰箱，准备做鱼汤面。

林奈收拾好行李，慢悠悠转进厨房。这人不会做饭，只能在一旁干看着。

五两被关了将近一个小时，现在才被放出来，此刻对林奈怨念巨大，就差亮爪子抓人了。它示威性地朝林奈叫，林奈抬脚，径直从这小崽子身上跨过去。

案板上放着一棵白菜，林奈看到，拿盆接水洗菜。

何青柔本不想理她，但看到她接满一盆水，拿着整棵白菜就要往里放，赶快伸手制止。

林奈不解地看着她。

"洗几片就行，吃不了那么多，天太热，菜叶沾了水容易烂。"

"嗯。"林奈照做，摘了五片，然后把剩下的放回去。

何青柔回身做自己的事。五两一扭一扭地走到她的脚边，半蹲着，仰头望她。它冲何青柔叫，声音低低的，并用爪子扒了扒脑袋，再去蹭何青柔。

林奈忽然蹲下身，将它抱起来。

它惊乍地叫了起来，林奈不为所动。

"你别老是欺负它。"何青柔说。

五两不停地扭动，想挣出来，但没用。

"怕它偷吃。"林奈解释。

何青柔倒没想到这个。

"那你先把它抱出去，我做好了端出来。"何青柔说。

林奈应下，将五两抱到客厅。

五两不满，一落地便飞快地蹿开，又往厨房奔。可林奈明显料到它会如此，出来时早将厨房的门关了。

进不去厨房，五两就用前爪搭在门上，一个劲儿地抓。林奈走过去，将它抓起，再次丢回客房。

何青柔在里面听到动静，好笑地摇摇头。

鱼汤面很快做好，何青柔将面捞起来端到客厅。林奈在沙发上等着，见她出来，上前去接碗。

"去把五两放出来。"何青柔避开，把碗放到桌上。

林奈说："辛苦了。"

五两正在扒门，没防备，开门时它身子向前一空，差点儿滚出来。幸亏反应灵敏，它左右晃了晃，险险稳住身子。

它生气了，又朝林奈示威性地叫，可林奈不管它，开了门转身就走。

小家伙抬爪子舔了舔，绒绒的尾巴一卷，一摇一摇地往客厅去，走到何青柔的座位旁边，倏地跳到何青柔腿上坐着。

它仰起脑袋盯着何青柔，见何青柔低头，乖巧讨好地抬起肉爪，扒拉她的衣服。何青柔抚慰地摸摸它的背。

鱼汤面鲜香，汤汁奶白，白菜久煮过后软烂，在电脑面前坐了一下午，加之方才一番折腾，何青柔早饿了。林奈坐在她对面，半掀起眼皮看她。

"吃饭，"何青柔侧脸，拿起筷子，"冷了不好吃。"

林奈敛起目光。

五两偏了偏头，看看对面的林奈。不过由于有桌面挡着，它只能看到林奈的腿和腰。它静静蹲了两三分钟，然后直起身子，从何青柔怀里挤上去，将两只爪子搭在桌沿，盯着碗里的面。

它平时吃猫粮和罐头多，闻到鱼汤面的味就跃跃欲试，想伸爪子进碗捞。何青柔赶紧将它抱开。

"它可能饿了，你带猫粮来没有？"何青柔把它放到地上。一脱手，它又要往饭桌上跳，她只好把五两拦住。

"下午来之前喝了羊奶粉，等一个小时后再喂。"林奈回答，严格遵循医生的话，减肥期间需要控制饮食。

五两闹腾，叫了两声，绕过何青柔，想跳到林奈那边去，可惜林奈不像何青柔这般惯着它，它刚上桌就被一只修长分明的手抓住后颈，还没来得及挣扎一下，又被按住背部。

它委屈，可怜兮兮地叫，用爪子扒拉捣乱，好在没抓人，还算乖。不过它做的这些都无济于事，闹了一会儿，它慢慢安静下来。

何青柔在一旁看着一人一猫闹腾，默默地吃着。林奈单手吃面，动作不紧不慢的，丝毫不受影响。

吃完，何青柔收碗，林奈放开五两，终于得以自由的五两飞快地跑了。

林奈接走何青柔手里的碗筷，道："我来洗。"

这人端着碗进厨房，围裙都没穿就开始了，何青柔在客厅里望到她的背影，不免多留意了两眼。林奈一看就是没怎么进过厨房的人，她满当当放了一池水，再把碗搁进去，两个碗硬是被她洗出了批文件的严肃感。

拙劣，却很认真。

工作以后何青柔一直独居，早就习惯了一进屋就冷冷清清的感觉，但现在多了一人一猫，好像也没什么不适应的。

何青柔低眼，径自擦桌子。

五两在客厅里悠悠转了几圈，又转到她脚边，用肥硕的屁股往脚背上一坐，赖着不走了。她嘴角染上笑意，抱它起来，到沙发那儿陪它坐了两分钟。

"我去洗衣服。"何青柔摸了摸五两的脑袋，五两听不懂，但听到她语气温和，便讨乖地蹭了蹭她的掌心。

"乖。"她把它放到一边，小家伙倒也听话，趴在沙发角落闭目养神。

要洗的衣服就是她今早换的和林奈的。何青柔刚把衣服抱到怀里，何杰打来电话。

何杰在外面跑了一天才回家，累得气喘吁吁，还没来得及歇口气，忽然想到林奈交代他的事，竟忘了跟他姐说。他今天出门就是去那些老茶户家约单的，过程轻松顺利，约都约完了，总不能让他再退了，这样既得罪人也不利于以后的生意。

何青柔听他说完，问了下家里的近况。

"都挺好的，你别担心，"何杰回道，搔了搔头，"姐，我后天就要过来了，马上要军训了。"

他七月下旬就收到了电子科大的录取通知书，刚开始打算提前两天去学校，但因着茶叶的事，便拖到了军训的前一天。

"几点的车？到时候我来车站接你，顺便送你去学校。"。

"不用来，我是早上的车，"何杰说，话语里流露出高兴与憧憬，"学校要求下午集合，要领军训服。"

他星期一到，何青柔正好上班，而且还得经营网店。

"我军训结束了过来找你，你别来接我。"他说。

何青柔纠结片刻，应声。

"那我给你寄点儿吃的到学校。"

何杰应下，姐弟俩聊了差不多十分钟。

林奈洗了碗，整理好厨房，过来帮忙。衣服洗好后，两人一起去阳台上晾衣服，之后何青柔洗澡，林奈喂猫。

因为夏天每天都洗澡，身上很干净，洗澡也就冲冲汗渍。何青柔动作快，十几分钟就洗完了。出来时，林奈正半蹲在五两旁边，而五两正憨憨地埋头吃猫粮。

猫食盘是今天林奈去宠物医院接它时助手送的，很小。幸亏小家伙脸肥，不然它能把整张大脸塞进食盘里。

林奈抚着它的背，顺毛。它感觉舒服，吃两口，闭眼咕噜两下子，睁眼再吃。

"你在哪里捡到它的？"何青柔问，还记得林奈说过，五两是她捡的。

小家伙适才还记仇呢，现在跟没发生过似的往林奈身上凑。林奈老说它脾气差，可何青柔觉得它很聪明，对林奈也很特别，非常黏她。

"车底，"林奈回道，"冬天冷，它躲到阿寻的车底下避风，阿寻不愿意养，就扔给我了。"

那会儿五两还没巴掌大，冻得直抖，眼看着都快咽气了。那时林奈一点儿都不喜欢猫猫狗狗，嫌养着太麻烦，本想把它送到医院救活就了事，谁知这小崽子还赖上她了，赶都赶不走。

"感觉它挺喜欢你的。"何青柔笑了笑，按林奈简单粗暴的拎猫方式，换其他人，五两早就几爪子伺候了。

林奈眉梢微扬，五两甩了甩尾巴。

这时厕所外的洗衣机停止转动。

"我去晾被单，你早点儿洗澡休息，"何青柔随意顺了顺耳发，走回厕所门口，抿抿唇，轻声说，"晚安。"

五两偏头看她。

下过雨的天凉爽，夜风一阵一阵的，夹着些微雨水吹进窗里。上半夜十分凉快，可以不用开空调，打开窗睡觉就行，但下半夜接近天亮的时候，渐渐转热。

何青柔没开空调，中途被热醒了。

感到身下有黏腻感，何青柔睡得迷迷糊糊的——月经来了。她睡眼惺忪地坐起来，开灯，掀开被子，好在没弄脏床。她轻手轻脚起来，到厕所换内裤，尽量不吵到客房里的林奈和五两。

五两睡得熟，隔了一道门都能听到它不时的呼噜声。

星期天不用上班，何青柔换好内裤后回房间继续睡觉。

八点半闹钟响，她伸手拍掉，继续躺了一会儿才慢慢爬起来。或许跟最近作息不规律和压力大有关，一站起来，何青柔就感到身体没什么力气，而且小腹隐隐作痛。月经的反应因人而异，她一般不痛经，这回却有一点儿反应。

可以煮点儿红糖姜水喝，稍微缓解下。何青柔如此想着，往厨房走去。

清早的厨房里有人，门半掩，灶火正烧着。

推开门，何青柔就看到林奈一手拿着手机，一手往锅里放红糖。这人没煮过红糖姜水，只能跟着网上的方法做，放多少水、红糖生姜，什么时候放，严格按照网上的指令来。

由于五两打呼噜，林奈昨天一晚没睡好，何青柔起床那时她也醒了。天亮，她起来上厕所，看到垃圾桶里的包装纸便知道何青柔的月经来了，反正睡不着，于是起来熬红糖姜水。

而因为不知道家里有没有红糖和生姜，也不想打扰何青柔睡觉，天没亮她就出去买了这些东西。

何青柔神情微动，问："什么时候起来的？"

林奈回头道："没多久。"

她转身看到何青柔穿着超短裤，皱眉："去换一条长一点儿的裤子。"

何青柔未动，太阳高照，今天肯定很热，穿短裤舒服点儿。但林奈俨然不认同，见她杵着，又说："换条五分裤，别凉到了。"

何青柔好笑，34℃的天，怎么会凉得到。

"不用，天气预报说今天38℃。"

"待会儿要开空调。"林奈坚持道。

怕她热，又怕她冷。

锅里的水噗噗沸腾，林奈看了一眼手机上的时间，然后舀一大勺红糖进锅里，搅拌融化。

何青柔盯着她的背影看了许久，回房间换裤子。

八点多，阳光照满屋，还是比较热的。

何青柔换好裤子出来，顺手打开客厅的空调，五两毛厚也怕热，感受到凉风，飞冲到空调旁边守着。

大概十分钟后，林奈端着红糖姜水出来。

何青柔接过碗，吹了吹，小小抿了口。

林奈的红糖量没控好，家里的一勺跟网上说的差别有点儿大，这碗红糖姜水尝着太甜了。但何青柔没表现到脸上。

"还行。"她说，算是鼓励。

林奈面上没什么表情，等她喝得差不多了，说："客房空调好像坏了。"

客房的杂牌空调老旧，容易出问题，何青柔搬进来后只有何父和谢红玲住过客房，但那时天凉快，空调没能用上，现今林奈住了一晚就坏了……何青柔反应了半晌，问："制冷不行？"

"不是，今早起来就开不了，不知道哪里出了问题，附近有修空调的师傅吗？下午找人来修一下。"

"嗯，小区楼下有一家，我找找名片。"

大门往右拐有一家卖家电的铺子，店里的老师傅会修空调。何青柔喝完红糖姜水，立马找到名片，按名片上的号码给老师傅打电话，毕竟天这么热，没有空调真的恼火。

老师傅应允，不过最近找他的人多，轮到何青柔得晚些时候了。

"待会儿想吃什么？"挂了电话，她问林奈。这人不会做饭，还得她动手。

"随便，"林奈和她一起进厨房，"都可以。"

面吃多了上火，热天适合喝青菜粥。今天不上班，不赶时间，可以用昨晚剩下的菜煮白菜肉末粥。林奈洗碗洗菜淘米，不让她碰冷水。

何青柔笑道："这得好几天呢，难不成都不碰水了。"

林奈"嗯"了一声，将洗好的白菜放进篮子："尽量我来。"

何青柔背对着她，扬扬嘴角，没说话，抬手按下电饭煲开关。

厨房里没空调也没风扇，地方又窄，两个人待在狭窄的空间里，待久了就热得冒细汗，何青柔想让林奈出去，便说："很热……"

林奈擦了擦手，道："那你去客厅，我在这里看着就行。"

何青柔没动，瞥她一眼……又不会做饭，还敢打包票。

"你别挨着我，"何青柔说，"挨着更热。"

林奈"哦"了一声，拿过菜篮子，问："白菜手撕？"

昨晚何青柔煮鱼汤面时她在场，白菜就是手撕的，她都记下了。

"嗯，只要叶子。"

林奈照做。

公司近来没什么工作安排，星期天只需料理网店。不过接下来这阵会特别累，何青柔工作日要上班，之前都是何杰帮忙处理订单，现在何杰要去学校了，所有担子都落在她身上了。

而目前网店还不稳定，投进去的本金都没赚到，她现在根本没考虑过辞职，想的是尽量平衡两边，以防万一。毕竟如果网店发展不好，及时收手还有工作撑着，她如今在公司上升势头明显，理工科专业一旦做到管理层，一般都会越来越好，贸然辞职不理智，还是要留一条后路。

不过网店事情再多，她都没叫林奈帮忙——这人更忙，即使林奈一点儿没提，可她清楚。

从葛仙山回来之后，林奈经常四处跑动，连找她的次数都变少了，现在搬来跟她一起住，一下午也是手机、电脑不离手，不时接个电话，一接至少半个小时。

何青柔偶然瞥到林奈的电脑，屏幕上显示的是一份合同。

应该是投资合同。

虽然她不清楚林奈到底投了些什么，具体注入了多少资金，但由林奈的态度来看，投进去的钱怕是不少。

何青柔没多看合同的内容，仅瞥了一下又移开。抬眸，瞧见在阳台上打电话的林奈，她垂了垂眼睫，起身去厨房倒一杯热水，并给林奈拿了一瓶冰镇橙汁。

五两蹲在空调前方，瞧到她拿了饮料过来，好奇地跳到沙发上，睁大眼睛盯着橙汁瓶，抬爪子想碰，何青柔挡住它。

　　它喵喵叫着，何青柔揉了揉它的脑袋，小家伙歪着头看了阳台一会儿，而后跳到何青柔腿上，乖巧坐着。它和以前一样沉，减肥一点儿用都没有，何青柔笑了笑，摸摸它的脊背，继续看电脑。

　　"都看了一下午了，"林奈接完电话进屋，坐她旁边，"休息一会儿再看。"

　　何青柔摇头道："有订单要处理。"

　　林奈问她："要不要请个客服？我记得小杰要军训了，到时候忙不过来。"

　　"正在招。"何青柔说。她前两天就发了招聘信息，有好几个来应聘的，但目前为止还没找到合适的。

　　"不着急，慢慢来。"

　　日落黄昏，修空调的老师傅上门。老师傅矮矮瘦瘦的，背了一个工具箱，何青柔先给他倒了一杯水喝，再带他到客房。

　　师傅经验老到，打开空调盖看了看，直接说："多半是烧坏了，不好修。"

　　"没事，你慢慢修，不着急。"何青柔以为他的意思是一时半会儿修不好。

　　老师傅解释："你这空调太旧了，这个牌子前两年都停产不卖了，配件难找，修了也管不了多久，不如换一台新的实在。"

　　房子是租的，要换还得问问房东。

　　"这阵子天热，开开关关的，这种老式空调最容易烧，"老师傅说，"我今天去的几家都是这样，空调开着用不了几个钱，以后注意别老是忽开忽关的就行。"

　　何青柔听取老师傅的意见，点头："麻烦你跑一趟了。"

　　客房的空调确实老旧，之前没用过，现在坏了很正常。

　　"也没帮上忙，"老师傅摆摆手，抽出一张单子给她，"买新空调可以来我们店里看看。"

　　何青柔接下单子。由于只看了看，老师傅没收钱，他还有其他家要去，解决完这家就背着工具箱走了。何青柔送他到门口，然后跟房东联系。

　　房东是一个中年女人，除了第一次来收了半年租，何青柔再没见过她。何青柔打了几通电话，房东才接。

　　开始房东还算客气，笑着说了几句，可一听到空调坏了，顿时语气大变："你自己找个人修，我在外地，暂时回不来。"

　　估计是怕何青柔找她平摊费用，房东一听就极其不乐意，张嘴就各种找借口。大意是近期不行，要换新就由何青柔自己出钱，房东本人不愿意出钱。这边的空调是早年买的，这么长时间早该换新机子了，可房东为了省钱只换了客厅和主卧的空调，客房就没管。

何青柔把老师傅的话转述给她，房东一听，胡乱找理由搪塞，讲了半分钟又称自己有事，明天再说，匆匆挂断电话。

租房子这种事没少遇到，房东的反应何青柔已经料到。房子是人家的，对方不愿意装新空调，何青柔也不勉强，反正在客房，没太大影响。

不过暂时借住在这儿的林奈就有点儿麻烦了。

客厅的沙发短，睡不下人。

何青柔纠结良久，说："客房的空调暂时安不了，你这几天……先跟我住一屋。"

半晌，她又添了一句："你记得赶快找房子。"

"难找，"林奈看着电脑，回应道，"还没找到中意的。昨晚我看了两处，但是都不外租。"

"东城区那片儿有很多房子出租，你可以去看看。"

东城区算富人区，离公司近，挺适合的。

林奈头也没抬，道："离城区太远，不方便。"

"市中心也有，到处都在招租。"

"不喜欢，"林奈说，"人多，太吵，我想找个安静点儿的。"

"那就西区。"

"交通不方便。"

"南区、北区呢？"

"暂时没看到合适的。"

何青柔："……"

这人怕是打算赖这儿了。

"小杰军训结束后会过来，他可能有时候会到这里住一晚。"何青柔的意思很明显。

"哦。"林奈仍看着电脑，打字，不愿多聊这个。

何青柔嗫嚅，还想再说，可惜放茶几上的手机响了。她走过去拿起手机，是迟嘉仪打来的。

"青柔，"接通后，迟嘉仪先开口，"你现在有空没有？"

何青柔问："怎么了，有什么事吗？"

"就问问你。很忙？"迟嘉仪说。

"没，"何青柔说，"刚刚忙完了。"

"那就好，"迟嘉仪笑了笑，甩了甩手里的袋子，按下电梯键，"感觉你最近忙得很，找你也不怎么回消息。"

何青柔沉默了一瞬，看了看盘腿坐在沙发上的林奈，林奈也抬眼望她。

"这个月事情有点儿多。"

"别太累了。"迟嘉仪说，电梯飞快升到八楼，她走出电梯，"哎，我买了一点儿卤味，既然你不忙，那快给我开门。"

何青柔一怔。

"我到你家门口了。"

何青柔惊诧。没等她说话，迟嘉仪挂了电话，紧接着，敲门声传来。

林奈看向她，五两听到动静，忽地往门口蹿。

她动动嘴，不知道该怎么解释。

毕竟迟嘉仪可不知道她和林奈的关系已经好到可以借宿了，更不知道她俩合伙卖茶的事情。而且……林奈也挺注重个人隐私的。

眼下可不是和迟嘉仪聚会的好时候。

"青柔，开门啊！"门外，迟嘉仪喊道，又敲了两下。

五两扒在门后，用爪子拍门。

林奈朝门那边瞧了瞧，合上电脑，道："我去你房间。"

说完，她立即提上电脑，走到门口单手抱起五两，麻利地躲到何青柔房间去。在她关门的那瞬间，何青柔转身去给迟嘉仪开门。

可五两不大乖，竟从林奈手中挣脱，飞似的朝客厅跑。

何青柔没发觉，径直打开门，五两恰巧赶在门开的那一刻自她脚边闪过，从门缝里挤出脑袋，仰头睁大眼打量提着卤味的迟嘉仪。

见此，林奈也没办法了，只能悄悄地关上主卧的门。

"喵——"

五两叫了叫，好奇地盯着迟嘉仪手中的袋子，它想挤出去，可惜肚子太胖门缝太窄，卡住了。何青柔担心它出去后会乱跑，连忙用脚抵住门，俯身把它抱起来。

"什么时候养猫了？"迟嘉仪惊奇道，伸手要摸摸五两肉肉的脖颈，但五两倏地往另一边闪躲，不让她碰，迟嘉仪顺势朝那边移，非要摸一下它才罢休，它亮出爪子阻拦，迟嘉仪收回手，"哎，小脾气还挺冲，这么傲娇。"

何青柔轻抚了一下五两的脊背，说："朋友的，送来寄养两天。"

"你朋友这猫可真肥。"迟嘉仪笑了笑，进来到玄关处换鞋。当她瞥见鞋架上摆着一双红黑纹路的运动鞋时，不免多留意了两眼。运动鞋的风格跟何青柔平时的喜好迥异，鞋码似乎偏大了。

何青柔没注意到她的小动作，关门，松手。五两跳到地板上，甩甩尾巴，走到迟嘉仪跟前，小心翼翼地围着她转，可一旦发现迟嘉仪手上有动作，它又立马闪开。

"今天简直热得要命，"迟嘉仪将东西放到茶几上，瞥见未开封的橙汁，顺手拿了，"刚刚还堵车，堵了半个小时，我本来要赴别人约的，结果被放鸽子了。"

约饭的地方正好离天星大道不远，她就买了东西过来坐坐。

何青柔不接话，抽了一张纸给她。迟嘉仪接过纸，擦擦额头。

沙发上放着两根电脑充电线，一白一黑，白色的是何青柔的，黑色的则是林奈的。林奈忘了把充电线带走。

迟嘉仪将两根充电线拿开，坐下。五两跳到茶几上，欲去扒袋子，何青柔赶紧制止它。

"哪个朋友的猫啊？怎么以前没见过。"迟嘉仪问，何青柔的朋友少，她基本都认识，但好像没人养猫。大家一天到晚都忙于工作，恨不得一进门就躺床上去，哪来的心思和精力养宠物。

况且如此肥的猫，平时真少见，要是以前看到过，迟嘉仪肯定不会忘记。

何青柔收充电线的手一顿，五两虚弱地喵喵叫了两声，侧头盯着她。

"工作上的熟人，你应该不认识，"她回道，接着补充一句，"她不是南城本地的，昨天来这边办事，太忙，让我帮着照顾一下。"

迟嘉仪扫视一圈客厅，瞧到客厅的左边角落放着一个纸盒，纸盒里有猫砂，旁边搁了猫食盆，外加一小袋猫粮，确实像临时送来的。迟嘉仪"哦"了一声，没再多问。

迟嘉仪欲再逗逗五两，但五两很快过了新奇劲儿，见扒不到卤味，就离开茶几跃到何青柔手边半蹲着。小家伙安安静静的，尾巴左右扫动，眼睛却盯向主卧。

"你这阵子在做什么，人影都看不到一个，约你也约不到。"迟嘉仪怨念颇深，她回国以后无聊得很，几回都想找何青柔聊聊，可无奈何青柔没时间，打电话三言两语就挂了。

网店的事何青柔还没跟迟嘉仪讲。

"在弄网店。"何青柔回道。

迟嘉仪一愣，问："你接了？"

何青柔道："嗯，刚刚上手。"

迟嘉仪赞许地点点头，道："有魄力，干好了能挣不少，争取赚个首付。"

迟嘉仪十分支持她接手，毕竟人生能有几个赚大钱的机会？一旦错过，再遇到得猴年马月去了。

"钱够吗？"迟嘉仪知道何青柔存款不多，特意问道。要是何青柔不够她可以借一些。

"够的，不用担心。"何青柔说，第一批卖出去的茶叶下午已全部确认收货，淘宝平台也陆陆续续把货款打到了店铺账户，她今天主要在对账，赚是赚了，但比起成本来说还是不多。

迟嘉仪摊开袋子，递了一个一次性手套给她："这两年汽车行业整体不错，但是看趋势恐怕维持不了多久。现在网络越来越发达，实体经济受创，你把网店稳住，要是哪天汽车行业不行了，还能靠网店撑一撑。"

"别想太多。"何青柔宽慰道。她俩都是理工科出身，专业性太强，迟嘉仪时常未雨绸缪，但无奈手上没什么存款，也只能嘴上念叨着。

迟嘉仪叹道："上面预估明年整个南城的汽车产量比去年少这么多，"她抬手比了个十，"公司现在也在逐步缩减产量，你没发现今年春招进的实习生变少了吗？形势再严峻些，估计要开始裁员了。"

行业发展太猛，下滑是必然的，一直兴盛不现实，但具体会滑多少谁都不清楚，预估数只是多数专业人士条分缕析后的客观猜测，真正情况如何，仍是未知数。

就像日益增长的房价，每年总有一部分人在叫衰，可这玩意儿还是稳步上升中，涨速可比工资快多了。

何青柔想了想，没武断地下结论。

"你把网店搞好，发财了，我背靠大树乘凉。"迟嘉仪拧开橙汁瓶盖，喝了一口，感觉一点儿不冰爽，又放回茶几上，"冰箱里有汽水没？"

"有，想喝什么？"何青柔站起来。

迟嘉仪止住她，道："我自己拿。"

冰箱的位置靠近阳台，右边就是窗户，站在冰箱旁边能将阳台尽收眼底。迟嘉仪拿了一罐雪碧，拉开，喝的时候余光瞥了瞥窗外，看到晾衣竿上挂的纯白色修身短T，瞬间脑子里一闪。

何青柔的衣服多是宽松款，她身材好，但不喜欢穿太显身材的紧身款。

这件衣服一看就不是她的！

迟嘉仪顿了片刻，假借关冰箱门的动作侧身，往窗外又看了看，短T旁挂着的五分裤对于何青柔来说，似乎长了点……迟嘉仪回头望了一眼何青柔和五两，霎时明白了什么。

这妮子敛住神情，佯装什么都没看到，若无其事地回到沙发边。

何青柔在逗猫，五两扬起脖颈，闭眼享受她的按摩。迟嘉仪无意间摸到充电线，于是意味深长地问："两条充电线。你买新电脑了？"

何青柔又是一愣。"嗯。"她硬着头皮回道。

"什么牌子？"

何青柔哪知道，她就没注意过，胡乱说："华硕。"

她只知道几个电脑牌子，便随口说了一个。

迟嘉仪顿时眉眼弯了弯，百分之百确定了，四处巡视，最终将目光锁定在主卧——客房的门大敞，主卧门却紧闭着，换平时她不会觉得有异常，可眼下不一样。

"这猫很可爱，"迟嘉仪笑着问，"叫什么？"

何青柔道："五两。"

五两听到她叫自己的名字，回应了一声。

"很特别的名字，"迟嘉仪说，"你那朋友是哪里人？养的猫这么可爱，人应该不错吧。"

感觉迟嘉仪说话的语气怪怪的，何青柔敷衍地"嗯"了一声。

"问你朋友哪里人，光嗯什么？"迟嘉仪一脸灿烂，眼里藏满揶揄。

何青柔一怔，下意识地脱口道："不是很熟，不了解。"

她说谎了，不敢看迟嘉仪，假装低头抚摸猫。

"你刚不是说朋友吗？"迟嘉仪扬起嘴角，"一会儿工作上的熟人，一会儿不熟，到底是哪样？"

何青柔捋捋鬓发，忽悠迟嘉仪："也就是工作认识的，工作上熟，生活中不熟。"

迟嘉仪差点儿没绷住笑，道："生活中不熟，你还帮人养猫？"

刹那间何青柔无言以对。

迟嘉仪一副看穿了的表情，道："还装，还嘴硬，你真的藏得够深。"

当场抓包，何青柔倍感不好意思，有些局促。但她还是憋住了没说一个字，十分负责地帮林奈保守秘密，不让外人发现林奈的存在。

"啧啧，"迟嘉仪摇头，"不厚道，有了新朋友就忘了旧友。青柔，你这个负心女。"

何青柔张张嘴，无意识地望了望主卧那边，她没故意瞒着的意思，可林奈是公司总监，这重身份就很尴尬。何况林奈住她家就是为了避开外面的闲杂人等和各种麻烦，要是被迟嘉仪这个员工发现了多尴尬。

"哪有，别瞎说。"何青柔小声讲，纠结既然迟嘉仪发现了，要不要喊林奈出来。

迟嘉仪顶了顶她的胳膊，埋怨道："怪不得最近你都不怎么出去了，敢情是忘了我啊……哎呀，哎哟喂……我现在什么都算不上了，被抛弃了……"

何青柔好笑，对这个胡搅蛮缠的人没办法，正打算安抚两下，迟嘉仪的手机响了。

是经理来电。

迟嘉仪只得先接电话，何青柔抱着五两，等她接完再谈。

电话那头说了什么，迟嘉仪面容变得严肃，她连连"嗯""好"，最后道："马上过来。"

迟嘉仪挂断电话，拿起东西，边朝玄关走边对何青柔说："公司那边出了一点儿问题，我先回去处理，等有空再找你。"

何青柔一惊，迟嘉仪穿好鞋匆匆离开，连门都没关，五两跳下沙发，往主卧走，她起身去关门。

老房子隔音太差，除了迟嘉仪低低问的那几句，其他话，林奈在主卧里听了个七七八八。虽然何青柔说话声小，但关键的几句她都听到了。

"不熟吗？"林奈挑眉。

"我搪塞她的。"何青柔实诚。

林奈"哦"了一声，拖长声音。

"该做饭了，"何青柔说，"还没买菜呢。"

今天在家窝了一天，早上喝粥，中午随便应付，冰箱里都是速冻食物。

"我跟你一起去。"

菜市场就在天星大道街尾，因为临近收摊时分，场口难免乱糟糟的，到处都是水渍以及烂菜叶，环卫工人正拿着工具在铲垃圾。

林奈没到这种地方买过菜，平常都是去超市。超市干净卫生，且她鲜少买菜，毕竟家里请了阿姨，根本不需要她动手。

何青柔看她束手束脚的样子，低声道："你在外面等我，我买了就出来。"

何青柔也不喜欢这般脏乱的环境，可没办法，她们来得晚，恰恰赶上了打扫的时候。小区附近超市的菜种类少，菜市场选择多，还更新鲜。

她先一步走，林奈跟上。

"晚上吃什么？"林奈问。

何青柔望她一眼，道："白灼虾、小炒牛肉、干煸土豆。"

何青柔没问她要吃什么，两人都不挑，若问了，她肯定回答随便。

菜市场里十分吵闹，两人很快把菜买好，走路回家。进菜市场时天将沉，出来时天已黑尽，街道两旁的霓虹灯闪烁，公路上往来的车辆很少。

小区里有些人家吃饭早，她们回去时，小区里已经有许多人在散步了。刚进大楼，二人遇到邻居夫妻。

夫妻俩跟何青柔打招呼，女人看到提着菜的林奈，高高瘦瘦的，从来没见过，便好奇地问道："朋友来家里？"

何青柔笑了笑，道："是。"

"没看到过。"女人随口说。

何青柔无话讲，虽然他俩是街坊邻居，又很热情，可接触实在不多，她连这对夫妻姓甚名谁都不清楚。四人进了电梯。

"林奈，你们好。"林奈突然自我介绍。

邻居女人有些蒙，看她一直冷冰冰的，还以为是个不好相处的，没料到她先开口。

"你好你好，"女人友好地笑道，"我姓孙，这位是我家那口子。"

男人一脸憨实，见自家老婆说到自己，朝林奈看了看，林奈点头示意。两句话的时间，电梯到达八楼，由于相互之间不熟，没什么好说的，出了电梯都各回各家，不过林奈刚刚的举动给邻居女人留下了印象，女人进家门前还跟她打了一声招呼。

何青柔进屋先换鞋，然后拿菜进厨房，五两听到动静，跑到她跟前绕来绕去，林奈也紧跟在她身后进厨房，主动帮忙洗菜。

何青柔动作麻利，不到一个小时就把饭做好了。

吃了饭，洗漱完毕，林奈给五两喂猫粮。

何青柔早早回了房间，网店没有新订单，但有人来应聘客服。她之前发布的招聘信息，要求应聘者是南城本地人，学历高中毕业以上，以及具有相关的经验，至于待遇方面，五千月薪，没有提成。这个招聘要求低，五千薪资在客服行业来说算是高的，但没有提成这一条就让很多人却步，毕竟南城这个地，五千死工资确实干不了什么。

愿意来应聘的大多是一些刚出社会不久，找到工作又不满意现状的大学生。何青柔对大学生好感还是很高的，可这些人浮躁的心态让她不喜欢，所以明明有两个各方面条件都很合适的大学生应聘者，她却没要。

这次在招聘网上私聊她的是一个小姑娘，对方通过招聘网站给何青柔发了一大堆消息，何青柔一一回复消息。

林奈喂完五两，进房间。今晚五两睡客厅。

"在干什么？"林奈问。

"招人，"何青柔说，"有人应聘客服。"

林奈看了看电脑屏幕。何青柔和对方聊了很多，看来这个人聘上的希望大。

"条件符合就留着。"林奈说。

主卧的空调劲儿足，设定温度为 20℃，正对着床，冷气直往两人身上吹，十分凉爽舒适。

何青柔穿着的睡裤很短，她两条腿交叠着，腿上搁着单薄的笔记本。

被子堆在另一边，林奈皱眉，将被子扯起，搭她腿上，又把空调温度调高两度，何青柔一心专注招聘的事，没在意这些。

"感觉这个人怎么样？"林奈把被子掖紧。

"还行，"何青柔出声，"明晚约出来看看，见了面可以的话就留下。"

这个小姑娘刚大学毕业，是物流专业的专科生，因为学历原因找不到好的工作，看见招聘信息便想来碰碰运气。小姑娘家以前开过网店，不过经营不善倒闭了，也算得上有经验。她求职态度诚恳，说话圆滑，比之前那几个人都要好，感觉还可以，各方面都谈妥后，何青柔跟她约了见面地方。

林奈看着她俩交流，待谈完，她把电脑拿开。

"睡觉了。"

何青柔讷讷："还早……"

林奈一手关了灯，道："明天要上班。"

屋子里瞬间黑暗。

才十点多，何青柔一点儿睡意都没有，睁眼许久，翻翻身子，朝向窗外。

林奈也没睡。两个人都睡不着。

林奈直挺挺地躺着没动，何青柔翻来覆去的。

今夜月色朦胧，屋里光线暗沉，也不知过了多久，何青柔不动了，平躺着，合眼，极力酝酿睡意。

何青柔侧头，盯着这人看了一会儿，忽然轻声问："是不是不习惯这边？"

林奈没反应过来，问："什么？"

她说："住在这里，习惯吗？"

对方以前住的地方比自己这里好多了，不习惯也是正常的，她俩的差距本就大。

林奈摇头道："没有，挺好的。"

"真的？"

"嗯。"

何青柔侧身望着对方，静静与之对视，像是在琢磨这话的真假。

"有点儿怕你不习惯，"她说，"地方太小了。"

林奈轻声说："别乱想。"

"没有。"她否认。

…………

这一晚，两人都没怎么睡好。

第二天早上，两人上班险些迟到——闹钟响了两次都没将她俩闹醒。

万科尹看到何青柔急匆匆进门，打招呼说："组长早啊。"

"早。"何青柔说。

"脸色这么差，周末没休息好？"万科尹随口一问。

何青柔回道："有点儿。"

"啊，对了，姚副经理让你到了去找她，"万科尹悄悄凑近何青柔，低语，"她刚刚来过，脸色不大好看。"

何青柔愣了愣。

"你赶快去。"万科尹提醒。

何青柔"嗯"了一声，放了东西立马去副经理办公室。

姚云英在看文件，瞧见她进来，抽出一个文档。

"你的考核过了。"

西南山车展后续工作和报告等成功过审，何青柔的评定结果也跟着出来了。

结果是直接呈递给姚云英的，她一来便收到了，总公司那边亲自下达的文件。

姚云英看着何青柔，神色有些复杂。

她的眼神让何青柔瞬间生出一股不好的预感。

姚云英把文档递给何青柔，道："上面的意思是把你升走，最迟下月中旬。"

"但这也要尊重你的选择。文件你看一看，有什么意见现在提，没有我就上报了。"姚云英冷淡地说道。对于这件事，姚云英颇感意外，真没料到晋升的人会是何青柔。

毕竟论资历、论业绩，无论如何都不该轮到何青柔，设计部比她优秀的一抓一大把，可上头偏偏选中了她，还特地提前秘密下达文件。饶是姚云英以往再怎么喜欢何青柔，此刻心里也不太舒服。

原本升杨顺成是板上钉钉的事，但他运气不佳，成了牺牲品。没了杨顺成，下一个本该是姚云英，但如今半路杀出个程咬金，任谁都不好受。

姚云英当初被总公司派到南城就没想过能回去，这些年在分公司尽心尽力，有功劳有苦劳，算得上分公司的开山元老，对很多东西不争不抢。如今年纪大了，加之对现状挺满意，争名夺利的心自然更淡了，可这不代表她不在乎，眼下被一个远不如自己的小辈横空插队，难免不能接受。

何青柔接过文件，飞快地翻了翻，很蒙，脑子都是乱的。

怎么可能，不应该啊。

她今年的确做了两个大案，可外面的那些同事，大家做的不比她少，按业绩排，根本不应该是她。

何青柔冷静下来，合上文档放回桌面，衡量一番后，问："姚姐，我能考虑考虑再答复吗？"

姚云英看她一眼，道："最迟明天早上。"

何青柔道："谢谢姚姐。"

姚云英沉默了片刻，见何青柔一脸犹豫纠结的模样，终究心软。在意归在意，她带了何青柔这么久，情分还是有的。她张了张嘴皮子，说："你考虑清楚，别太草率。这样的机会错过了，以后不会再有第二次。"

多少人都巴望着能升到总公司，但一年顶多一两个，有时候一个都没有，若轻易放弃了，哪还有这么好的机会。

"我知道，"何青柔能明白，"劳烦您了，我明早就给您答复。"

天上只会下冰雹，不会掉馅饼，这事过于不寻常，何青柔不傻，脑子稍微一转就能察觉到不对劲儿。她不明白为什么晋升的人会是自己，但这事肯定没表面这么好。

她是俗人，和设计部所有同事一样，肯定百分之百愿意去总公司，晋升谁不喜欢？可事情哪有那么简单。

姚云英按了按太阳穴，道："出去吧。"

何青柔应下，出了副经理办公室，顺便带上门。

她回到座位上，万科尹关切地问："怎么了，没事吧？"

"没，"何青柔挤出一个笑，没表露出任何情绪，"就是工作上的问题，没什么。"

万科尹"哦哦"两声，拉着她悄声说："云经理好像要升回总公司了，在打包东西呢，可把杨顺成高兴的……"他停了停，瞄了下何青柔对面空落落的位置，"姓杨的应该要复职了，你这两天小心点儿。"

他不说，何青柔都快忘记这个了。

打她从葛仙山回来后，云熙宁便很少出现在公司。即使偶尔来一回，也待不了半个小时就会走。云熙宁要回总公司，多半是上边勒令要求的。

而等到云熙宁一离开，经理位置空缺，杨顺成又在设计部……何青柔如果选择留下，以后的日子怕是难过。

毕竟杨顺成之前忙着应付云熙宁，没空找她碴儿，云熙宁不在，以后保不准会怎样对她。

何青柔中途截了减速器的案子，杨顺成可记得清清楚楚，按他那睚眦必报的性格，秋后算账也不是不可能。

思及此，何青柔有些头疼。

"会的，"她低语，"没事，不用担心。"

万科尹不再多说，回去做自己的工作，何青柔继续收拾桌面。

杨顺成优哉游哉地背着手进门，满脸春风得意，脸上堆着笑，他坐在何青柔对面一会儿看电脑，一会儿喝茶，闲来无事四处走动，那架势跟已经复职了一样。

设计部里眼尖的同事见他喜上眉梢，皆都明了，几个心急的说话做事都透着讨好的意味。

杨顺成转了一圈，回到这边，笑眯眯地开口："听说何组长减速器的案子领了六万八的奖金。"

何青柔没搭理他。

"加上西南山车展的奖金，六位数肯定有了。"他的声音不大不小，正好能让周围的人都听见。

何青柔眼神变了变。

旁边的同事听到六位数，纷纷侧头看向两人。

东宁汽车集团薪资两极分化严重，底层的月入几千，中间层月入一两万，而上层，尤其是管理层和核心技术人员，月薪八万十万都有可能。何青柔刚从底层迈入中间层，短短两个月就拿了人家一年的工资，肯定招人眼红。本来何青柔平时比较低调，且公司在奖金和薪资方面一向保密，故而其他人都不知道具体数额，倒没出啥幺蛾子，现在经杨顺成这个大嗓门一宣扬，同事们一顿好奇，其中不乏妒忌者。

那群老员工听到，一个个都变了脸色，毕竟减速器的案子前期他们也参与了，可大伙儿拿到的回报却比何青柔少得多。

"你真是说笑，哪有这么多？"何青柔抬头看着他，"车展才刚过审呢，奖金都还没定。"

杨顺成呵呵一笑道："这不是听说嘛。"

"你这消息不准。"何青柔直白讲道。

一旁的万科尹反应迅速，跟着打哈哈："是啊，也许就几千万把块，愣是被传得翻了倍。"

杨顺成故意宣扬此事就是想给何青柔拉仇恨，万科尹无论如何都不会坐视不管，何况他们几个这回是跟着何青柔一块儿捡了便宜，一损俱损。

杨顺成剜了他一眼。

万科尹悻悻地扯了扯嘴角。

"谁乱传的，还有板有眼了？六万八，多的他给吗……"忽然有人说了一句。

杨顺成当即看过去，但没找到这人。

几个同事开始窃窃私语，不知道是在说何青柔还是在说他。杨顺成顿时拉下脸，脸色奇臭。朝这里看的同事都十分自觉，至此全都收回探究的目光，各干各的事。

何青柔不愿搭理杨顺成，收拾完桌面，打开电脑工作。

杨顺成恨恨地环视一周。

除却早上的不愉快，周一过得还算顺利。下了班，何青柔没等林奈一起回家，她和应聘的小姑娘约在天星大道的咖啡店见面。

小姑娘提前一个小时就到了，干巴巴地站在店门外等着。

小姑娘微胖，身高偏矮，戴了一副大框眼镜，目测身高不超过一米五五，身穿一条洗到发白的淡蓝色牛仔裤，一见到何青柔就有点儿紧张，连说话都磕磕绊绊的。

小姑娘姓沈，全名沈艺如，住在老城区鹤鸣巷，家离天星大道两条街远。

何青柔给她点了一杯卡布奇诺，简短地问了几个问题，沈艺如一一回答。何青柔对她挺满意的，决定留下她，让她先实习一周，双方都满意就签合同。要是她能通过实习期，实习期工资照正式工资算，否则就按一天一百结算。

沈艺如吃惊地问："这……这就可以了？"

"嗯，如果你方便，明天就可以上班。"何青柔轻声说。

她昨晚就差不多决定好了，今天只是见面看看人，沈艺如给她留下的印象很好。

沈艺如非常激动，连声说"谢谢"，一下子站了起来，都快给何青柔鞠躬了。何青柔赶紧拦住她，她瞬间眼眶微红。

"我……我已经找了半年工作，真的太谢谢您了。"她抹了抹眼睛，"谢谢……"

何青柔抽了一张纸递给她，安慰说："以后好好工作。"

沈艺如忙不迭地点头应下。

天色不早了，何青柔算着买菜回家的时间，对沈艺如交代清楚相关事宜，付了咖啡钱，先走了。

出咖啡店时天都黑尽，她驱车赶往菜市场，回去的路上林奈打电话过来，她接通，打开扩音。

"在哪里？"

何青柔回道："马上到小区门口。"

那头沉默了一会儿。

"我没有钥匙。"

何青柔愣住了，她好像没把备用钥匙给林奈。

林奈下午回去应该是要送五两去宠物医院，但由于没钥匙，到了家门口进不去，只能干等着。

"你等几分钟，"何青柔向右打方向盘，驶入小区前的主干道，"我快到了。"

林奈"嗯"了一声。

何青柔挂断电话，进入小区，停车上楼，出了电梯便看到林奈背倚墙站在门旁。这人低着头，头发有点儿乱，听到动静就循声看来。

林奈脸上没有任何神情，但在柔和的过道灯光照射下，莫名添了一股温和感。

何青柔心头一动，道："等多久了？"

林奈将她手里的袋子提走。

"给你打电话的时候到的。"林奈说。

何青柔开门，进了屋，将备用钥匙给她，道："钥匙你拿着，走的时候还给我。"

林奈接下钥匙。蹲在客厅角落小憩的五两醒了，看到她俩噌地跑来，欢快地扒住何青柔的鞋，左右甩动尾巴，何青柔蹲下身摸摸它的脑袋。

林奈把菜拿进厨房。

"我先送五两去医院，刚刚医院打电话催了。"林奈说。本来早上就得把猫送过去，但是两人睡过了头，只能下了班再送。

"嗯，好，那我先做饭。"何青柔回道。

林奈欲抱起五两，可小家伙儿倏地闪躲开，从她手边溜掉，朝何青柔脚边靠。何青柔弯弯嘴角，把它抱起来，五两皱巴着脸叫了叫，似乎知道林奈要把它送走。

"乖，"何青柔拍拍五两的背，"我明天就来看你。"

五两耷拉下尾巴。何青柔把它给林奈。

林奈给五两套上牵引绳，拿车钥匙，准备出去，刚走到门口，何青柔忽然叫住她。

林奈疑惑，回头。

"你……"何青柔吞吞吐吐地说道，"想不想回北京？"

林奈眉头紧皱，问："怎么了？"

"没，只是感觉北京好像也不错，比南城繁华。"何青柔说。

"你要是想去，我们可以一起去。"林奈不甚在意地说。

何青柔一怔，嗫嚅着唇，俄顷，又问："你喜欢南城还是北京？"

林奈慎重地想了想，反问："你呢？"

何青柔心里也没准确的答案。离开土生土长的 H 市后，她一直在南城待着，早就习惯了这里。人在一个地方待久了就容易扎根，换一个新地难免要迷茫一阵子，且会不适应。

如今摆在她眼前的是难得的机遇，抓或不抓，以及利和弊，她都没捋清楚，所以不知道该怎么下决定。

"不知道。"她如实说。

林奈默然片刻，安抚她道："不着急，你好好想，想清楚了再跟我讲。"

突然，五两伸伸爪子，扒到何青柔肩膀上，它滴溜着圆黑的大眼珠，将脑袋抵在林奈胳膊上，定定地盯着何青柔。

何青柔莞尔，拿下它的肉爪，捏了捏，道："好了，快送它去医院，我做饭了。"

"嗯。"林奈收回手，抱着五两出去。

刚到门口，五两弱弱地冲何青柔叫。何青柔站在原地看着一人一猫，林奈拉上了门，她最后只看到五两甩了甩毛茸茸的尾巴。

她冷静了一会儿，随后到厨房做饭。

今晚她买了排骨、猪肉和一些小菜，打算做排骨玉米汤、水煮肉片和炒青菜，煲汤需要耗费很多时间，得先弄上锅煮着。

将排骨玉米汤煲上、肉切好，时间将近八点半，何青柔抽空打了一个电话给何杰。何杰吃完饭刚回寝室，何青柔问他今天过得怎么样。

"还行，就是太热了，大太阳晒得头晕。"何杰说。

"多喝水，军训时，实在坚持不了一定要跟教官讲，别硬撑。"何青柔略担忧地叮嘱道，酷暑八月时军训真容易出问题，她读书的时候就有新生因军训中暑死亡的事情，前天下了大雨温度有所下降，但这两天温度又开始上升了。

电子科大为了训练新生，专门挑露天操场做军训场地，操场周围连棵庇荫的大树都少见，明天怕是能热得烫脚。

"知道，姐，你别担心。"何杰笑了笑。

汤已烧开，咕嘟咕嘟翻腾着，何青柔将锅盖挪开一点儿，留出一条出气的缝。

"周五下了班我过来看你，你到校门口等我。"她这两天没空，工作有点儿多。

"哎，行，我六点半军训结束。"

何青柔"嗯"了一声，道："早点儿休息，别玩得太晚。"

何杰应声，姐弟俩又唠嗑了几分钟，何青柔先挂了电话。

待汤煲得差不多，她开始着手做水煮肉片。林奈不太能吃辣，她放的辣椒少，不过水煮肉片讲究的就是麻辣香，少了辣，味道肯定会打折扣。

屋里静悄悄的，宠物医院离得也不远，林奈出去这么久还没回来，她看了看时间，准备热了油打电话问问。

因为升调的事，何青柔一晚上都有些走神，最后起锅淋热油的时候，滋啦滋啦乱溅的油落到她的手背上。她吃痛，赶紧把油淋完，把锅放回灶台，第一反应就是打开水龙头冲手。

被油溅到的地方开始变红，火辣辣地隐隐作痛。她吸了口气，但没在意，冲了水后继续炒青菜。她一面炒菜一面给林奈打电话，电话接通了，可对方掐断了。

她不解，想再打过去。

"已经回来了。"

林奈不知何时进的屋。

何青柔回身看了这人一眼，翻了翻锅铲，道："把菜端到桌上，吃饭了。"

林奈听从她的话照做。

青菜炒几把火就熟了，何青柔拿了一个盘子盛好菜，端到客厅。

放菜时，林奈瞥到她的手背是红的。

"怎么弄的，烫到了？"林奈捉住她的手腕。

何青柔挣了挣，道："没事，油溅到了而已。"

林奈眉头紧锁，道："我有药膏，你等一下。"而后她松开手，进主卧翻行李箱，拿了一支黄白包装的药膏出来，拉着何青柔坐下，挤出一小点儿乳白膏体，轻柔地涂抹着。

林奈低着头，眉间的紧皱化不开。何青柔眼睫颤了颤，道："又不疼，不用抹药的。"

"抹了药，好得快。"林奈说。

"反正过两天都会好。"何青柔好笑。就这么点儿红印，指不定明早起床时就消失了，只要没烫出水泡，一般都没什么问题。

林奈抿唇不语，捏着她的手慢慢抹着。凝固的乳白膏体在不断的涂抹下，渐渐匀开。

半晌，抹完了，何青柔抽回手，道："厨房里还煲着汤，应该好了，我去端。"

吃了饭林奈洗碗，何青柔先洗澡，洗完等林奈把衣服换下，将衣服洗了，回房休息。

她坐在床头看电脑，网店今天成交了五笔订单，有两笔野生单。

网店的顾客基本都是熟人，野生单很容易区分。订单金额高于一千元的单子就是熟人，宋天中介绍来的人一般都几千上万地买，而且哪样贵买哪样，有点儿专门送人情的意思。

一天能有两个野生单，还是不错了。

何青柔将订单处理好，合上电脑。

林奈洗完澡进来，问："睡觉？"

都快十一点了，时间还真是过得快。

何青柔伸手关灯。

"想说什么？"林奈低声开口。

何青柔张张唇，压着声音回答道："感觉还是暂时留在南城好一点儿。"

林奈"嗯"了一声。

"我想等这边稳定了再考虑其他的。"她说。现在网店刚起步，她要求客服是南城本地人就是想着自己在南城方便些，如果她去北京，沟通只会更加不方便。另外，这次升职来得太突然，就怕到嘴的大饼其实是钓鱼的饵。

在分公司，杨顺成顶多使使小绊子，到了总公司谁知道会面临什么情况。

最重要的是，虽然网店还没赚回本钱，但按这个趋势做下去，一两年内肯定会好起来，届时网店一个月的利润，可能都比她的半年工资高。

孰轻孰重，十分明显。当然，这一切都只是假设，前提是发展顺利。

"那就留在南城。"林奈说。何青柔的决定她都支持，留在南城或去北京，于她而言差别不大，只不过南城更自由一些。

这是其中一点。

其二，何青柔问她想不想回北京时，她就猜到跟谁有关。

除了林父，还有谁有这么大的权力和心思提拔一个普通职员？

林奈和何青柔一起做生意的事，林父肯定全都知道了。

林奈一点儿都不担心，早做好了准备，就等这一天。

两方迟早会碰面交锋，如果何青柔真想去北京，届时林奈就回北京，至于林父，她会挡着，是风是雨，或大或小，她都会挡住。

何青柔是她的朋友，也是被她连累的，周全自然由她来护着。

第二日早上，公司。

姚云英眉头隆起，再三确认，道："你想好了？真不去？"

何青柔挺直背，一字一句地说道："我想好了，麻烦姚姐帮我上报一下。"

姚云英欲言又止，盯着电脑屏幕，半天下不去手。

"你做决定别冲动，"姚云英劝说，"我再给你半天时间，你下午给我答复。"

这么好的机会，别人求都求不到，何青柔草草放弃，姚云英都觉得可惜。

何青柔没动，摇头，认真地说："姚姐，我想得很清楚，不用再考虑了。"

姚云英满脸的不认同，说："你知不知道这个机会有多难得？这三四年，设计部拢共就升了两个上去，我们部门还算可以的了，人事部一个人都没有。分公司跟总公司天差地别，过去干两年，比你在这儿做五年六年都强。"

何青柔委婉地说："我现在能力还不够，想在这里多历练几年，机会总会再有的。"

姚云英半响无话，好一会儿，才叹道："成吧，你不后悔就行。"

"劳烦您了。"何青柔说。

姚云英摆摆手，何青柔出去了。

设计部传言，云熙宁走了，经理办公室变得空荡荡的，杨顺成今天没来。

万科尹苦笑道："以后的日子难过咯。"

杨顺成盯他们几个盯得紧，气得牙痒，只等他一复职，恐怕会拿他们开刀。

想到昨天，万科尹在心中为自己点蜡。何青柔专心做自己的工作。

不过万科尹的担忧显然多余了，直到周五，杨顺成都没来公司。

有好事的人偷偷打听，原来是杨顺成被派到外地出差了，这个星期都回不来。

如今设计部姚云英当头，只有副经理没有经理，按理说云熙宁离开后，经理的位置应该有人顶上，但直到此时，上层领导也没有要提拔谁上来填位的意思。

不少人猜测，设计部领导层可能要换一次血。

几家欢喜几家愁。

何青柔不关心这些，做完任务，就把多的心思和精力都放在网店上，网店有了沈艺如后，她轻松了许多。沈艺如管理网店的经验比她丰富，懂的门道也多，还提了许多扩大网店知名度和排名的建议、措施，只是何青柔暂时没采用。

不急，欲速则不达。

下班后，何青柔在手机上跟林奈知会一声，开车去电子科大看何杰。

她到电子科大时，何杰还没出来，等了十几分钟，何杰才到。短短几天，那小子晒黑了几个度，与何青柔站一块儿简直对比鲜明。

何青柔带他到附近的餐馆吃饭。

等菜期间，何杰笑了笑，露出一口大白牙，道："姐，等我军训完就去看你。"

何青柔的手一紧，她想到某个还没搬走的人。

"军训完就该上课了，好好学习，我有空会过来，你别跑来跑去的。"她说。

"不碍事。我们刚开学课少，一周才六节。"何杰一脸的高兴，看着她。

何青柔垂下眼，道："大一要打牢基础，没课就多看看书。"

"军训完又不上课，没什么好看的。你别担心我学习，一天两天耽搁不了。走之前爸叮嘱我多去你那儿看看，等我过去咱俩可以一起跟家里打视频电话。"何杰说。服务员端菜过来，他抬起手去接。

何青柔找不出拒绝的理由了。

"对了，"何杰放下菜，"爸让我军训结束后约林姐姐吃一顿饭，她帮了我那么多，我给她带了一些特产，吃饭的时候可以一起给她。"

何青柔抿唇。

"她工作忙，不用请。"

"我跟她约好了，她说有时间啊。"何杰说，"昨晚约的，她让我叫上你。"

何青柔："……"

翌日是周末，火红的太阳高高挂着，光线刺得人眼睛疼，按这势头，今天的温度恐怕比昨天还高。

房间里因拉了窗帘而黑魆魆的，但随着太阳越升越高，且光照的方向有所变化，一束强光由窗帘的缝隙里钻出来，斜斜落到被子中央。

太阳再升，光缓慢上移，最后终于照到何青柔脸上。她被亮光刺醒，想睁眼却睁不开，于是抬手遮住眼睛，待适应了，睁开，侧身避开直晒的光，摸到手机，居然一点多了！

竟一觉睡死到这个时候。屋内早已没有林奈踪影，怕是早起了。何青柔心里更加怄气，爬起来就要去洗漱，这时门把发出扭动的动静。

"醒了？"林奈开门进来，腰间系着围裙，"刚给你倒了一杯热水，晾一会儿喝了。"

远处，高楼密密丛丛，玻璃在太阳的照射下忽闪忽闪地反着光，天空干净，连一朵云都没有。

等何青柔收拾完到客厅时，恰巧林奈做好饭端上桌。

"快来吃饭了。"林奈一边叫她，一边摆碗筷、盛饭。

一桌子菜，重口的、清淡的各色味道齐全，还有莲藕排骨汤。何青柔惊讶，看向她，问："你做的？"

"楼下餐馆买的。"林奈如实回答。

难怪，她还以为林奈一夜之间就会做菜了。

"不过小菜是我炒的。"林奈补充道。

桌子正中间放着一盘油光满满的小白菜。

何青柔看去，瞬间顿了顿，菜叶上还沾着一点儿没炒化的盐，林奈把饭碗放她面前。

她坐下，拿起筷子，纠结须臾，最终先夹了两片小白菜。

有点儿咸。不过菜叶没炒煳，还算可以了。

林奈也夹了一筷子小白菜，她知道自己放多了盐，但炒了好几盘，这盘勉强能入口。

"你怎么不接五两回来?"何青柔边吃边问。

周末林奈都会把五两从宠物医院接回来,昨晚何青柔回来没看到它,后来回房间倒头睡了,便忘了这事。

"下午去接。"林奈说,忽然又想起另一件事,"小杰要约我吃饭。"

"他跟我说了。"何青柔抬眼瞧了瞧对方。

"他知道我现在住你这里吗?"

"嗯。"

林奈问:"你晚上有空没?"

"晚上我要出去一趟,和嘉仪去看电影。"何青柔说。

自上回迟嘉仪接到工作电话走后,这周都没找过她一次,忙得脚不沾地。

何青柔打算请迟嘉仪吃饭、看电影当做补偿。

"嘉仪挺忙的,她最近在学画画,晚上经常熬到半夜。今晚终于有时间了,就和她约好了看电影。"

迟嘉仪以前是艺术生,不过后高二的时候自己放弃了,选择了中规中矩地读书,艺考路太难,她深知自己不是那块料。但最近不知怎么回事,这妮子突然想捡起老行当,由于多年没碰过画笔,手生了,便报了一个学习班,找找感觉。

也许是想用爱好来调节一下生活和工作压力,这半年工作强度确实大。

过了半晌,林奈问一句:"什么时候有空跟我去看电影?"

何青柔反问:"你找房子没有?"

"找了。"

"哪里?"

"东城区那片。"

何青柔满意地"嗯"了一声:"那你——"

"不过人家不租。"林奈打断她。

何青柔:"……"

"一年起租,押一付一,不划算。"林奈解释道。

何青柔霎时无言,看向她,面前这无赖一脸的坦荡。

第 8 章

林小姐的投资之道

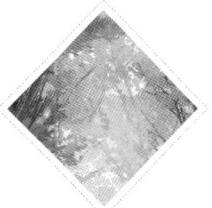

　　八月底，温度一点点下降，由 40 ℃高温降到 32 ℃，而这半个月里，林奈还是没找到住处，何青柔三番两次催，可林奈借口颇多，这个房子是地方太简陋，不满意，那个房子是位置太偏，不方便，要么就是房租贵。她总能找到各种理由。

　　对方明显赖着不愿走了，何青柔好气，可又不能真赶人。

　　五两的减肥计划彻底失败，它被宠物医院退回来了。它适应了医院的环境后非但没瘦，反倒胖了半斤。不过被退回的原因不止这个，而是它胆子大脾气冲，跑去跟医院的一猫一狗打架，一挑二，竟然没输。被打的那只猫还好，就断了几根胡须，狗可就惨了，整张脸都被抓花了，一脸血痕，看着都可怜。

　　医生打电话给林奈，让她来医院协商处理一下。

　　何青柔跟她一起去的宠物医院。

　　狗的主人是一个四十岁左右的中年女人，她抱着小狗哭得一把鼻涕一把泪，叫嚷着要她们给个说法。

　　林奈沉默不语，何青柔更不知道该说什么。

　　五两龇牙咧嘴，朝那只小狗直叫，亮爪子作势还要打。

　　林奈蹲下身把它抱住，小家伙瘪嘴，委屈地朝她怀里钻。何青柔忽然看到它的指甲都断了两只，断处露出了红血丝。

　　中年女人越说越起劲儿，不依不饶的，看着两人闷不作声，开始讲一些难听的话，一会儿要赔偿，一会儿训斥林奈她们没教育好猫。

　　林奈眼里闪过不耐烦。

　　从进医院起，对方就一直不停念叨，打架原因都还没确定呢，亏得林奈和何青柔脾气好，换别人早跟她吵上了。

　　一旁的医生和助手都很尴尬。助手赶快劝阻，可她不听，尖声道："她们的猫欺负我家欢欢还不让说了？！你们什么意思，是想偏袒她们？你们看看，你们看看。"

　　她把自家的狗抱到助手面前，气愤得脸仿佛都变形了："都打成什么样了？啊！

不是你的孩子你当然不心疼，我跟你们讲，今天不赔个万儿八千，这事没完！"

何青柔不悦地皱眉。

中年女人看她表情有变，顿时拉下脸。

林奈一看就不好对付，中年女人不敢惹她，见何青柔像软柿子，非要捏一捏才解气："怎么，我还说得你不高兴了？你那猫一看就横，脾气冲上天，就欺负我家欢欢老实，是不是？它还龇牙示威，真的是主人没教好！"

公共场合，何青柔不愿和人吵，于是没理。

林奈脸色冰冷，顾及大厅里人多，也强忍着没发作，只靠前不着痕迹地把何青柔护在身后。

中年女人见她俩这么隐忍，顿时更来劲儿了。她抱着狗转了半圈，快步走到何青柔面前，一下子把狗送过去，粗声粗气地说道："这位小姐，你自个儿瞧瞧，你们家猫抓的，这都见血了！欢欢被抓成这样，你就说怎么解决？"

眼前突然出现一个狗头，何青柔没防备，下意识地往后避开，险些摔了，林奈当即侧身扶住她。

狗朝她俩吠，露出牙齿，一副凶狠样。它凌空扑腾，忽地挣脱开中年女人的手，气冲冲地扑向何青柔的小腿。

"汪——"

一边的助手眼疾手快，立马跑过来拉住牵引绳。狗又跳又叫，张嘴龇牙，死命地朝她俩奔，那恶狠狠的样子，好似不咬一口不罢休。

助手用力拉着牵引绳，把它往后扯，中年女人见绳子紧紧勒住了自家狗的脖颈，连忙制止，一把将牵引绳抢过，朝助手吼道："你干什么？要勒死我家欢欢吗？！"

顾客为大，助手不敢说什么，挤出一个笑。

可能被勒疼了，狗呜呜号叫着，中年女人心痛得要命，蹲下身把狗抱起来安抚。狗在她怀中趴了一会儿，看到林奈手里的五两，不停地大声叫喊。

五两听到声音，转过脑袋，抬起爪子亮出指甲，朝它龇牙示威。中年女人瞧见，瞬间黑脸，嘀咕道："一只猫养得这么凶，大人也不知道管教管教，野猫就是野猫……"

她斜睨着何青柔，话说一半，只说猫野，实则连主人一起骂了，语气间的鄙夷无不在表达对五两的嫌弃，刚才明明就是她的狗凶，挑衅五两，现在竟倒打一耙。

何青柔抿唇，揉揉五两的脑袋，五两乖巧地往她的手心里拱了拱。

"大姐，"何青柔不忍了，也阴阳怪气地损人，看了看中年女人手里的小型犬，皮笑肉不笑，话里有话地问，"请问您这是什么品种？"

中年女人翻了个白眼，想也不想就回道："英国买的……"

话没讲完，女人反应过来何青柔不是在问狗，立马闭上嘴，脸阴沉得可怕，咬牙切齿地说："你说什么？"

林奈走上前，挡住何青柔，眼睛一斜，冷冷地说道："听不懂人话？"

中年女人气得直吸气，浮着油光的松垮脸颊涨成猪肝色，既憋屈又火大，可找不出话来掸她。

助手忙和和气气地打圆场，挑好话讲，给中年女人台阶下。

中年女人先到医院，一到便骂骂咧咧个不停，助手和医生秉着顾客至上的宗旨一直在劝，无奈这人实在太能骂了，越解释她越来疯，他们都没法了。

猫狗打架，是他们看管不力造成的，事情又出在医院里，属院方的责任，医院要给交代，所以将两方主人叫来协商，谁能想到中年女人这么不讲道理，前因后果都不清楚就开骂，大嗓门跟洪钟似的，一副不满意就要当场撒泼的架势，医生、助手简直为难至极。

中年女人兀自顺气，待平歇了，向着林奈急道："你横也没用，今天不赔钱谁都别走！"

林奈一个眼神都没给她。

大厅里的其他人闻声都朝这里看来。中年女人终于觉得害臊，脸上很是挂不住。

助手见机将三人请到办公室里详谈。

医生委婉地讲了一下前因后果，大致就是猫狗不合，当时助手在看护其他猫，导致意外横生，院方这边愿意承担责任，给予双方主人一定的赔偿。

不过赔偿不高，医院提出的解决方案是猫和狗在本院免费治疗，赔偿金额按伤势算，比如五两伤得轻，都不用住院，医院会赔两百块意思意思；狗赔得多些，但肯定没有万儿八千，具体多少院方还需要跟中年女人协商。

医生精明，避重就轻，不讲明猫狗谁先挑事，尽量哪一方都不得罪。

中年女人全程冷脸。

医生怕她闹事，先问她："王女士，您觉得这个方案如何？"

中年女人木然，望了何青柔一眼。她太矮，坐着不能平视何青柔，便扬起下巴道："她们的猫把我家欢欢打伤了，她们怎么不赔钱？没这道理吧，你们医院这是欺负我一个人？"

医生被问得一愣一愣的。本来就是医院没尽到看管义务，才出了这种事，哪有让受害方主人赔钱的道理，合同上明明白白写着呢。医生张张嘴，想向中年女人解释，但林奈率先问道："赔多少？"

助手担心两方闹事，想阻止，可见到林奈眼神、表情都不对劲，便用求助的眼神看向医生。

医生拿这胡搅蛮缠的中年女人没办法，顿了顿，示意助手先别动。医生看得出来，林奈和何青柔都不像会大吵大闹的人。

"至少得八千，"中年女人轻蔑道，"我家欢欢破相成这样，八千都便宜你们了。"

"行。"林奈应道，懒懒地抬了抬眼皮子。

听她答应得这么爽快，中年女人立时喜上眉梢。

"但是……"林奈抚了抚五两的后背，"我要看监控视频，赔钱可以，不能稀里糊涂的，你觉得呢？"

医生和助手顿时脸色凝重。

中年女人拍板，道："看就看。"她转向医生说，"我们要看监控视频，应该可以吧？"

医生纠结。

林奈出言："如果不方便，我可以请第三方介入。"

她也说得委婉，请第三方介入，意思就是报警处理。医生神色大变，扯上警察事情就麻烦了……然而以中年女人这阵仗，不让看监控视频怕是医院都会被拆掉，晚点指不定会闹得更加不可收场。医生犹豫半晌，最后还是担忧地点点头。

助手带她们去看监控。进了监控室的门，林奈拦住中年女人。

中年女人不满，直冲冲地问："你这是做什么？"

林奈把五两递给何青柔。

"只是突然想到一个问题，"林奈垂眸看了下中年女人，"如果是你的狗挑事，是不是该由你赔钱？"

中年女人瞪大眼道："我家欢欢听话得很，被打成这样，你还说它挑事？绝对不可能！"

林奈道："我说如果。"

"不可能，我的狗我还不清楚？"中年女人无比肯定。

"那没看监控的必要了，"林奈慢悠悠地说，"就按医院的方案来吧。"

横竖都是中年女人进钱，想得倒美。

她作势要往回走，何青柔也跟着转身。

"等等，"中年女人叫住她们，咬咬牙，"如果是，那你们就不用赔了。"

八千块，她还是很心动的，看一看监控视频也没损失，反正医院那边还会赔钱。

"那不行，若是你的狗挑事，你得赔我们。"何青柔插嘴道。

中年女人斟酌片刻，眼见五两没怎么受伤，一口答应。

助手播放监控视频。中年女人盯着屏幕，脸越来越黑。

监控视频里，五两正埋头在食盆吃猫粮，它旁边是一只矮脚英短猫，也就是另一只参与打架的猫。两只猫相安无事，各吃各的，大概一分钟后，小型犬跑过来，它朝五两吠，五两不搭理它，屁股一转，背对着它继续吃猫粮。

小型犬似乎很恼火，把它挤开，一爪子将食盆打翻。

五两竖起尾巴，伏低下上半身，作势要攻击它。这时候工作人员看到，赶紧将小型犬拉走，可她刚走进过道，小型犬蓦地挣开绳子，又跑回来打五两。五两没防备，直接在原地滚了两圈。

　　小型犬兴奋起来，张嘴去叼它的脖颈，五两炸毛，慢慢退到角落，小型犬倏地扑上去咬它。

　　一来二往，双方就打了起来，最无辜的要数矮脚英短猫。它离得近，想去凑热闹，结果被一猫一狗轮着打。

　　挑衅的是哪方很明显。

　　何青柔悄悄靠近林奈，五两把脑袋枕在她胳膊上，委屈巴巴地鼓着大眼睛瞧林奈。

　　林奈薄唇翕动，低斥小崽子："没出息。"

　　五两埋头，拱到何青柔的怀里蹭了蹭。

　　中年女人面露不甘。

　　"王女士，记得赔偿，破费了。"林奈反过来开口要赔偿，一个字都不愿浪费在中年女人身上。

　　助手和医生都在旁边看热闹，中年女人瞬间臭脸。

　　最终，院方赔偿林奈两元百，并按合同退回 80% 的减肥费用。五两实在太会偷奸耍滑，而且易胖，医院严格控制它的饮食和强制运动也没用，体重反倒更重了。院方力不从心，打架退回五两只是一个借口，林奈懒得跟他们多理论，办好手续，带着何青柔和五两离开。

　　至于中年女人，讹林奈不成，转身就逮着院方扯皮。

　　车里，何青柔轻轻捏了捏五两的爪子，小家伙耷拉着脸，不停地叫唤，好像在跟她诉苦，何青柔抚慰地拍它。

　　"还是得让它继续减肥。"何青柔摸到小家伙身上软和的肉，略担忧，"西街那边有一所大型的宠物医院，我们可以去那里。"

　　老城区这边的宠物医院太小，刚刚那家还有点儿不负责任。

　　林奈发动车，驶离医院。

　　"明天中午我要去 G 市。"林奈说。

　　何青柔一怔，问："出差？"

　　"嗯，"林奈点头，"星期三回来。"

　　合作商那边需要跑一趟，得出去两三天。

　　何青柔"哦"了一声，五两用脑袋抵着她的手心。

　　晚上，林奈接到了一个电话。当她瞧见屏幕上的一串号码时，这人的眼神忽地变了变，紧抿薄唇，表情颇为凝重。

何青柔心里有点儿疑惑，经过这段时间的同居相处，何青柔渐渐了解到林奈的某些奇怪习惯，譬如她会把熟悉的人的号码记住，不会备注。兴许打电话的是她很重要的人。

林奈在客厅接电话。

隔着一扇门，她隐约能听见林奈的说话声，林奈好像很不耐烦，和对方在争执什么。

何青柔不好有意多听，尽量转移注意力，拿出手机玩了许久，下床倒水喝。

半个小时后，这通电话仍未结束。

夜已深，何青柔躺了几分钟，困意渐渐来袭。她放下手机，想裹进被子小憩一会儿，但没多久慢慢睡了过去。

不知何时，迷迷糊糊间，她感到身旁沉了沉，接着亮眼的灯被关掉了。

何青柔困得睁不开眼，迷蒙间低声道："打完了？"

一旁的人说："嗯。"

"现在几点？"

"十一点多，"林奈回道，"快凌晨了。"

她太困，挣扎半晌，精神还是很差，于是小声说："睡觉吧，明天一早就要起来。"

明天她要上班，虽然林奈是中午出发，但她也要早起收拾，还得回公司一趟。

"我调个闹钟。"林奈按亮手机调试好闹钟，再将手机放到床头柜，缩进被窝里躺平。

第二日早上，闹钟一响，何青柔不适应地赖了两分钟。她换好衣服到客厅。林奈正在打包东西，顺带递了一个纸袋给她。

"早饭，我在楼下买的。"

纸袋里装着面包，林奈一早就醒了，本打算做个早饭，可迫于厨艺有限，只能下楼买。

何青柔瞧见玄关处的行李箱，道："路上注意安全。"

"知道。"

"到了 G 市……"何青柔停了停，看向她，"记得打电话说一声。"

林奈不自觉地扬起嘴角，道："你有没有什么想要的？我回来给你带。"

何青柔摇头道："不用，你做你的工作，别耽搁了。"

"G 市特色吃食多，到时候我给你带一些回来，工作的事我有分寸。如果有变动，我可能会推迟一两天回来，别担心。"

"昨晚打电话的人是我爸，"林奈忽然解释，"打来问我投资的事。"

她怕何青柔担心或是多想。

半晌，何青柔"嗯"了一声。

"喵——"五两扬脑袋叫，好奇地盯着林奈。

何青柔俯身，揉揉它，问："你给五两喂吃的没有？"

"喂了。"林奈看看手表，七点二十分。

何青柔也看到时间不早了，两人默契地拿东西出门。五两见她们要走，飞跑到门口，但还是慢了点儿，林奈率先关了门，它一头撞上去，晕乎地在原地转了转。

何青柔准点到达公司，走进设计部，万科尹笑着喊："组长，早啊。"

何青柔应道："早。"

"今天有点儿热。"万科尹看她微红的脸颊，拿起遥控器打开空调。

何青柔放下东西，整理桌案，桌子上摆的资料是前一周下发的任务，她还没做完。

"还在做这个？"万科尹看到那些资料，不免皱眉。

"做好大半了。"何青柔笑了笑。

万科尹嘴皮子碰碰，想说什么，但还是没说。他略同情地看看何青柔，然后打开电脑做自己的工作。

说来奇怪，从她负责车展后，何青柔接不到两个正经案子，做的几乎都是一些琐碎的杂事，要么整理去年的旧档案，要么画几张无关紧要的设计图，上头好像有意限制她。

起先，因为忙网店的事宜何青柔也没放把这事在心上，当招了沈艺如，网店的事务慢慢轻松后，她才有所察觉，可又不好去找姚云英问。她没告诉林奈这事，怕给林奈添麻烦。

桌子上的资料是她去年做过的案子，姚云英让她重写一份总结报告——然而这个事去年年终时已经做过了。

姚云英布置任务时，面露难色，好似不得已而为之。

何青柔没让姚云英为难。结合之前升职的事，何青柔大概能猜到原因。

高层里，有人故意针对她。

她叹了口气，开始工作。

周二，一场小雨突至，天色阴沉沉的。

傍晚时分，林奈来电，说要推迟一天回来。

彼时何青柔在厨房做饭，有一搭没一搭地回了两句，眼见锅里的汤烧开了，赶紧揭开锅盖。

"知道了，那我挂了。"她轻柔地说。

挂了电话，何青柔眼角间不经意露出两分笑意，蹲在厨房门口的五两叫了一声。

何青柔没理它，五两走近，抬爪子扒拉她的小腿。

林奈很忙，晚上又给何青柔发了两条消息。何青柔知晓这人事情多，自觉不打扰对方。

周四，是林奈回南城的日子。

何青柔下了班，专门到菜市场买了许多菜，准备弄一桌佳肴。

林奈早上给她发了消息，说晚上九点半左右到。

买好菜后，她一刻都没耽搁，立时回家准备。

炒完菜，将近九点十分，她一边擦案板，一边拨打林奈的号码，想问问这人还有多久回来。

可林奈的电话打不通，手机里机械的女声告知对方不在服务区。

也许她在过隧道，没信号。

何青柔没在意，给五两弄了一点儿吃的，坐了几分钟，再打电话。电话还是打不通，仍旧被告知对方不在服务区。

她蹙眉，心里蓦地生出一股不安感，定了定心神，继续打电话，可一连拨出十几通，还是一样。接着她试了用微信、QQ联系，还是不行。

这次出差林奈是带了秘书去的，何青柔赶紧在公司群找到秘书，按群名字备注上的号码打过去，结果对方也不在服务区。

她不死心，轮流拨打两个人的号码，但一直如此。

五两半蹲在地上，见她焦急地转来转去，弱弱地唤了一声，再走到她脚边，用脑袋蹭蹭她。

何青柔没多余心思逗它，坐回沙发上，努力冷静下来，无奈之下想到找蒋行舟问问。她只有蒋行舟的微信号，加了好友后除了发照片，两人没联系过。

她先给蒋行舟发了一条消息，刚发完，手机屏幕上方突然自动推送出一则新闻报道，她无意瞥到"山体滑坡"的字眼，不由得颤了颤。

仅看了标题，她顿时心一紧。

大约一个小时前，城区十里外的D镇发生了山体滑坡，具体的人员伤亡情况未知，部队已经在抢险救援。

林奈说她乘高铁回来，应该不会……

她不敢往下想，深吸一口气。

蒋行舟没回消息。她打语音电话，响两次，对方接起电话。

"喂……"她声音微哑，压抑着情绪，不让自己太失控。

"哎，青柔姐，怎么了？"蒋行舟听出她的声音不对劲。

何青柔喉咙发紧，问："阿奈今天给你打电话了吗？"

"没有，怎么了？"蒋行舟回道。

何青柔说："她电话打不通。"

"哦，这个啊，你别担心，她应该和阿寻在一起。"蒋行舟轻松说，"阿寻前两天在G市旅游，她昨晚跟我发消息说今天她会和阿奈自驾回南城，可能信号差，高速路堵，你再等等，晚一点儿就到了。"

何青柔瞬间泪水模糊了双眼，木讷地张嘴，一句话也讲不出。片刻后，她慌乱地拿起车钥匙，冲出门。

手机另一头，蒋行舟疑惑地"喂"了几声。

今晚老城区路上的车尤其多，隔一段就堵一次，刺耳的喇叭声偶尔响起，一路上霓虹灯闪闪烁烁。

车驶到桥头北，交通再次拥堵。

D镇在老城区北，桥头是必经之路，山体滑坡的消息一传出，一大批车辆往那里涌，有关部门忧心出现安全隐患，开始限制出城车辆。

前方车队如长龙一般曲曲折折，出城口就在眼前，可寸步难行，何青柔抓紧方向盘，当即掉转方向，快速驶到老城区南出口，绕行去D镇。

十里路，平时用七八分钟就能到，现在却远如天涯。

何青柔眼尾微红，紧抓着方向盘，指节因太用力而发白。

出事的地点未知，报道只说D镇，镇南、镇北，或是哪座山，一概未提，何青柔只能先到了镇上再说。

她边开车边拨打林奈的号码，还是打不通。

通往D镇的路上车很多，快进镇时有交警拦路，勒令所有车辆不得再前行。前方在抢险，人命关天，且有二次滑坡的风险，他们不可能让这些人进去。

十米远处有一条水泥岔路，何青柔拐弯转过去，行到最近的一个矮平房的院子里，向主人家借地放车，她打算绕小路步行进镇。

矮平房的主人是一个和蔼的老太太，她一看就知晓何青柔要做什么，赶紧好心劝阻："姑娘你可别冲动，那边还在落石头啊，听说埋了好几辆车，直到现在都还没挖完。"

何青柔的呼吸一滞，动了动嘴皮子，一开口嗓子涩得厉害，连话都说不出，艰难地咽了下口水，才道："我有个朋友在那里……"

老太太想劝，可不知道该说什么，忽然瞧见一个熟人，赶紧喊道："井贵！井贵你过来！"

井贵正在路边抖裤腿上的泥巴，听见喊声，便进了院子。

"他去过那边帮忙，你问问他。"老太说，又对井贵讲："这姑娘的朋友在东山那边，你跟她说说。"

221

井贵捋了捋满是泥泞的衣袖，摇头道："我就帮忙搭把手，不清楚具体情况，只知道死了人。"

他沾了黄泥的脸上满是惋惜："当时他们刚挖出了一辆车，眼看着就要把人救出来，结果山上又滚了石头下来，差点儿把救援人员一齐埋了。"

"等再挖出来的时候，车里两个人都没气了，真的是造孽，唉……"

"去帮忙的人也受了伤，大部队来了以后就不要我们去了，怕出意外。"井贵说，"那边拉了警戒线，都不让闲人进。"

两个人……

何青柔霎时眼泪盈眶。她心里压得难受，就怕是她们。

井贵和老太太见她眼里的泪花儿打转儿，相视一眼。

"哎，别哭别哭，两个，不是一个，你朋友肯定没事。"井贵安慰道。

何青柔的心像猛地被哐当砸了几下。

她咬咬牙，憋住泪水，哑声问："叔，你能帮忙带个路吗？我想去那边看看。"

应该有小路能到东山那里。

"不行不行，"井贵连忙拒绝，"都跟你说了，那边拉了警戒线，不让人进，太危险了，你去不是添乱吗？"

即便何青柔此时脑子乱如麻，但还是有两分理智在，她压抑着情绪，尽量平稳地说："我就在外面看看，不进去……"

井贵依然摇头拒绝，不敢去那边，要是倒霉遇到哪处塌落，可就惨了。

老太太拉住何青柔，劝道："你别去，就在这里等着，太危险了！"

井贵也赞同道："是啊，你先待在这里，等大部队出来了，可以去问问，现在进去……"

他没说完，何青柔挣脱老太太的钳制，跑出院子。

四处通亮，今夜的 D 镇灯火通明。

院子外的灰白公路上落有新鲜的泥巴——都是救援人员身上掉的。

她沿着断断续续的泥巴痕迹跑，一口气跑出几十米，然后泥巴痕迹没了，入眼的是一条小路，而小路的另一边有两条分支。

她没敢喘一口气，跑过去。运气不错，她刚好遇到几个满身泥巴的人，他们给她指了路："喏，左边这条路走到底，围着山再往左转半圈就到了。"

她没命地朝前方跑。

今夜月色好，将地面照亮。风灌进喉咙里，很疼，她嘴里慢慢生出铁锈味。

小路看似近，实则远，何青柔跑了很久才到尽头，腿肚子都软了，一颤一颤的。她向左边拐了弯，一面跑一面打电话，没信号，打不出去。

她一步都不敢停，脑子里一片空白，机械地跑着，像没知觉似的。

跑了太久，以致她的脑子发蒙，耳朵里像塞了什么，将外界的声音都屏蔽掉了。不知道什么时候，她听见了人声。

何青柔跑到了山体滑坡的地方。

一名黑壮的救援人员看到她站在泥堆旁边，身子晃动，赶紧把人往外拉，并让她别再进来。

她耳朵里嗡嗡的，跑得脱了力，一停下来站都站不稳。黑壮的男人喊警戒线外的人看住她，然后立马加入救援阵营。

警戒线外支了一顶临时帐篷，里面有医护人员。

何青柔四处巡视，没看到熟悉的身影。

"先前挖出来的那两个人，高高瘦瘦的，真可惜了。"旁边有人忽然叹道。

"可不是吗，"一个男人接话，"俩姑娘，也不晓得多少岁了，开个车倒霉成这样，真是老天要收命。"

何青柔隐隐约约听到，身子又晃了晃。

男人一把扶住她，关切地询问，但她听不到，也许是脱力症状显现，她眼前一黑，顿时倒了下去。男人吓了一跳，赶快将她背到帐篷里。

帐篷里晕倒的不只她一个——这些看到新闻来寻人的，心理承受能力差，人没寻到，自个儿先晕了。医生根本没精力顾及他们。

刚进帐篷，何青柔便恢复了意识，只不过手脚暂时无力，动不了。

男人和同伴见她眼泪直落，猜到被埋的人里可能有她认识的人，两人相互望了望。

帐篷里面安置的人虽不多，但乱成了一团。山体滑坡的范围广，埋了两三辆车。

D镇内的这条高速道路直通城区，且因临近城区，平时往来的车辆多，好在这次山体滑坡时，已过了交通高峰期，是不幸中的万幸。

另外，还有被落石砸中的人，譬如某车牌照为"渝"开头的宾利，整个车头都被砸扁了，车内的两个人皆受了伤。

不远处。

"还是没信号？"林奈紧皱眉头道。

"没有。"叶寻回道，挨着她坐下。

她俩幸运，山体滑坡的地方离她们仅十米远，好在当时林奈反应迅速，立马刹车。不过由于离得太近，落石砸到了车头，林奈右手受伤了，叶寻倒没事。

医生给林奈简单包扎后，让她们先在后方坐一会儿。

林奈怕何青柔担心，想打个电话报平安，可这里信号太差。由于现场危险，救援部队让所有人别乱走，叶寻绕着帐篷转，到处找信号，然而还是找不到。

林奈紧抿薄唇，接过手机，起身道："我试试。"

叶寻没动，道："别走太远。"

她"嗯"了一声，拿着手机朝远一点儿的地方走。而走出帐篷绕到后面，她无意向前方瞥了一眼，当即愣了愣。

何青柔坐在帐篷里，汗水顺着脸庞流淌，衣服湿漉漉的，头发也是湿的。她看起来很累，不住地呼气，一张脸涨得通红。

何青柔的旁边站着两个中年男人，他们在说着什么，何青柔抬手抹了抹眼睛。

她怎么会来这里？林奈疑惑，踱步过去。

林奈走到何青柔旁边，何青柔一惊，抬头。

林奈顿了顿，道："你……"

才说一个字，何青柔突然起身抱住她，力道极大。

林奈怔住。何青柔的后背全被汗水沁湿了。

"怎么了？"林奈站着，一会儿才轻声问。

"阿奈……"何青柔声音沙哑。

"嗯。"林奈抚慰地拍着她的背。

"阿奈。"

林奈愣了半晌，忽然猜到这是怎么回事。

"没事了。"林奈低低说，再拍了何青柔两下。

回到城区，已近凌晨。

何青柔累过头了，一上车就睡着了。林奈坐在她的旁边，单手护住她，避免她坐不稳倒向一边。

叶寻把车开得很慢，车里安静，谁都没说话。

外面灯光变换，车里忽亮忽暗。

才进入小区，何青柔醒了。

叶寻本来打算进城后就在附近找个酒店住，但何青柔执意让她一起上去。

"走吧，吃一顿晚饭。"林奈说。

叶寻犹豫了一瞬，点点头。

何青柔走的时候太匆忙，都没关屋里的灯。一进门五两就倏地扑过来，林奈将这小崽子抵开。

五两不满，非得扒何青柔的小腿。

林奈直接拎着它的后颈处，提它起来，它凌空扑棱几下，挣脱出来，而后跳到沙发上趴着。

桌上那一堆菜早冷了，五两倒挺乖，没跳到桌上捣乱。

何青柔倒了一杯水给叶寻。

"你先去洗澡，"林奈小声说，"我来弄这些。你把衣服换了，别感冒了。"

三人轮番洗澡收拾。

吃完饭，何青柔收拾碗筷进厨房，林奈过去帮忙一起洗碗。

"我在这里。"林奈挨她站着，稍微低头保证，"没事了，以后不会了。"

何青柔许久没说话。

林奈有些自责地轻声说："对不起……"

她临时改自驾回南城，打电话的时候该跟何青柔说清楚的，林奈以为不是什么要紧事，便没有提，孰料遇到这种倒霉事。当看到何青柔坐在帐篷里，汗水顺着发梢滴落，一脸落寞，双眼没有一点儿神采，林奈心里百感交集。

晚上黑，大路又不通，何青柔一个人偷偷从小路跑过来，若出点儿意外……

而且小路那么长，也不知道她怎么坚持下来的。

"洗碗了，收拾完早点儿休息。"林奈轻声道。

"阿奈……"何青柔低低喊道，语气里带着两分庆幸，还有喜悦。

林奈垂了垂眼睫，道："没事了，别担心。"

何青柔没经历过这种事，怎么可能不担心？天灾最为无情，要真有事……她不敢想。

林奈知道她在想什么，没再继续唠叨。

客厅里，叶寻全身心都在玩游戏上，手机设置的静音。刚玩了几分钟，听到厨房里传来断断续续的说话声，将声音调大了。

乖乖眯眼趴着的五两听见手机声响，立即睁开圆溜的大眼睛，好奇地盯向叶寻手里的东西。它站起来，谨慎地一步一步走过去，走到叶寻腿边，再猛地跳到叶寻肩头。

沉重的五两让叶寻肩一沉，她想把这小崽子赶下去，可五两先不耐地叫了叫，似在催她赶紧把手机摆正。

叶寻的脸当场黑了。不过最终她还是没赶它下来，继续埋头打游戏。

五两眼都不眨地盯着手机屏幕，不时偏一偏脑袋。

半个小时后，厨房里的两人终于将碗洗完，五两瞧见何青柔，跳下叶寻的肩头，倏地朝她跑去。

被五两压了这么久，叶寻的肩都酸了，她抬起手，转了转胳膊。

经过这几天的相处，五两愈发黏何青柔。它讨乖地蹭着她的小腿，仰头期待地看着她。它最近开始吃减肥餐，已经不吃猫粮了。猫咪减肥餐是何青柔在网上专门学的，均衡搭配，效果还不错，至少小家伙的肚子不像之前那样胀鼓鼓的。

她们吃了饭，它还没吃呢。

何青柔揉了揉它的脑袋，又进厨房做减肥餐。

"我睡哪里？"叶寻半抬眼皮，问道。她正好打完一局游戏。

"客厅。"

叶寻皱眉，这么短的沙发，怎么睡？

林奈瞥她一眼："客房的空调是坏的，自己打地铺，东西在客房。"

叶寻眉头皱得更紧，不太愿意打地铺。

"明天再去找酒店，今晚凑合一下。"林奈说，这么晚了出去找住处，确实不安全，即便她放心，何青柔也不会让叶寻走。

叶寻纠结半晌，收好手机，起身，问道："哪间是客房？"

林奈朝左指了指。

凌晨一点半，收拾好里里外外，三人熄灯休息。

由于晚上狂跑让她耗费了太多体力，何青柔几乎一挨枕头就睡着了。因为太累，何青柔睡得死沉，呼吸略粗重，渐渐不自觉地微张开嘴呼吸，胸口起起伏伏。

这一晚，林奈睡得浅，何青柔的手机闹钟一响，就睁开眼，并顺手拿起手机将闹钟关了。

这点儿声响不足以闹醒何青柔。

等她睡到自然醒的时候，已经中午十二点了。望着窗外晃眼的阳光，何青柔脑子卡壳了一瞬，摸出手机看时间，她吓了一跳，赶忙起床。

腿酸痛不已，小腿、大腿像被碾过一般，根本使不上力，走两步，感觉筋都紧绷着。她扶住床头，轻轻地捶了捶腿，强忍着痛穿衣服、鞋子。

她调的七点闹钟响铃，而林奈早起了，闹钟肯定是这人关的，说不定连假都帮她请了。

客厅里传来饭菜香，叶寻不见人影，应当一早就走了，林奈在摆碗筷。

听见开门声，林奈看向她，说："我给你请了一天假。"

何青柔张嘴，想回话，一出声发现嗓子特别疼。昨晚一点儿感觉都没有，睡了一觉所有反应都出来了，腿疼，嗓子哑、痛，全拜脱力所赐。

很难受。

"我买了雪梨汤。"林奈说，"你过来喝一点儿，会好受些。"

以前在车队时，林奈每天清早第一项训练就是负重跑，对这些反应比较了解，故而买了润喉的汤汤水水回来，菜也是清淡的。

"叶寻呢？"何青柔问，嗓子很不舒服。

"找她朋友去了，明天回重庆。"林奈说。

何青柔"嗯"了一声，嗓子疼，不想多说话。她洗漱一番，过去吃饭。

吃完饭，她又帮林奈换药。

林奈右手的伤是被车窗玻璃碎片划的，伤口不深，但很长，从小臂蔓延到手背，有十一二厘米。医生交代伤口不能碰水，定期换药即可，特别提醒最近几天少用右手，不然伤口难结痂。

林奈现在不论做什么都只能靠左手，然而她是右撇子，用左手端碗还行，做其他事总觉得很不适应。

伤口虽不深，但伤处干涸泛黑的血块十分骇人，可能是伤口长的缘故，部分皮肉有点儿外翻，显得很恐怖。

林奈倒不觉得痛，还有心情逗猫，修长分明的手指揉着五两圆圆的脑袋，跟揉布团子似的，恶趣味得很。

五两不情愿，一个劲儿闪躲，可惜无济于事。它窝在旁边不愿意离开，只能被揉。

何青柔有些好笑，无奈地出声制止："你别欺负它，待会儿它生气了得挠你。"

"不会，"林奈晒道，仍旧揉五两脑袋，"它脾气好。"

它只是对她们脾气好而已。要换成别人，早被它挠了。

何青柔将五两拨开，让小家伙到自己腿边趴着，免得某人再动手，又用消毒棉签帮林奈清理了一下伤口周围的血块，小心翼翼的，生怕弄疼了这人。

"痛不痛？"

林奈曲了曲手指，道："不痛。"

何青柔有些沉默，清理掉血块，换药，绑上纱布，然后收拾好东西，起身把垃圾扔掉。

窗外的风柔和而温柔，拂过柔嫩的草地。突然响起一声猫叫，五两跃到沙发上，睁大眼睛盯着两人。

它用脑袋拱了拱何青柔的腿，撒娇似的趴下，将两只前爪揣在一起，大黑眼珠转也不转地盯着何青柔。

它这是在要吃的。

林奈手上的伤口愈合得很慢，两天时间只结了一层薄痂，也许是天气太热的缘故，伤处有点儿发炎，看起来怪瘆人的。

周日一早，何青柔带林奈去医院清理伤口表面。

经验丰富的中年医生两三下就处理完毕，反复提醒伤处别碰水，愈合的时候可能会痒，别挠，另外交代了一些注意事项，比如忌口的食物，何青柔悉数记下。

某人的关注点却不一样。林奈盯着长条伤口，面容紧绷，问医生："会留疤吗？"

疼无所谓，绝对不能留疤。

医生一面埋头写处方，一面回道："看个人体质，有的会，有的不会。"

林奈眉头紧锁，略忧心。

"不过你这伤口浅，即便留了疤，顶多一年半载就消了。"医生又说，"多吃清淡的，忌口会好得快。我给你开点儿药，掉痂后每天擦两次，可以淡化疤痕。"

听到留疤，林奈明显对此次就医结果不大满意，不过医生没兴趣给她做心理疏导工作，将处方写好递给她，道："二楼缴费领药。"然后医生立马开始接待下一位病人。

出了医院，某人仍一脸愁云。

何青柔还没见过她这副表情，不禁好笑，问："中午想吃什么？"

"都可以。"林奈说，反正何青柔做的菜她都吃。

林奈眉间愁色凝结，不着痕迹地曲起右手看了看。何青柔无意中发现这一小动作，别过头偷偷抿唇。

两人到超市买菜，林奈右手不方便，只能用左手提了两袋菜。家里的洗漱用品快用完了，需要选购一些回去，生活用品区多是推购物车的夫妻。周日，不少是一家人出来逛超市。

何青柔推着车走在前面，挑拣比对，缺啥买啥，没拿几样东西，但两人走出生活用品区时，购物车里却堆得满满当当——全是林奈放的。

让人意外的是，林奈的品位十分少女，一水儿的淡粉、淡蓝。平日里衣服基本只有黑白两个色的大总监，私底下却有这一面。

何青柔倒回去，将东西放回原位，林奈又把它们拿下来。

"家里有了，买多了浪费。"何青柔阻拦她，道。

"可以屯着，"林奈说，不过还是没继续拿东西，"满五百元打八五折。"

她望了望左侧，何青柔看过去，广告牌上的红字真这么写的，今天是超市周年庆。何青柔犹豫了一会儿，挑出一些没用的东西，留下洗发水等洗护用品，再买了一袋米、一桶油，估摸着有五百元，才去前台结账。

收银员将全部东西打价完毕，一共 467.8 元。

"您可以再选一点儿东西凑足五百，我们超市做周年庆活动，满五百打八五折。"收银员礼貌地微笑着说。

何青柔想了想，随便拿了一盒德芙，又挑了一些零食凑满了五百。购物总价大于三百元，超市可以派人送货上门，何青柔将中午要用的菜挑出来，其余留给超市送。

回家是何青柔开车，林奈坐副驾驶座。进入天星大道时，林奈让她停车，道："买点儿水果，你想吃什么？"

经过这阵的同吃同住，以前生活全靠阿姨的林大总监身上多了两分烟火气息，知道买水果、买菜，还会蒸鸡蛋、煮粥，普通小百姓的日常生活习惯她学得飞快。

何青柔停车，道："西瓜。"

大热天吃西瓜最享受。

两人一齐下车买水果，回到家，五两飞扑过来。减肥餐深得五两的心意，它吃这个吃上瘾了，一见到何青柔便没出息地撒娇卖萌，打滚、求抚摸，就为多两口吃的。

快中午了，减肥餐时间到，五两像牛皮糖一样绕着何青柔，她往里走它就往哪里蹭。

林奈趁周末有时间，将五两送到何青柔之前提过的西街大型宠物医院。宠物医生给五两做了全面的检查，小家伙胖归胖，但目前还算健康，何青柔稍稍松了一口气。

猫太胖会影响寿命，减肥迫在眉睫。

她们离开医院时，五两死命地挣扎，不住地叫，十分可怜，简直惹人心疼。何青柔拉住林奈道："要不我们再陪它待会儿？"

小家伙应该是不适应陌生的环境，也可能是害怕，主人多陪陪它会好一点儿。

林奈折回去，拎住五两的后颈，将它送进笼子。五两反射弧长，被压着尾巴坐了一会儿才知道发怒，可惜某人早带着何青柔走远了。

九月一日，星期二，下午突然下了一场毛毛小雨，天气转凉，温度降到了 30℃以下。天气一凉快，烦躁就逐渐退散。

设计部一片和谐。可和谐只持续到了四点钟。

四点，消失了许久的杨顺成回来了。与此同时，设计部领导层微调，杨顺成做副经理，姚云英升为经理。

消息来得太突然，整个设计部气氛霎时微妙起来，原先那些想捧杨顺成臭脚的人皆傻了眼，而何青柔几个默不作声。

杨顺成脸色不大好看，姚云英也很头疼。

不甘屈居人下的杨顺成大概没想到多年的属下竟一朝成了他的直系上司，脸上很是挂不住。头衔前边多了个"副"字，差别可大了。

而姚云英，升职加薪了，肯定开心，但毕竟她与杨顺成同事多年，这人的品行她自是清楚，以后做事铁定难办得很。

现今两个人都静观其变，等待对方先行动。

万科尹乐得快笑出声了，悄悄道："不出两天，绝对会斗一场。"

姚云英可不是吃素的，设计部某些人向着杨顺成，她要站稳脚跟、立威信，首先就得把这个问题解决了，否则经理一职就是虚的，没人听她的，实际还是杨顺成掌权。她自然不会允许这样的事发生。

姚云英没争名夺利的心，但凳子已经坐了，不管被迫或者自愿，她都挡了杨顺成的路，杨顺成会轻易罢休？

不会。

办公室里的耳目多，何青柔没说话，专心做自己的工作。

如此尴尬的局面，是谁造成的，不用猜都知道。以后杨顺成忙于跟姚云英斗，哪有多的心思管何青柔几个呢？

六点下班，迟嘉仪约何青柔去西街的清吧喝两杯，她的心情不错。

"下个月我至少能拿这么多，"迟嘉仪伸出两根手指，高兴得眼睛都快眯成一条缝了，"经理派给我的那些任务，竟然有奖金，真是白捡便宜了，这运气！"

何青柔喝了一口鸡尾酒，没对迟嘉仪讲这些赚钱的任务其实是林奈安排的。

迟嘉仪的脖子上挂了一条项链，款式比较特别，不像是自己买的，何青柔多看了两眼。

"后天我爸妈要过来。"迟嘉仪说，"到时候你过来一起吃顿饭呗，他们特地打电话让我叫你，你不会又没空吧？"

后天是林奈的生日。

何青柔为难，林奈生日她肯定得留在家里。

"我……"她纠结该怎么说。

迟嘉仪一看她的表情就猜了个七七八八，问："又有事？"

何青柔不好意思地"嗯"了一声，道："上次那个朋友后天过生日。"

"行吧。"迟嘉仪说，伸伸手，有些吃味地揶揄，"没办法，从来只有新人笑，旧人连哭都没份儿。"

何青柔被她逗笑了，道："下次请你吃饭，我带她来，大家一起聚聚。"

"喊，神神秘秘的。"迟嘉仪嫌弃道，"那下次我要吃大餐。"

"行。"

林奈近几天不大好过，右手有伤的日子很不方便，做什么都不行，相当于半个残废。这些天一直是何青柔悉心照顾她，什么事都是何青柔在做。

而这天九点多了，天已完全黑沉，何青柔还没回家，林奈想打电话问问，但她还没摸出手机，就听见外面客厅传来开门声。

何青柔回来了。她在玄关处换鞋，手里提着两盒绿豆汤。

"西街新开了一家甜品店，我去逛了两圈，回来晚了，"她单手扶着墙，脸颊酡红，晃了晃手里的绿豆汤，"楼下买的，你现在喝不喝？"

热天喝绿豆汤可以降火，她平时有空就自己煮小半锅，没空就去楼下阿婆的店里买。

林奈接过装绿豆汤的袋子，闻到何青柔身上淡淡的酒气，皱了皱眉，问："喝酒了？"

"两杯鸡尾酒，清吧出的新品，嘉仪非让我尝一尝。"何青柔去厕所洗手，然后出来，"回来打的出租车。"

她安全意识强，只要沾了酒绝对不开车。她的车暂时停在西街，得明天去取。

鸡尾酒一般大多只有几度，不醉人，迟嘉仪让喝何青柔便喝了。这一次她俩喝的鸡尾酒味道有点儿冲，除此之外感觉没什么不同，没想到后劲儿挺大，在出租车上时她就有些晕乎，现在更是头重脚轻。

可又不至于到醉倒的程度，相反，她意识很清醒，感观亦放大不少，就是反应慢了一点儿。

林奈开了一盒绿豆汤递给她，她没接，酒将她的脸烧得通红。

"下次再喝酒，记得打电话给我，我来接你。"林奈说。大晚上的，喝了酒，又是女生，一个人坐车不安全。

何青柔"嗯"了一声，有点儿乏，不太想说话，打算收拾衣服去洗澡，走到房间门口时，记起答应迟嘉仪的事。

"你什么时候有空？"

林奈跟过去，问："怎么了？"

何青柔抿抿唇，进屋拿衣服，道："我想请嘉仪吃饭，说了带你一起去。如果你有空的话。"

林奈一顿，倒没想到她会主动安排，道："下个星期天吧。"

何青柔颔首道："那我过两天跟她约时间。"

这晚是何青柔先进屋睡觉。她醉过头了，洗完澡就安安静静躺着。这夜终于轮到林奈照顾何青柔，随时看着这个醉鬼。

一夜清静。

南城九月初的天气多变，一大早，淅淅沥沥的雨突袭，天空灰蒙蒙一片，有点儿黑沉。

要上班不能赖床，何青柔一醒就掀被起了床。

何青柔弄了弄头发，发现自己身上还有一股酒味。林奈已经起来许久了，正在打理衣服。她赶忙说："我去洗个澡，你赶快收拾，待会儿我和你一起出去。"

她的车停在西街甜品店附近了，今天要开林奈的车去公司。

语罢，她不等林奈回答，先匆匆闪进厕所。

也许是下了雨，今天特别堵，雨越来越大，雨水在公路上汇聚后四处横流。车流好不容易动了，不等她们过去，前面亮起红灯，又堵了。

何青柔看向手机，还有半个小时到上班点了，堵成这样，今天多半会迟到。不过她心急也没办法，车走不动，下雨天开车安全第一，迟到就迟到吧。

"你最近好像都没接什么案子。"林奈忽然说。可能是想用聊天打发时间。

何青柔含糊地说："接了，在忙呢。"

过了清闲的七八月，公司的事务逐渐多了，林奈要忙的工作会跟着变多，她不想林奈为自己分心，也不想给林奈找事。

案子有就有，没有就算了，反正工资照常领。

林奈道："德国那边的合作商下个星期会到分公司，你有没有兴趣？"

何青柔看向车窗外，道："我不适合。"

她说得委婉，其实就是让林奈公私分明，两人私底下关系好，但把这种关系带到工作上，总归不太好。

林奈理解她话里的含义，笑了笑，道："我没给你开后门。"

"姚经理推荐的你。"林奈解释。

绿灯亮，车流缓慢前行。

德国合作商何青柔比较熟悉，他们每年都会派人过来做指导工作，而东宁汽车集团每年也会安排员工到德国合作商那里学习。国内的汽车制造技术虽然日益进步，但在核心领域仍旧落后，合作学习是必须的。

合作学习，说白了就是花钱买技术，公司需要派一个代表迎接对方。东宁在选人这方面一向很慎重，毕竟代表就是门面，愉快舒心的交往是友好合作的第一步。

以往公司选的都是一些精英人才，模样好，能力强。林奈突然这么问，何青柔很意外，设计部比她强的人太多了，整个分公司就更多了，她对此感到奇怪也是正常的。

"为什么选我？"她疑惑，忍不住问。

自己几斤几两，她心里有数，按理说这么好的事应该轮不到她。

林奈笑了笑，道："李成喜欢中国文化。"

何青柔没懂她的意思，不解地问："不是德国人？"

"中德混血，你记得见面后这么称呼他。"林奈柔声说，"我去年见过他，他性格随和，好相处，普通话说得很标准。你别担心做不好。"

何青柔专心开车，雨水不断落到车窗上，将玻璃变得一片模糊，雨刮器忽地一摇，眼前又变得清晰了。

"东方婉约美。"林奈没头没脑地来了一句。

不论样貌、气质或是性格，都非常符合，你是不二人选。

这话简直不能再直白了。何青柔听明白了，面上波澜不惊，眼睛却直直盯着前方。极少被别人这么夸，她顿觉羞赧。

林奈偏头看她，眼里满是柔和。

何青柔思忖许久，还是点头，道："知道了。"

抵达公司已经八点零五分，两人双双迟到。东宁有规定，迟到一次扣五十，并且全勤奖泡汤，何青柔有些懊恼，早知道就提前十分钟出发了。

两人进电梯，何青柔递给林奈一个透明的杯子，道："雪梨汤，清热下火的。"

林奈近来火气旺，唇色过分红润。

雪梨汤是买的，何青柔本想自己炖，无奈昨晚没时间。林奈接过杯子，冷淡的脸染上了笑意。她想说什么，这时电梯门自动弹开，一个员工走了进来。

"总监好。"员工恭敬地喊道。

林奈又恢复了原来的模样，不咸不淡地点了点头。

出了电梯，何青柔进设计部，林奈进总监办公室。

大概和阴沉的天气有关，设计部今天的氛围不大和谐，万科尹偷偷告诉何青柔："刚刚杨顺成和姚经理闹了一场。"

啧啧……他先前果然没猜错，暴风雨来得如此快。

"发生什么了？"何青柔趁着坐下的时机，低声问。

"不清楚，"万科尹摇头，"反正他们争吵的声音挺大，就是不知道在吵什么。"

余光瞥到经理办公室的门打开，他赶紧端端正正坐好，给何青柔使了个眼色。何青柔明白过来，飞快地一手打开电脑一手拿文件。

杨顺成脸色臭得堪比下水沟，出来后逮着一个犯了小错误的同事，劈头盖脸就是一顿骂，同事像鹌鹑一样畏畏缩缩不敢顶撞一句。

没办法，杨顺成再不济也是设计部副经理，谁敢不给他面子。

何青柔以为他要找自己的碴儿，但幸运的是，并没有。

一上午她都十分清净。中午吃了饭，有人打电话让她拿外卖——一杯何记奶茶。

何青柔一头雾水，外卖口袋里有字条，联系人姓名和电话都对得上号，是总监办公室里的某人给她订的。

不多时，又有人送来甜点。

公司严格规定外卖不能送上楼，她得自己下楼拿。奶茶和甜点她都一个人解决了，万科尹眼馋地看着，她也没给。

万科尹中午跟她在一桌吃饭，便猜到东西可能是别人订的，于是多话问了一句："组长，又有人追你？"

上回的九十九朵玫瑰他还记得，印象深刻。

"不是。"何青柔淡定回道。

万科尹"哦哦"了两声，不再多话。

"一个朋友送的。"她又说。

这一天何青柔过得很平静，不过杨顺成则完全相反，倒霉透了。

小会议室里坐了八个人，三女五男，都是以林奈为首的领导阶层。杨顺成絮叨个不停，各种利弊一股脑儿往外扯，为的就是说服这些人换掉何青柔，最后还意有所指地扯到了性别。

汽车行业男性多，也许是这种畸形的大环境所致，像杨顺成这种人脑子里总深埋着女不如男的观念。他可能没想拿性别做文章，但一时激动便脱口说出了潜意识里的想法。

在场的两位女性皆变了脸色。

除了林奈。

这人了解杨顺成的狗德行，见怪不怪了。

林奈用中指叩了下桌面，斜睨着杨顺成，眼眸中冷意骇人，问："性别？杨副经理这是对我有意见，或是对公司的规定不满？"

东宁有明确的规定，不得歧视女性。当初东宁出台这个规定实属无奈，因为某些自以为是的耗子屎在校招时，给公司丢尽了脸不说，还使东宁陷入了舆论的风口浪尖，且前些年有高层领导按性别区别对待下属，不能一视同仁，公司上上下下为此闹了好一阵。

如今东宁在这方面打压力度大，一经核实，严惩不贷，为的就是防止员工有类似的愚蠢行为给公司带来负面影响。

这个行业确实女性少，但能坚持做到最后的优秀女性，大多都进入了管理层，譬如姚云英和她旁边的副总，杨顺成这一番"无心"话，让两人很是不快。

杨顺成脸色白了两个度，后悔不已，简直想给口无遮拦的自己两个嘴巴子。

"我……我……"他结巴道，脑子飞速转动，终于找到一个借口，"我的意思是何青柔太年轻、没经验，我怕她应付不了。雷浩去年接待过德国合作商的人，更熟悉流程，更适合这个任务。"

雷浩，设计部的员工，杨顺成麾下的忠党。他的心思不要太明显。

林奈懒得同他废话。

"何青柔今年做了两个大项目，雷浩一个没有。"姚云英率先说。

杨顺成脸色难看，反驳道："那两个项目跟这能一样吗，能说明什么？"

姚云英淡定地用他的逻辑回话，慢条斯理地回敬："那今年的德国代表又不是去年那个人，雷浩的经验有什么用？"

杨顺成咬牙切齿地说道："他熟悉流程！"

"流程只是我们的安排而已，今年会有变动。"姚云英平静地说。

杨顺成还要继续争辩，林奈拦住他："杨副经理若是不满意此决定，那趁着大家都在，我们举手表决，别为了一点儿小事闹腾半天。"

杨顺成瞬间心凉，不敢说什么。

表决结果无比尴尬，一个支持他的人都没有。

一名与他关系还行的老总出会议室前，拍了拍他的肩，语重心长地告诫："老杨啊……人要知足，别太贪了。"

杨顺成表面不敢怎么样，心里却记恨上姚云英了。两边的梁子算是正式结下了，姚云英背后有林奈撑腰，而杨顺成目前势单力薄。

雨持续到下班才停，何青柔准备收拾东西离开，姚云英叫她到办公室，将事情说了，外加询问她的意愿。

何青柔今天一直在想这个，已经决定了："谢谢姚姐，我会努力做好的。"

姚云英满意地颔首，提了许多要注意的地方，末了，张了张嘴，有点疲惫地说："杨副经理——"

"我知道。"何青柔打断道。她很聪明，明白姚云英要说什么。

姚云英点到即止。

"知道就好，自己注意点儿。"

何青柔"嗯"了一声。

姚云英神色复杂地看了她一眼，莫名有些惆怅。如果杨顺成升调了，她多半会提携何青柔做二把手，可杨顺成没走。

"好好干，争取下次能升职。"姚云英宽慰她，道。

何青柔客套地回了两句，简单聊了一会儿便出去了。

她不担心杨顺成会做什么，不知道为何，反正就是不担心。可能是这几年大风大浪她都经历过了，习以为常了。她收拾好东西，摸到手机，考虑要不要叫林奈一起下班。

林奈今天应该不加班。她犹豫半晌，最终还是给对方发了微信消息。

这人秒回："抬头。"

何青柔往门口望去，林奈站在那里，手里提着空杯子。

此时万科尹恰恰出去，碰到林奈，规矩地问："林总监，您找人吗？"

"嗯。"

"找谁？要不要我帮你叫一声？"他热情地说。

"一个朋友。"林奈垂了垂眼睫，意思是拒绝他的好意。

万科尹笑了笑，心里暗自嘀咕，这话听着咋这么耳熟，但又一时想不起来在哪里听过。万科尹忙着回家给女朋友做饭，既然林奈不需要帮忙，他也没多纠结，提着东西走了。

何青柔拎包出来，两人并肩走进电梯。

"我要去西街取车。"何青柔说。她和店主约好了。

"一起过去。"林奈右手不方便，今早上班都是何青柔开的车。

两人走出公司大门，正好打到一辆出租车。司机师傅客气而热情，何青柔报了地名后就不再说话。

林奈滑了滑手机屏幕，在看一些关于装修的文章。

何青柔无意中看到，以为她要买房，就鬼使神差多注意了一下。

工作日下班点的西街较为拥堵，车来车往，出租车被淹没其中。林奈看得很认真，一页一页地翻着，冷色调、暖色调、简约风、温馨风，各式各样的。何青柔偷瞧了好几眼，但对方都没发现。

抵达清吧，她取了车出来，林奈仍在看手机。

开车回小区的路上，何青柔终于忍不住问："你要买房？"

她尽量让语气保持平稳，不外露一丝一毫多余的情绪，显得自己不那么在乎。说来奇怪，林奈涎皮赖脸非要搬进来那时，她觉得不适应，空荡荡的屋子突然多了一个人，回家看到玄关处多了一双鞋子都会反应好一会儿，可现在人家要走了，她又莫名其妙地心里发堵，哪里都不得劲。

可能是一个人待久了，无故多出一份鲜活的生气将满屋的沉寂冲淡，好不容易习惯了，一瞬间变回原样，确实暂时接受不了。

"嗯，"林奈低头专心看文章，"在找了。"

何青柔咬了咬下唇，看向前方，把手握得死紧。但最后，她只淡淡"哦"了声。

"东城区怎么样？"林奈问，"那边离公司近，上下班也就十几分钟的时间车距。"

她这两天都在对比筛选，比来比去还是觉得东城区更符合自己的标准，安保和基础各方面都不错，可以买栋小型别墅，房间多点儿，方便养猫、客人居住。不过她还在犹豫，普通的房子好像也还行，空间小但温馨，两个人住刚好，还有生活气息。

何青柔喉咙里一噎，心头有股气上下蹿动，憋得难受。

"离城区太远，不方便。"何青柔佯作不在意，道。

林奈认同地点头，兀自翻了翻手机，找到另一个满意的房子，再问："那市中心呢？"

何青柔嘴皮子碰了碰，总觉得现在的场景似曾相识。她闭着嘴巴，打了个弯儿，许久回道："就东城区吧。"

东城区富庶，离公司近，挺适合林奈的。其实距离商业区远或近都没关系，反正林奈不用自己做饭买菜，请一个阿姨就行了。

林奈领首，继续沉浸在装修事宜上，颇为纠结是自己装修还是买个现成的精装房。自己装修耗时长等得久，麻烦，但装修好了的精装房，又感觉缺了点儿什么，没成就感。

左右思量，考虑了两天都没定下来，她想问问何青柔的意见，可对方好似不关心这个。

何青柔有心事。

林奈皱了皱眉。见对方不说话，林奈也不再开口。回到小区楼下，两人随便买了一点儿水果回家。

自从住一起后，水果都是林奈洗和切，何青柔只负责吃。林奈的手好看，指节匀称修长，削苹果皮都像在搞艺术。

网店这个星期生意萧条，甚至算得上被冻住了，平均一天一单，销售量断崖式下跌。何青柔没来由地有些慌，她经验不足，不懂为什么网店排名上升了，销量却跌得这么惨。

沈艺如是个负责的客服，告诉她排名上升幅度太小，起不了什么作用，要想稳住销售量，首先得扩大店铺的知名度。至于如何扩大知名度，很简单，花钱打广告。

钱到位了，一切都不是问题。

网店靠熟人冲销量不长久，不能老想着靠宋天中和叶寻他们介绍人，资源总有用完的那天。

何青柔犹豫不决，只因广告费太贵了，找个稍微有名气的博主或者网红都要几万十几万。茶叶不像化妆品和寻常食品，买的人少，这么做简直浪费钱，打一次广告说不定连广告费都收不回来。

她不敢贸然行动，为此挺愁的。何青柔将林奈削的苹果搁在旁边，一心查看电脑。

网上的茶叶大多定价便宜，几十到上百不等一斤，比她家的茶叶卖价几乎少了个零。何青柔看着都头疼，几十块钱还不够进一两货。

网络售卖的弊端就是这点，打价格战一般都是价低者赢，像她家不出名还卖这么高的价，一开局就输了。

何青柔当初脑子热，没想到这些问题，现今囤了一大堆货卖不掉，着实恼火。

"在忧心什么？"林奈见她面带愁容，随口问道。

"网店的事，"何青柔如实交代，把笔记本转向对方，"茶叶卖不掉了。"

她想问问林奈的意见，林奈法子多，也许林奈会有解决的办法。

林奈随便看了看，再点进其他家的链接浏览一番。

"要不要打打广告？"林奈的想法与沈艺如一致。

何青柔否决道："太贵了，沈艺如前天联系了一个小主播，名气一般般，开口就要八万，不划算。"

确实有点儿贵，林奈赞同。

"光打广告也不行。"林奈一针见血地说。网店毛病多，仅价格方面就让人望而却步，可若是走"贱卖的价格战"路线，又不利于店铺长期发展。

何青柔颔首，她最近一直在想解决办法，现在的想法就是拉拢一批年轻顾客，年轻一辈是主要的网购消费群体，但如何拉拢，改包装迎合潮流或者其他方法，暂时还没决定。

她把想法都同林奈说了。

林奈没什么意见，一切交由她来办，只说推广的事自己来负责。

何青柔知晓林奈投资了直播平台还是短视频平台，便多问了一句。

"对，投的直播软件。"林奈说。二〇一五年直播行业在国内处于起飞阶段，她和两个朋友找到合伙人一起做了这个，目前来看，发展前景还可以，来钱快，回报大。

虽然何青柔不看直播，但她知道这个是新兴行业。

何青柔打量了一下面前的人，心里无端端生出一种距离感，林奈一出手就能投资直播APP，而她……

大概是察觉到她的情绪变化，林奈眼神变了变。

"别乱想。"林奈拍了拍何青柔的肩膀。

何青柔没吭声，脑子里乱糟糟的，一会儿想到这个，一会儿想到她要搬走，心中有些烦躁，不过没表现到脸上。

林奈说："我现在没钱，等你赚钱了给我分红。"

都要买房了还没钱呢，何青柔自然不信这人的鬼话，继续忙网店的事。昨晚她用完笔记本电脑没充电，她正在和沈艺如谈事，窗口弹出提示电量不足。

她让林奈帮自己拿一下充电器，林奈不愿动，便把自个儿的平板递过去。

何青柔同沈艺如交代完，再点进淘宝，又问起之前的事："房子找到了吗？"

林奈说："找到了。"

下班的时候还在看房子，睡觉之前就已经找到房子了，真是够迅速的。何青柔百感交集，心中的不舍愈来愈重，"哦"了一声，不想再说话，可没两分钟又问："你什么时候搬走？"

林奈挑眉，算是听明白她话里的意思。这人心眼儿忒坏，偏偏不把话说清楚，而是故意说："可能是下个星期，或者小杰军训结束之前。"

下个星期……何青柔一愣。明明之前她还让林奈快点儿搬出去，眼下却不想人家走了，想法变化极快。

"走之前记得讲一声。"何青柔闷闷地道。

林奈继续逗她，道："可是搬不搬还没确定。"

何青柔一噎："哦。"

林奈道："还没问过你的意见。你呢，要不要跟我一起？"

何青柔怔住，眨了眨眼。

"这边不方便，上班太远了，我们一起搬到东城区去？"

"嗯？"

老城区交通、设施各方面都比不上其他地方，买个菜都需要开十几分钟的车，而且每天上班老堵车，林奈从八月底就在考虑这个问题，但事情太多搁置了，今天只是在网上看了看，初步确定房子情况，具体的还要征求何青柔的意见。如果何青柔不愿意搬家就算了，住小房子也挺温馨的。

"或者其他地方也可以。"林奈又说，"我对南城不了解，你有没有想搬去的地方？"

今天何青柔说东城区，她全看的东城区的房子，可那边买菜比较麻烦，以后两个人一块儿住，肯定要问问对方的想法。毕竟她两一块儿做生意，住一起也方便些，而且何青柔的租房环境也不怎么样，不如换一个好一点儿的地方。

反应过来林奈先前是在戏耍自己，何青柔有点儿生气，径直说："不想。"

林奈赶紧认错，不继续开玩笑了。

两人闹了一会儿，林奈说："明天是我生日。"

何青柔说："我知道。"

林奈的伤口还没好，她们安静坐着聊了一会儿，准备早点儿睡觉，好好养伤。

第二日。林奈睁眼时，何青柔早已起床了，正在厨房煮面和鸡蛋。

生日吃面和鸡蛋是 H 市的风俗。

"生日快乐。"何青柔一面解围裙，一面轻声祝福。

桌上的碗里，面汤表面油光浮动，面条上点缀着碧绿的葱花，没有任何臊子，做法十分简单。

林奈说："谢谢。"

"快去洗漱，洗漱后过来吃面。"

林奈"嗯"了一声，去洗漱了。

洗漱完毕，吃早饭，然后上班，白天与平常没什么不同。

公司高层领导都知道今天是林奈生日，一大早便一个接一个地借办公的理由来送礼，等六点下班时，林奈的办公桌上已经堆满了礼品盒。

由于不方便一次性全部带走，林奈只挑了几个小件的拿上车。

何青柔一路无言，但嘴角一直弯着，显然心情不错。

"什么事这么开心？"林奈问，受她影响，也跟着弯了弯嘴角。

何青柔摇了摇头，不肯说。回到家，何青柔急忙忙做饭，菜是提前买好的，她在网上查了几道北京那边的家常菜，打算今晚做给林奈吃。生日嘛，得有家乡的味道。

"你去外面等，我一个人就行。你别沾到水了。"何青柔边切菜边说。林奈在一旁打下手，她怕这人一不小心碰到伤口。

"我不碰水，"林奈不想出去，如果她去客厅待着，两边都冷冷清清的，她不喜欢，"我在这里帮你拿碗，你要什么就跟我讲，我递给你。"

何青柔好笑，由她了。因为不熟悉北京菜的做法，何青柔的速度有些慢，即便按照菜谱做，菜做出来的口味与正宗的仍有差别。

炒完最后一道菜，她夹了一筷子给林奈尝味，问："怎么样？"

林奈张口就吃了，也没尝出什么味，却说："好吃。"

何青柔不信，自己尝了口——盐放少了，需要回锅再炒，她背过身，忍不住再笑了笑。

味都没有，还好吃……

何青柔给林奈准备的礼物是一条项链，款式与林奈送她的那条差不多，但价格天差地别，就万把块钱。这个数目对有钱人来说肯定不算什么，可这已是她一个月的工资。

从葛仙山回来后，何青柔便在考虑生日礼物的事，思来想去也不知道到底送什么好，还是上回她跟迟嘉仪逛街时，看到橱窗里摆着这条项链，才想到送这个。

林奈送的那条项链，她一直都戴着，林奈给她戴上后就没取下来过。

今天该她帮对方戴了。

"你低下来一些。"她说。

"好。"

林奈微弯下身。

何青柔没准备别的，也不知道林奈喜欢什么，送完礼物，这个生日也就差不多过去了。

过了一会儿，叶寻和蒋行舟他们给林奈打来视频电话。何青柔陪着林奈和他们聊了几句。

这次的生日与往年不同，过得相对简单些。一群人都没搞什么特殊惊喜。

往年叶寻和蒋行舟他们都会给林奈大肆操办生日宴，弄得很奢侈，但今年林奈提前知会过了，大家也就低调了一些。

蒋行舟在电话那头说："阿奈生日快乐，也祝咱们何老板财源广进。"

叶寻也说："生日快乐。"

今夜月色朦胧，天上、地上都笼罩起一层似有若无的氤氲。朋友相谈甚欢，氛围融洽，两边都和睦。

一切都很好，温情而惬意。

第 9 章

日渐暴富的何老板

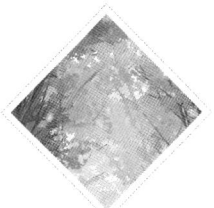

最近接待德国方的事令何青柔忙得头晕，任务看似简单，纯粹是依照上头给的进度工作，真正实施起来却很头疼，灵活性强大，光靠嘴皮子可不行。

何青柔为此熬夜恶补了一大堆资料，关于德国方公司、本公司、最新合作研发的发动机……简直比大学期末临考前还拼。

接待时间为两天，德国方周三到南城，何青柔和张总一起去接机。

德国方都是正装出行，十分惹眼，尤其是领头的混血儿李成，蓝眼睛，金色头发，身材高大，他根本看不出是中德混血，但一张嘴就是一口流利标准的普通话。

李成随和健谈，与另外几个不苟言笑的德国人对比鲜明，他中文、德语自动切换，直接省去了中间的翻译流程，以至于东宁这边安排的翻译老师完全没发挥作用。

"我和阿奈认识。"去公司的路上，李成悄悄讲，"她跟你说了吗？"

何青柔友好地笑道："说过，林总监说您是她朋友。"

林奈说的是去年见过李成，何青柔加工美化了一下。

李成很是受用"朋友"二字。他眯了眯眼，看着何青柔，意有所指地讲："我前几天去了一趟北京，见过林伯父，他好像不大高兴。"

何青柔蓦地一怔，半晌反应过来这人是在提醒自己。关于林父，她一点儿都不了解，只在宋天中、林奈口中听说过。

"林伯父强势惯了，这么多年，脾气还是这么差，他知道阿奈去年抢了我一个投资，说下次遇到阿奈一定要帮我教训教训，"李成讲话有些莫名其妙，又说林父脾气不好，又说林父要帮忙教训林奈，前后自相矛盾，他向后斜了斜淡蓝的眼珠，靠近何青柔用只有两个人才能听到的声音悄声告知，"劳烦何小姐提醒她，必须尽早抽身。"

何青柔顺着他的目光向后看，恰巧捕捉到张总偷望过来的视线，顿时明白了什么。

李成要她传话给林奈。

她点了点头。

晚上回家，她将话转告给林奈，林奈的表情瞬间变得凝重。

"怎么了？"何青柔有点儿担忧，林奈一向淡定从容，还没这么严肃过。

她大概能猜到点儿什么，可能是林父要对林奈的投资项目动手，至于原因……她心里也清楚。

"没。"林奈敛起所有表情。

虽然何青柔感到疑惑，但她没多问什么。

"李成跟蒋行舟关系铁，与我不熟，"林奈解释了一句，"我去年确实抢了他一个投资。"

难怪李成要何青柔转告，而不是亲自说，他怕是还记恨着呢。

"这阵子我可能真要靠你养了。"林奈还有心情笑。

何青柔一头雾水，可知道事情定然不简单，林奈不明说兴许是怕她担心，她思索片刻，依旧没多嘴。

周日，到了约迟嘉仪见面吃饭的日子。何青柔早料到迟嘉仪见了林奈会是什么反应，吃惊，诧异，反正就那样。

果不其然，迟嘉仪看到她俩一同走进餐厅，脸色顿时精彩了，惊讶得合不拢嘴。惧于领导的威严，迟嘉仪憋了一箩筐话要问何青柔，但不好当场问。

吃到一半，林奈借口去洗手间，专门留给她俩谈话的空间。

林奈一走远，迟嘉仪便问个不停。

何青柔有些无奈。

"你真的……"迟嘉仪感叹，翘起大拇指，"看不出来，我还以为是哪个部门的同事，结果竟然是林大总监，心脏病都差点儿被你吓出来了。"

何青柔兀自喝水。

"哎，我说……"迟嘉仪冲她挤眉弄眼，"这可是高岭之花。"

何青柔："高岭之花就不能当朋友了？"

"林总监家里……"迟嘉仪皱眉，"算豪门吗？"

何青柔哪知道。迟嘉仪忽然脑子一闪，悄声问："跟有钱人交朋友难不难？好相处不？"

何青柔霎时被她问住，这是哪门子的疑问。

"普普通通吧，没什么两样。"

好像确实挺普通的，日常习惯差别也不大，两个人住一块儿很和谐。林奈挺接地气的，没什么难伺候的地方。

"我以为至少会这样，"迟嘉仪哈哈大笑道，有模有样地往何青柔面前放了一张餐巾纸，板起脸，"给你五百万，你这种人不配跟我女儿做朋友！"

何青柔被逗笑，呛得咳了两下。

"陈茗行家也挺有钱的，"迟嘉仪忽然不笑了，"你知道为什么上次她妈看见我发那么大的火吗？"

"为什么？"

迟嘉仪偏头看了看外面灯光陆离的街道说："她妈觉得肯定是我教坏了她的孩子，认为我有责任。"

何青柔一愣，道："这能关你什么事……"

"没办法，有的长辈就是不讲道理。"迟嘉仪吐槽，"反正千错万错不是他们的错，他们才不承认是自己逼孩子太紧了，总觉得年轻人就该按照家里人的想法过人生。"

何青柔接道："那倒是。"

迟嘉仪感慨道："真的是难搞……"

何青柔笑了笑。

她们聊完，林奈才从洗手间回来。迟嘉仪还是不适应和大领导一块儿吃饭，干巴巴地说了几句，蔫了。倒是林奈时不时找话聊，何青柔在一旁看着，不禁莞尔。

回去的路上，何青柔记起迟嘉仪的话，她和林奈能成为好朋友，好像真的是又快又离奇。像她俩这么悬殊的家庭背景，放在电视剧里她们大多是死对头或是情敌，要想成为无话不说的好朋友，过程一定要像裹脚布那么长，必须要经过重重磨难方能凸显出弥足珍贵，好似所有的友情都得经过考验才能称之为感情。

好比她和迟嘉仪，那是从小到大的交情。何青柔没想到有朝一日，她真的能有一个富婆闺密。她想着想着就笑出了声。

"在笑什么？"林奈偏头问她。

何青柔打了半圈方向盘，道："想五百万和好姐妹该选择哪个。"

林奈把这话当了真，非常认真地道："选我。"

何青柔笑而不语。夜色漆黑，道路上的车少，这时候老城区这边的店铺基本都关门了。

"我有五百万。"林奈继续说。

何青柔看着前方开着车，忽然起了逗她的心思，问："你不是要靠我养吗？"

林奈哑然，突然也挺乐的。

许久，这人沉声说："我以后可以赚。"

何青柔心道这人真是幼稚，明明知道自己在逗她，还那么较真。现实不是电视剧，她没有五百万可以选，面前也只有较真的某人。临下车，她拍了拍林奈的肩。

"回家了。"

林奈却不动。她去拉这幼稚鬼，林奈一把挽住她的胳膊，一起上了楼。夜深，小区里的人大部分都睡下了，两人坐电梯到八楼都没遇到一个住户。

住在一个屋檐下的日子平淡似水，十分寻常。她们一起吃饭，一起窝在家，偶尔聊聊工作，打理网店。

九月中旬过后，炎热的天逐渐转凉，温度慢慢降到二十五六度，如此舒服的天气最适合在床上度过。

周六一如既往地平淡，唯一不同的就是林奈手背的伤口好了，痊愈了。

这天清晨，何青柔撩开薄被，尽情呼吸早晨的清新空气。

此时外面响起敲门声。

敲门声只响了两下，之后就停了，她不太确定是不是昨晚太累幻听了，这大清早的，谁会来这里？

她边想，边理了理散乱的头发，开门出去。走到客厅中央，电话铃声响了，她胡乱瞥了一眼——何杰来电。

放在门把上的手忽然顿住。她霎时怔了怔，小杰才军训完，他约林奈明天吃饭，所以今天来了这里。

何青柔僵了半晌，手机铃声还在响着，外面的人自然听见了。

"姐，开门呀。"何杰隔着门喊，手里提着水果和南城特产，都是买给何青柔的。

何青柔不自觉地看了看此刻躺在沙发上的林奈。林奈不解地看向这边，疑惑何青柔怎么不开门，何青柔叹了口气。

算了，先开门再说吧。

她整理了一下衣服，扭动把手打开门，何杰见到她，眼睛一亮，这么久不见他怪想自家姐姐的。

"姐！"他傻傻地笑道。将近一个月没见，他更黑了，黑得皮肤都发亮了，可见南城夏天的太阳着实毒辣。

何青柔放他进门，道："怎么这么早就来了，也不打电话说一声？"

何杰怪不好意思地说："这不是军训结束了吗，昨晚我跟室友他们出来玩没回去，正好离这里近，就过来看看你。"

这小孩倒挺有心的。何青柔心头一暖，接过他手里的东西放到茶几上，道："下次来别买这些了，钱够用吗？"

因为之前网店收入不高，上次去电子科大看何杰，她就只给了几百块，而这一大袋子怕是得花两三百，大学生嘛，刚开学用钱的地方多。

"够用，学校里吃饭便宜，上个月的生活费我都没用完。"何杰说话时，随意往前方一瞥，看到沙发上的人时忽然愣住，"林——"

他一时语塞，没料到林奈也在这。现在将近早上八点，这人竟然在这里，看样子不像是才来的。

而且林奈穿了一件家居服。

何杰有点儿蒙，不知道何青柔这边的近况，对林奈的事更是一概不了解。

何青柔想开口却被林奈抢了先，林奈不紧不慢地走过来，淡定得好像这是她的地盘，她本该在这里，反倒显得何杰的惊异有些多余。

"小杰，"林奈走到桌前倒了一杯水递过去，"吃早饭没有？"

一出口便是家常话题，好像她和何杰有多熟似的。

林奈转手把杯子放到桌上，问："中午一起吃饭？"

何杰看了一眼林奈，点点头。

何青柔支开林奈出去买菜，拿了一些冰冻的海鲜到厨房处理，让何杰给自己打下手。同时，她向何杰解释一下，但没说太多，怕小孩知道林奈家里情况和自己在公司的遭遇后，他会担心。

而且小杰一向大嘴巴，指不定会把这些告诉家里人。

何青柔大意说一下林奈是为了网店的事才来这边。末了，她问："你在学校还适应吗，和室友处不处得来？"

"适应，挺好的。"何杰同她说了许多学校的事。

姐弟俩边聊边忙活，眨眼间就过了半个多小时。

又过了一会儿，林奈才回来，林林总总买了一大堆，鸡、鸭、鱼肉、海鲜，样样齐全，分量吃几天都够了。

单独面对林奈时，何杰生硬地说："林姐姐，上次学校的事……谢谢了。"

"不客气。"林奈回答，"我也没帮什么。你在学校那边还适应吗？"

她与何青柔问了同样的问题，不过何杰不想具体回答，简略地回："还行。"

林奈"嗯"了声，继续找话跟他聊。

吃完饭是林奈洗碗，何青柔想带何杰出去转一圈，但这小子很自律，要早点儿回学校看书。何青柔送他到小区门口。

何青柔回到家里，林奈刚洗了碗，正在解围裙。她手背上留了一道浅疤，疤痕显红，看样子一两年之内是消不了了。何青柔看到那道疤，想起医生的叮嘱，拿药给她涂。

抹完药，电话响了。林奈单手去接，和电话另一边的人聊了起来。有笔投资出了岔子，她这个星期一直在处理，但没什么用，现在她正在考虑要不要脱手。不过脱手也不是那么容易的，合作方纠缠不休，反正就是不让她半路下车，故意死拖着。

当然，阻力不只有合作方的。

有人暗中作梗，林奈大致能猜到是谁。

林父的手段一如既往地强硬，不把她逼到绝路上不罢休。但林奈可不像蒋行舟，家里逼一逼就会妥协，没用。

　　林父这人有些顽固，越是讲道理越讲不通，林奈当初和林父闹翻，他就明说了只要林奈不回京，以后别想拿林家一分钱，林奈那会儿也硬气，说不需要。

　　林奈这两年搞投资，最开始都是借的唐衿毓的资源，没靠林家，逐渐发展到今天这个地步，且投资主要往娱乐方向靠，和林家的家族业务全然相反，也算是说到做到了——唐衿毓虽然嫁进了林家，可个人财产方面，她跟林父做了婚前公证，亲妈的资源不属于林家。

　　林奈依照那时的话一步一个脚印走到今天，但林父食言了，尤其是知道她和何青柔合伙销茶后，他表面一声不吭，暗地里施加诸多阻力，为的就是逼林奈服软。

　　而服软的后果，大概就是回归所谓的正常生活。

　　林父一句话都不曾苛责过女儿，所有的威怒皆表现在行动上。

　　林奈独自坐了几分钟，又走到阳台上接电话。电话那方的人不停地扯皮，她没耐性，三言两语挂断，再拨打一个烂熟于心的号码。

　　第一通电话没接，第二通电话响铃二十几秒才被接起。

　　那边鸦雀无声。

　　林奈回身，望了望厕所方向，厕所门大开着，在阳台上能看见何青柔忙碌的身影。

　　林奈捏了捏机身，收回目光，转身远眺前方，一会儿才轻启薄唇："爸。"

　　电话那头的人一时沉默，没说一个字，连一点儿声响都没发出。

　　林奈早习惯了这样的开场，径直说："您要是没空，我就挂了。"

　　那边传来重重的拍板声："你试试！"

　　声音充满威严与震慑，强悍不容置疑。林奈脸色都没变一下，问："今天没在忙？"

　　林父没回答。她倒不在意，兀自说自己的，父女俩的话少，更讲不到一块儿，通话两三分钟，愣是没一点儿父女间该有的温情互动。

　　林父语气十分生硬，完全就像下命令一样，要林奈下个月就离开南城。他态度很坚决，讲完就直接挂电话，不给女儿反应或辩解的机会，强横得完全不讲道理。

　　林奈站在原地思忖了片刻，一会儿收起手机，转身回屋。

　　翌日，气温 25 ℃，适合外出。两人去宠物医院探望五两，大型宠物医院就是比上次那个小医院好，小家伙胀鼓鼓的肚子明显小了一些。

　　五两看到了何青柔，直接打滚露出软软的肚皮。何青柔放手上去，它抱着何青柔的手不放，显得可怜兮兮的。

　　五两不喜欢医院，但林奈不来接它，它只能乖乖待在这里。

　　医生说减肥可能还需要半年时间，不过等稳定了，她们每个星期可以接五两回去待两天。

何青柔询问了一下五两的各项状况，还好，它目前挺健康的。

林奈想碰五两，可没碰到，橘大胖子异常记仇。林奈非要摸一摸它，它直往何青柔的怀里钻。

何青柔无奈，制止林奈："好了，别老是逗它。"

林奈一刹那间黑了脸。

五两依偎在何青柔的胸口，转了转黑眼珠，一直盯着林奈。

刚入秋的日子，总觉得热，比酷暑里还热意难耐。

时至十一月份，树叶枯黄的季节正式降临，小区里落叶堆满地，秋季雨水涟涟，地面一直处于湿了干、干了湿的状态。

何青柔煲了一大锅汤，专门用以祛湿气。

锅里扑哧扑哧地响动着，浓白的汤不停地翻腾，她舀了小半勺汤尝味。汤有些烫，一不小心溅到手背上，她"嗞"了一声。

林奈在客厅里办公，听不见厨房的动静。

她吹了吹，小抿一口，味道差不多了，待再煮了三四分钟，她关掉火，盛汤端到客厅。

"吃饭了。"她盛饭搁在对面，喊道，"待会儿再看吧，先吃饭。"

林奈"嗯"了一声，可坐着没动，仍盯着电脑。何青柔过去挨她坐下，看了看屏幕，大概知道她在处理什么事。

这一个多月林奈忙得焦头烂额，投资上出了一点儿状况，资金周转不过来，之前的投资也被卡死了。

林奈没告诉何青柔这些，不过何青柔自己观察出来了——这人把名下的几辆豪车都卖了，凌晨一点之前就没睡过觉，早上六七点起床，玩命一样拼。

何青柔都看在眼里，却不明着问。林奈不愿意讲，她便装作不知道，只悄悄照顾对方一些。她能做的不多，弄点儿吃的，尽量给林奈创造一个放松的环境，以及兼顾好网店与工作。

两个人都在为各自的梦想和人生而努力。

十几分钟后，林奈终于处理好事情。

"起来了，吃饭。"何青柔边说着边夺过鼠标，发觉林奈的手有些凉，"这两天气温骤减，你多穿点儿衣服。"

林奈躺在沙发上不动。连续高强度的工作，几乎让这人麻木了。

"要不要睡一会儿？"何青柔问。

林奈乏力地揉了揉眉心，许久，轻声说："先吃饭。"

何青柔进屋给林奈拿了一件衣服，出来时，林奈都给她夹了半碗菜了。

"别夹太多，我吃不了。"她将衣服给林奈披上。

林奈自个儿拢紧衣服，问："过年你回不回去？"

二月份过年，离现在还有将近三个月，何青柔一顿，道："不知道，你呢？"

林奈径自喝了口汤，含糊地说道："还没确定。"

何青柔怔了怔，想说什么可最终咽了下去，坐下吃饭，顺手给对方剥了两只虾。

眨眼已到冬至，迟嘉仪升职了，摇身一变做了组长。迟嘉仪被这巨大的饼砸得晕乎乎的，半个月都没反应过来，直言祖上冒青烟，今年过年回老家得多烧两炷香。毕竟升了组长可不止是多个头衔那么简单，之后必定会涨工资。

何青柔呢，还是老样子，整个设计部也是老样子。

杨顺成同姚云英斗得不亦乐乎，其他人从一开始的战战兢兢、担心危及自己，变成了日常看戏。

这天杨顺成又作妖，没干过姚云英，恨得牙根痒，到外面遇到何青柔，没忍住脾气，劈头盖脸就是一顿臭骂。

真当自己还是设计部经理呢。何青柔懒得理会他，收拾好文件，当着他的面就走了。杨顺成气得呕血。

冬至过后寒风凛冽，南城虽不下雪，可冬天阴冷，风一刮，感觉骨子里都是寒意。何青柔裹紧衣服，开车去见沈艺如。

自从投了几回广告，网店的生意日渐兴盛。网络时代流量就是金钱，林奈深谙其理，让旗下APP的两个主播在直播时"无意"地提一提，植入软广告，再暗中推一把，将茶道与文化结合，借H市的名气，慢慢将自家网店混在一堆品质好店里营销了出去。短短两三个月，她们经营的这家小小茶叶店火了一波。

老家的手工茶什么档次，何青柔心里有数，不过为了迎合网购主力军年轻一辈的口味，她将茶叶包装做了大改变，每一份的量也减少了，一份按二两或五两包装，价格也随之降低，不算便宜但也不会贵得离谱。而这一举措，也为网店带来了平均每月两三百单的销量，囤积的货很快就售空了。

何青柔急忙打电话让何父补货。她最开始只是想卖一点儿试试，结果越做越好了。

林奈建议网店应该和那些老茶户签合同，建立契约关系，以防以后出什么岔子。何青柔认同这个观点，打算年终之前请个律师来做这事。

而今天她去见沈艺如，主要是谈谈涨工资和扩招客服的事。

这小姑娘真不错，工作尽心尽力，涨工资是必须的。何青柔和林奈商量了一番，决定给她月薪加两千，再发五千块奖金。

沈艺如非常吃惊，久久回不过神，连说话都有些结巴。

何青柔反过来宽慰她不要有什么心理负担，这是她应得的，然后交代了一下扩招客服的事。店里单子多，沈艺如一个人忙不过来，得多招一个客服。这事也交给沈艺如处理，何青柔相信这小姑娘可以做好。

交代完一切，何青柔开车去电子科大看何杰。家里空荡荡的，林奈到外地去了。

林奈出差快一个星期了，在外地特别忙，就给她打过一个电话。电话里这人语气中满是疲惫，声音有点儿哑，像几天没休息过一样。

那一通电话仅仅持续了三分钟多，快得何青柔都来不及说两句关心话，林奈说有急事，然后急匆匆地挂断了电话。

没了那人那猫，偌大的屋子里恢复了以前的冷清样，空寂得可怕。何青柔进门，洗漱，躺在床上翻朋友圈。

翻了两下，林奈发来一条消息。

林奈："回家没？"

何青柔："回了。"

对方没动静。她想了想，打字："你在干吗？"

那边还是没动静，她等了两分钟，估摸着林奈应该是在忙，心里顿时有那么一点儿失落，放下手机，出神地望了望外面漆黑的夜。

翻了翻身子，何青柔打算睡觉，然而这时电话铃响了——林奈打的。她愣了一下，接起电话。

林奈在北方，风雨声呜啦呜啦地往电话里灌。这人缩了缩脖子，出声解释："我刚刚回酒店。"

何青柔拢紧被子，道："我也刚刚回家。"

林奈笑了笑，看着外面雪花飘飘，天地一片茫然，道："我明天晚上回来。"

原定后天回去的，但事情提前处理完了，可以提前回南城。

何青柔心里自然高兴，但不知道该怎么表达，半晌只回了一个"嗯"字。

"我给你买了一些特产，你吃甜的吗？"林奈忽然说。

何青柔的五脏六腑像被暖了一遍，浑身都因为这一句话热了起来。她还是话少，依然愣愣地"嗯"了一声。

两人的谈话十分家常，因为没有工作在等着，这通电话打得很长，挂断的时候何青柔的手机都快没电了。

南城的天愈发冷了，自林奈离开的那天起，温度一天比一天低，几天前穿风衣，现在已经要穿毛衣了。

第二日是阴天，几近中午，风裹着细雨呼呼地吹。好在周六不用上班，下雨也没什么。

何青柔到宠物医院把五两接回家待两天，晚些时候又出去买菜，回家开门后，第一眼便看到玄关处有水渍，以及多了一双鞋。

她瞬间有点儿蒙，下意识四处巡睃一圈。

五两叫了一声。天冷了，它不爱动，软塌塌地趴在暖和的窝里，望着何青柔。

她没看到林奈。但茶几上放着一个深蓝色的大盒子，明显就是某人放的，昨天说晚上回来，结果又提前了。

她走过去打开盒子，里面全是各种吃的，最上面还摆了一个黑色的丝绒小盒。

盒子很小，还没拳头的一半大。

她慢慢打开盒子——里面放着一颗糖。

何青柔笑了笑。

林奈这时才现身，招呼她一下。

何青柔回头。

林奈说："礼物。"

"就这个啊？"何青柔问。

林奈说："还有别的。待会儿你再拆，我放房间里了。"

何青柔又笑。

林奈走上前，说："我跟你一起做饭，吃了先歇会儿。这次好累。"

何青柔体贴林奈的不容易，道："算了，你先去睡一觉，下次再帮忙。"

林奈说："你一个人忙不过来。"

"也没什么。"何青柔问，"你想吃哪些菜，红烧排骨还是小炒肉？"

林奈道："都可以。"

何青柔比了个手势，示意马上就去做。

林奈也不过分坚持，至此才进屋躺下。薄被盖过头，只露出白皙的手臂，不多时她就睡着了。

厨房里，何青柔慢慢洗菜切菜，把汤烧上后，又开始处理鱼给五两做减肥餐。小家伙应该是闻到了鱼腥味，慢悠悠走进来，亲昵地蹭她的小腿。

何青柔莞尔，蹲身抱它回猫窝。

胖乎乎的身子一挨到软和的猫窝，小家伙立刻不动了，舒适地眯起了眼打盹儿。

林奈醒来时，一看手机，已经九点四十了。林奈穿上衣服出去，睡眼惺忪，精神蔫蔫地走到冰箱前拿了一瓶牛奶喝。

"刚刚炒完菜，正想去叫你。"何青柔端着减肥餐走出来，放到五两面前，脱了围裙挂在旁边架子上，瞧见林奈只穿了一件衣服，又递了一件外套过去，"小心着凉，多穿点儿。"

林奈接过外套，放下牛奶，道："我都处理完了，之后应该不会再出去了。"

何青柔愣了愣，知道她的意思。所谓处理，也就是低价抛掉了那些投资股份，现在仅剩的就是 APP 了。何青柔大概能拼凑出前因后果，原因是林家还是不认同林奈的决定，不支持她的想法，结果就是林家出手打压，林奈做的那些投资在普通人看来确实不得了，但对于产业厚实的林家来说，像过家家一样。

哪怕林奈对一个项目投百万甚至千万，林家随便阻拦一下，最后的结果都一样——打水漂。

林父压根儿不在乎这点儿钱，林奈挣得再多，在他眼里都没什么用，因为林奈挣的钱对比林家来说，差太多了。

网上有个笑话是这么讲的，某富豪想买辆车，一秒、两秒、三秒，买车钱够了。何青柔这种普通人看了，只当笑话，然而现实是可能三秒都不到。

这叫什么呢？差距。

"最近好好休息，公司那边有没有事情？"

"没，这个月比较清闲。"林奈回道。

"要不要出去走走，可以报一个本地的旅游团？"何青柔到饭桌旁坐下，递了一张宣传单给她，"昨天小区门口别人发的，何姑山看雪。"

南城无雪，每年冬天看雪便成了一大受欢迎的旅游项目。

林奈忽然笑了笑。

何青柔顿时一窘，她忘了林奈是北方人，南方人宝贝雪，北方人每年都能看见，一点儿都不稀罕。

"不想看雪的话，可以报一个古镇两日游。"

"你要一起去吗？"林奈问。

何青柔还有一大堆工作，自然不行，她摇了摇头。林奈盛了一碗汤给她，道："那不如待在家里。"

"至少有个伴儿，"林奈补充道，"你什么时候想出去旅游，可以把我带上，我都有时间。"

何青柔喝汤，不同林奈贫嘴。但她想了想，感觉这个想法可以，年底的工作多，该适当放松放松，等哪天有时间再看吧。

而这一等，便等到了腊八节那天。

何青柔在熬腊八粥时，手机推了一条看雪的旅游广告，身为一个没见过两次雪的人，她忍不住点开宣传图片多看了两眼。

"想去？"林奈抵在门口问。

何青柔立马收了手机，道："工作忙，没时间。"

心动归心动，现今两个案子堆在手上，忙都忙不过来，哪有时间出去玩。

"案子不是年后交吗？怎么这么赶？"林奈走近。

"又有了新的，部门最近缺人，案子就加到老员工头上了。"何青柔解释。设计部年底裁了员，导致人手不够，姚云英为了效率便把多余的案子交给她们几个做，毕竟新人在这方面不熟悉，做事效率太低。

林奈蹙眉，可没说什么，这种事很常见，能理解。

她过去帮忙摆放碗筷，问："回 H 市的票，你买了没？"

临近春节一票难求，现在大家都在疯狂抢票。

何青柔打开锅盖，舀出少许腊八粥吹了吹，尝了一口，道："高铁票卖光了，没抢到。"

林奈"嗯"了一声，道："好像还有飞机票。我待会儿帮你订一张。"

"十点和下午两点二十，想坐哪个？"

何青柔默默搅拌了一下锅里的粥，半盖上锅盖。

"你觉得坐哪班好点儿？"何青柔佯作淡定地问。

南城到 H 市坐飞机大约需要两个半小时，林奈想了想，道："两点半吧。吃了饭再走，到时候我送你去机场。"

何青柔兀自切菜，用余光瞥了瞥这人，恰巧看到她脸上一闪而过的落寞，于是装成什么都没看到，随口问道："你呢，什么时候回北京？"

林奈滑了滑屏幕，道："还没确定，可能要临近过年了。买哪天的票，四号还是五号？"

还没确定……是根本就不会回北京吧。这人自以为隐藏得很好，然而她第一次问的时候，何青柔就发觉了。

"等两天再买，"何青柔垂了垂眼睫，"不着急。"

"只有几张票了。"林奈却说。

何青柔回身看向她，道："没了，就不回去了。"

林奈怔了怔。

何青柔继续说："正好有时间去看雪，H 市从不下雪，你到时候有时间的话，要不要陪我一起去？"

林奈没回答，可能猜到何青柔做了什么。

"反正小杰他们到时候要出去旅游，我回去也是跟着玩，可以等过完年再回去一趟，恰好错过回家高峰期。"何青柔说。何杰考上大学后一直都在帮家里、帮她做事，都没像班里其他同学那样出去毕业旅游，考虑到网店挣了钱，她便转了一些钱回去，并给家里三个人安排了一次旅游。

而且她也想在这边陪"撒谎"的某人过年，不然除夕、春节，某人只能和猫过了。

何青柔避开林奈打量的目光，捋了捋头发，背过身洗手，道："不想太冷可以去海南那边。嘉仪她们家今年也会去海南，我们可以约一起玩，多几个人热闹点。"

然后她又说："我炒菜了，你快去陪陪五两，明天又要送它去医院了。"

过了一会儿，林奈终于开口："去何姑山？"

何青柔一顿，道："嗯。"

"几号去？"

她考虑了片刻，道："六号，四号休息一天，五号收拾东西，初二回南城，怎么样？"

林奈同意。

何青柔偷偷扬了扬嘴角，道："那你先到客厅看票。"

林奈应声出去了。客厅里的五两像陷入了冬眠一样趴着，一天到晚都在睡觉。窝里太暖和，它舒服得边睡边打呼噜。林奈给它弄了一点儿吃的，它立马醒了，可能是懒得动，等林奈把食盆放到它面前，这胖团子才勉为其难地伸长脖子喂吃的。

决定了要去何姑山看雪，两人都等着六号的到来。何青柔先将两个案子做完，周六安稳地在家休息，而林奈因工作缠身与周末无缘。

下午五点多，何青柔打算做饭时，家里来了一位不速之客。

面前的男人约莫三十岁，西装革履，模样周正英俊，浑身都透露出一股严肃的气息。他先象征性地点了点头以示礼貌，再郑重开口道："何小姐你好，我是林明清林董事的私人秘书江海，冒昧上门打扰，还请见谅。"

口中说冒昧、见谅，但语气十分公式化。

林明清……何青柔顿时警觉起来，欲问清楚，江海解释："林董事就是林奈小姐的父亲。请问何小姐现在有没有时间，方便谈一下吗？"

何青柔捏紧门把手，犹豫了一瞬，放他进来，并泡了一壶茶。

茶香四溢，可江海一口没喝，连接都没接，只道："何小姐不用客气，我说几句就走。"

何青柔脸色未变，等他发话，状似不经意地偶尔看一看这人，心里有了底。男人衣着不菲，手戴名表，谈吐圆滑有艺术。他虽然不喝茶，但脸上的表情和言语没有一点儿鄙夷的意思，一副公事公办的架势却不会让人心里不舒服或生芥蒂。

他说话也不弯弯绕绕，先讲明来意，然后递给何青柔一张烫金边的黑色卡片，道："明天下午三点，林董事会在成河大道的和顺名府等您。"

何青柔接下卡片，和顺名府她自然听过，大概就是一个非常有格调的地方，有钱也不一定能进去，像某些高级定制店，有钱、有地位才会为你服务。

手里的东西瞬间变得烫手，何青柔不知道该怎么回话，江海这话说得笃定，好似他就是来通知一声，她不去不行。

他交代完，起身要走。他站起来的时候，何青柔感觉他的侧脸有些眼熟，不禁问道："江先生跟我一个朋友长得有点儿像。"

江海顿了一下。

何青柔忽然记起来他像谁，不过没明说，她站起来送人。

走到门口，江海客气道："劳烦何小姐了，就送到这里吧。"

何青柔有眼色，他这是有意拉开距离的意思，不愿受一点儿好。

"那江先生慢走。"

江海大步跨出门，又停住，静默地杵在原地，似乎有话要讲。不知道是刚刚何青柔哪句话触动了他，这人的表情不再像面具一般僵硬，脸上多了点儿柔和感。他嗫嚅须臾，侧身说："何小姐明天一定要准时来，林董事很看重这次面谈。"

何青柔没立即应下，而是回道："我会好好考虑的，谢谢。"

江海不再多说废话，径直走了。

等看不到人影，何青柔将门关上。

公司的个人资料里有她的详细地址，江海能找到这里，毫不奇怪。且他方才一脸淡定，应当知道林奈不在家。林明清多半不想让林奈知道这事，否则也不会挑这时候让江海来，他笃定了何青柔不会告诉林奈。

何青柔以为林明清会迟点儿找她，毕竟快过年了。

她到厨房洗菜，一面干活，一面纠结明天要不要去。

冬天的自来水特别冷，一会儿工夫，双手就被冻得通红，何青柔终于有所反应。她走神了，忘了开温水洗菜。她搓了搓僵硬的手，赶紧打开热水冲手。

今天没接五两回家，现在家里就她一个人，还怪冷清的。她翻了翻手机，林奈发消息问她要不要带什么东西，说自己正在回家的路上，可以顺道买了。

何青柔活动活动手，用帕子擦干水渍，回复："买一袋切片面包，明早做三明治。"

林奈："好，我到西街了。"

她勾了勾嘴角，不忘提醒一句："开车别玩手机，注意安全！"

林奈："知道了。"

何青柔不再回复，抓紧时间做饭。

四十分钟后，外面传来开门声。

刚好炒完最后一道菜，何青柔尝了尝汤够不够味道，时刻听着声响——林奈关了门，换鞋，放东西，朝厨房走来了。

她拿碗筷，准备端菜出去，那人先一步把菜端走。

"今天怎么做了这么多菜？"林奈问。以往都是两菜一汤，今天格外加了两道菜。

"之前买的菜还有剩，都放三四天了，浪费可惜。"何青柔道。她摆好碗筷，想盛饭，林奈接了过去，她便先坐下了。

林奈点头，盛好饭，递碗给她，道："我明天休假，要不要出去走走？西街新开了一家北京烤鸭店，口碑还不错，听说很正宗。"

这半年太忙，两人都没怎么出去转过。何青柔想到先前的事，立马敛住神情，说："我明天有点儿事，下个星期天吧。"

语罢，她察觉到不对，下个星期就放年假了，那时候应该在何姑山，于是改口："四号可以去。"

林奈道："行。"

何青柔接碗。吃饭间两人一搭一搭地闲聊。何青柔有心事，说得很少，其间没过多关注林奈。直到吃完饭，洗了碗出来，发现林奈紧皱眉头盯着手机，她瞬时一愣，反应过来兴许今天林奈和林明清碰了面。

林奈向来报喜不报忧，有什么难解的事都一个人默默承受着。林奈不愿意说，何青柔也不强迫。

"累不累？"她柔声问。

"还好，都处理得差不多了。"林奈合上眼，半边身子靠向沙发。

"今晚早点儿休息，别熬夜了。"

两人心里都有事。

关灯睡觉前，何青柔纠结了一会儿，忽然侧身。借着皎白的月光，她可以看到林奈已经合了眼，可呼吸并不平稳。

何青柔斟酌片刻，试探地说："嘉仪说今天看到一个人长得很像蒋行舟。"

迟嘉仪今天也加班，何青柔只说她看到了，但没说在哪里看到的，即便不知道林奈今天有没有见过江海，可如果林奈见了林明清，那肯定知道江海来了。

林奈的呼吸明显滞了滞。

两人都了解对方，即使不明说，也能读懂对方话里的意思。何青柔这么一讲，林奈便猜出了大概。

林奈也睁眼侧身，思忖着说："他是蒋行舟同父异母的大哥，叫江海，我爸的私人秘书，以前在总公司工作过。"

何青柔霎时一怔，同父异母……由于不同姓，当时她还以为两人是表兄弟。

"他随母姓，江阿姨是蒋叔叔的第一任妻子，后来因病去世了，"过了一会儿，林奈说，"江阿姨和蒋叔叔是大学同学，感情不错……蒋行舟很敬重他，但是蒋家那边……一直都不认他。"

江海的经历挺可怜的，当年他妈生下他，蒋家却不认这个孙子，连户口都不准上。而近几年，江海也在蒋家的公司里任职过，不像蒋行舟他们那样轻松，最后反倒跑到林家当私人秘书……

"我家……"林奈沉默了两分钟，又继续说，"主要做珠宝生意，也有其他投资，不过非常杂，其中大头的就是东宁。"

讲完，林奈又沉默了。何青柔知道她心里烦躁不想再多谈，于是轻声回道："好了，十一点多了，早点儿睡吧。"

"嗯。"

何青柔平躺下，合眼酝酿睡意，迷迷糊糊快要睡着时，耳畔传来轻微的声音。

"明天早点儿回来。"

她困得睁不开眼，沉沉地应了一声。

周日天气晴朗，太阳高照，暖洋洋的。何青柔裹了一件纯白的修身羽绒服出门，因要收拾打扮，十一点就吃完了午饭，再捯饬捯饬，时间已经到两点了。

到了和顺名府，刚要进去，保安一脸冷漠地将她拦下不让进，她蓦地反应过来，出示昨天江海给的卡片。保安的态度立马一百八十度大转变，请她进去。

江海正在二楼等候，看到人，率先打招呼："何小姐。"

何青柔客套地笑了笑，道："江先生。"

江海不多话，直接领她去了左侧第三个房间。

房间内的灯光柔白，整体装修偏民国风，乍一看没什么起眼的地方，与电视剧里的差不多，但仔细观察，就会发现处处有格调，房间中央有一张楠木方桌，方桌上摆着一套紫砂壶茶具。

"何小姐请坐。"江海领她过去，绅士地抬手指引。

何青柔颔首，但出于礼貌没率先坐下。

林明清并不在这里，房间里空荡荡的，她没问，也没表现出任何疑惑或不耐的神色，安安静静地等候。江海退到一边，不解释一句，挺直腰背站定，沉默得好似雕塑。

老式钟嘀嗒嘀嗒地转着，时间一分一秒地流逝。

默默地站了约莫十分钟，何青柔感到腿都有些僵硬了，打量了一眼江海。江海还是目不斜视，直直看向前方，恰巧避开她的视线。

她耐心十足，仍旧不问缘由，只管候着。

不到一分钟，门忽地开了，江海的神情顿时变得恭敬，转身朝向那边。何青柔后背一紧，知道谁来了，顺势望去。

门口站着的人身影高大，穿着齐整，连领口都没一点儿褶皱。由于他背着光，何青柔看不清他的模样，但即便隔了几米远，也能明显感受到一股不怒自威的气势。

"董事。"江海喊道，规矩地微微弯腰。

林明清只看了他一眼，他心领神会，退出去并细心地带上门。

这个架势令何青柔莫名地有些紧张，她捏了捏手指，面上仍旧波澜不惊。

林明清走进灯光下，渐渐露出脸部，五官端正，高鼻浓眉，脸型偏国字脸。就这么一看觉得长相十分普通，可那双眼睛充满了锐利威慑，配上他不苟言笑的神情就显得颇为严肃。

唐袗毓表面看似冷淡，但某些动作还是能透露出温柔，林明清则不同，浑身都弥散着浸泡商场多年的老练与威严。一场私人面谈，他一出现，瞬间就变成了生意谈判。

"林叔叔您好。"何青柔率先开口，面前这人是上司，也是长辈。今天她来这里是为了私事，理应按长辈的称呼喊。

林明清却没回应，而是踱步走近，稍抬了下手，道："坐——"

何青柔没动，待他先坐了才坐下。

她没敢先开口，以一个晚辈的姿态等林明清发话，可林明清不着急切入正题。

"听老宋说，何小姐开了一个茶叶店。"林明清面容依旧漠然，语气里听不出任何情绪。

何青柔点头道："是，年中的时候开的，老家那边进货方便。"

"林芒山盛产好茶，"林明清说，"想必何小姐茶艺了得。"

何青柔没敢立即回答，思忖片刻，温和道："您叫我小何就行。"

简短的两段对话，与当初她同宋天中面谈时差别不大，可对方的反应却大相径庭，林明清近乎不领情，几乎是沉默以待。

何青柔觉得忐忑，又有那么一点儿尴尬，不明白他到底要做什么。她挺直腰背，不卑不亢地看着对方。林明清的表情从头到尾都没变过，看不出喜怒，他的一言一行也没有丝毫鄙夷的意思。

好似这里就是他叱咤多年、游刃有余的谈判场。

"我……"何青柔犹豫了一下，打破沉寂，"并不精通茶艺，只是会一点儿而已，远不如宋总，您——"

她还未说完，门开了，江海端着托盘走进来，托盘里有冒白气的滚水和茶叶。何青柔识趣地闭嘴，江海弯下身放东西，而后出去，林明清朝她做了一个"请"的动作。

何青柔领会，直起身来泡茶。

"何小姐觉得这茶如何？"林明清倏尔问。

茶叶被水一卷，香气四溢，外行人也知道好不好。

"挺好。"何青柔回道。由于不懂茶，她没乱说多余的。

林明清似乎话里有话，拐弯抹角地拉着她大谈茶艺，忽然露出了一点儿瞧不上她的意思。

似乎是像陈茗行亲妈对待迟嘉仪那样，觉得何青柔带坏了林奈，所以要找她麻烦。

何青柔倒是不介意他说什么，十分淡然，坦诚地表示自己其实不大懂这方面，没有茶艺方面的天赋。

林明清的眼神一凛，淡淡道："确实，没有天赋，学个三年五载也出不了师。"

何青柔颔首，恭敬道："您说得是。"

她处变不惊，饶是林明清这话说得难听，她也没表现出一丝一毫的愤怒神情，好似真的在和对方讨论茶艺，听不出其中的暗讽。

林明清这一拳就像打在了棉花上一样。他放下茶杯，一时无话可讲。

何青柔提壶替他续杯。

"您昨天到的南城？"她问。

林明清端着架子，没回答。

"西街那片有几家老店，专卖手工吃食；西郊有民国街，您要是感兴趣，可以去看看，"何青柔说，"有挺多电影都在那里取景，挺不错的。"

"马上过年了，应该会很热闹。"她搁下茶壶，补充说。

林明清不接话，默了半晌，斜了她一眼，又开口："姚经理说你今年的工作完成得很出色。"

何青柔一怔，看向他。

"三月初公司和德国方有一个人才交换计划，已经在选人了。你要是有兴趣，可以自荐试一试。公司现在举力培养年轻一辈，机会难得，趁年轻尽量往高处走。"林明清说得随意，好像真在给晚辈提建议，实则却在提条件——出国交换镀金，明摆着要让林奈失去避风港。

听出他话里带有威胁的意味，何青柔捏紧了杯子，笑了笑，口头应允："嗯，我会试一试的，谢谢叔叔提醒。"

林明清如何听不出她在敷衍自己？他知道她不接受这个条件，倒也没继续说这个了。

他有一搭没一搭地说着，多数时候都是何青柔在讲。第一回合就没谈拢，他也没在意，偶尔有意无意地抛出几个条件，何青柔都一一挡下。

何青柔想了无数种碰面的场景，可没料到是这样的。就像两个剑客要比试，不比剑，只坐在茶棚里逞嘴皮子，怎么看怎么奇怪。

她摸不准林明清的心思。

林明清忽然又扯回网店上，何青柔也不隐瞒，问什么答什么，譬如他问到怎么进货之类的，何青柔便如实回答是何父在帮忙。

林明清抬了抬茶杯，道："家里有人帮衬总是更方便一些。"

何青柔的心蓦然发紧，大概猜到他话里的深意，以前何父也这么说过。

不过何父说得更直白，那时父女俩刚闹了一场，何父坐在家门口吧嗒吧嗒地抽着叶子烟，絮絮叨叨地说着他的顾虑，大意就是何青柔这么冲动，老了以后怎么办。

她那会儿年轻气盛，怎么回的呢？

——老了还有养老院。

但现在她不会这么回答了。

"是，出门在外不容易。"她避开了这个话题，跟一个持老旧思想的长辈讲道理，特别是强势的长辈，永远不要想着能把对方讲通。

林明清看看她，终究没再说什么。

两人都有各自的考量，从一开始就没想着一定要说服对方的想法，现在没谈拢，也丝毫没剑拔弩张的气氛，平和得过分。

"明天就是小年了。"何青柔笑了笑，"林董事您有时间吗，要不要一起吃一顿饭？"

林明清脸色僵了僵，他事多人忙，连这个日子都忘了。其实就算记得也没什么用，林奈不在，唐衿毓不在，对他来说明天不过是寻常的一天罢了，没什么特别的。

他没说话，算是拒绝，也可能是不想再和何青柔谈了。

何青柔识趣，不多问，随便挑了一些话题聊。林明清冷冷淡淡的，不怎么接话。

聊了半个多小时，何青柔离开和顺名府，林明清让江海送她。

到了门口，何青柔让江海止步："劳烦您了，我开车来的，就说到这里吧。"

江海送她到停车场，然后回二楼。

房间里，林明清正合眼养神，听见动静，没睁眼，只吩咐道："将机票改到后天。"

江海霎时一愣，林明清明晚还得出席一个会议……可他没多问，恭敬应声，立马去办这事。

出了和顺名府，何青柔转到天星大道上的超市买饺子皮和肉，南北习俗不同，特别是在吃的方面差别很大，但小年吃饺子是多数地区的共性，不过南方少有家庭擀饺子皮，都是去面粉店按两买。

买完东西回小区，下车时何青柔遇到孙姓的女邻居，对方热情地打招呼："刚买了菜？"

何青柔淡淡一笑，见孙姓女人拿了许多快递，于是上前帮忙，道："嗯，我来帮你拿一点儿，我们正好一起上楼。"

孙姓女人摆摆手，道："我自己来就行，保安室那边好像有你的快递，7-801，写着你那个朋友的名字，叫林奈？保安说电话打不通，你快去拿快递吧。"

她们住七栋八楼1号，所以是7-801，林奈应该在休息，没看到快递通知短信。何青柔应声，顺道去保安室拿快递，结果到了那里才发现快递都有半人高了，沉得要命，根本搬不动，最后只得花十块钱请人帮忙送回家。

客厅里没人，主卧的门紧闭着，林奈的手机正搁在茶几上，旁边还放着电脑和一杯凉白开。仅看到这些，何青柔就能想象出这人下午怎么过的。

她轻手轻脚地走到主卧门前，将门开了小半，屋里拉了窗帘黑魆魆的，林奈果然在睡觉。她又把门轻轻带上，提菜进厨房收拾。

明天要上班没时间，她准备趁现在有空把饺子包了。

工作了几年，基本的察言观色何青柔还是会的，到底是合家团圆的日子，林明清应该不想一个人过，林奈这两天情绪有些低落，肯定是跟林明清闹了一场。家庭矛盾这种事很难说谁对谁错，观念不同，立场不同，各人有各人的想法和顾虑。

切肉，和馅，一切准备工作做完，开始包饺子。她包了十几个，外边的天就黑了。

现在还没到六点。何青柔朝窗外看了一眼。快过年了，楼下灯火明亮，小区的工人正在一棵树一棵树地挂红灯笼，工人们交谈的声音有点儿大，即便她在八楼也听得清清楚楚。担心林奈会不会被吵醒，她下意识回头看了看。

恰巧林奈睡眼惺忪地走进厨房。

林奈穿错了睡衣，粉红色那套是何青柔的，由于尺寸不合适，这人整个脚脖子都露在外面。

"去把衣服换了。"何青柔边包饺子边说。南方屋里没暖气，这样穿一会儿就会冻得抖筛子。

林奈随意应了声，可没行动，而是洗了手过去帮忙。她包饺子的手法还挺熟练的，何青柔微微吃惊，毕竟这人连青菜都不会炒。

"在家的时候阿姨教过，"林奈解释，用手灵巧地捏、转，一个胖肚饺子就包好了，接着又拿了一张饺子皮，"不过我们那里都是自己擀皮。"

何青柔低头放饺子，眨了眨眼，道："那下次你帮我擀皮。"

林奈"嗯"了一声，刚睡醒，精气神不好。何青柔转身洗手，擦干水，回房间拿了一条围巾出来给她系上，并让这人去套双袜子。

林奈倒也听话，乖乖做了。

"我今天去见了一个人……"何青柔瞥见她进来，衡量着说。

"我知道。"林奈丝毫不奇怪，昨天何青柔一说，她就猜到了。

何青柔颤了颤眼睫，问："明天过小年，有什么安排？"

"白天要上班，"林奈说，"晚上和你一起过小年。"

何青柔扬了扬嘴角，但没接话，过了一会儿提醒她："记得给家里人打电话。"

林明清的心思她猜不准，他没答应要一起吃饭，何青柔不好勉强。当然，也勉强不了，她其实希望林奈和林明清的关系能缓和些，可这显然没想象中容易。

"知道了。"林奈继续帮忙包饺子。

两个人一起忙活，速度会快许多，十几分钟就包完了。何青柔收拾灶台，忽然想起客厅的快递，于是说："你的快递我给你拿了，放客厅了。"

寄件人她不认识，不知道是谁寄的。

林奈却直接回道："我妈寄的年货。"

"她去了英国办公，没时间回来过年，东西应该是秘书帮忙寄的。"林奈解释。

何青柔了然，林奈出去收拾那一堆年货。等做好饭到客厅，何青柔有点儿吃惊，看到沙发上到处都摆着盒子，地上也有，各种干货，尽是名贵食材，她都认不全有些什么。

林奈看到她，递来两个黄白盒子，道："这个，还有那边一堆，都是给你的。"

何青柔直接傻眼了。

林家没有老人，缺了寻常家庭该有的温馨与日常。这几年一家三口逢年过节鲜少聚在一块儿，唐衿毓表达关心的方式就是寄点儿东西，林明清比唐衿毓还忙，多数时候都是林奈主动找他。

何青柔放下菜，赶快帮着一起收拾东西，方便吃饭。

收了唐衿毓的东西，她有些不好意思，一晚上都在寻思该怎么回礼。林奈不怎么在意这个，临睡前，林奈在阳台打了一个电话。

何青柔躺被子里玩手机，知道电话那头是谁。这通电话打得似乎不大顺利，最后以沉默收场。

小年前夕，细雨一丝一丝顺风而来，风夹雨拍在脸颊上、脖子里，冷得人一抖一抖的，林奈瑟缩了一下，拢紧大衣进屋。

下半夜，细雨不知什么时候停了，沙沙声、风声都渐渐消失，天空中央一道弯月慢慢冒出头，银白色遍洒大地，一束皎洁的月光斜斜落到厚厚的被子上。

当小年清晨第一缕阳光照入窗内，何青柔先醒了，随便捯饬一番，起床煮饺子。

清水烧开，白胖的饺子一个接一个地浮出水面，煮熟的饺子散发出的香气弥漫了整个厨房。昨晚包了五六十个饺子，一顿肯定吃不完，何青柔只煮了二十个，剩下的全放冰箱了，可以留着明早再煮。

林奈比她晚了两分钟起床，收拾完出来，饺子都煮进锅了。

何青柔让林奈看着锅里，自己则先炒辣子作蘸料。小半碗醋，小半碗辣酱，爱哪种口味蘸哪个碗。

有了饺子，这个早上过得十分温馨，之后回公司忙碌。设计部今天喜气洋洋，气氛融洽和谐，一路走到座位前，何青柔遇见的同事都笑着同她打招呼。

过了小年就放假了，迎来除夕和春节，接下来都是值得高兴庆贺的好日子，连杨顺成都停止了作妖，整天乐和。

万科尹悄悄塞了一小把手工糖给何青柔，道："我媳妇儿做的，她让我带一些给你。"

何青柔注意到称呼变了，他以前都说女朋友或者喊小名。

"要修成正果了？"

万科尹笑得眼睛眯成一条缝，连连点头。

他要结婚了，多年的恋爱长跑终于到了终点站。何青柔替他高兴之余，同时也生出些许艳羡，笑问："什么时候结婚？"

万科尹憨憨地摸了摸鼻头，道："农历十五订婚，五月二十日请客，她家订的日子，这两天都非常吉利。"

"一定给你俩包大红包。"何青柔又笑了笑，说道。

"哎！谢谢组长！"

小年依旧没能阻挡加班的到来，之前做的案子有点儿瑕疵，何青柔得留下来处理，林奈有私事要处理，便先走了。

一小时后，案子处理完毕。何青柔回到家，林奈还没回来，她先给何父打了一个电话。

大概是日子特殊的缘故，何父今天特别话痨，絮絮叨叨地讲了许多，连谢红玲都主动和她聊了几分钟。手机开着扩音，何杰也时不时插两句话。

挂了电话，何青柔打算煮晚饭，打开冰箱门一看，她愣了愣——早上放在里面的饺子都不见了，再抬头一看，放冰箱上的保温桶也不见了。

林奈下午所说的私事原来就是这个——

要给林明清送饺子。

何青柔不禁笑了笑，也不知道这人有没有带蘸料。

成河大道。

天刚黑，街道两旁的火红灯笼齐齐点亮，夜晚的成河大道逐渐热闹起来，街上吵嚷，行人密密匝匝，步行街的店铺前皆围了不少顾客。

和顺名府虽离步行街近，但因中间隔了两栋大楼和一排仿古建筑，故而环境十分静谧。

大门前的四个保安两两对站，像四墩一动不动的石像，冬日一入夜，没了太阳照射，地面的温度便降得飞快，夜里冷风一阵一阵地吹，在外面暴露久了，肯定会手脚冰凉僵硬。林奈抵在车门旁不住地揉搓手，出门前穿得少，现在冷得都快麻木了。

江海进去了十几分钟还没出去，林明清应该还是不愿意见她。

父女俩前天的碰面闹得很不愉快，两人都不肯退步，林明清态度很强硬，要么她主动回北京，要么他来"请"。

林奈一向讨厌他这种命令式的"为你好"，耐着性子听完他的话，一言未发，直接拿了车钥匙走人。

但该解决还是要解决，仅仅冷战起不到任何作用。冷静了一天后，林奈主动来找林明清，想跟他认真谈一谈，然而林明清却不愿见她。

马上就到七点了，林奈蹙了蹙眉。

一直提着保温桶，手都有些酸了。林奈将东西放到车里，打算再等十分钟，林明清这人向来说一不二，如果真不愿意见她，这么干等着也是浪费时间。

很快，七点到了。林奈紧抿薄唇，冻得苍白的脸愈加冷冽。

即便她已经料到了林明清不会出来，可现在仍像被泼了一盆凉水似的。

林明清的态度已然非常明显，这是在告诉她没有商量的余地。

她木然地站了一会儿，无视像刀子一样直往脸上刮的风，再望了一下和顺名府的大门，弯身坐进车里，正要发动汽车，江海高大的身影及时出现。

他虽走得不紧不慢，可不一会儿就到了车旁，抬手敲了敲车窗。林奈把着方向盘没动，江海也耐心地候在外面，僵持了不到十秒，她按下车窗开关，准备解开安全带下车。

可江海却不是来请她进去的，而是通知她林明清不愿见她，而且他们明天一早就会离开南城。

搭在安全带上的手犹如被固定。林奈蓦地顿了半晌，脸色变得有些难看。

林明清这反应，其实也在她的意料之中。

江海沉默地站着，他一贯话少，该说什么该做什么，皆按照职责来。林明清最赏识他的就是这点，否则也不会将这个不受蒋家重用的长子带在身边。

林奈紧了紧手掌，最后将保温桶提给他。

"这是给你们的饺子，"她看了一眼江海，语气稍微缓和，"大哥，小年快乐。"

毕竟两人一块儿长大，江海以前也曾帮衬过她，而林家待江海如家人，林奈一直叫他大哥。可能是太久没听见这个称呼，江海怔了怔。

林奈径直驱车驶离，打弯转进拐角处。

待看不见车影，江海才转身回去。手里的东西有些沉重，他犹豫要不要送进去，在门口站了许久，终究还是抬手敲门。

房间里，唱片机缓慢转动，林明清正站在窗户前。

从窗户可以看见大门口的景象。

江海把保温桶放在桌上，打开桶盖。第一层有两格，一格醋，一格辣酱，底下的饺子煮得太烂，皮都破了，但由于馅儿和得不错，闻起来非常香。

林明清闻到味道，转过身，冷脸望了一眼江海，可没阻止他。

在窗前站了这么久，他自然知道饺子是谁送的。

江海取了一大一小两个碗过来，大的用来装饺子，小的则摆在正前方，而后规规矩矩地候在旁边，叫了林明清一声。

林明清立时拉下脸，他都没同意，江海就自作主张收了林奈的东西，真当他不存在呢！他踱到桌前，瞅了瞅破皮的饺子，额头顿时皱出一个"川"字。

卖相这么差的饺子，一看就知道是谁煮的。

盯了半晌，林明清转身就走。

江海倏地一愣，大概没料到林明清会是这样的反应，沉默了半分钟，他打算将东西收走，结果却看见林明清端着一个小碗进来。

他想说什么，可林明清连眼神都不愿匀一个。他张了张嘴，最终坐下。

一桶破皮饺子，最后全进了两个男人的肚里。

天气预报说今晚雨夹雪，然而直到林奈回小区，雨没有下，雪更是不见踪影，只有呼啦呼啦的夜风刮得骇人，树上的灯笼被风吹得左摇右晃，一副随时都要掉落的样子。

林奈收拢衣服领口上楼，走到家门口刚要摸钥匙，门从里面打开了。

何青柔腰上还系着围裙，看样子应该是还在厨房忙活，她拉林奈进门，赶快把早就备好的大衣给这人套上。

"这么冷，你也不知道多穿点儿出门，"何青柔念叨，"去拿暖手袋充电。别冷感冒了。"

她看得出林奈心情不太好，便没多问，言讫，又回屋拿暖手袋。

南城没暖气，冷的时候只能开空调，热气源源不断地吹出，使得客厅里又暖和又闷。

吃了饭，两人窝在沙发上看电视。其间，林奈收到了一条短信，是一张空保温桶的照片。何青柔不小心瞥到，侧头偷偷弯了弯嘴角。

沉闷了一晚上的某人，紧锁的眉头终于舒展了。

一张照片，加上这人的反应，不难猜出发生了什么。

林奈一低头，看到她在偷笑，懒散地问："笑什么？"

何青柔一怔，立马否认："没笑。"

两人没事闲聊，讲到近期的计划。

何青柔说起要回家过年的事，然后问林奈："过完年，你什么时候有空？"

"随时都有。"林奈回道。

何青柔试着邀请这人："到时候要不要去我家玩，就当是散散心？"

林奈直接应下："行啊。"

何青柔说："不过我家比较远，过去很麻烦。"

林奈说："没事。"

反正过完年清闲，到时候会比较无聊，出去走走也不错。

二号一早，林明清回了北京，具体时间没告诉任何人。林奈没问，自然没去机场送他。

林家的人多多少少都有点儿固执，这是好听的说法，说白了就是顽固。林奈固执，林明清也固执，父女两个都认死理，一旦认定了什么便倔得要命。

林明清不是一次谈话、一顿饺子就能被收买的，他自有打算。此番他来南城，没劝动林奈，这在意料之中，等安稳过了这个年，林明清会用行动来"请"林奈回去。

对于家庭的和睦和夫妻感情，林明清极少关注，但在林奈的事情上，他却一改往常的淡漠，格外上心，颇具一个传统父亲所该拥有的威严。

六号，天气晴朗，阳光明媚，何青柔和林奈大清早坐飞机抵达目的地，而后转车去何姑山。

何青柔本打算报团旅游，可林奈不同意，两人在一起的第一个新年，她不想有其他人打搅。何姑山比之南城，温差非常大，南城好歹有四五度，何姑山的温度已经到零下了。

下了车，两人都多加了一件衣服，裹得严严实实的。

她们在网上约了导游，对方是一个高高瘦瘦的黑小伙，黑小伙说话口音特别重，何青柔不大听得懂他在说什么，好在林奈能勉强听明白。

时间不早了，黑小伙抄近路带她们上山，因为出于安全考虑，天黑以后不允许上山。

住的地方则是民宿，一个平房小院，小院外面看起来不起眼，可内里五脏俱全，装修很具北方特色，竟然还有热炕。

何青柔觉得稀奇，里里外外转了两圈，黑小伙噼里啪啦倒豆子似的介绍，她听得一愣一愣的，可一句都没听懂。

身为北方人，林奈对这些都没兴趣，打开行李箱就收拾东西。

收拾到一半，兜里的手机忽然振动，是一条陌生号码发的短信。林奈随意瞥了瞥，大致记下内容，点了删除。

小院是黑小伙家的，她们一共租了四天，山上有特色小饭馆，过年正常营业。收拾完行李，两人身披大衣迎着风雪出去吃饭。

小饭馆离这里大约百米，山上人家一户挨着一户，鳞次栉比，道路上的雪不深，都没不过脚，应该有扫雪工人时不时来打扫，房顶、树上这些地方却盖了厚厚的一层雪。

雪花纷纷扬扬地飘飞，落到衣服上，吹进大衣帽子里。细小的雪一挨到温热的皮肤，化得飞快，脖颈间的冰凉感刺激得何青柔险些一个哆嗦。她赶紧拢紧了围巾和帽子，将自己遮得只剩下一双眼睛露在外面。

到何姑山旅游过年的人不少，大家都穿得多，仅露出小部分脸。衣服里是男是女、是老是少，只能从衣服颜色和身高判别。

林奈穿着黑色大衣，身高又高，加之深邃的五官和薄唇，乍一看十分英气，毛绒帽子下若隐若现的脸非常符合现在流行的禁欲美。

短短一段路，两人才走到一半，就有两个长相甜美的女孩子过来要联系方式。

林奈皱了皱眉，有些不耐烦，第一次还能直接说自个儿是女的，第二次便直接撩开帽子，话都懒得讲。

结果那小姑娘顿时一脸羞怯。

何青柔抿嘴笑了笑，觉得这人真是可爱。

"去吃饭了。"何青柔拉住林奈往前走。由于帽子敞开，飞扬的雪花便一骨碌朝脖子里落，冷得她又打了一个激灵。

雪越落越大，不到二十秒的工夫就变得像鹅毛一样。一些细细的雪花落到何青柔眼睫上，她的视线大半都被白色遮掩。

到小饭馆时，两人身上堆满了落雪。她俩包了一个小房间吃饭，点了一锅炖菜和两盘青菜，以及一个汤。饭菜分量很足，就那两盘青菜她俩都吃不完。

北方人在餐桌上豪爽，连带着菜的分量都豪爽，店家还赠送了两样自家腌制的泡菜。

"下次可以少点一些菜，"林奈说，"吃了早点儿回去，今晚会下大雪。"

"大雪？"何青柔惊奇地道。在她眼里，刚刚那雪已经够大了。

林奈夹了一筷子菜给她，道："嗯，晚上可以在院子里看看。"

作为一个北方人，虽然对雪不感到稀奇，但每每下雪就觉得亲切，而南方人大多数看雪就跟看宝贝似的。回去的路上，遇到几个小孩在堆雪人，何青柔停步，艳羡地看了一会儿。

"H 市下过雪，但是特别小。"她轻声说。

林奈说："有机会一起去北京，那边的雪景更好看。"

何青柔眉眼柔和，仰头看了看天。

回到小院夜幕已黑沉，天地银装素裹，厚厚的积雪在皎白月华的照射下微微泛着光。纷纷扬扬的雪不断飘落，一层一层地覆盖，不多时就积了半个小腿深。

她们刚进屋，黑小伙就送来一些瓜果。彼时何青柔在洗澡，林奈收了东西，仅道了一句谢，显得一点儿都不热情。

黑小伙热情直率，他家里明天要请大家吃饭，顺道邀请林奈两人。林奈本不想去，可看见这小伙子一脸的笑，还是同意了。

等何青柔洗完出来，林奈将话传达给她。

"可以啊，"何青柔边擦头发，边说，"正好明天不知道去哪里。"

外面的雪，越下越大了。

天还没亮，两人就醒了，被窝里暖和舒适，外面忽地响起噼噼啪啪的鞭炮声，突如其来的声响搅走了她俩的睡意。

大清早的难免精神蔫蔫，又没什么事做，两人一起赖床了。

当阳光透过窗帘，将整个屋子照亮，何青柔赖在被窝里都不想出来，懒散过头了，这样的日子太舒适了。

虽然她躺了很久，最后还是她先穿衣服起床。林奈还倒在床上不动，非得她拉一把才起。

"起来了。"

对方散漫地说："还早。"

她觉得好笑，道："不早了。"

不过到底还是由着林奈，最终何青柔去做饭了。

小院有厨房，但可以用的材料不多，她煎了两个鸡蛋，再煮了两碗面。除夕的早上，就这么随便打发了。

外面十分热闹，即便是过年期间，山上大部分店铺也在正常营业，这可能跟店铺老板们都是当地居民有关。有些居民看到她俩，熟络地用方言打招呼，虽然何青柔听不懂对方具体说的什么，但大概能明白是祝福的意思，何青柔礼貌地回话、微笑。

两人出去走了一遭，夜里下的大雪将整个山头覆盖，目光所及之处皆是白色，一开口说话，嘴里直冒白气，这是南城和 H 市不曾有的景象。

何青柔心情很好，话相对多了起来。

中午，她俩去黑小伙家吃饭，他家客人很多，她俩寻了一个角落坐下，待吃完，何青柔悄悄塞了一个红包给他家小孩。

而当晚，她也给了林奈一个红包。

H 市给红包的习俗没那么严苛，大致就是挣了钱的年纪更大的已婚人士给未婚人士发。

林奈不情不愿地收了。

林家向来是长辈给晚辈发，习俗不同。

之后，她俩各自给家里打电话。

这个除夕和新年过得顺遂而温情，比往年都更有意思。

当两人回到南城家里，为新的一年准备，林奈收到了远在北京的"贺礼"。而这份礼，与她昨天收到的匿名短信的内容基本一致。

如今娱乐行业日渐兴盛，各种娱乐性 APP 层出不穷，各家在抢夺流量上可谓铆足了劲儿，特别是直播类 APP。对于这类 APP 来说，高人气主播尤为重要。

林奈投资的直播 APP 叫青鸟，名气一般般，她收到的这份东西简直沉重——新年伊始，大家都在高高兴兴地迎接美好的一年，青鸟三位当家主播集体违约跳槽到对家，三位大角儿无比默契，不仅选在了同一天发微博，还都没有提前通知东家。

三位主播发的微博内容也大同小异，言辞间没有丁点儿违约该有的担忧与愧疚，反倒十分公式化，末了还吹了新东家一波，完全就是在通知粉丝该挪窝了，底气十足。

更巧的是，这三位主播恰恰涵盖了当今大火的游戏、美食和唱歌三大版块。

且这三位主播发送的微博内容模棱两可，告知要走，吹嘘新东家如何如何好，却鲜少提及青鸟。一时之间，网上众说纷纭，某论坛帖子扒了几十页，越编越离谱，仅仅两三天时间，话题就从这三位主播违约跳槽转到了恶意中伤青鸟上，一会儿有人爆料青鸟拖欠主播工资，一会儿又传青鸟高层压榨员工。

有关此类的话题，甚至上了两次微博热搜。

青鸟这边反应迅速，接连发声明，然而还是堵不住悠悠众口，最后不得不给几位造谣者发律师函，以儆效尤，谣言才稍微平歇。而三位跳槽大角儿，则交由法务部处理。

不过背后有资本撑腰的三位主播并不担心这个，高额违约金自会有人帮他们赔。至于公关工作，有新东家和工作室处理，更没什么好怕的。

反倒是青鸟，哪怕林奈提前有所准备，但经此一遭，公司受到的冲击仍旧不小。

这次的事有多少是林明清在操作，又有多少是对手在使绊子，林奈不清楚，现在唯一能做的就是稳住阵脚，内部不能乱。且这回多半只是试探，林明清的手段决不止这点，以后会怎样还是个未知数。

林奈很淡定，可合作伙伴明显被吓到了，毕竟他投了大半身家进去，担惊受怕了几天，人都瘦了七八斤。他不知道林明清，以为一切都是对手搞的鬼，气得快吐血了。

何青柔一向不怎么关注网上的消息，等她发现时，这件事的热度早降下去了，她既生气又心疼，气林奈不跟自己说，也气自己对林奈的事关心得太少。

晚上回家，她有意无意地提了一句，想问问到底怎么样了。

林奈不想她担心，道："都解决了，没什么问题。"

何青柔回身瞧了瞧对方，有些无奈地张嘴："别一个人扛着。"

到底才二十四岁，扛这么重的担子，铁打的吗？

"我会解决的。"林奈说。

知晓她这是在敷衍自己，何青柔有点儿生气，兀自沉默许久，没回话。林奈有点儿忙，在厨房待了两分钟，又出去接电话了。

何青柔出神地盯着锅里沸腾的浓白鱼汤，感觉有必要好好谈一谈。

可林奈态度很坚决，一点儿都不肯多说。

何青柔不愿同她置气，又不想她一个人承受这些，旁敲侧击问了几回以后，轻声说："我只是想帮上忙……"

"我知道，"林奈反过来宽慰何青柔，"真的没事。你不要担心了，我有分寸。"

何青柔仰头看她，这人一脸淡然，好似已经全盘在握。

何青柔了解林奈，最终只能叹口气。

第 10 章

一群可爱的人

正月十五，万科尹订婚，请了几个平时关系好的同事及姚云英、林奈参加他的订婚仪式。

何青柔自然也去了。

台上，万科尹紧张得舌头打结，十分局促，与平时嘻嘻哈哈的形象全然不同。他拿着话筒，絮絮叨叨地和女方说着深情的话，女方哭成泪人，有些台下的宾客也在悄悄抹眼泪。

感情来之不易，能一路携手走到最后更是不容易。何青柔颇为感慨。

两人参加完订婚仪式，回小区的路上，林奈忽然主动聊起了青鸟的近况，大致就是因为青鸟这边要告那三个主播，结果招来了她们粉丝的围攻，这些人在网上闹翻了天，各种骂青鸟，甚至有极端粉丝送花圈给青鸟总部。青鸟这边自然不是吃素的，哪会由着粉丝闹，表面安安静静，没任何动作，暗地里则联系媒体人把这些恶劣行为公之于众。

何青柔惊讶，没料到有这么可怕，送花圈……

她更担心林奈了。

"没事，她们不知道我。"林奈安慰道。虽然青鸟出资最多的是她，但主要是合作伙伴在打理，对方才是负责人，林奈只偶尔去一趟，出席一下重要的会议等。

"一定要注意安全，"何青柔紧皱眉头，"去那边忙的时候，遇到不对劲的人多留个心眼儿。"

林奈最近经常去青鸟，何青柔怕她会遇到那些极端粉丝。

"嗯，我去那边会给你发消息的。你别想太多。"林奈说。她之前不讲，就是觉得何青柔肯定会特别担心。

但是她转念一想，说了，何青柔会担心；不说，何青柔看到网上那些谣言，指不定更担心。

林奈个人并不在意这些小虾米，网上骂架也好，寄花圈也罢，没了网络和匿名的掩护，这些人在现实生活中可能也不过是一群什么都不是的失败者。

何青柔叹息。

周日，五两的减肥生涯正式结束，林奈今天没空，何青柔去医院接的它。减肥半年的成效还不错，胖团子瘦了三斤多，医生说小家伙非常健康，以后只要注意饮食，适当运动，应该不会有什么大问题，并给了她一份清单，上面罗列了许多建议。

何青柔办了出院手续带五两离开，小家伙儿一直黏在她的怀里，何青柔安抚地摸了摸它的脑袋。

虽然五两瘦了三斤多，但它看着还是胖嘟嘟的。

回到家，五两好奇地四处转悠，里里外外转了一圈，又跑到何青柔脚边蹭了蹭，不停地叫着。

"她有事出去了，"何青柔挠了挠它的后颈，"晚一点儿就回来。"

五两自然听不懂她的话，只舒服得眯眼，扬起脑袋让她继续挠。

何青柔好笑，见到人的时候嫌弃，见不到又到处找，它真是傲娇得很。

六点多，她准备收起电脑，聊天界面突然显示有了新消息，设计部群里，姚云英发消息@了一名同事，宣布这位同事为1组组长。何青柔霎时怔住，因为原1组的组长就是她，临时出这个通知，姚云英都没知会她一声，甚至连解释都没有。

群里众同事一齐刷屏，一水儿的恭喜祝贺消息，万科尹一言未发，姚云英发完通知就不见了踪影，倒是杨顺成心情大好，说个不停，几个捧他臭脚的一直在附和。

五两抬起肉爪扒拉何青柔的衣摆，她倏地清醒，翻到前面的消息，再看了一遍姚云英发的通知。太突然了，怎么会这样？

何青柔拍了拍五两的脊背，让小家伙自己玩去，犹豫了半晌，还是决定问问姚云英。对方是领导，说话不能太冲、不能太直接，何青柔字斟句酌后才发了消息过去。

聊天界面没动静，等了几分钟，对方仍旧没回复，就在她打算放下手机的时候，突然显示对方正在输入中。可输入了几分钟，她还是没收到消息。

也许做这个决定对姚云英来说，也很为难，她到底带了何青柔几年，感情还是有的。

这边还在纠结，万科尹发来消息安慰，何青柔回复："没事。"

想了想，她又反过来宽慰了对方一番。

万科尹怕说多了刺激到她，简短聊了几句便停了。

刚结束聊天，姚云英终于回了消息，仅一句话："明天早上到我办公室来。"

何青柔蹙眉，只等明天再看了。

九点半，林奈回来，她这两天都在青鸟忙活，昨天是半夜回家，今天提前了不少。最近两人的交流比以前多了，有什么都会跟对方说，但今晚的事何青柔暂时不打算讲，先看看明天姚云英怎么说吧。

五两瞧见林奈，晃了晃尾巴，故意走到她面前。林奈弯身要抱它，这傲娇的小家伙忽地闪开，就是不让碰。它在沙发旁边转悠半天，跑到何青柔的腿边蹲着。

"它刚刚还在找你。"何青柔眼底浮起淡淡的笑意，五两乖巧地用脑袋抵住她的胳膊。

林奈眉尾一挑，没有要继续亲近它的意思，五两歪着脑袋打量她，有些生气地叫了叫。

第二日，乌云蔽日，天气预报说会下雨。

何青柔放了东西就去经理办公室。

姚云英早来了，正伏在桌案前批文件。她应当瞧见了何青柔，可没任何动作，仍旧埋头审批文件。

"姚姐。"何青柔低低喊了一声。

姚云英没理她，签字、合上文件，做完这一切才掀起眼皮子，望了何青柔一眼，拿出一个文档摊开，转了个方向给她看，沉声问："这个为什么不找我报备？"

何青柔心头一紧，粗略看了一眼文档，上面详细地说明了为何会对她进行降职处理——工作失误，私自处理且隐瞒不报。失误是指去年六月份设计图纸莫名其妙出现误差的那件事。

她被匿名举报了，对方熟悉流程，显然有备而来。

"这件事……"何青柔顿了顿，"我交了报告给杨副经理的，他——"

"你以为匿名者是谁？"姚云英打断她。

何青柔怔忡。姚云英揉了揉太阳穴，有些恨铁不成钢的意思："公司新出了一个人才交换计划，设计部只有一个名额，假如不出意外，你当选的可能性很大。我和张总都力荐了你，杨副经理推的周琦……"

前因后果，无比明显。

"至于你说的报告，"姚云英说，"我根本没有见到。隐瞒不报的证据却有一大堆，质检部那边好几个人都可以做证。"

何青柔愣了一下，从没想到过会发生这种事。职场上的弯弯绕绕、钩心斗角多，但以前看到的都是小打小闹。阴恻恻害人，而且还是发生在自个儿身上，她是第一回遇到。

如今她再辩解也没用了。工作永远没有小错误、小失误一说，一旦被抓住把柄，有心人要拿这个做文章，只能自认倒霉。

姚云英觉得恼火，杨顺成背后有人撑腰，她比不过，打算拉两个知根知底的上来，结果个个都不行。姚云英对何青柔抱了高期望，没承想船上人不努力，岸上人撑断腰，简直失望透顶。

失望之余，她又有点儿愧疚，毕竟以前哪怕是杨顺成坐大，何青柔都一直安安稳稳的，如今形势一变，她将人拉到自己阵营，结果杨顺成越来越明目张胆地针对何青柔。

"抱歉给您添麻烦了。"何青柔心情沉重地说。

姚云英叹了叹，摆手让她出去。

组长一职被撤，设计部同事对何青柔的态度也变得耐人寻味。中午去食堂吃饭，以前那些同桌吃饭的同事，现在都有意避开。万科尹看不过，拉了一个同事并叫上迟嘉仪，四个人坐一桌，宽敞还不拥挤。

这边降了职，那边人事部动作迅速，下午就通知降工资，何青柔看了看短信，干脆将手机丢进抽屉里，懒得理了。

晚上下班到家，她疲惫地在沙发上靠了一会儿，迷迷糊糊睡着了。

不知什么时候林奈提着菜进门，看到何青柔就这么睡着，她皱了皱眉，轻手轻脚放下菜，拿了一条毯子给对方盖上。

何青柔醒时，入眼一片漆黑，她动了动身子，忽然摸到一片温热，吓了一跳。

"是我。"林奈赶紧出声。

刚睡醒，脑子有点儿蒙，何青柔反应了一会儿，才问："什么时间了？"

她回来时天还有点儿亮，现在已经黑成这样，也不知道睡了多久。

"九点半，"林奈打开灯，回来替她掖好毯子，"下次回房间睡。天冷容易感冒。"

何青柔醒神片刻，灯光晃得她的眼睛酸涩。她纠结半分钟，一五一十招来："我被降职了。"

林奈肯定知道，只是近几天忙，没怎么关注公司那边。

撤掉组长不算大事，姚云英只提前向张总报备了，林奈这边要阻止都来不及，是在何青柔降职之后才听说这个事。

林奈坐着，帮何青柔捏了捏后颈，道："就当暂时放松一下。"

她到底干了六年，说降职就降职，没办法拿这个不当回事儿。

林奈理解她的心情，道："晚上想吃什么，我来做饭？"

何青柔瞥这人一眼，林奈现在只能勉强说会炒青菜而已。

"你教我，上回不是说等我会炒青菜了就教我煲汤吗？我买了莲藕和排骨。"

莲藕排骨汤是何青柔最喜欢做的，也是最喜欢喝的一道汤。

林奈再接再厉，道："还有西街上那家甜品店新出的蛋糕，我买了两份，饭后可以吃。"

何青柔忍不住勾了勾嘴角。

林奈并不细心温柔，不会说一些安慰人的漂亮话，一切都表现在行动上。

何青柔心头的阴霾悉数消散，还是进厨房教这人煲汤。

"青鸟怎么样了？"她边洗菜，边问。她一直在关注网上的消息，之前的风波来得快去得快，网友骂青鸟的声音渐渐变小。

"还行，现在主要在做形象工作。"林奈一边说，边依照她的指挥处理排骨。

青鸟之前被黑得太惨，如今要做的就是挽回公众形象，打打感情牌，扶几个路人缘好的主播起来当门面，请两位口碑明星入驻，顺道"以其人之道，还治其人之身"，再营销营销。要变白也不难，流量为王的时代就是这样，钱到位，造势够大，只要不违背上面的原则，再难的问题都不是问题。

何青柔听林奈说着，想起之前看过的推送文章，当时她还觉得奇怪怎么到处都是青鸟对家的新闻，原来是这样。

礼尚往来，对家不客气，她们肯定也不会留情，青鸟这边耐心十足，准备一点儿一点儿地把对家挖倒，哪怕挖不倒，也绝不能让对家好过，就看谁能笑到最后。

"还有人送……"何青柔停了停，改口，"还有人送东西骚扰吗？"

"没有，"林奈回道，"之前那人抓到了，当天下午就报警了。"

送花圈的网络暴民是南城当地人，他以为匿名就可以为所欲为，结果青鸟这边查到花圈出处，报警抓人。找到这人并不难，对方太嚣张了，在花圈上贴青鸟的标志不说，还亲自送上门，花圈店老板、保安都认识他。

何青柔庆幸，道："那就好。"

她舒了口气，又说："去 H 市的票我已经买了。"

林奈道："我买了一些礼品，明天商场会派人送过来。"

何青柔"嗯"了一声。

即便有她在一旁指挥，林奈做的莲藕排骨汤味道仍旧一般般。可这顿饭吃得还不错，她们都挺喜欢。

睡觉前，两人算了下网店的账，仅半年多，网店净赚三十多万，且大半都是打了广告以后赚的。何青柔感到惊讶，她现今就是甩手掌柜，开年以后心思都放在东宁了，都没怎么关注过网店，利润竟然如此可观。

网店做大了确实赚钱，她听沈艺如说过，有些卖服装的店铺，虽然不是大牌，然而人家一个月盈利十几万二十万。

"合同做好没？"林奈见她沉浸在三十多万里，不禁笑了笑。

"快了，"何青柔回答，思忖半晌，"等拟完初稿我再抽空回去一趟。"

今年一单一单地约容易，毕竟先前是茶叶滞销，但要签合同，一供货就是三五年，恐怕很难说动那些老茶户。何青柔心里没底儿，而且公司下次放假得清明节去了，铁定等不了那么久，她在纠结该怎么请假。

林奈也在想这个，权衡一番，问："你有没有考虑过专做网店？"

何青柔面色凝重，毕竟她从头到尾都没辞职的打算。正在她思考时，沈艺如来电，她刚把手机放到耳边，就听到小姑娘惊乍地结巴道："老……老板……有客户下了……下了十二万的单！"

同一天上午，北京，林明清办公室里。

宋天中优哉游哉地啜了口茶，斜了对面神情严肃的林明清一眼，搁下杯子，说道："老林，不是我非要说你，你这事做得就不对，哪有这样坑小辈的？"

林明清一言不发，大概是不愿多谈。

"帮别人对付自己的女儿，给人家投钱，你有本事咋不把它买了，正大光明地来？"宋天中念叨着，摸出一沓照片，"你看看，你干的都是一些什么事。"

他散开照片，全摆在林明清面前。林明清粗略扫了扫照片，当看到花圈时，眉头一皱，但没接话。

宋天中将他的反应尽收眼里，慢吞吞地道："衿毓过两天就回国了，她要是看到这些……"话说一半，宋天中又意味深长地瞧他，"小心她到时候跟你没完。"

提到唐衿毓，林明清这才有所反应，冷声道："不是我做的。"

宋天中粗眉一扬，道："钱不是你投的？没有你吹风，他们敢使小动作？"

林明清沉默。他只知道一星半点儿，商人本性重结果不重过程，达到目的就行。

"那是你女儿，不是商业对手，"宋天中苦口婆心地劝，"何必呢？本来就不亲，还非得把她往外推。"

听到"不亲"两个字，林明清脸色不大好看。

宋天中说的是事实，这一家子彼此之间太过冷淡，像一百年前的大宅院家族。林明清活了大半辈子，思想还停留在他父辈那个时代，造成今天这种局面，怪谁？

一个家庭主要靠夫妻两个人来维系，可这些年他和唐衿毓做得太失败了。

林明清能看透商场，却看不透人性，做事之前连最基本的沟通交流都没有，不论是做丈夫还是做父亲，他都不合格。

宋天中用杯盖拂了拂茶沫，不停地感慨："现在不是以前了，你看看人家老叶，可比你变通多了。"

老叶，叶寻他爸。虽然叶寻是一个闷墩子，但叶老爸天性乐呵，一直放养女儿，不管那么多，叶寻要玩赛车就玩赛车，爱去哪儿就去哪儿。只要没有原则性问题，一家人其乐融融，什么都不是事。同样是浸染商场多年，叶老爸比他们哥几个都看得开。

而林明清呢，老古板旧思想，生养方面没尽到责任，管教方面又比较极端。

做了这么多年老友，宋天中了解他，这人死犟，投青鸟对家的本意可能是想逼逼林奈，没料到网络暴力会这么严重。宋天中今天专门过来就是要劝劝林明清，他这做的都是什么事啊？

搁他们年轻那一会儿，林奈确实离经叛道，可现在时代不同了，一味地逼迫只会适得其反。

宋天中拿起杯子，闻了闻茶香，小抿一口，他就好这个，走哪里都得喝两口才舒心。

林明清沉默寡言，不知道是无话可说还是不想回答。

就这么一两句话，定然是劝不动他的，宋天中给他倒了一杯茶，推过去，再接再厉："前两年闹也闹了，你怎么还想不通？真要把人逼走了，你才甘心？你图什么？"

滚烫的茶水白气袅袅，熏在脸上，似乎还有余热，林明清把住茶杯，许久没说话。

图什么？只有他自个儿清楚。

"不图什么。"默了很久，他表情十分僵硬地说道。

宋天中顿时乐笑了，道："我看你就是找存在感，吃饱了撑的。"

林明清斜睨了他一眼。

宋天中的话可谓是往林明清心窝子上戳，林明清越是在乎什么他就越是说什么。

林明清端起茶杯，低头喝茶，该如何判断取舍，他心里有数。

宋天中见他这样子，心里有了底，便不再继续讲了，待他放下杯子时，又道："你这茶，没小何店里卖的香，味道一般般。"

林明清顿住，望了望宋天中，而后不高兴地放下茶杯。宋天中干笑两声。

网店的下单量没设上限，突然来这么大一笔订单，何青柔都蒙了，担心有什么陷阱，她赶快查了一下。对方自称是公司买来做礼，下的是那款店里最贵的特级手炒茶，8000块150克。其实这款茶叶只有宋天中他们买过，但自那以后再也没卖出去一单，何青柔本来想降价处理的，可林奈拦着不让，于是这款茶叶成了镇店之宝。

"怎么了？"林奈靠过来，瞧了瞧电脑屏幕。

何青柔把电脑转向她，犹豫道："你看看，这会不会有什么问题啊？"

十二万的单子……就算除去成本，赚头也不少。何青柔高兴归高兴，理智还是有的，做网店就怕有人在背后耍阴招，差评都是其次，要是对方拿这批茶叶搞小动作，故意陷害或者退假货什么的，得不偿失。

林奈翻了翻对方的收货地址，表情瞬间变得谨慎，再看了一遍，确定没错。

"有问题？"何青柔问。

林奈摇摇头，道："没事，没什么问题。"

对方地址显示的是北京某公司，何青柔细细揣摩了一番，总感觉这名字熟悉得很，平时肯定经常听，可就是想不起来。一会儿，何青柔忽然记起。

这时林奈说："这是我爸的公司，步行街曦光广场那家珠宝店卖的就是他公司的产品。"

何青柔惊诧，久久说不出话。那家珠宝店她从来没去过，因为店里面随便一样东西她都买不起。

思及林明清之前的态度，今天又在店里下这么大的单，何青柔有些不明白了，不知道这是什么意思。

林奈也不懂，两人都默契地不提林明清。

"你们家……真有钱……"何青柔喃喃道，纯粹感慨一声。林奈身上体现出来的金钱气质对比林家来说，简直是冰山一角。

"阿寻家才叫有钱，"林奈逗她，"她家搞房地产的，南城这边有她家新开发的房产，就在东城区那片。你要不要买房，找她可以打折？"

何青柔愣了愣，反应过来她在逗自己，于是接道："好啊，打几折？"

"三折，买不买？"林奈看向她，神情认真。她和五两加起来七成，何青柔三成，可不就是三折。上回没买成公寓，林奈可一直惦记着。

何青柔讷讷道："还早呢……"

"交房装修都需要时间，不早了，"林奈看着她，"可以提前准备。"

"现在房价涨得快，不早点儿买，以后价格会更高，"林奈分析说。当然，对于她这个富二代来讲，涨不涨差别都不大，主要是看何青柔的想法。"西区那边的一个小区，上个月房价是一万出头，这个月已经到一万三了。"

何青柔没怎么关注这个，不过听迟嘉仪说，今年南城的房价真的处于飙升状态，一个月一个价。

"你要定居南城？"何青柔问。之前她考虑过在南城定下来，可最近工作动荡又有点儿犹豫。

"嗯，暂时这么打算。"林奈碰了碰她肩膀，"如果以后不住了，房子可以卖掉，怎么样？"

话都说到这份儿上了，何青柔连回绝的话都不知道怎么讲。工作了这么多年，她的奋斗目标就是买套房。有一套自己的房子，好像就有了避风港湾一样。

窝里的五两睡醒，扭了扭圆乎乎的屁股，慢悠悠走到主卧里，倏地跳到床上，抬了抬肉爪，顺势坐在林奈的腿上。

"喵——"小家伙朝何青柔轻轻叫了一声。圆脸憨憨的，很是乖巧可爱。

思索考虑许久，何青柔弯下嘴角，勾了下耳发，老半天才抬头瞄了瞄林奈，终于松口："也行吧，可以一起合买……不过我的存款不多，你看着点儿选。"

二〇一六年东城区的房价与二〇一五年相比，相差不算太大，这片富庶，房价本来就很高，再怎么涨也涨不到哪里去。林奈早留心了一套小别墅，一经何青柔应允就着手联系销售。

四百万的小别墅，三成的首付，不算装修等费用，何青柔至少需要出三十六万，这几乎是她大半的身家，如果没有遇到林奈，她应该会选择买一套百万左右的小居室，三十六万已经足够支付首付和装修。

周五，两人去看了房，约定签合同的日子。

后一天，是去 H 市的时间，因着周末放假，何青柔将何杰一块儿叫上，至于五两，则托给迟嘉仪照顾。五两似乎不大满意迟嘉仪，对她爱搭不理的，而迟嘉仪恰恰相反，笑得一脸灿烂，十分愿意帮忙照顾五两。

下午一点，三人坐飞机抵达 H 市，之后转高铁、出租车，赶在五点之前到了山脚。上山需要坐公交车，一个小时一班，末班车出发时间是五点。

车里的人都是熟面孔，大家熟络地同姐弟俩打招呼，知道林奈是何家的客人后，一个个热情不已。何家就在终点附近，有个与何父关系不错的中年矮瘦大叔，一下车就扯开嗓门儿大声喊："景成，你家客人来啦！"

山里的房子都是两层高的水泥房，各家门前都栽着果树，院外有两棵老桃树的那家便是何家。

老桃树葳蕤盛开，落了一地粉红。

"小姑娘，"矮瘦大叔笑吟吟地喊林奈，指了指何家的方向，"那里，你是第一次来？"

林奈顺势望去，礼貌地点点头道："对，谢谢您了。"

矮瘦大叔摆摆手，道："客气客气，有空出来转转啊，"他转头望见何景成把着烟杆子出来，于是喊道："景成，快来接人，怎么慢吞吞的？"

"哎，那我先回了，我家那口子在等吃饭，"矮瘦大叔笑道，"你们三个有时间来我那里坐坐，明天我家磨豆花，都来尝尝。"

何青柔应下，何杰不好意思地挠了挠头。

何景成斜睨了下林奈，林奈倒是规规矩矩地先开口："伯父，你好，我叫林奈。"

她的手上提了许多东西，香烟、叶子烟、红酒、白酒，以及一些名贵的食材药材。烟酒是下飞机以后买的，因为她不知道何景成到底喜欢哪种，就每种都买了一样。

何杰喊道："爸，我们坐了半天车，太累了，先进去再说吧。"

何景成踱步到院门口，察觉到她们没动，回身道："进屋，别杵在门口。"

三人赶忙进去。

农家的院子一般都宽敞，何家院里院外都种了桃树，院子中央还有石桌石凳，大半个院子都摊着茶叶，只有东边一角堆放着杂物。院里东西多但不杂乱，看起来干干净净的。

她们到之前，何景成正在择菜，而谢红玲在炒菜。看到何青柔和林奈，谢红玲态度不咸不淡，打了两声招呼，然后烧了一壶水送到堂屋。

何景成把烟杆子放窗台上，引她们进屋。

何杰殷勤地倒茶，赶紧招呼大家都坐下聊。何景成也将珍藏已久的茶具端出来，泡茶给她们喝。

一行人见面还算和谐，除了何父有点儿冷淡外，别的都还好。

不过何父本身就是不喜与人打交道的性格，所以待人接物上就显得没那么热情，倒不是真的甩脸子给谁看，他一直那个样子。

几人见面先简单寒暄一番，接着何杰到厨房帮谢红玲干活，没多久何青柔也跟着过去打下手择菜。

暂时留下林奈和何父单独相处，让双方相互认识了解一下，以免待会儿上桌吃饭时还这么干巴巴的。

姐弟俩走了，屋里慢热的两人渐渐也开始聊上了。何景成喝了几口茶，刚搁下杯子，林奈不紧不慢地为他斟上，态度十分端正礼貌。

何景成勉强客气，明知故问："林小姐是哪里人？"

林奈回答："北京的。"

何景成说："那离这边有点儿远。"

"目前在南城定居。"林奈说，"现在交通发达了，出远门方便，半天就能过来。"

那倒也是。何景成认同，但不接话。

"伯父院里摊的是春茶？"林奈主动找话题聊。

何景成淡淡地点了点头。

林奈端起茶杯小抿，又说："这茶喝起来甘润回甜。"

何景成说："还行吧。"

林奈继续道："您炒的茶是店里最畅销的，大家都非常喜欢。"

茶户炒茶的技术手法有差别，炒出来的茶味道自然不同，网店将各家的茶大致分了类，何家的茶更是多挂了两类。何父炒的茶不是最好的，但确实是卖得最好的。

畅销等于客人认同，这话受用，何景成的脸色瞬间柔和多了。

"这是今年采的第一批春茶制的，毛尖，喝起来就甘甜些，外面那些是最后一批春茶，味道比不上这个。"

他平时自己都不舍得喝这茶，今天难得大方一回，泡了一壶。

"今年似乎收成不错。"林奈说。

"嗯。"何景成搪塞道。

"大概能产多少呢？"

何景成不回答，微觑着眼睛望了一眼天，山里的天气变化快，春季多雨，稍不注意就淋下来了。林奈倒不在乎他这样，仍旧时不时说两句，虽然何景成还是不爱搭腔，但偶尔也会回她。

大概过了十分钟，原本晴朗的天忽然堆聚了几朵乌云。

"我先去收茶，你坐一会儿。"何景成起身。

林奈跟去帮忙，两人很快把东西收完。

何景成知道林奈家境优渥，所以收茶不叫她，没有别的意思，只是觉得这种城里富人家长大的姑娘帮不了什么，没承想林奈动作迅速麻利，没丁点儿架子。

回屋后，何景成看林奈都觉得顺眼了一点儿，也愿意同林奈搭话了，不过依然冷淡。

另一边，何青柔在厨房帮忙，谢红玲话少得可怜，全程闷头做事。何杰觉得气氛太僵，笑嘻嘻地一直说个不停，一会问谢红玲家里的近况，一会儿问何青柔网店的事。

谢红玲炒菜动作迅速，聊着聊着就做好了三道菜，三道菜全堆在小小的案板上，挤得很，她使唤何杰端菜去堂屋。

何杰犹豫了一下，担心娘俩相处不好，可还是照做了。

待何杰出去，谢红玲才开口说："那姑娘看着不错，人也可以。"

何青柔一怔，洗了一个碗递给她，道："嗯，她人很好。"

谢红玲翻了翻锅里的菜，再说话却不是为了夸林奈，而是变相点拨了继女两句："凡事都要多留一个心眼儿，尤其是做生意。有时候朋友一起合伙容易闹架，成不成功只有最后才知道。"

谢红玲讲这番话没挑拨离间的意思，只是想给何青柔提个醒。世事变化无常，一开始携手同进的伙伴，最后为了一点儿利益而撕破脸扯皮的例子太多了，她们这种模式开店最要注意这方面。

何青柔能理解，都懂，知道谢红玲是好意，回道："我会注意的。"

谢红玲不再多说什么，兀自做事。

炒完最后一道菜，何青柔将其端进堂屋，屋里谈话早已结束，何景成在包装茶叶，林奈候在一旁帮忙。

吃饭时已是七点，适才乌云堆聚的天此刻一片空明，大家坐在堂屋里，一眼就能瞧见满天的星月。何杰端来何景成最喜欢的黄酒，给他和谢红玲各倒了小半碗。

林奈自觉挨着何青柔坐在下方。何景成瞥了瞥，亲自倒了足足半碗酒递给林奈。

何青柔与何杰相视一眼，黄酒是自家酿的，非常纯正，但同时度数也高，林奈平时不怎么喝酒，哪喝得了半碗这么多。她想阻止，何景成抢在前头对林奈说："你尝尝，试试味道怎么样。"

酒味浓郁，不用低头就能闻到，林奈干干脆脆端起酒碗，大大喝了一口，直接喝掉一半。

何杰都看呆了，哪有这么灌酒的，肯定受不住！

他赶紧不着痕迹地把剩下的酒挪开，何景成看到了也没说什么。

黄酒入喉辛辣，流到肚里火烧似的，后劲儿十足，林奈夸了一句酒醇味香，不多时就觉得头晕脑涨，看筷子都有虚影了。

不过她定力强，哪怕再晕乎，硬是淡定地吃完了这顿饭。

吃完何青柔带她去楼上休息，林奈步伐虚浮，看路都看不清，何青柔连忙搀扶住她。

"我爸就是做做样子，下次别喝那么多。"何青柔轻声说，"我下去煮醒酒汤，你先躺一躺。"

林奈醉得没力气回应。

何青柔下楼，进厨房准备做醒酒汤，却见何景成已经在里面了。

何景成在做醒酒汤，何青柔微微惊讶，没想到他还没休息。

"爸……"她喊道。

何景成没吭声，埋头忙活。何青柔只能在一旁看着，父女俩今天还没怎么正经说过话，眼下有了单独相处的时间。

她过去帮忙收拾，道："我来吧。"

"林小姐睡了？"何景成终于开口，语气柔和慈祥，不似面对林奈时那样生硬不亲近。

"她刚躺下，可能有些难受，应该已经睡了。"

"待会儿你端上去叫她喝两口。"

"嗯，好。"

何青柔顿了半晌，还是关心了他两句，问："你的腿最近还痛吗？"

何景成风湿严重，天一冷便痛得厉害，这些年大大小小的医院没少去，可就是根治不了，尤其冬天简直是遭罪。早前何青柔在南城那边偶尔会给他寄药回来，但作用不是很明显。

"不痛，昨天我去医院打了一针，基本能管两天，现在开春了，天气很快就会暖和起来。"醒酒汤烧开了，他赶忙揭开锅盖，又问，"明天你什么时候走？"

何青柔拿碗过来，道："下午五点的飞机。"

何景成略微颔首，道："可以提前吃了午饭，再走。"

"嗯。"

周末两天，光耗在路上的时间加起来都能抵一个白天，匆忙来来回回，在家里顶多吃三顿饭就要返程。现今一年也见不到两回女儿，到底有些舍不得，何景成盯着锅里沸腾的汤水，好一会儿都无话。

"我给你和小杰都留了一些春茶，明天记得带走。"他搜肠刮肚了很久，才挤出一句。

何青柔应下，能体会到何景成的情绪变化，但父女俩都不善表达，她不会像其他家的女儿那样撒娇卖乖。所有的感情通过实际来体现，譬如何景成会把最好的茶留一份给她，她也会给何景成寄药回家。

哪怕父女俩之前闹了矛盾，现在和以后都是如此。

何景成停顿了一下，喉咙有一点儿酸涩，说："有时间可以多回来看看。郭三爷他们前阵子都在问你，你帮大家卖了茶，他们都感激你。"

何青柔心头一动，自然体会到了他话里的深层含义。

不是郭三爷他们都在问，是何景成在低头求和，希望她以后可以常回家看看。

"会的，我过半个月就回来，还要办签合同的事。"何青柔说。这件事家里人都知晓，可具体时间还没确定。那些茶叶公司知道她在处理滞销的茶叶，现在已经有了应付的动作，不能再拖了。

醒酒汤煮好，何景成将其盛起来，递给她，何青柔接过碗。

"那我先上去，你早点儿休息。"

何景成"嗯"了一声。刚出锅的汤水烫手，何青柔小心翼翼地端着碗，走到门口，身后的人忽然又开口："别跟你阿姨计较，她就是那脾性。"

何青柔顿步，怔了怔，背对他轻声道："不会的，阿姨对我挺好的。"

谢红玲对她这个继女到底如何，很难界定，她现在也快三十岁了。过去怎么样都不重要，因为以后有真正属于自己的日子要过，这些都是微不足道的小事，没必要介怀太多，况且谢红玲确实没有苛责过她。

私下的交流结束，何青柔端着碗上楼，何景成在厨房里独自待了一会儿，也回房间休息了。

楼上房间里，林奈合眼躺着，兴许是觉得热，她将大半的被子都推开了，就穿了一件薄衣服。

何青柔搁下碗，将被子拉上，结果这人迷迷糊糊地推开，她又耐心地拉上。

林奈还有意识，费力睁开眼。她的脸颊烧出了薄红，自家酿的黄酒果然纯正后劲儿大，比平常喝的那些酒更加醉人。何青柔扶林奈起来，喂这人喝醒酒汤。林奈不喜欢这汤的味，微微皱了皱眉。

"喝了会好受些，你头痛不痛？"何青柔低低问。她的脸和额头都十分烫。

"明天吃完午饭再走，到了南城就去嘉仪那里接五两。"林奈应声，喝了醒酒汤又睡了。

何青柔小声说："明天别赖床，外面有人叫就起来，知道吗？"

将近十一点，一屋人都沉沉入梦。

清早七点半，何景成上楼叫他们仨下去吃早饭。待在家的时间本就短，他们自然没空去矮瘦大叔家，何青柔让何杰提了一件礼品过去以表谢意，矮瘦大叔让何杰端了一盆嫩豆花回来。

吃完饭，三人要走，何景成送她们进城。

飞机落地时天已黑沉，何杰自个儿打出租车回学校，何青柔和林奈则去迟嘉仪那里接五两。

到达迟嘉仪住的小区外，何青柔要给迟嘉仪打电话，却被林奈拦下，何青柔疑惑，林奈指向不远处："那边。"

杂货铺旁，迟嘉仪抱着一脸不情愿的五两气鼓鼓地走在前头，陈茗行一言不发地紧跟着她。迟嘉仪有些生气，冲陈茗行说了什么，可陈茗行像没听见似的，依然跟在后面。

过年之前陈茗行就回国了，何青柔不大清楚这两人现在又在吵什么。

想着先给两个冤家一点儿时间解决问题，何青柔还是没去打扰，带林奈到附近的苍蝇馆子吃晚饭，之后再转到这边接猫。

再见面时，迟嘉仪的心情明显变得不错，见到林奈还大方地招呼："林总监。"又转向何青柔喊了一声。

五两伸爪子朝林奈那边凑，林奈接住它，小家伙委屈地叫了叫。何青柔与迟嘉仪聊了几句，最后和林奈打车离开，迟嘉仪没像以前那样请她上楼坐坐。至于原因，肯定和陈茗行有关。

周五，林奈着手办买房的事，一切尘埃落定后又开始操刀装修事宜，其间两人参加了万科尹的婚礼，婚礼不算盛大可非常用心，温馨十足。

"他们在一起很多年了。"酒席上，何青柔悄声同林奈说。

林奈了然地颔首。

台上，新郎致辞，何青柔侧头去看，认真地听万科尹对女方告白，听着听着便不由得艳羡。

转眼到了八月，这半年里一直风平浪静。

早前何青柔以提高采购价的方式顺利与各老茶户签了五年约，如今网店的发展蒸蒸日上，但她没有扩大经营范围的意思，还是像原来那样。至于公司那边，她本打算在六月辞职，可辞职信还没交上去，姚云英就通知她复职了。何青柔犹豫了两天，最后还是没辞职。

杨顺成升回了总公司，不过他运气差，在总公司待了不到半个月就因工作失误被降为普通员工。

何青柔对他的后续发展一点儿都不关心，这些传闻只是偶然听到的。

入冬过后，迁居新房子。

蒋行舟他们欢欢喜喜地专程跑到南城祝贺乔迁之喜。

叶寻还带了一个朋友来，对方也姓何，是一个开咖啡书屋的女人。

他们来得比较晚，那时何青柔出门买饮料了——林奈叫她去的，林奈临时有点儿私事。

新住处周围没有小卖部，需要开车去外面。正值下班高峰期，路上很堵，买几瓶饮料耽搁了不少时间。等何青柔再回来时，家门口已停了一辆大红色的法拉利和一辆黑色的路虎。

不认识红色法拉利是谁的车，何青柔疑惑地下车敲门，可没人回应，再敲，还是没有人应答，无奈，最后只得拿钥匙开门。

只是她刚低头摸钥匙，门忽然又开了。

外面天色已晚，屋里因没开灯而显得比较昏暗，偌大的房子里静悄悄的。何青柔木讷地站在原地，身后忽地卷起一阵风，淡淡的花香味也随之扑鼻而来。

她离开一趟，再回来，原本简单整洁的屋里已经大变样。红艳欲滴的鲜花铺了一地，整个客厅里都满满当当的，只余下一条通往后院的弯曲狭窄的小道没铺花。

满地的花瓣间，三三两两点缀着圆球形的灯，最中央是一个巨大的纯白色方形礼盒，以及一束亮光的气球。

纯白色礼盒就放在小道上，要想去后院，必须先拆礼盒。

门前有车，客厅里没人——大家都在后院等着何青柔。

何青柔愣怔须臾，下意识捏紧衣角，没料到会有这么一出。

门大开着，风从外面吹进来。

亮着光的气球晃了晃，片刻后，纯白色的盒子也轻微摇动了一下。

何青柔定下心神，一步一步走过去。礼盒表面绑着巨大的蝴蝶结，她犹豫一秒，轻轻将其扯开。

没了束缚，气球一股脑儿四散，里面也传来弱弱的猫叫声。

她忍不住轻扬嘴角，赶紧打开礼盒放五两出来。

礼盒之下还有一个较矮的同等面积的红盒子，一揭开，一个毛茸茸的脑袋倏地钻出来。橘团子睁大圆溜溜的眼睛，可怜兮兮地望着她，脸都快哭出褶子了。

小家伙软和的脖子上戴着喜庆的红领结，后背上还绑着一个精致的丝绒小盒子，看起来可爱至极。

何青柔忍俊不禁，伸手抱出委屈巴巴的五两。小家伙顺势趴在她的怀里，又叫了两声才变得安安静静的。

丝绒小盒子里没有礼物，只有一张字条，上面写着——我们在后院等你。

通过客厅的玻璃门，她可以清楚地看到后院亮起了柔白的灯光，那里同样摆满了鲜花。就这么三四分钟的工夫，外头已然黑尽，可在白光的照射下，满院的鲜花无比夺目，很有生命力。

头一次经历这种阵仗，何青柔心跳得飞快，面对大家准备的惊喜难免有点儿紧张。她在原地怔神了一会儿，才踩着散开的礼盒走过去。

推开滑轨玻璃门，何青柔踏进后院。

后院静谧，有一条用花瓣堆出的小道，而小道的尽头则是身着收腰白色小西装的林奈和蒋行舟、叶寻他们。今晚的林奈将长发高高扎起了，只在额前留了两缕弯卷的发，外露的颈部线条性感，整个人显得十分利落。

见到何青柔走近，大家都站在那里，耐心等候着。

何青柔走到大家面前，弯身放下五两。

这回五两不再插在中间黏人，乖乖跑到一旁蹲着，扬起脑袋打量面前的场景。

"之前你问我，我们是不是见过，当时我没正面回答，只说以前到过分公司，"林奈先开口，一字一句缓缓坦白，"我说谎了。"

何青柔一愣，但没觉得诧异，只是感到疑惑。

林奈继续道："我第一次见你，确实是在天湖小区的公园里，你在我旁边坐了很久，我们没有说话。

"第二次见你，是在西街，仍旧没有说过话。你从我旁边走过，不认识我，可我记得你。"林奈顿了顿，认真地看向她的眼睛，"再后来，我到总公司任职，跟你通过许多次电话，也碰到过许多次，但你还是不认识我……

"二〇一五年六月十日，我调到南城，十三日，和你有了第一次正式接触。

"虽然你和我只相处了两年半，但从二〇一三年夏天到二〇一七年冬天，你已经在我生命里出现四年半了。

"我不是一个很好的朋友，不够成熟，又小你五岁，不足的地方太多太多。

"这几年我遇到了太多难事……

"而我们认识这么久以来，一直是你在帮我，陪伴我，照顾我。

"谢谢你对我的包容，也谢谢你出现在我的生活里。

"今年我们一起买了新房子，希望往后可以继续和你一起愉快共事，也希望在未来的很多年里，十年、五十年……直到我们老了，你还陪在我身边，我们还是独一无二的朋友。"

……

何青柔静静站在那里，听着。

林奈送上一束花，温和地说："这几年，很高兴和你认识。"何青柔喉咙里干涩得厉害，不自觉地抽动了一下手指。

何青柔感动，又不知道怎么回应。

林奈也不需要她的回应，又说："何青柔小姐……迁新居快乐。"

何青柔抿紧了唇，眼角发红，很久，才低低说："你也是，迁新居快乐。"

林奈笑了笑，"嗯"了一声。

地上的五两歪着脑袋，傻愣愣的，安静地望着这一幕。它蹲在原地，难得安生一回，不去搅和现场的温馨氛围。

小家伙的脚边，蒋行舟那个二愣子不停地按动打火机，想要把庆祝蛋糕和烟花棒点上，可就是点不燃火。他急得手心冒细汗，莫名有些局促。还是裴成明看不下去这傻子的行为，直接接过，轻轻松松就点燃了火。

蒋行舟尴尬，小声辩解："手有点儿滑……"

裴成明懒得搭理他，看了林奈她们一眼，麻利地把蛋糕和烟花棒点上。

整个后院立马被炫目的白光照得透亮，大家都围在她们身边。

"何老板！"蒋行舟先喊道，"恭喜你搬新家，以后生意兴隆啊！"

裴成明他们也跟着祝贺，站在一边起哄。

"恭喜何老板！"

"祝以后事业顺利，节节高升！"

"明年更上一层楼！"

"万事如意发大财！"

……

何杰也在其中，混在一群可劲儿闹腾的男人队伍里。

何青柔笑了笑，很感动，心中也滋味万千。

本来只是想请大家吃个饭而已，该是她这边准备好了接待他们，这些人反倒很有心。

买新房子不是什么决定人生的大事，可也值得高兴庆贺一番。这群富二代并不会高高在上，林奈在，所有人都很接地气。

不知道怎么回应他们，半晌，何青柔才感慨地说："谢谢。"

仅这俩字，再无别的。

蒋行舟他们会玩，立马又欢呼，把她俩一起推到蛋糕面前，乐哈哈地道："来来来，吹蜡烛吹蜡烛！"

"赶紧的，许个愿！"

林奈更主动一些，带着何青柔一块儿弯腰，许愿，吹灭火，切蛋糕。

蒋行舟心情好，大手一挥，代她们高呼："以后大伙儿常来这边做客，就当是自己家，可千万别客气啊——"

所有人都笑，乐得不行。

何青柔也眉眼微弯，跟着一起瞎乐。

乔迁宴上，来的宾客真没把自己当外人，大家都挺熟络。切完蛋糕就该搬桌子上菜了，何青柔和裴成明几个负责清理现场，林奈和小杰他们则进厨房端菜。将两张桌子拼在一起，所有来客都在一桌吃东西、喝酒，随意唠嗑。

蒋行舟带头向何青柔与林奈敬酒，伙同几个伙伴一块儿瞎闹，趁机多灌林奈几杯。

何杰也来给自家姐姐敬酒，抱了抱当姐的。

小男生还挺多愁善感的，又嘴笨，不会讲好听的话，只说："以后都顺顺利利的。"

何青柔也没啥可讲的，拍了拍小弟的背，低声说："好。"

何杰说："我也努力读书，以后跟你当邻居，多帮帮你。"

何青柔点头，还是只有一个字："行。"

一场乔迁宴热闹，饭桌上的气氛和睦，大家都放得很开，何青柔到后面也跟着闹腾了。啤酒一瓶接一瓶飞快地见底了。

漫天的星子四散，今晚的月色空明，如水的银白照在屋顶上。

后面蒋行舟他们喝多了，一个个很能来事。何杰被这群老油条夹在中间，一群男人没事干就捉弄一个小男生玩。蒋行舟勾住何杰的脖子唠嗑，等到何杰喝不下了，醉倒了，裴成明和齐风默契地把小孩扶住，硬生生将他抬了起来。

散场时，是何青柔送大家离开的，此时林奈已经喝晕了，躺在椅子上一动不动。

夜里，何青柔扶林奈上楼，至于楼下后院里的残局，只能等天亮再收拾了。

行至楼梯口，思忖片刻，何青柔还是对林奈低声说："谢谢。"

上楼，进房间，她把人扶到床上。林奈睡得很快，呼吸平稳而均匀。

何青柔又下了一趟楼，到楼下把五两接上去。这天夜里橘团也很乖，不闹人，进窝里就趴着歇下了。

外面起风了，呜呼轻响。何青柔也合上眼睛，沉进舒适的被子里。

一夜安宁平静。

第二天中午是何青柔做饭，林奈和请来的工人负责清理院子和客厅。

其间，见何青柔在做莲藕烧排骨，林奈停下来靠在门边上，状似无意地问："你知道藕烧排骨用粤语怎么说吗？"

何青柔一心忙活锅里，随意接道："不知道，我没怎么去过那边，讲不来粤语。这个怎么说？"

林奈走到何青柔旁边，一本正经地用粤语讲了一遍。

然而这一句是何青柔听得懂的，在一首歌里听到过。

——林奈讲的不是菜名，而是别的话。

何青柔笑了笑，装作不懂。

林奈又讲了一遍。

"你是世界第一等。"

何青柔还是笑，没拆穿这人。她假模假样地说："原来是这样。"

过了一会儿，林奈不开玩笑了，定了定情绪，轻声细语："何老板，你很出色。"

何青柔眨巴眼睛，回道："林总监，你也是。"

她俩这周末还要去北京，何青柔去拜访宋天中，而林奈则是回去见林家的长辈们。林奈已经和唐衿毓在电话里约好了，打算趁最近回去一趟。

这阵子林奈和家里的关系缓和了一些，尤其是在上一次和父母分别见面以后，两边的冷战渐渐没那么严重了。

一家人没有永久的仇，何况如今林明清有了退步的意思，林奈自然愿意顺着台阶下。

"订机票没有？没的话，就马上去订。记得买上午的票，阿姨说上午来接我们。"何青柔温声道。

现在何青柔还未正式和唐衿毓见面，但打过好几次视频电话了，并且相互加了微信。最近唐衿毓时不时会发消息给何青柔，有时也会让何青柔给林奈传话。不过很多时候唐衿毓工作特别忙，偶尔她发一条消息过来，何青柔认认真真回一大堆，她再回复就只有一两个字。

知道何青柔她俩周末要去北京，唐衿毓特地叫上何青柔一起过去吃午饭。

自从过年那时候见过一回，何青柔鲜少听到林明清的消息，也不知道他最近咋样了。

值得注意的是，青鸟的发展越来越好了，上半年拉到了许多投资，而青鸟的对家却慢慢开始走下坡路，网民对其的差评已经到了满天飞的地步。

这半年里江海联系过林奈很多次，半年前他回到了东宁汽车集团总公司任职，且上个月来了南城分公司一趟。何青柔问候了他几句。

林奈一边摸出手机，一边说："我现在就买。"

不一会儿，何青柔又开始支使这人洗盘子、端菜。

周六上午，阳光明媚，天气晴朗，何青柔和林奈两人坐飞机抵达北京。

距离上一次来北京已有两年多，出机场后何青柔还是有些不适应。

机场外，唐衿毓差不多在同一时间到达。

唐衿毓穿着米白大衣，不苟言笑的神情让她看起来非常严肃。

何青柔更紧张了，见到人，规矩地喊了一声："阿姨你好。"

林奈紧接道："妈。"

唐衿毓点了点头。

一偏脑袋，何青柔突然发现唐衿毓的车里还坐着一个人，正疑惑，那人下车了，竟是林明清。

何青柔一僵，再回身看看林奈。林明清一直不肯主动与林奈联系，她以为他还在气头上，这是在用强硬的态度表明自己的立场，结果现在他一块儿来了……

北京这么冷的天，林明清穿得似乎过于单薄了，只穿着一件内衬、一件外套外加戴着一条围巾。但再一看，又能看出一丝别有用心，他这般打扮与唐衿毓那身的风格有点儿接近，像是故意这样搭配的。

"林董……林叔叔。"何青柔率先开口。

"爸。"林奈喊道。

林明清端着架子不吭声，唐衿毓看了他一眼，他又不轻不重地"嗯"了一声。

天上的雪花纷纷扬扬落下，唐衿毓拢紧衣服，出声道："先上车，回去再说。"

她们赶紧上车。弯身时，头顶的些许雪花落进脖子里，何青柔忍不住瑟缩了一下，林奈忙帮她掸掉身上的雪，唐衿毓从后视镜里瞧见，又斜眼看了看林明清。

林明清一脸僵硬，兀自发动车子。

这个时间点的道路依旧很堵，半天也没开出多远，等到林家的时候都快一点了。

一下车，何青柔就愣了，其实车往二环胡同里驶时她便蒙了，她想象中的林家应该是那种豪华洋气的大别墅，没承想竟是韵味十足的四合院。虽然大别墅和四合院都至少十几万一平，但在她看来，一旦和文化沾了关系，那就不仅仅是钱多钱少的事了。反正她觉得非常气派。

林奈带她进门。

"这里是我家的老宅，平时一般都空着，有重要的事才会过来。"这人解释，林家往上三辈都是在这个四合院里过的，这里承载了林家的底蕴，是林家的根。今天聚在这里，也有其特殊的含义，主要是某老古板为了迎接女儿，所以专门转到这里来了。

听到这番话，何青柔心里有了数。

"阿寻他们也来了，放松点儿，你就当随便吃个饭。"林奈安抚地说，看出了她的不自在。

林奈刚说完，叶寻带着何好出来。

她和何好在乔迁宴那天晚上短暂聚过，加之都姓何，眼下何青柔一见到何好就格外亲切，她朝何好笑了笑，何好也向她晃了晃手。

"阿寻，"林奈开口，"你们什么时候到的北京？"

"昨天晚上，"叶寻回道，因为要读书，她们在南城只待了一晚，趁着这次聚会，准备顺便带何好到北京玩，她指了指门里，悄声说，"宋叔叔在里面。"

何青柔下意识往门内看，恰好瞥见宋天中。

宋天中也看见了她俩，放下茶杯，起身乐呵呵地道："都到门口了还不进来，外头下着雪，快进屋坐。"

他拍了拍林明清的肩膀，方桌另一边，叶老爸也站了起来。

这排场有够大的……何青柔无端端生出无措感，都不知道该把手放哪里了。

且里面不止有宋天中、叶老爸，还有几个生面孔，大家都齐刷刷看向门口。

"还杵在门口干什么？阿奈快进来啊，小何，来来来，来这边，"叶老爸爽朗地笑着，打破屋内的沉静，顺道倒了两杯热茶放在旁边，果真一点儿架子都没有。

她俩进去，在叶老爸左边坐下，正对着林明清。

林奈规矩地跟大家打招呼，何青柔大方地跟着叫，姑父姑姑，叔叔阿姨……宋天中几个笑呵呵的一一应道，没有哪个长辈不喜欢温婉的姑娘，他们都客客气气地说话。

他们一点儿不介意何青柔原本只是东宁的一个小员工，把她当林奈的朋友对待，不会轻视这个没背景的普通姑娘。

"路上应该挺堵的，南城到这边要两个多小时。你们应该很早就起来了，待会儿吃了饭休息休息，晚些时候和阿寻她们出去转转，多熟悉熟悉这里。"叶老爸热情道，瞥了瞥宋天中。

宋天中领会，接道："可以到胡同里走一下。反正以后要常来，有时间就到我那里坐坐。"

林奈颔首，有礼地说："我们给您带了茶，也给大家带了一些特产。"

一听到茶，宋天中顿时眉开眼笑，他旁边的体形微富态的中年女人和蔼可亲地说："他昨晚还在念叨呢，别的茶不好喝，非要小何店里的。前几天他还提着上回你们寄来的茶去参加茶友会，逢人就推荐。"

何青柔扬起唇角，其他人也笑，只有对面的林明清板着一张脸当煞神。叶老爸喝了一口茶，拉长声音说："快年底了，公司那边比较忙，本来我们想下午再过来，老林非得催着我们上午来，说你要回家吃午饭。阿奈啊，你给你爸带了什么？"

他故意揭林明清的短，又故意把话移开，见林明清吃瘪，屋里的人都心照不宣地对视几下，可就是不让林明清搭话。

这人之前干的事大家可都知道，林明清好面子，不肯低头，哪怕唐衿毓回国了，他仍死鸭子嘴硬，就是不承认自己的做法有问题，架子端得老高。

现在唐衿毓和两个小辈处得好，他的内心可谓复杂极了。

以前那些事，林奈没在意，毕竟林明清态度有所软化了，没必要揪着不放，现今该怎么样就怎么样。

"带了一些我们做的饼干和糕点，还有手工茶。"林奈说，用余光望了一下林明清。

听到东西是女儿亲自做的，满是心意，林明清僵硬的脸终于缓和不少。其实这半年多时间里，林奈送过很多东西到这边，他总是表面不咸不淡，却还是把东西往房间里搁。

"你们这些小年轻就是有心，"叶老爸说，"我家阿寻也给我带了自己做的东西。"

其他人开始接话，气氛非常融洽。何青柔悬着的心落了地，刚刚看到这么多人，她还以为他们会轮番上阵问话为难林奈。

毕竟之前闹成那样，林明清还一再阻拦林奈做投资，她以为这次她们到北京必定会经历一场家庭大战，孰知并没有。这一家子私底下早就搞定了所有问题，即便目前林明清还是不低头，可起码有点儿服软的意思了，父女俩的隔阂不再那么深。

大抵家人之间就是这样，虽然有吵吵闹闹，但兜转一圈还是不会散掉。

林奈已经过了叛逆不懂事的年纪，和唐衿毓谈过以后，她也没那么强硬了，会适当地抛出一些求和的手段。一大家子还有的磨，接下来的路还很长。

不过至少现在这个阶段，林明清对林奈的人生计划也是睁一只眼闭一只眼了，不再一味地要求女儿跟着自己预想的安排来。而林奈亦不会头脑一热就同当爸的唱反调，不论是开公司还是继续赛车，她都有好好和家人商量，也做足了长期准备。

长辈们都尽量说些轻松的话题，不让小辈们为难。

聊了十几分钟，饭菜上桌，大家分两桌吃饭。

吃完饭，宋天中让何青柔两个人先去午睡，四点多，她俩又同叶寻她们出去走了一遭。

纷纷扬扬的雪不断地下，光秃秃的枝丫间堆满白色的雪，偶尔运气不好，从树下经过，上面的雪忽地落下进到脖子里，冷得何青柔直哆嗦。

叶寻和何好没等她们，兀自走在前方。

四人在外面走了很久，天阴沉时才回到老宅。宋天中临时有事先离开了。吃过晚饭，围着桌子聊了半个小时，叶家一家人也驱车离开。

唐衿毓要何青柔陪自己出去走走，留下父女两个在家。

晚上比白天冷，何青柔不习惯北京的天气，冻得忍不住一直抱着胳膊。唐衿毓瞧见了，没说什么，走了一段路，领她进了一家胡同小店。

小店的大门油漆剥落，看起来有些简陋，但里面的装修并不简陋，十分有老北京的味道，大厅的墙边立着一排排茶罐，柜台上放着各色茶叶以及各种小物件，整体环境干净。中年老板见到唐衿毓，熟络地问："您来点儿什么？"

唐衿毓报了一串名字，然后带着何青柔在桌边坐下。

老板不紧不慢地上茶水，又热情地问："这闺女长得真白净，是您家亲戚？"

唐衿毓摇头，接了茶水才回："我女儿的朋友。"

老板了然，笑着说了几句，径自忙去了。

何青柔替唐衿毓斟茶，主动找话聊。

唐衿毓有一搭没一搭地应声，聊了三四分钟，忽然问："阿奈最近怎么样？"

问得非常直接，一点弯弯绕绕都没有。

知道唐衿毓会问，何青柔一点儿不惊讶，全都如实告知。

唐衿毓听着，顿了顿，似乎想到了什么，看了何青柔一眼，柔声说："阿奈她爸爸……他就是那臭脾气。"

宋天中找过唐衿毓谈话，将对林明清讲的那番话，换汤不换药地对她说了一顿，家庭矛盾嘛，应该一家人解决，当妈的不能老顾公司不顾家里。

唐衿毓这人，脾气怪，工作狂，可心里还是给这个家留了一席之地，不然这么多年早过不下去了。现在到了一定岁数，眼瞅着同龄的姐妹无一不是家庭和和美美，她便生出了一股别样的情绪，有时候想想，总觉得这辈子差了点儿什么。

"不会不会，"何青柔立马答道，"叔叔人挺不错的。"

听到"不错"两个字，唐衿毓忽然笑了一下。

与此同时，老宅里，林奈正和林明清谈话。父女俩聊得没那么融洽，两个都是闷墩儿，没讲两句话，双双都沉默了。

最后是林明清先憋不住，木着脸问："什么时候开的新店？"

林奈平静应对。

父女在投资上的看法不同，林明清不支持女儿搞劳什子网店，可也不过多发表意见，只嘀咕了一句："草草率率的……"

相对于何青柔和唐衿毓的平和，父女俩之间还是有些僵硬，但也比早些时候好多了。

林奈讲完，也反过来问问林明清："爸，您这阵子怎么样，还好吗？"

林明清放不下姿态，过了半晌，才淡声说："凑合。"

两边的谈话都挺顺遂，没出岔子。

这趟回来北京，林奈在家里小住了两晚。林家的一切都好，林奈和父母也都好。一家人终于有点儿家人的样子了，比任何时候都有亲情的滋味。

回南城是林明清到机场送的她们，临进机场前，林奈犹豫了一下，还是上前抱了林明清一下。林董事还是那个德行，即使心里乐翻了天，面上却镇静得很。

林奈说："下回再来看您。"

林明清嘴皮子颤了颤，大概是想说点儿什么，可话到嘴边又没了。他保持不动，只对林奈说："别在外面惹是生非，老实点儿。"

林奈应道："知道了。"

飞机划破长空，天上只留下一排白色的线。

回到南城后，日子过得飞快，宁静而美好。

南城的冬天湿冷，寒意料峭，街上到处都冷冷清清的。生活还是照旧，寻常中有着不一样的颜色，每天都是新的一天。

她们一起到外边置办东西，随便瞎买，食材、日用品，还有西街老店的手工糖。买完了回到家，见林奈走到角落里逗五两，何青柔突然说："最近店里的生意特别好，有两种茶已经卖断货了。"

林奈问："H 市那边咋样了？"意在关心她老家的那批茶农。

林奈近期没怎么管网店，很多事都不知道。

"挺好的，比之前好多了。"何青柔跟这人详细地说了说。

因为有了出货的渠道，茶农们现在也不愁卖东西了，而且自从何青柔起了个头，给大家展示了一条更顺应时代发展的出路后，部分茶农也开始自己摸索更好的路子，并进一步带动更大范围内的父老乡亲走上赚钱的康庄大道。

这是一个极好的开始，对所有人都好，也能慢慢推动当地的经济发展。

想要过上好日子就得尽可能多地找方向，不能等着机会上门，更不能把希望都放在那种外来的公司上，必须跟着时代齐头并进。

林奈说："那还不错。"

何青柔问："青鸟那边呢？"

"还行。"林奈回答。如今直播行业大火，青鸟已经在这场流量抢夺大战中赚到了不少钱。

不过林奈没有一直做这个的打算，她打算退出这个行业了。人生短短几十年，她不缺钱，还有更重要的事要做。

林奈提菜进屋，边看边问："今晚吃什么？"

何青柔扎头发，洗手，系围裙，道："酸辣土豆丝、醋熘鱼，还有酸萝卜老鸭汤。"

"我来洗菜。"林奈拿盆出来，熟练地洗、削土豆。在长时间的耳濡目染之下，她已经从十指不沾阳春水的大总监变成了一个不错的帮厨，也愿意并且享受这样的生活。

何青柔见她动作麻利，挑了挑眉，没管她。

第二天上班，她们是一块儿开车过去的。

中午吃饭时，何青柔和迟嘉仪一起去的公司食堂，她问起这妮子画画如何了。迟嘉仪感觉良好，乐呵地说："还可以，进步很大，威风不减当年。"

何青柔弯了弯唇角，竖起大拇指夸奖道："厉害。"

迟嘉仪满怀信心地说："我也打算干点儿兼职了，以后想转行当插画师。"

只要喜欢就行，何青柔举双手支持。

迟嘉仪感慨："我爸妈也挺认同的，竟然不反对。"

何青柔说："伯父伯母他们比较开明。"

"那倒是，我妈讲，反正多门手艺多一条出路，咱们现在这行也做不了一辈子，学点儿别的就当是未雨绸缪了。"迟嘉仪说，"我还以为他们会反对，坦白之前纠结死了。"

姐妹两个聊了好一会儿，直到何青柔察觉到异常，往后一看，发现陈茗行提着一袋子东西站在门口，应该又是来送吃的了。陈茗行最近常来公司，专挑中午迟嘉仪有空的时候，每回都会带着吃的。

"不过去？"何青柔故意反问，外来访客不能进入公司大楼，但可以到食堂这边来，先前迟嘉仪故意不见人家，结果陈茗行在外面白等一中午。

迟嘉仪低眼，埋头吃菜，道："不去。"

何青柔好笑，按亮手机看了看，悠悠道："现在十二点四十，还有五十分钟。"

东宁规定员工中午有两个小时的吃饭休息时间，但一般情况下得提前半个小时回到岗位做准备工作，两点正式上班，超过时间算迟到。

迟嘉仪顿了顿，偷瞥手机屏幕，眼神忍不住往外飘。陈茗行笔直地站着，面上一如既往地冷漠，许是感受到她的目光，陈茗行望了过来，恰巧与她四目相接。

"四十二分了，你确定不去？"何青柔再问。

迟嘉仪捏紧筷子又松开，犹豫半晌还是放下，嘴硬道："我就出去瞧瞧，马上回来。"

何青柔刚点头，这妮子立即向外走。

迟嘉仪走到3号门门口，端着架子气鼓鼓地盯着陈茗行。陈茗行向她靠近半步，她退开，陈茗行似乎说了一句什么，她瞬间没了方才的气势，两人齐齐朝远处走。

马上回来……

何青柔失笑，对这俩前世造了孽才做朋友的家伙感到挺无奈的。

再往后的一阵子比较忙碌，年前的收尾工作很多，店里的订单成交量也成倍增长。这段时间有特别多需要处理的事。

林奈天南地北到处飞，何青柔也一天到晚忙得脚不沾地，五两是最清闲的那个，每天不是吃就是睡，偶尔挪挪屁股到后院的玻璃门旁晒太阳，啥事不用愁，过得十分惬意舒爽。

等到不忙了，她们也双双请假赖在房子里。

趁着无聊，何青柔逗猫玩。她在看手机，五两愣愣地凑上来。

小家伙睁大圆溜溜的眼睛，望着手机里的自己。它伸出肉爪想扒拉，却被一边坐着的林奈箍住，动不了，便偏头看向何青柔寻求帮助。何青柔没动作，挪过去挨紧林奈。小家伙刹那间耷拉下尾巴，一脸委屈巴巴的模样，她趁这时候拍下照片，两人一猫，和谐且温馨。

拍完照，何青柔要收回手，林奈接过手机，凑过去也要看屏幕，捣乱的五两在此时将爪子啪地打到林奈脸上，一张照片就此定格。

由于拍照时手晃了晃，画面有些模糊，却有种朦胧的美感。

看着这两张照片，何青柔心里流过一阵暖意，张了张嘴，笑了笑，发了一份给林奈。

五两挣脱林奈的臂弯，一屁股坐在何青柔腿上，撒娇似的往上钻，抬爪子要碰手机。何青柔好笑，搜了一个撸猫的视频给它看，并将它抱到楼上的新窝里去。

小家伙眼也不眨地盯着手机，不来捣乱了。

在过年之前，林奈收到了从外地寄来的两份礼物，相隔一周收到的。

是云熙宁和杨兴宜分别送的。

很久没见过那两位了，何青柔也是这时才知道，云熙宁如今在总公司过得很好，混得风生水起，而杨兴宜呢，曾经那个不礼貌的小姑娘在毕业后也进总公司了。

据说这两位在公司里不太和，总是针锋相对。

林奈同何青柔大致讲了一些事，但没过多提及，只是随便说一嘴。

在正式放年假前，林奈又陆续见了几个朋友，而何青柔也和迟嘉仪她们搞了一个派对当消遣。这一年的春节除夕比往年都热闹，何青柔她们先去了一次林芒山，过后何青柔连夜坐飞机陪林奈回北京过节。

两人拜访了一次宋天中，在宋家吃饭。

何青柔在那边收了不少过节红包，也在那边玩了一阵。

也是这时，蒋行舟开着明黄色的跑车过来向林奈炫耀："我爸送的新年礼物，帅不帅？"

裴成明骂他骚包，烧得慌。

蒋行舟又开始玩赛车了，他家里人最近有了松口的意思，不再那么激烈地反对他赛车。

"阿奈，快来试试！"蒋行舟喊道，把车钥匙丢向这边。

林奈下意识接住，何青柔弯了弯嘴角，拍了拍这人，道："去吧……"

林奈喜欢车，新年之际难得放松一下。林奈捏紧车钥匙，而后走下台阶，几个小年轻顿时欢呼。

何青柔安静地站在原地，等他们试车回来。

林奈出去跑了两圈，晚点儿才回来接何青柔，一行人转场去附近的一家小酒馆，到那里喝两杯。

北方室内有暖气供应，屋子里热烘烘的。

小酒馆被包场了，只有他们一群朋友在。

很多车队里的队员也来了，包括几个林奈曾经的队友。何青柔被介绍着一一认识这些人。

大家都叫她"何老板"。

她在这个颇有人情味的团体里融入得很好，被林奈的全部朋友认同并接受。

林奈悄声对何青柔说："他们都很喜欢你。"

何青柔喝了一小口酒，眉眼柔和，缓了半晌后用只有林奈才能听到的声音回道："他们是爱屋及乌。"

"有吗？"林奈好笑。

何青柔晃了晃手里的杯子，与林奈碰一下，眨眼，低声说："感谢林总监的厚待和支持……"

林奈又笑，也和她碰杯。

另一边，蒋行舟站在人群中间，抬起手示意，高举杯子，突然说了句："敬梦想，干杯！"

裴成明他们在一旁纷纷附和，拔高嗓门吆喝："梦想万岁！"

她们也跟着举杯，混进人堆里。

没多久，何青柔被围堵到中间，蒋行舟带着其他人乱折腾，非得让她也讲两句。

和煦的阳光照进屋子里，这里满堂透亮。

酒是暖的，心也是暖的。

林奈隔着人群看着何青柔，身子靠着墙瞧，安静旁观。

何青柔转头也望向林奈，忽地记起那个初见的下午……她也举起杯子，学着蒋行舟方才的样，轻启红唇，对着林奈认真地说："敬自由，干杯！"

蒋行舟和裴成明他们疯了似的玩闹，高呼："自由万岁！"

……

冬日的天空万里无云，阳光夺目而灿烂，外边灰白的马路上，往来穿梭的行人有的驻足停留，有的一直向前，慢慢走着。

林奈半合双眼，一会儿也抬起手，冲着何青柔晃了晃酒杯。

也敬她。

敬梦想，敬伟大的自由。

番外一

是会赛车的林小姐呀

　　微寒二月，春风吹拂，后院里的玉兰花于一片绿意盎然中悄然绽放，清香被风一卷就直往屋里带，吹散周身的燥热。

　　闲散的两个人躺在沙发上一动不动，五两就在沙发角落里趴着，不时扭扭肥硕的身子，想要靠近她们。

　　今天是阴天，屋子里没开灯，加之拉了窗帘，周遭便有些昏暗。通往后院的门没关，当风往里吹，轻轻卷起帘子一角，外面的白光忽地射进门，照亮眼前的光景，在她们周身镀上一层柔和的光晕。

　　平常这时候该吃早饭了，然而桌上的煎鸡蛋早就凉了。她们今天好不容易六点起来，本来打算出去跑步，结果却连门都没出去。

　　林奈小声说："晚上阿寻她们要过来，别加班。"

　　何青柔"嗯"了一声："我知道。"

　　叶寻、蒋行舟他们今晚都会过来吃饭，昨天下午就发了消息的。现今这几个人毕业差不多快一年了，各自有了新发展——叶寻留在重庆，裴成明、齐风回了北京，而蒋行舟则来了南城。他就那点儿出息，在家族公司干不下去，年初跑到这里投靠林奈。

　　林奈早些时候退出了青鸟公司，现在正巧比较闲，他们便合伙开了一个修车店。目前店已经营业两个月了，但还是没几个顾客，纯属自娱自乐。

　　"我下午要出去一趟，"林奈说，"顺便接他们过来，你有没有需要我买的东西？"

　　何青柔摇了摇头道："没。"

　　五两在这时轻轻地叫了一声，似乎有些不满。她俩一直在说话，只顾着对方，都快忘了猫的存在。

　　何青柔垂眼看向五两，笑了下。

　　外面院里的风愈加大了，玉兰花摇摇摆摆，几经吹打。

还有半个小时就到上班时间了。

来不及收拾家里的残局，简单清理一番，她们拿着面包、牛奶匆匆出门，独留五两守家。

路上有点儿堵，但由于离公司近，她们想迟到也迟到不了。进电梯时，她俩遇到万科尹一众同事，大家纷纷招呼。

"林总监早。"

"何组长早。"

何青柔微笑回应，林奈则冷淡地点点头，两人并肩站一块儿，其他同事迫于总监的威压，都往后退了一些。

待出了电梯，走进设计部，一个平时联系比较多的女同事悄声说："何组长，你和林总监关系可真好。"

近来，林奈对她的好简直算得上"明目张胆"，早上一起开车进公司，中午送水果、饮料，下午还会等她一块儿下班，并且时不时通知她去办公室一趟，偶尔还会做同一个项目。

最近有不知道哪里传出来的小道消息说何青柔要升职了，搞得设计部众同事或艳羡或嫉妒。何青柔有些无奈，她也止不了别人的嘴，随便别人怎么说吧。

"还行。"她搪塞道，抽出资料，以示自己要工作了，女同事不好多八卦，也回到座位工作。

吃完午饭，某人按例让小吴叫何青柔去办公室，何青柔故意不去。约莫十分钟后，林奈亲自过来，见她正埋头整理文件，静静站了两分钟，径自离开。

设计部一干人等立马松了口气，林奈最近老往这里来，搞得大家提心吊胆的，丝毫不敢懈怠。

两点多，万科尹出去一趟，回来时提着一个小袋子。他走到何青柔旁边，将袋子放在她的桌上，坐下的瞬间用只有两人才能听到的声音说："林总监给你订的。"

袋子里面是茶和甜点，何青柔悄悄打开袋子，分了一些给万科尹。上班时间不能太嚣张，她只拿了茶出来，这时手机屏幕亮起。

林奈："何记出的新品，昨天预订的。"

何青柔打开茶喝了一口，不苦，反倒有种微甜感。考虑到还是上班期间，何青柔没搭理对方，于是按灭手机。屏幕刚暗下去，对方又发来消息："味道怎么样？"

她想回复，恰巧姚云英出来巡查，她赶紧将手机放到电脑后面。姚云英在她桌面上扫视一圈，目光停留在那堆甜点上，皱了皱眉，可到底没说什么，毕竟何青柔没吃。

"图画完了？"姚云英问。

何青柔十足自觉，装作正经说："嗯，都核对完毕了，下午就能上交。"

姚云英满意地点点头，没再继续盯何青柔。

"认真工作，下班前把报告交过来。"说完，她就去其他岗位巡视了。

自从杨顺成一走，在姚云英的带领下，设计部不论是风气还是效率都比以前好多了，部门里还算和谐。每每何青柔有辞职回家专职做网店的念头，一想到在这里干了这么多年，她总有些舍不得，纠结到现在也算是彻底想通了。

网店有沈艺如她们在，老家那边供货有何景成负责，不用她操心太多，闲着也是闲着，不如留在公司打发时间。

待姚云英走远，何青柔放松下来，万科尹朝她晃了晃茶水，低低道："谢谢组长——"

何青柔莞尔，埋头工作。

下班前，她去经理办公室交报告，交完要走，姚云英却让她帮忙把文件交到林奈那里。她自然不能拒绝，转身去总监办公室。

临近六点，大家都在忙活儿，大楼里静悄悄的，走廊里一个人都没有。

何青柔敲门，进办公室。

林奈正在审批文件。

"什么时候去接阿寻他们？"何青柔柔和地问。

"下班就去。"林奈回答。

"那我等你们回来。"她轻声道。

今天准时下班，考虑到叶寻他们的口味不一，何青柔到超市买了一堆菜才回家。

七点，估摸着林奈应当接到人了，她准备开始做饭，刚进厨房，蒋行舟却急吼吼发来语音："青柔姐，快来修车行！"

她蓦地一怔，以为出什么事了，忙打电话。响铃二十多秒后，蒋行舟才接，那边吵闹声非常大。

"喂，青柔姐！"蒋行舟这二愣子大声喊。他那边比较吵，一开口便铆足了劲儿拔高声音。

何青柔只觉得耳朵一震，把手机稍微拿远，问道："怎么，店里出事了？"

"没有——"

她顿了一下。蒋行舟又高声说："你过来就是了，有一帮人在闹事，我去帮忙了！"

闹？何青柔心头一紧，担忧地皱眉，犹豫半晌还是决定去店里瞧瞧。

修车行在老城区边上，正值交通高峰期，路上比较拥堵，她给林奈打了一个电话，未接通，便没再打。

听蒋行舟那语气，应该不是大事。

进入老城区后，车况开始顺畅起来，何青柔快速驱车赶往修车行，快要到时，远远就瞧见修车行门口围堵着许多打扮潮酷的人，以及十几辆改装过的车。

不用问，她也能猜到这是怎么回事。

修车行不仅修车和护理，偶尔会帮那些喜欢玩车的改装车。不过干改装这事，风险大，常常费力不讨好，有些玩车的脾气暴躁，自个儿车技差输了比赛，非得找借口怪车改得有问题。

她下车进店，果然，这群人就是因为这个在扯皮。

蒋行舟脾气火暴，冲在前面掐架，边骂边竖中指，把对面的人气得脸红脖子粗，双方就差打起来了，又很默契地没有动手。

裴成明招手，示意她过去。

"阿奈呢？"她四下扫了扫，没看到林奈。

"在后面换衣服准备，马上过来。"裴成明说。

何青柔云里雾里，没明白什么意思，刚要问，却见后面走出一个身穿黑色赛车服的身影。

一双长腿尤为显眼，腰肢细瘦有力。手里随意拎着头盔，慵懒散漫，一副全然不在意的模样。何青柔刹那间愣怔，呆呆瞧着，她没真正见过林奈这个打扮，也没见过对方赛车。

两人现在的重心都在工作上，即便开了修车行，林奈也是甩手掌柜，有时间才过来看一下，并不玩车，偶尔兴趣来了才会带何青柔出去兜兜风。

"阿奈，快过来！"蒋行舟喊，转头朝闹事的人再竖中指并朝下，逞能可是一点儿不客气，问候对面的二大爷。

阿奈敛起眼皮，斜了那方一眼。

"要赛车？"何青柔问，过去帮她扎头发。

"嗯，"林奈稍微弯了弯腰，方便她动作，"帮他们试试车改装得到底好不好。"

一旁的裴成明、齐风忍不住发笑。那群小孩车技烂，还敢闹事放狠话，他们也不是不讲道理的人，你觉得我们改得有问题，那就试给你看看，我用改装车，你随便选，谁赢谁有理。

"注意安全。"何青柔说。她并不反对林奈玩车，她相信林奈有分寸。

林奈应下，干脆利落地戴上头盔。

"我在这里等你。"何青柔小声说。

那边蒋行舟又在催促，何青柔给林奈扎好马尾。

林奈朝他们走去。

人们不停地欢呼大喊、吹口哨，看起来大家都很期待这场"比赛"。

普通道路肯定不允许赛车，赛车点就在修车行后面，当初蒋行舟租下这里就是看中了后面的宽敞场地。他平时悠闲，无所事事，早将后面改成了一个简易的迷你赛车场。

"比赛"规则非常简单粗暴，谁拿到了摆在蛇行赛道尽头的罐装可乐谁就赢。

对面的人有些嚣张，派了一个十八九岁的高瘦男孩子出场，似乎很看不起蒋行舟叫女人来帮忙。

何青柔不懂赛车，只能站在一旁看着，其他人亢奋得很，跟打了鸡血一样。那男孩子走到林奈面前，说了句话，面上有些不屑。林奈不搭理他，弯身坐进车里，偏头朝他们这边看来。

叶寻、裴成明非常淡定，一点儿表示都没有，反倒是车前的蒋行舟万分激动，何青柔想了想，向她做了一个"加油"的口型。

也不知道林奈有没有看清。

双方准备就绪，蒋行舟走到两车前面，做了一个手势。"轰"的一声，两辆车就如同飞箭似的蹿出去，场内当即就是一阵呼声。

何青柔的视线一直紧随着改装车，因场地小，两车的距离根本拉不开，对面已经开始唱衰，还向蒋行舟比中指。

叶寻瞥了瞥那边，再望向场地内，淡定从容地道："赢了。"

何青柔没懂，两辆车才刚进蛇行道，怎么就胜负已定了。她蹙眉，紧了紧手心。

下一刻，改装车突然别到前面，灵活得像一条摆尾的鱼，倏地几个转弯就将对方甩到后方，再一个漂移，稳当地停在罐装可乐前。

整个过程不足两分钟，相比之下，对方的车犹如慢行的乌龟，还在蛇行道内转来转去。

改装车车门打开，林奈长腿一跨，不紧不慢地下车，取下头盔，弯腰捞起罐装可乐，转身朝这边走。

这时对方才驶出蛇行道，高瘦男孩子取了头盔坐在车里，俊脸涨成猪肝色。年轻人好胜心强，输一次比打一巴掌都难受。

原本闹腾的小年轻们分外安静，蒋行舟满脸堆笑，叶寻没什么反应，单手揽着何好完全不在乎这些。

林奈走到他们面前，裴成明接过可乐，而后去帮蒋行舟，何青柔笑着看她。

"今晚吃什么？"林奈脱掉赛车服，从容平静地问道。

何青柔将衣服递给她，轻声说："还没想好，就买了菜。"

两人并肩而行，走着走着就挨了挨胳膊。

林奈说："今晚我来炒菜。"

何青柔答应："随你。"

澄明的天边云朵堆积，层叠起伏，与山头的轮廓相接，远远看去不分彼此。走到门口，何青柔转头望向山的那边。

碧绿的树木摇晃，飘落的叶子纷飞，乘着虚浮的云驶向高高的山崖，一圈一圈地盘旋、打转……

 番外二

物理"笨蛋"迟活泼 VS 天才学霸陈冷漠

陈茗行第一次遇见迟嘉仪是在第三实验楼，入学第三周的星期六，彼时她刚做完第一个选修物理实验，上交报告后，教实验的老头不放她走，而是指着第一排左边的人，一脸无奈地说："你去帮那小姑娘理一下电路。"

那小姑娘便是迟嘉仪。

那时的迟嘉仪还小，穿着深蓝色的 T 恤、背带短裤，中长鬓发，皮肤白得可以透光，一副乖巧讨喜的模样。

然而她组装的电路并不讨喜，简直像一团乱麻。

陈茗行皱了皱眉。

"理完就可以走了。"老头悠悠道，心安理得地将苦差事丢给学生。

陈茗行只得走过去。

迟嘉仪长得不高，顶多一米六，陈茗行一米七四，她们站一块儿，高矮鲜明。

迟嘉仪埋头认真捣鼓电路，压根儿没察觉到旁边有人，直到陈茗行伸手拿走她手里的线，她才傻愣愣地抬起头。

"正负极接反了。"陈茗行清冷地说，顺道把电线接到正确的位置。

迟嘉仪眨着眼睛，微仰起头疑惑地看着她。少女面容姣好，粉唇圆眼。T 恤领口有些大，露出半截精致的锁骨。

陈茗行依然面无表情，冷冷地说："把三极管给我。"

迟嘉仪怔了怔，把三极管递给她，并不动声色地跨近半步，陈茗行顿了一下。

理完电路，实验差不多就完成了，再抄抄数据就可以走人。

出了实验室，迟嘉仪追过来，笑吟吟地凑到她旁边，道："同学你好，我叫迟嘉仪。"

陈茗行不喜欢跟人接触，一贯独来独往。

周一高数课，机械学院和计算机学院混合上课，教室里满满当当都是人，她坐

在最后一排，右边有一个空位。

马上就要打铃了，老师已经拿出花名册准备点名。铃响的一瞬间，一道身影飞快地冲进教室，转了半圈，最后在她旁边坐下。

对方穿着露脐吊带、军绿短裤，白瘦的细腰分外惹眼。刚坐下，这人就喘了两口气，然后偏头，见了她顿时眸光一亮，凑近轻语："同学，是你啊，好巧……"

淡淡的茉莉香若有若无，吊带勾勒出对方凸凹有致的曲线，因为挨得太近，难免会碰到胳膊，陈茗行不动声色地挪开一些，不作理会。

迟嘉仪没放在心上，反倒冲她笑了笑。

陈茗行收回视线，漠然地看向讲台。

老师开始点名，先点机械学院，再点计算机学院，喊到她的名字时，她只抬了抬手，迟嘉仪偷偷瞥了这边一眼。

下课，大家纷纷离开教室。中午十二点，所有人一窝蜂朝食堂涌去，陈茗行不喜欢挤来挤去的，准备等人少了再离开。

"陈同学，你一个人？"迟嘉仪也没走。

她没说话，疏离地点了点头。

"我也是，要不要一起吃饭？"迟嘉仪似乎不会看脸色，甚至有种惺惺相惜的惊喜感，"二食堂新开了一家川菜档口，听说特别正宗。"

陈茗行眉头一皱，回绝："我还有事。"

她不吃辣。

迟嘉仪一愣，"哦哦"了两声。

她抱着书走了。

迟嘉仪找到熟识的同学往二食堂走去，一路说说笑笑。

陈茗行多看了她们的背影两眼。

计算机与机械两个学院的公共课重了三门，不认识之前，陈茗行对迟嘉仪毫无印象，但认识以后，感觉天天都能见到这人，不论是课上还是课下。

南城要举办一场国际半程马拉松比赛，校青协拉到了志愿工作，将面向全校招募三百个志愿者，她和迟嘉仪都入选了。

志愿服务当天，校青协组织所有学生早上六点出发，连吃早饭的时间都没有。

下了车，陈茗行又遇到迟嘉仪，这回迟嘉仪扎了一个高马尾，整个人看起来清爽利落。

"陈同学，领早饭了吗？"迟嘉仪先打招呼，嫣然浅笑。

由于时间紧迫，学校会统一发面包、牛奶，陈茗行没说话，她不喜欢学校发的，自带了早饭。

"没有。"她简短回复，不想多说什么。

迟嘉仪却将自己手里的东西塞给她："那你拿着，我再去领一份。"

陈茗行没拿稳，面包立马滚落在地上。然而此时迟嘉仪早转身重新领早饭去了，没看到。

她盯着地上的面包一会儿，犹豫半晌，最终弯身将其捡起来——吃了。

志愿工作非常简单，送水、递毛巾，再帮忙搬搬凳子。

比赛进行到一半，大部分志愿者都清闲下来，围坐在棚里歇息。

陈茗行倒了一杯水，刚要喝，队长叫她帮忙，有人扭到脚了。她跟着过去，发现那人就是迟嘉仪。

可能是太痛了，迟嘉仪憋得脸都有点儿红。队长让她背迟嘉仪去医疗棚，她站着没动。

"没事没事，我可以自己走。"迟嘉仪有些不好意思，扶着栏杆站起来。

队长赶紧制住迟嘉仪，恰巧一个男同学经过，队长连忙叫男同学过来。

陈茗行弯身，道："上来。"

语气依旧冷冷淡淡的。

迟嘉仪一愣，这时男同学已经走近，她犹豫片刻，还是环上了陈茗行的肩膀。

迟嘉仪这人，从来没半点儿自觉性。

自打半程马拉松志愿者服务结束后，她越发频繁地出现在陈茗行面前。

"陈同学"变成了"陈茗行"，迟嘉仪一贯擅长自来熟。

第三次实验课是光的干涉实验，两人又在一个班上课。这次的光学实验因器材不足必须两人一组，恰巧，她俩被分到一起。

迟嘉仪笑弯了眼睛，陈茗行没半点儿情绪波动。实验不难，按步骤操作，找到牛顿环让老师检查，再测出直径即可。

陈茗行操作能力强，实验全靠她一人。

迟嘉仪眼睛眨也不眨地盯着她，盯得她浑身不自在。她蹙眉，冷淡开口："别看着我。"

迟嘉仪当即回神，张张嘴，别扭道："没看你……"

陈茗行没搭理这人，继续调焦，快要得到清晰的干涉图样时，又听到迟嘉仪慢吞吞地感叹："陈茗行，你的手真好看——"

她后背一紧，调焦不稳，牛顿环顿时糊了。

今天的课不跟机械学院的重合，陈茗行拿书走进教室，坐下不久，却响起了熟悉的声音。迟嘉仪坐到她的旁边，低低拉长声音喊："陈茗行——"

她一怔，捏紧手心。

迟嘉仪跑到计算机学院来蹭课，准备还挺充分，书本资料都借全了，且上课认真，竟然做了笔记。

可陈茗行一点儿内容都没听进去。一晃到了吃饭的时间，迟嘉仪抱起书跟着她。

"中午吃什么？去哪里吃？"迟嘉仪问，眼里堆满笑。

她没说话，想着该怎么拒绝。

"我们要不去粤菜馆？他家出了新品，我上次吃了一回，比较清淡。"迟嘉仪说个不停，向这边靠近了一些。

陈茗行不动声色地离远了，可对方忽地拉住她的小臂。

"走吧，再不去就没位置了。"

她曲了曲手指，任由迟嘉仪拉着。

南城的夏天酷热，即便已经接近十月份，太阳仍旧毒辣。

最近迟嘉仪主动找她的次数越来越少，有时候她两三天都见不到迟嘉仪一回。

陈茗行独自去了川菜档口，随便打了一份稍微清淡的菜坐在角落里。

川菜连炒青菜都要放辣椒，她吃不惯，辣得鼻头冒细汗。她正犹豫要不要走时，倏尔瞧见了一抹熟悉的身影。

迟嘉仪挽着一个看起来十分温婉的女同学朝里面走，她的心情似乎很愉快，一直说说笑笑。

迟嘉仪没看到她，与女同学去了另外的档口。

陈茗行握住筷子，抿唇，木着脸。

下午，太阳越发火辣，她去自习室看书，中途去了一趟厕所，回来时发现迟嘉仪就坐在第一排。迟嘉仪瞧见她，立马眼睛一亮，抱起书就往她这里来。

她没任何表示，也不说话，坐在座位上默默看书。

迟嘉仪多动，看不进书，没多久就拿出一个拍立得，兀自在那里捣鼓。

自习室里除了她俩，只有一对你侬我侬的小情侣，迟嘉仪动作再大都完全不影响那两个人。

陈茗行尽量把心思放在课本上，但迟嘉仪摆明了不让她安静看书。

——迟嘉仪递了一张叠着的纸过来，纸里面包着东西。

陈茗行打开纸，里头是一张偷拍她看书的照片，纸上写着三个狗爬大字："我拍得好看吗？"

因是逆光拍摄，只能隐约看到分明的侧脸轮廓。陈茗行抬了下眼皮，沉闷地开口："看书。"

她的态度让迟嘉仪立时败兴，犹如霜打的茄子一样蔫兮兮的。

陈茗行将照片随意放在一边，眸光重新返回书本上。大一的课比较基础，适应了就不算太难，且刚开学几周，学过的内容少，一下午就能复习一两科。

日渐西斜，薄薄的余晖打进窗户里，整个教室都被染成了昏黄色。

那对情侣不知何时离开了，现在教室里就只有她们两个。

"我觉得很好看……"迟嘉仪忽然嘀咕道。

迟嘉仪拿回照片，坐正，动作自然地将其夹到高数书中。

陈茗行看在眼里，没阻止。

六点半，晚饭高峰期已过，可以收拾东西去吃饭了。可迟嘉仪一点儿不饿，玩拍立得玩得起劲儿，给自己拍了十余张照片，全铺在桌子上。直到天色昏暗，迟嘉仪才反应过来，胡乱将照片收好塞进包里。

有一张照片落到了地上，迟嘉仪没察觉到，大剌剌地背上包起身："我先去扔垃圾，在门口等你。"

待她走出门，陈茗行捡起那张照片，须臾，也放进书中夹着。

食堂已经关门了，两人到校外吃饭。

学校后街的小吃种类繁多，迟嘉仪带她去吃沙县小吃，沙县小馄饨才三元一碗。她们点了两碗小馄饨、一笼蒸饺，总共九块五。

即便在物价低廉的二〇〇六年，陈茗行也是第一回吃这么便宜的饭，迟嘉仪要AA，她没让，直接掏钱付了。

二〇〇六年不通行五分钱，四块七毛五，无法AA。

因着这四块七毛五，迟嘉仪约她下次一起吃饭："周六我请你，就当还钱。"

陈茗行没回绝。

她嘴刁，吃不惯沙县小吃，可迟嘉仪吃得挺欢，连汤都没剩下，吃完便守着她。她顿了顿，径自细嚼慢咽，尽量忽略对面的视线。

这个时间点店里的客人渐渐变少，沙县老板热情，边忙活，边问迟嘉仪："这两天晚上出来吃饭的学生少，你们是不是要期中考了？"

迟嘉仪一愣，反问她："什么期中考？"

明显，刚进大学的迟嘉仪根本不知道期中考试为何物，还以为大学不像高中时那样。陈茗行简短地解释，迟嘉仪后知后觉地说："怪不得我室友她们都在看书……"

陈茗行："……"

迟嘉仪能以吊车尾的成绩考进本校，全靠祖坟冒青烟。当初高考报志愿，人家都是按成绩、按兴趣报考学校和专业，她则不同，自我感觉过于良好，第一志愿就报了S大机械专业，且不服从调剂。

依照往年的趋势，她那成绩连S大的门槛都摸不到，然而二〇〇六年例外。可能是由于前三年S大的录取线太高，导致二〇〇六年报这个学校的学生相较于往年来说突然减少了许多，出现了分数断层现象，于是迟嘉仪以年级倒数第二的成绩被录取。

学渣对成绩一向不怎么在乎，但为了及格还是得象征性挣扎挣扎，特别是当迟嘉仪知道陈茗行的高考分数在计算机学院排第一后，这妮子恨不得挂在陈茗行的大腿做挂件。

陈茗行这一周很忙。

连续几次实验她都做得又快又准确，交上去的报告堪称模板，这引起了老师们的注意。辅导员找她谈话，问她愿不愿意参加精英计划。

所谓精英计划，通俗点，就是将在本科阶段的优秀学生选拔出来，跟着老师做项目研究。

学校对成绩好的学生比较关注，一旦这些人的优秀苗头展现，老师们就会主动抛出橄榄枝。陈茗行同意了。

自此之后，陈茗行一般是白天在教室、实验室两头跑，晚上去自习室。迟嘉仪在学习上脑子不太灵光，一道题讲两三遍才懂，但好在时间充足，她可以慢慢教。

迟嘉仪喜欢喝金橘柠檬水，每次都会带两杯来自习室。

当两杯一模一样的冷饮混在一起，这人做题做蒙了，往往分不清哪一杯是自己的，好几次都喝到她的那杯。

"你是不是不喜欢金橘柠檬？"迟嘉仪一面做题一面问，"都没见你喝几口。"

她瞥了一眼吸管端口，不做回答。

"那我明天买奶茶，你要喝什么口味的？"迟嘉仪往她这边凑了凑，半边身子都趴到她面前。

陈茗行面容淡漠，拿开一杯金橘柠檬水："不用。"

迟嘉仪目光灼灼地看着她。

鬼使神差地，她竟拿起饮料不紧不慢地喝了一口，金橘柠檬水冰凉，缓缓浸入五脏六腑，着实难以忘怀。

迟嘉仪弯了弯眉眼，脸颊上显现出一个梨涡。

嘴里渐渐生出丝丝回甜，陈茗行垂下眼，翻了一页书。

周六，迟嘉仪请陈茗行去食堂吃粤菜，外加那个十分温婉的女同学。

迟嘉仪和女同学很聊得来，全程基本没跟陈茗行搭两句话。

女同学姓何，全名何青柔，迟嘉仪一口一个"青柔"，叫得非常亲热。何青柔性子闷，但有话必回，不论迟嘉仪说的话题多无聊，她都会细声细气地接两句。

陈茗行不会这样，她天生没这能力。

她慢慢地嚼着菜，全程旁听两人聊天。

周一，不知道迟嘉仪从哪里听到了消息，知道她进实验室后，时间紧，便渐渐不来找她复习了。

何青柔成绩优秀，可以帮迟嘉仪讲题。

偶尔去食堂吃饭，陈茗行都能看见迟嘉仪和何青柔一块儿，有时候迟嘉仪发现她，会拉着她一起吃饭。

两人之间有说不完的话，而她，仍旧是旁听者。

很快期中考时间到，迟嘉仪科科六十分出头，惊险全过。陈茗行已然稳坐计算机学院第一名。何青柔进了机械学院前五名。再之后，何青柔进了机械学院的实验室，迟嘉仪便有空没空跟着她到实验室看稀奇。

计算机学院的实验楼与机械学院比邻，两个学院的老师关系密切，故而两方常有来往，那阵子她几乎天天都能遇到迟嘉仪。

何青柔的项目导师就是教她们第一个选修物理实验的老头，迟嘉仪嘴甜会说话，深受那老头的喜欢。

开学的第十七周，迟嘉仪找陈茗行一起复习高数——何青柔忙着做实验，没什么时间。

"这个怎么读？"迟嘉仪指着书问，一脸认真。

陈茗行："……"

"Sigma。"她教道，并将公式计算规则笼统地讲了一遍。

迟嘉仪点点头，写下这个符号，字正腔圆地学道："Sigma……"

临近期末，学校举行了一场情书大赛。

迟嘉仪入选决赛，她的参赛作品非常奇怪，就三个字符：i，n，∑。

陈茗行抽空去看了她的演讲。

演讲很短，不足一分钟，迟嘉仪将公式解释了一遍，情书的题目名为"求和"。

评委质疑，指出她的错误："缺乏 k，没有取数，怎么求？"

迟嘉仪笑了笑，把着话筒，一字一字缓慢地说："k 在我心里。"

全场顿时安静，不一会儿爆发出雷鸣般的掌声。

迟嘉仪得了三等奖，为此，她请了机械实验室的所有人吃饭庆祝。

大一下学期，计算机学院搞了一个二〇〇六级时光漂流瓶活动，即写一封信放进瓶子里，三年后，计算机学院会帮你送到指定地点或指定人的手里。

迟嘉仪在计算机学院的棚子里坐了半天，虔诚地叠纸，再塞进瓶子。

"你不写一封信？"迟嘉仪问。

陈茗行对此没兴趣。

"很有意义啊，想想毕业时能收到三年前的东西，简直回忆满满。"迟嘉仪劝道。

她不想写，反问："为什么非得等三年？"

大二上学期，陈茗行开始为出国留学做准备。因为想要安静的环境，十月底，她在校外租了房子。

迟嘉仪忙着考六级，鲜少找她。

一天晚上大雨滂沱，陈茗行打伞从图书馆门口路过，恰巧遇到没带伞的迟嘉仪。

有同学邀请迟嘉仪一起打伞回寝室，迟嘉仪点头，刚走了两步，望见她，登时小跑到她的伞下。

"我还有点儿事，你先走吧，谢谢啦。"迟嘉仪冲那同学说，悄悄朝她靠近一些。

雨大风大，这人就穿了一条单薄的纱裙，裸露在外的皮肤冰凉。

"我没带伞。"迟嘉仪说，又朝这边凑近了一点儿。

陈茗行面无表情，只说："我送你回去。"

迟嘉仪急道："我也没带钥匙，室友都出去了，找宿管阿姨借会被骂。"

雨哗啦啦好似是用盆倒下来的，飞溅的雨水直往腿上打，风一吹，冷意浸骨。

陈茗行默然良久，终究还是带她去了自己租的房子，找自己的衣服给她换。

迟嘉仪睡觉不大老实，翻身就往她身上凑，她想避开，可迟嘉仪扒住她不放。

迟嘉仪在她这里赖了半个月，直到她妈来。

陈母是一个过分严苛的人，对她抱了极大的期望，经常对她说，不要做令家人失望的事。

大二结束，出国之前，迟嘉仪问她："留学忙不忙？"

留学生活特别累，她过得并不顺心。

迟嘉仪远隔重洋打了电话给她，絮絮叨叨说了很久，她莫名觉得心安，脑子一热，脱口道："我下个月月初要回学校。"

迟嘉仪愣了愣，忍不住笑出了声。

电话这头，她也扬了扬嘴角。

大四，在实验室老头的介绍下，迟嘉仪非常容易地找到了工作，简直高兴得要晕厥了。

"你回来以后打算在哪里工作？"迟嘉仪期盼地问。

她迟疑了，不敢保证，迟嘉仪脸上的笑逐渐消失，转而被失落取代。

"南城吧……"她迟疑地说。

留学回国以后，她确实回了南城，但不出三年，又调到老家上海，迟嘉仪常跑到上海来，借口这边的东西好吃。

也是从这时起，两个朋友开始爆发矛盾，总是吵吵闹闹的。

迟嘉仪老是喜欢没事找事，但很快就找她和好。

也许是那时家里给的压力大，陈茗行的脾气也不好，有几次无缘无故跟迟嘉仪吵架。

她们都在悄然长大。

这一年，公司要派陈茗行出国学习，她犹豫不决，可最终还是同意了。

她到南城去，见了见迟嘉仪。两人又发生了不愉快的争执。

临走前，迟嘉仪给她过生日，借此要和好。

等到房间里只剩她俩，她伸手抱了抱迟嘉仪："对不起……"

……

后来，迟嘉仪出国玩，去找她，她们在国外见面。

陈母突然到访，指责是迟嘉仪带坏了她，她和陈母闹了一场，母女俩不欢而散。

半年的交流学习结束，陈茗行回国。她远离了不好的原生家庭，决定重新规划将来，一年后辞职，回了南城，拿出之前的积蓄创业。

她和迟嘉仪又和好了。

这年五月初，陈茗行收到了来自学校的快递。

东西是大学时一个实验组的师兄寄来的。师兄如今在计算机学院当辅导员，他在整理活动室杂物时发现了一个本该属于她的物品。

这玩意本应该在她大四那年寄出，可惜因为当时联系不到她，东西便就此尘封在活动室里沾灰。

那是一个漂流瓶，瓶里有一封特殊的信——淡黄的信纸中央画着一个穿圆领 T 恤的 Q 版小人，纸张上左边的空白处张牙舞爪地写着"陈茗行"三个字。

以及纸的背后附有两句话：

> 陈同学，你好。

> 记得要一直快乐。

❋ 番外三

看雪的遗憾

这年南城的冬天也下了两场雪，一场下在腊月下旬，一场落在正月初七那天。

与北方的鹅毛白不同，南方的温差不会太夸张，风雪再大也大不到哪里去。第一场雪断断续续下了两天多，累积的厚度却不足以盖过门槛，只有薄薄的一层，连窗户下方的边框都没不了，更别提压弯树梢枝头了。

不过即便如此，南方人民对皑皑白雪的热情依旧不减，地方新闻还特地播放了几次相关报道，甚至电台里都在持续不断地讨论这事。

在此期间，何青柔到外地走了一遭，为了谈生意而出远门，无意间错过了这次的小雪。

林奈拍了照片发给她，也打了视频电话，让她在手机里看看这边的景象。

何青柔倍感惋惜："早知道就不走了，我应该推迟两天再离开。"

"没事，早点儿回来也许还能赶上。"林奈宽慰她。林奈穿着一身黑色大衣站在寒冷的街道边上，讲话时嘴里呼出淡淡的白气："合作谈得怎么样了，顺利吗？"

"顺利，没问题。"何青柔说，也冷到搓手，"明天应该就可以签合同了，后面还要留着吃一顿饭，顶多再过两天就能返程了。"

林奈说："去吃饭记得带上小余。"

何青柔笑道："肯定，不能少了他。"

小余是网店新招的员工，H市人，平时负责跑林芒山那边的业务，偶尔也跟着何青柔这个老板一块儿出差应酬。

近两年店里的生意规模又扩大了，早就不是营业初期的样子，现在的网店已经积累了一批固定的客源，名气还行，还在不断扩张中。前年何青柔在城中心开了一家"青木堂"的茶叶店，线上线下两边都有同步的投资。她这次出差就是为青木堂出货的事，到上海和新的大客户签订详细的书面协议。

林奈拎起手里的袋子，展示给何青柔看，轻声说："我今晚煲汤，阿寻也要过来吃饭。"

何青柔接道："还有谁一起吗？"

林奈道："还有何妤，她店里放假不营业，有空到这边一块儿转转。"

"这次要待多久？"

"一周左右。"

"那我回去，还能赶上。"

"嗯，到时还可以一路去林芒山。"

何青柔说："我也想喝汤。"

林奈道："回来了，单独给你炖一锅。"

何青柔道："记得买点儿街角新店那家的卤味。"

林奈比了个手势，道："行，何老板说了算，听你的。"

何老板往后抵着沙发靠背，不由得笑了笑。

"出门多穿点儿衣服，别着凉了。"林奈提醒道。

何青柔应声："放心，不会着凉。"

两人在视频里聊了很久，直到林奈走路回到小区，这通电话才挂断。

冷冽刺骨的寒意呼啸，南城的风吹不到上海，但不影响业务的进度，一切都如期进行。两天半后，何青柔提前买票回南城，剩下的收尾工作交给小余处理，当晚就坐飞机往回赶。

彼时叶寻和何妤还在南城，借住在她们的房子里。

当天蒋行舟也来凑热闹，厚着脸皮蹭吃蹭喝，死皮赖脸地不愿离开。

且一见面，蒋行舟就朝着何青柔乐呵呵地说："何老板，生意兴隆发大财，恭喜又签下一个大单。"

林奈看不惯这个嘴上不着调的货，越发嫌弃他，让他吃完饭快滚。

蒋行舟满不在乎地说："阿奈，你真是越来越小气了，看看人家青柔姐，你应该……"

不想听他讲废话，林奈直接拽着他的衣领往厨房带，不让这个碎嘴子碍何青柔的眼。

吃完饭，几人才坐在一起商量年后的行程。

年后又要去林芒山了，而且是一群人都去。

近几年，林芒山发展快速，其实当地政府一直在阶段性地扶持那边的经济和建设，只是初期效果没那么明显，到这两三年才有了相对明显的进步而已。

作为家乡的一分子，何青柔也在尽力帮助那边，除了收购茶叶，她和林奈都曾给当地捐款，并为林芒山拉过诸多投资。此次前去，是一群玩车的伙伴想在那边搞一个小型的赛车训练场，也算是借此支持林芒山的建设。

这次的规划她们在很久以前就开始筹备了，并非心血来潮。

早在林芒山起步阶段，林奈就为了这事四处奔波，费了不少心血。林家那边不反对女儿的决定，毕竟林明清和唐衿毓也投了几笔钱在当地，有当地政府在前面打头阵，往后的林芒山的确是一个不错的投资地。具体的审批流程早通过了，只等过了这两个月，开年就动工。

一行人谈到深夜，临睡前，林奈端一杯热水给何青柔喝，问她："累不累？"

何青柔摇头道："还好，没什么。"

林奈说："雪是昨晚停的。"

何青柔感慨："错过了，可惜。"

"下回再去北京看。"

"好。"

林奈问："年后忙完了就去北京，怎么样？"

何青柔没异议，答应了。

除夕夜前，她们出国了，赶到美国陪远在他乡做生意的唐衿毓提前过节。

林明清也跟着飞美国了，和俩年轻人一起，早早赶到洛杉矶。

一天后，何青柔和林奈回国，到南城继续忙活工作和店铺。马上就是新年了，青木堂的生意尤其好，高档茶特别畅销，基本每天都有开单，十天左右的营业额就将近七位数。

这年是接何杰他们到南城过节，何青柔回不去，实在抽不开身。

一家三口来了以后也没闲着，第二天就到店里帮何青柔跑腿，怕她应付不过来，能搭把手就尽力而为。

老夫妻在除夕夜当晚给林奈包了一个大红包，感激她平日里对何青柔的照顾，也感谢林家对林芒山父老乡亲们的帮扶。

林奈不好意思收他们的辛苦钱，还是何青柔做主说："拿着吧，他俩有钱，我打了过节费的。"

林奈这才收着，还怪不好意思的。

大家是过完春节后，和何景成他们同路去的林芒山。离开南城的那天是初六，恰巧是下第二场雪的前一天。

何青柔是看到迟嘉仪发朋友圈才知道自己又错过了雪，运气着实背，竟然两次都没赶上。

知道她看不到，迟嘉仪一口气发了许多照片过来，还损得要命地发语音："我弄了两铲子雪放冰箱里了，等你回城了，可以到我这里取走，过过眼瘾也行。"

何青柔非常生气，但也不能怎样。

此时的迟嘉仪已经从东宁辞职，转行当了插画师，开始全职画画。

这个行当其实也挺累的，不比打工轻松，特别是接单期间，忙起来跟拼命没什么两样。迟嘉仪很努力，比当年读书刻苦多了，自从转行后，简直像换了一个人似的，一天到晚都在奋斗。

这妮子也争气，才入行没几年，就在业内混出了一点儿名气，也比当初在东宁领工资时赚得更多。

迟嘉仪告诉何青柔，等她以后画不动了，她也开一个小店，或者买两栋房子收租，躺着过养老生活。而且那时候她俩一定要做邻居，方便相互有个照应。

在车上，何青柔不停和迟嘉仪聊天，闲得发慌，直到被林奈收走手机。

林奈不让她盯着屏幕，霸道得很。

何青柔说："我再玩一会儿。"

"先休息一下，不要老是盯着这个。"林奈说，"睡一觉，到了地方我叫你。"

何青柔拗不过这人，拿不回手机，最终只能乖乖照做。

到林芒山已是黄昏时分，车队浩浩荡荡地上山，抵达何家的新房子后直接停在院子里。

她们到时，另一支队伍也已经来了，比这边早到半小时——对面的两位队长是她们外出旅游时认识的朋友，其中长着一副讨债脸的高个子还是林奈的车友。

两位队长都是女人，一个是德国来的职业赛车手，叫叶昔言，另一个较为成熟知性的则是有名的外科医生，全名江绪。

那两人热爱做公益，此次到这里是为了帮忙，顺便叶昔言打算邀请林奈加入他们车队，希望林奈能到德国和她一起组队参加比赛。

何景成和谢红玲负责款待大家，两支队伍在林芒山待了足足半个月，每天都忙得昏天黑地。

林奈同意了叶昔言的邀请，答应搞定这边的事就到德国训练。

何青柔支持林奈的决定，比林奈这个当事人都开心。

"训练时间会很长，以后可能要长期待在那边。"林奈望着何青柔，很认真地告知。

何青柔无所谓地"啊"了一声，与之对视，突然扬起嘴角，神神秘秘说："前阵子伯父找我谈了一次，问了我一些事。这些天太忙了，我还没来得及跟你讲。"

"什么事？"林奈不解。

"伯父问我愿不愿意去德国进修，大概要在那边待两年。"何青柔眨了眨眼说，停顿半秒，"如果这次交流学习比较顺利的话，回来以后，我估计又要升职了。"

这倒是出乎意料的一件事，偏生撞到了一处。

既然这样，那德国必定是都要去的。

离开林芒山前，叶昔言对她们说："那下次在那边再见。"

林奈应下："成。"

江绪也说："何老板到德国了，可以直接联系我们。"

何青柔回道："一定，谢谢江医生。"

"客气。"江绪说。

叶昔言挺友善的，说："过去了我请各位吃饭。"

对于这一出巧合，最高兴的莫属蒋行舟。返程的车上，蒋行舟乐得没边了，张口就胡说："真行啊，不错不错，到时候咱们一家三口都过去。"

林奈斜他一眼。

何青柔扑哧笑了一下。

前方开车的叶寻故意和他唱反调："谁跟你是一家人，别乱认亲戚？"

蒋行舟理直气壮地说道："和阿奈她们，不行吗？"

叶寻成心堵他："不行，表姐是我亲戚。"

"我说……小寻子，你想一起去吗？"蒋行舟忽然问。

叶寻想也不想道："不去。"

蒋行舟问："大好的机会，真不把握住？"

叶寻白他一眼，问："别人邀请你了？"

"那倒没有。"

"你不要自作多情。"

蒋行舟脸皮比城墙厚，道："但是我去凑个热闹也是可以的，人家也没说不允许这么干。"

叶寻："……"

叶寻道："我不去，我要留下来看店。"

……

俩活宝总是斗嘴，吵得人头疼。

何青柔摇了摇头，拿着他们无可奈何。

而不知何时，她旁边的林奈早已乏累上头，睡着了，安静靠在座椅上。

山路有些颠簸，车子摇晃了两下。

睡熟了的林奈身子一晃，偏向何青柔这边，脑袋倒在她的左肩上。何青柔用余光看了看对方，坐直不动了，全程保持一个姿势，支撑着某人不继续倒下去。

一会儿，她闭上眼睛，安稳地小憩几分钟。

和煦的暖阳照进车窗里，金色的光在她们身上镀了一层昏黄，宁静而惬意。

山间的飞鸟盘旋掠过，径直飞向更广阔的远方。

◆ 番外四

一起去看世界

虽然年前年后都下了雪，但南城节后的回暖还是来得挺快的，三月初就没那么冷了，天气似乎比以前还要舒适一些。

到了这时候，店里和公司两边都不怎么忙了。

何青柔得以松了一口气，停下来歇歇。林奈也卸下了许多担子，勉强可以缓一阵子了。

三月底，两人出去旅游，到外地看风景散心。

趁这段时间，刚赚了一大笔的何老板又往南城乡下的乡村小学捐了几笔钱，用以帮助家庭困难的儿童。她还资助了俩大学生，争取多做一点儿力所能及的事。

倒不是何青柔装样子或显摆，非得找法子彰显自己的能耐，而是她已经挣很多钱了，自己压根儿花不完，存卡里也只是一串数字，身边也没哪个至亲、朋友经济困难到需要援助，她便尽量多捐一些，算是为社会做一点儿微薄的贡献。

两人旅行的第一站是海南，接着是四季如春的昆明，再是出国，去巴黎、俄罗斯……她们这一趟走了很多地方，每一天都能看见新的景色。

到莫斯科时，她们到克里姆林宫逛了一圈，然后到高尔基公园走走，接着是一块儿欣赏芭蕾舞表演。

像第一次出差去北京一样，林奈还是为何青柔拍照，她俩一同出镜合影，拍完上传朋友圈，变相地给列表里的亲朋好友汇报动向和近况。

何青柔也为林奈拍照，可她的摄影技术不咋样，不如林奈拍得好看。但影响不大，毕竟小林总长相好看，随便抓拍都美到不行，挑不出半点儿瑕疵。

有一张照片是她俩在室内穿着颇具东方韵味的旗袍，何青柔端庄典雅地坐着，林奈则站在她的旁边，两个人都风情十足，满满都是轻熟女人的味道。

林奈很喜欢这张照片，对这张照片的造型和异域背景特别满意，直接把这张照片保存下来设为了手机屏保。

何青柔把照片上传后，迟嘉仪头一个冲上来夸："俩大美女真漂亮，养眼！"

317

这次的行程结束，她们没有立即进城，回国后就先转到乡村小学实地考察了一番，到几个学校看可爱懂事的小朋友。

回城后，林奈也对这些学校进行捐助，不过不是捐钱，是捐教学设备。新的课桌、投影仪、一些课外绘本和书籍，还有钢琴和电脑等孩子们用得到的东西。

乡村教育资源落后，竟远远比不上林奈自己读书那会儿，条件差太多了。

何青柔说："我小时候也是在乡村小学学习，到上高中以前我都没出过镇子。"

林奈问："苦吗？"

"不苦，反正还行。"何青柔笑了笑，"那时网络不发达，外边什么样大家都不知道，没有对比，其实感觉自己过得还挺好的。"

林奈温声讲："谢姨说你读书很厉害。"

"一般吧，在镇上的学校里能拔尖儿，但放市里比就不行了，连名号都排不上。"

"那也厉害。"

……

不止帮助南城这边的乡村小学，两个月后，林奈又给林芒山那边的学校捐了物资。没事干就捣鼓这些打发时间。

七月份，万科尹的老婆生了，她们被邀请去吃满月酒。

何青柔是最先收到请帖的，小两口很有诚意，特地嘱咐不用破费送礼，只要人过去就行。

万科尹在电话里开玩笑："劳烦何老板赏个面子，可一定要来啊。"

关系好的同事家办大事，何青柔肯定是要去的，没时间也得硬挤出时间，至少心意得有，不然白瞎别人的看重和热情。

办满月酒当天，何青柔和林奈都去了，连迟嘉仪都在。大家自然都不是空手去万科尹家的，谁都不会真听他的，所有宾客全都提着一大堆物品上门。

何青柔送了一堆金饰，金镯子、金锁和对应小宝宝生肖的坠子，还给万科尹的老婆也买了礼物，一个名牌包包。

林奈也是挑好的送，没有随意应付。

眼看着大家都这么有心，万科尹和他老婆反倒不好意思，极其拘束。

这一天，迟嘉仪还带陈茗行一起去了，与大伙儿同桌吃顿饭。

现今陈茗行的创业搞得也是风生水起，赚头很大。不过陈茗行和家里的关系还是很僵，但也没有到断开亲情关系的地步。总之她家情况很难搞，似乎压根儿没法子可以解决他们家人之间的矛盾。

生活总有不如意的一面，多多少少都会有那么一星半点儿遗憾，实在改变不了就只能慢慢适应，走一步算一步，将来的事以后再看。

陈茗行倒是无所谓，习惯被家里施压，但她不再是当初接连让步的孩子了。她有自己的打算，也有自己的坚持。

得知何青柔有去德国的打算，迟嘉仪很惊讶，还以为她要在那边定居，顿时吓了一跳。

何青柔解释："只是过去进修，不是定居，有时间还会回来的。"

迟嘉仪说："那就好，不然咱俩以后离得远了，连约饭都艰难，保不准一年也见不到两回。"

"不会，茶叶店还在这边呢，我走不了。"

"如果到时候你需要帮忙，你在国外回不来，要谁帮着跑腿，随时可以找我。"

"行。"

"咱俩不见外。"

何青柔弯了弯唇，为迟嘉仪的靠谱所感动。

饭桌上，万科尹把孩子抱出来给大家瞅，何青柔上手抱了奶娃娃一把，温柔地低头看着，哄了小孩两下子。

同一年，宋天中隐退了，从公司卸任不干了，正式开启休闲的养老生活。

宋总无聊透顶，到南城来转悠，找何青柔搓麻将玩。

他也将唐衿毓和林明清带来了，非得让夫妻俩陪他任性，天南地北地瞎跑。

他们来的那天恰逢何青柔休息，有时间陪长辈。

几人打了一上午的牌，何青柔到最后不输不赢，宋天中小赢，唐衿毓赢了很多，唯一的输家是林明清。林董事在商场上叱咤风云，干什么都成功，在牌桌上却输得闷不吭声，屁都不放一个。

宋天中乐得看朋友吃瘪，意味深长地叹道："老林啊老林……你也有这一天……"

林明清瞬间黑脸，气得想把牌丢到这个人的脸上，可碍于唐衿毓在场，最后还是憋着了。

这晚，林奈下班后就进门给爸妈、宋叔做饭，亲自表达孝心。

可把宋天中感动的……

宋天中连声说："咱们阿奈真是好，可惜我没有这种福气，你要真是我女儿就好了。"

十足的阴阳怪气，还在提当初的事。

林明清的脸更黑了，恨不得用麻将堵住宋天中的破嘴。

过完这年何青柔就三十五岁了，林奈也过了三十岁的关卡，她们都老大不小了，不再是相识时的年纪。

五两也算是老猫了，不复当年刚被林奈捡到时的模样。那时的它还是小小的一只，只比巴掌大点儿，眼下它变得挺大的，精力差了很多，不如何青柔刚见它时。它还是不爱运动，时常趴在地上，懒散地瘫着，连身上的毛也在逐渐变白。

　　忽然有一天何青柔发现五两嘴巴周围的毛颜色变浅了，后知后觉它的肉垫明显变粗糙了。

　　小家伙不再老是夗毛，对林奈也温顺了不少。它很亲林奈，越来越喜欢黏着林奈。无论她是在房间里休息，还是在沙发上看电脑，它都硬要挨着她，或是趴在一边睡觉，经常一睡就是很久。它不再爱欺负林奈，每天都安静地待在她的身边。

　　医生说："它年纪大了，以后你们要多上点儿心。这是正常的，不用担心。"

　　林奈难得平心静气地抱着五两，听完，轻拍它的后背。

　　小家伙趴在她的怀里，一动不动。

　　何青柔也摸它，把手放它脑袋上。它仰头，蹭了蹭何青柔的手心。

　　日子还是照旧，一天接一天地过着。

　　一只家养的猫普遍能活十来年，五两十一岁了，她们还能陪它走一段。

　　五两不睡窝了，开始睡在床上，可以独占一小块地方。

　　她们的房子里全是这个不省心的掉的毛，哪里都有。

　　林奈揉它一下，故意说："再掉就秃了。"

　　似是听懂了这话，五两抬起脑袋，摆动了几下尾巴。

　　"喵——"

　　林奈将床单换下来，准备将其丢到洗衣机里。路过客厅时，发现何青柔躺在沙发上，正呼吸平稳且规律地睡着。

　　林奈驻足，停下来瞥了一眼。五两也朝那里望。

　　不多时，林奈进了房间，折返出来时手上拿着一条毛毯，走过去为何青柔慢慢盖上。

　　五两立马跳到沙发上，好奇地打量着两人。

　　林奈再摸它的背，将细细的食指放在唇上，做了一个"嘘声"的动作。

　　五两老老实实地又甩了一下尾巴。

　　日渐西斜，璀璨的余晖落进窗户里，照在两人一猫身上，柔和而温暖——

　　后院的树木轻晃摇摆，叶子摩挲着枝丫，窸窣地响动，一阵又一阵。